サイノフォン
Sinophone
1

白水社

華語文学の新しい風

劉慈欣《りゅうじきん》／ワリス・ノカン／李娟《りけん》 他著

王徳威／高嘉謙／黄英哲／張錦忠／及川茜／濱田麻矢 編

小笠原淳／津守陽 他訳

華語文学の新しい風

サイノフォン——1

〈サイノフォン〉シリーズ刊行に寄せて

王徳威《おうとくい》

「サイノフォン」（華語語系文学、Sinophone Literature）とは、もともとおよそ大陸以外の台湾、香港、マカオといった「大中華」エリアと、南洋すなわちマレーシアやシンガポールなどの国の華人コミュニティー、ひいてはより広く世界各地の華裔ないし華語使用者の言説とエクリチュールの総和を指すものです。かつての「海外中国文学」の語には暗に内外と主従の区別が含まれていましたし、「世界華文文学」というのは空疎で大づかみで、あたかも「中国」は「世界」の内には存在しないか、「世界」は「中国」の付属品にすぎないとでもいうようでした。いずれも中央が辺境や境外を取り込むという暗黙の前提を免れません。「サイノフォン」はこうしたことを踏まえ、言語を起点とし、華語で書くことと中国の主流のことばとの「合従連衡《がっしょうれんこう》」（同盟とかけひき）から生じた膨大で繁雑な体系をとらえようと試みるものです。「漢語」（中国の共通語。標準中国語）は中国人の主な言語であり、サイノフォンの公分母でもあります。ですが一方で、中国文学には漢語以外の言語による表現も含まれますし、漢語に内在する方言や口語、それらがその時その場に応じて選択されるという現象を除外することもできません。

「サイノフォン」とは英語やフランス語、スペイン語、日本語の使用、すなわちアングロフォン（Anglophone）やフランコフォン（Francophone）、ヒスパノフォン（Hispanophone）、ニッポノフォン（Nipponophone）といった概念から派生した固有名詞です。かつてこれらの名詞には、いずれもコロニアリズムおよびポストコロニアリズムの意味合いが含まれていました。それは取りも直さず、地球規模の植民勢力がしのぎを削る歴史の中で、強大な経済、軍事、政治のパワーを有した西欧諸国の多くが、勢力を海外に拡張してゆき、同時に教育と文化、とりわけ文字と言語の力を、植民地化しようとする対象の中に深く植え付けたものです。このように形成された各種の言語使用という現象が、アングロフォンやフランコフォンというわけです。しかし中国語の文脈に置き換えた場合、こうした概念が果たしてぴったり当てはまるのかどうかは一考に値するでしょう。わたしたちは省みなければなりません。新たな土地に枝葉を茂らせ、あるいはその地に根をおろすといったサイノフォンの現象について、コロニアリズムやポストコロニアリズムという観点からとらえる必要はあるのでしょうか？

サイノフォン（華語語系）をめぐってなされてきた「論述」は、1・0、2・0、3・0というバージョンに分類できるでしょう。とりわけ強調したいのは、「華語語系」の「華語」という二字の用法が、マラヤ地域に端を発するということです。植民地期、統治者は中国からの移民を「華人」と総称しました。一九五〇年代、六〇年代には「華語」という用語が定着しており、官話《マンダリン》、国語《グオユー》、普通話に加え、潮州語、福州語、広東語など各地の方言をも指していました。したがって「華語映画」や「華語歌曲」、「華文小説」が盛行したのです。九四年、台湾で学業を修め教壇に立っていたマレーシア出身の陳慧樺《ちんけいか》教授（本名：陳鵬翔《ちんほうしょう》）が、海外で開催されたある会議で「華語語系」——Sinophone——を国内外の中国文学の総称として用い、狭義の「中文」に換えることを提案しました。これが一つの発端で、バージョン1・0と呼んでさしつかえないでしょう。

二〇〇七年になってバージョン2・0が登場しました。カリフォルニア大学ロサンゼルス校の史《し》書美《しょび》教授が、中国系アメリカ人の立場から華語語系研究を提唱したのです。史教授は広義の華語使用地域において、エスニック・グループ、言語、歴史的アイデンティティーについて整理し直す必要があるとし、「大中国」の理論に挑戦しなければならないと考えました。こうした文脈で、彼女は「大陸植民主義《コンチネンタル・コロニアリズム》」「定居植民主義《セトラー・コロニアリズム》」「反離散《ディアスポラ》」という三つの観点を打ち出しています。この三つの議論はいずれも緊張感に満ちたものです。サイノフォン文学をふり返ると、十九世紀この方中国は繰り返し外患に悩まされ、国家主導の植民行動をとる力は持たなかったことを指摘しなければなりません。それどころかむしろ、香港、台湾、旧満州、上海といった植民地化ないし半植民地化された地域においてなお、華語や中文が日常生活の基盤であり続け、文学は抑圧され歪められたとはいえ、途切れることなく創作活動が続けられていました。このことから華人の深く根づいた文明と伝統の潜在能力について考えさせられます。

しかしそれ以上に重要なのは、政治や経済的理由により、百年ほどの間に大量の華人が海外、特に東南アジアに移民したことです。彼らは「移民による植民《セトラー・コロニアリズム》」を遂行したのかもしれませんが、同時に現地の（ほかの植民者や現地人の）勢力の脅威にもさらされることになりました。彼らがそれぞれのコミュニティーを築いたことにより、自覚と自決による言語的、文化的な雰囲気が醸成されました。漢語は官話にせよ方言にせよ、漢字を用いて書き記すことが民族的立場や文化的継承——必ずしも政権への帰属とは限りません——のしるしとなりました。何より明らかな例は馬華《まか》文学〔ここでは広義のマレーシア華人による華文文学を指す〕でしょう。華人はマレーシアで抑圧にさらされながらも、華語と華文の力によって、民族性と文化的特質を保存することに尽力し、政治的な抗争の具としてきたのです。

二〇一四年に、わたしは張錦忠《ちょうきんちゅう》教授、高嘉謙《こうかけん》教授、そして荘華興《そうかこう》教授とマラッカを訪問する機会を得ました。そして旧市街を散策した際に、次の対聯《ついれん》を目にしたのです。

庶室珍藏今古寶（別邸には古今の宝を珍蔵し）

藝壇大展華夷風（芸術界は大いに華夷の風を示す）

マラッカは十六世紀に渡来したポルトガル人が開拓し築いた国際通商港です。一貫してグローバルな華語と華語以外の言語との接触地帯であり続けました。様々な文明、言語、商品、そして様々な政治勢力がここを行き来し、その文脈は極めて複雑なものです。こうした文脈はサイノフォンとして単純化することはできません。

そこで張錦忠教授は、サイノフォンを「華夷風《かいふう》」に置き換えることを提案しました。それが私にインスピレーションを与えました。このように「華夷風」という視点から、異なる方向への発展をもたらし、サイノフォンが常に内包している非漢族的要素を強調するのです。これがバージョン3・0の「華夷風」です。

Sinophoneの「phone」は「風《フォン》」と訳されることによって、豊かな意味が導き出されます。「風」は気流の振動（風向、風勢）であり、音声や音楽、修辞でもあり（詩経・国風）、現象でもあり（風潮、風物、風景）、教化や文明であり（風教、風俗、風土）、節操や気性でもあります（風範、風格）。「風は以て万物を動かす」（『康熙字典』）のです。「華夷風」は風向のように、弾力に富み、絶えず新たな論点を証《あか》すものであって、言語や文化、政治的、地理的な複雑性のどうしようもなく絡まり合った状態の単なる代名詞となるべきではありません。ここでとりわけ強調したいのは、「風」という概念がわたしのマラッカでの経験に由来するということです。

しかし華夷共存の道は、どのように建設されるべきなのでしょうか？「華夷」という視点は、早くは周代以降の中国領内でルーツを異にする人々、部族、共同体による自己と他者の認証に由来します。「華」とは血縁や宗室の連帯を必然とするわけではありません。つまり、西洋人であっても中国の文化や中華の文化に熟達し、ある段階に至れば影響が浸透して「華」の一員になるといえますが、中国人であっても中華文化の伝統を失えば、「夷」つまり外の人、外国人となるということです。「華」と「夷」はもともと価値判断ではなく、立場の上での区別を示していました。

千年というもの、華人の文化は常に変動しており、いつでも「夷」――つまり「華」以外の様々な文化、民族、コミュニティー、資源とかかわり合っていました。とはいえ「夷」と「華」との共存の道はたやすいものではなく、我々自身の「華」と「夷」の位置の弁証によってはじめて成立します。サイノフォンの「風」は中原と海外を往き来しながら揺れ動き、原郷《ホームランド》と異域の間に、華と夷の風景を作り出しました。それは華語の問題が再度拡大されることで生まれた華語以外の「風」（非華語語系）との様々な交流の可能性であり、ひいては手にすることができる様々な利点と、占めているポジションでもあるのです。

＊

〈サイノフォン〉シリーズには、華語語系の多元的な側面が表れています。サイノフォンは現代中国を出発点とした海外華文文学ではありませんし、欧米の反帝国主義、反植民地主義を信奉しその東洋版をめざすべきでもないでしょう。サイノフォンは海外のダイグロシア〔二言語併存〕状態に端を発しますが、中国大陸を含む漢族と非漢族の文学にまで広がり、それによって対話の可能性を拓きます。それはほかでもなく、華語の多元性、流動性、混成性を強調するのであれば、サイノフォンは国家の境界、民族性、民間の社会階層などの諸方面で越境し、それに続く挑戦を引き受けねばならないからです。

本書『サイノフォン1　華語文学の新しい風』が打ち出しているのは以下のテーマです。

Ⅰ「風土から見えてくるもの」では、サイノフォンが注目する基本的な点、地理的空間と風土や人情に対する敏感な知覚を表します。Ⅱ「はるかな音とイメージ」では各地の風土、人物の姿を媒介するプロセスに触れています。そこには土地ごとに異なる音声（方言、イントネーション、外国語など）から千変万化する物象（文字、地図、造型など）までが含まれます。Ⅲ「根ざすものと漂うもの」は、サイノフォンの主体の来し方行く末について動的経路を探るものです。ディアスポラであれ原郷であれ、花や実となって吹き散らされるのであれ、落ちたところに根をおろすのであれ、華語文学を書き、読むことは、わたしたちの拠って立つところとアイデンティティーの政治を意識させてくれます。Ⅳ「そしてまた歴史へ」では、サイノフォンに刻まれた歴史と、歴史に参与してゆく数々の方法が強調されます。それは国家の大きな叙述の転覆から、個人の記憶の発掘まで、一様ではありません。歴史の運命論に対して、作家は「勢」――内に蓄積された気勢、外側の周縁的な情勢――を出発点に詩学の政治を思考し表現しているのです。

「サイノフォン」の弁証的な性質は、まずマレーシア華人文学にもっともよく表れています。マレーシア華人文学は世界文学における「マイナー文学」として、マレーシア華人による華文文化への存亡の危機感から生じたものです。言語は文化を継承する命脈ですが、その言語の精粋を表徴するものとして、文学は文化への意識が交錯し交戦する場所となります。しかし文学の成否がかかっているのは、人を感動させ思弁へと誘う作品です。このシリーズではマレーシアの土地に生まれ台湾に移住した三人の華人作家、黄錦樹《こうきんじゅ》（一九六七年生まれ）、李永平《りえいへい》（一九四七－二〇一七）、張貴興《ちょうきこう》（一九五六年生まれ）を取り上げます。

黄錦樹は一九九五年に発表した『魚の骨（魚骸）』で一躍その名を知られるようになりました。彼の作品は国家における民族的焦慮に満ちており、文学は彼にとっては危急の時の産物にとどまらず、根本的にエクリチュールの形をとった政治なのです。黄錦樹はマレーシアの民族政策への批判に注力する一方で、マレーシア華人社会の中国コンプレックスをも嘲笑しています。かたや古い文明をどこまでも神秘的な精華として持ち上げ、かたやそれをパフォーマンス的な儀式に変身させるのです。マレーシア華人の想像による歴史感と地域性の中でいかに中文を認識するかは、黄錦樹が一貫して取り組み続けている問題です。近年彼はその執念を、『南洋人民共和国備忘録』（二〇一三年）[*1]などのマラヤ共産党と党員の余生に関する連作に傾けています。かつての、あるいは想像上の革命行動は、とうに見るに堪えない歴史の幽霊と化しており、マレー半島の華人はただ否定的な、ウロボロス的な方法で自己の存在と虚無を証明するしかありません。

李永平は馬華文学の到達点を示したとみなされる作家でした。一九六七年にボルネオ島から台湾に渡り、それから五十年というものたゆみなく創作を続け、台湾文学とマレーシア華人文学において最も重要な作家の一人となりました。李永平が学業のために台湾に渡った時は、マラヤ（後のマレーシア）建国からわずか十年後で、華人の地位は日ごとに低下しており、二年後の六九年には五月十三日事件[*2]が勃発し、マレー人と華人の衝突が表面化しました。李永平の出身地のボルネオ島サラワクはマレー半島の勢力とは相容れず、一時はサラワクの独立を求める声が喧伝されていました。

李永平の創作はこのように錯綜した背景のもとに展開されました。彼は故郷のサラワクに深い感情を抱いていた一方で、その複雑な民族と人情のもつれ合いは終生解くことのできない命題ともなっていました。彼は中国に憧憬を抱き、異郷で異民族に伍している自身に納得できなかったのです。彼は現実的な環境の制約から台湾に進学することを選びましたが、ほかの華僑学生に比べて強烈に中華文化に執着していました。問題は、大海の一隅に位置する台湾は、手の届かない「祖国」

＊1　一九三〇年に結党、党員には華人が多く、日本軍によるマラヤ占領期にはマラヤ人民抗日軍を組織して抵抗した。太平洋戦争終結後、一九四八年からは英国植民地政府に対し武装闘争を開始し、マラヤ独立・マレーシア成立後も、八九年十二月に和平協定が結ばれるまでゲリラ戦を継続した。

＊2　一九六九年の総選挙から三日後に起こったマレーシア史上最悪の民族衝突で、政府発表では死者一九六人を数える惨事となった。

の延長ないし幻影といってもよい存在にすぎず、むしろそのために「想像への郷愁」が深まったことです。作家の個人的な経験が文学創作に投影されるとは限りませんが、李永平の初期作品は、歴史的境遇との対話や格闘の痕跡を行間に滲ませています。

李永平の後期の「月《げつ》河《が》三部曲《トリロジー》」――『雪雨《ふ》ること霏霏《ひひ》たり（雨雪霏霏）』、『大河の涯て（大河尽頭）』、『朱鴒《しゅれい》ものがたり（朱鴒書）』は、サラワク華人の少年の成長と流浪の心の旅を描きつくしています。彼はボルネオ島の華人、特に女性が蒙らなければならなかった屈辱と被害について痛みを抱え、声をあげずにはいられませんでした。『大河の涯て』では日本人とヨーロッパ人男性の性暴力を罰することに注力していますが、『朱鴒ものがたり』では童話の形式で、異なる民族の少女たちがボルネオの熱帯雨林に奥深く入り、彼女らを蹂躙した元凶と闘い、報復を遂げるさまを幻想しています。李永平はこの難題を軽々と成し遂げ、南洋バージョンの『不思議の国のアリス』を創作することで、歴史の暴力に対抗しました。しかし彼の描きだした少女たちの不思議な冒険と勝利のうちには、悲観的な伏線が隠しきれません。少女たちの多くはすでに人間の世界を離れ、亡霊となっているのです。

「ポスト李永平」の時代、台湾在住の張貴興は『イノシシの渡河（野猪渡河）』（二〇一八年）、黄錦樹は連作「南洋人民共和国備忘録」（短篇集『なお扶余《ふよ》を見るごとし』『魚』『雨』収録作およびその他の短篇作品）によって大きな反響を呼びました。張貴興はすでに『象の群れ』（一九九八年、邦訳二〇一〇年、人文書院）、『猴杯《ウツボカズラ》』（二〇〇〇年）によって文学史上の地位を確立しています。これらの小説は故郷の東マレーシア――ボルネオ島サラワク州――華人の開拓史および自然環境との錯綜した関係を描いたものです。鬱蒼とした雨林と沼地に犀鳥《さいちょう》、鰐《わに》、蜥蜴《とかげ》が蟠《わだかま》り、トックリキワタやウツボカズラがはびこり、そこにはダヤク人、プナン人など数十におよぶ先住民族が部落を築き自在に出入りしており、あらゆる点で人を惹きつけずにおきません。『イノシシの渡河』では一九四〇年代に太平洋戦争で日本軍がサラワクに侵攻して犯した暴行と同時に、イノシシの陵虐への現地の華人による抵抗を描いていますが、犠牲はいずれも惨烈なものでした。文明と野蛮の境界がかくも曖昧で不分明だったことはありません。

張貴興の「イノシシ」の叙事では極めて華麗で冷静な修辞により、この上なく血なまぐさいこの世の光景が描き出されますが、同時に過剰とも思われる彼の動機について思考することを読者に迫ります。語り手は人体の損壊、強姦、斬首をこと細かに描写し、ほとんど暴虐をもって暴虐に抗しようとしているかのように被害者に再度の攻撃を加えるのです。他方、黄錦樹は文学に託すところが深く、それが文章として発せられる時、激烈な文辞も多くなります。彼は病と死に強い関心を有し、その筆先では、作家の文辞は「絶えず増殖する病原体」、「腫瘤」、「癌細胞」に擬えられます。文学と歴史の関係はおのおの死骸、魂魄、幽霊と結びつけられます。彼は文学と社会の落魄に面し、煽動的な気迫と同時に、できないと知りつつあえて為すがゆえの憂鬱を漂わせています。

シリーズは全四巻構成で、第一巻にアンソロジー『華語文学の新しい風』、第二巻に黄錦樹による日本オリジナル編集の短篇集『南洋人民共和国備忘録（仮題）』、第三巻に李永平の『朱鴒ものがたり』、第四巻に張貴興『イノシシの渡河（仮題）』の二つの長篇小説を収めます。

〈サイノフォン〉シリーズの意とするところは、新たな批評の方法を編み出すというより、理論的資源を振り返り、歴史的状況の中でその作用するエネルギーを考察することにあります。わたしたちにはサイノフォンを中国と海外の文学を統合するための名詞とするつもりはありません。わたしたちはむしろそれが弁証の起点となることを期待しています。そして弁証は文学の創作と読みのプロセスで確固たるものにならなければなりません。いかなる言語との出会いとも同じように、サイノフォンが表すのは変動するネットワークで、そこは対話と誤解に満ち、互いに唱和することもあればまったく交錯しないこともあります。しかしいずれにせよ、もともと国家文学に重点を置いていた文学史研究には、だからこそ新たな思考の必要性が生じているはずです。

日本と東南アジアとの関係は現代史の極めて複雑な一ページですが、そこにおいては華人コミュニティーが重要な位置を占めています。このシリーズの翻訳出版を機に、日本の読者のみなさんがこの地域の風土や人情、歴史と文化に対する関心を深めてくださることを願っています。

（及川茜　訳）

目次

装画：馬尼尼為
装幀：天野昌樹

I

風土から見えてくるもの

シカゴの死

白先勇《はくせんゆう》

小笠原淳 訳

白先勇（はくせんゆう　Kenneth Hsien-yung Pai）

1937 年、中華民国政府・国民党系の将軍白崇禧《はくすうき》の五男として中国広西省南寧に生まれた。抗日戦争の激化につれて一家で重慶に逃れたが、小児結核を患い、隔離生活の日々を過ごした。抗日戦争終結後、移住先の上海で復学し、中国古典文学や近現代文学に傾倒する。国共内戦によって 49 年に中国大陸を逃れ、香港で英語学校に通う。52 年に家族のいる台湾へ渡り、台北の建国中学で学んだ。台南の成功大学水利系に進学したが 57 年に台湾大学外文系へと転学、『文学雑誌』主催の夏済安《かさいあん》に師事している。

1958 年に初の小説「金家の奥様（金大奶奶《ジンダーナイナイ》）」を『文学雑誌』に発表、60 年には学友の欧陽子《おうようし》、王文興《おうぶんこう》、陳若曦《ちんじゃくぎ》らと『現代文学』を創刊。大学卒業後、アイオワ大学で修士号を取得し、94 年までカリフォルニア大学サンタバーバラ校で中国語と中国文学の教鞭をとりながら小説の執筆を続けた。アイオワ大学での留学時代には西洋の小説技巧を積極的に学んだが、同時に中国出身者としてのアイデンティティの喪失を経験し、母国の歴史・政治・哲学・芸術書や五四時期の小説を読み耽る。その時に「国破家亡」（国破れ、家族が離散すること）の意味を痛感したといい、そうした異郷における中国への強烈な文化的郷愁の高まりが、代表作の短篇小説集に繋がった。アメリカに生きる中国人たちの喪失感や、台北に移住した大陸出身者のアイデンティティの喪失と祖国へのノスタルジーが創作の主なテーマを成している。

『孽子《げっし》』（陳正醍訳、国書刊行会）、『台北人』（山口守訳、国書刊行会）をはじめ、多くの作品が邦訳刊行されている。

「呉漢魂《ウーハンフン》、中国人、三十二歳、文学博士、一九六〇年六月一日、シカゴ大学大学院修了」

　呉漢魂は学位授与式に参列し、アパートへ戻った後、心の中で自分の履歴を繰り返し読みあげた。読めば読むほど困惑してしまう。求職申込書に履歴を書かなければならないが、彼はそう数文字書き起こすと、もうそれ以上書き続けられなくなってしまった。呉漢魂は、タイプライターにかけられたまま、三、四日放置された履歴書をしばらくじっと見つめていた。にわかにその二〇ほどの黒い字が、虫の死骸を運んでいる蟻《あり》の行列みたいにもぞもぞと動き始めた。慌てて目を閉じると、大粒の冷汗が額から噴き出してきた。

　呉漢魂はアメリカに来て六年になる。シカゴ大で修士に二年、博士に四年間在籍した。最初の数年は奨学金が得られず、街の中心部の南クラーク街にある二〇階建ての古いアパートの地下室を借りて住んでいた。この手の地下室は、貧乏学生か、そうでなければ落ちぶれた独り身の男性に貸し出されるのが常だった。常にじめじめして薄暗いため、家賃は普通の部屋の三分の一ほどだった。毎日午後四時から七時まで、呉漢魂は街の入り口にある王ジェイムズという中国人のクリーニング屋で、お客に服を配達する仕事をした。一袋届ければ二五セント、一日で三ドル少し稼ぐことができる。週末になるとダウンタウンの南京飯店で皿を洗い、一時間で一ドル五〇セント稼いだ。それらの稼ぎを合わせると、食費・住居費・学費雑費をようやく払い終えることができるのだった。仕事がぎっしり詰まっていたせいで、彼は一時も無駄にしない習慣を身につけていた。夜七時から七時半の間に夕食を取り、その後机に向かって自習を始め、午前一時、二時、三時と夜更けまで本を読みつづけた。

呉漢魂が住むこの地下室は、外の歩道にぴったり接した窓の上半分が地上に突き出ていた。夏の日の夕暮れ時には、近隣に住む黒人やプエルトリコ人たちが涼を取りにアパート前の石段に集まってきた。真夜中になっても部屋に帰ろうとはせず、石の手すりにもたれかかったまま、寝言のようなメロディーを口ずさむ者もいた。当初は外の喧騒が耳に入るとすぐに気が散ってしまい、その度に顔を上げて埃《ほこり》だらけの窓ガラス越しにうごめく人影を眺めていたが、やがて机に向かうときは頭を抱えて手で耳を覆うようにした。音が聞こえなくなると、自分の住む地下室が世界と隔絶した場所のように感じられるのだった。冬はまだましだった。大雪が降ると、歩道に数十センチの雪が積もり、部屋の窓を完全に覆いつくしてしまうからだ。大雪の下に身を隠していると、呉漢魂は自分がエスキモーにでもなったかのように安堵した。

博士課程に進んだ後、彼はちょっとした奨学金を得たのでアルバイトを辞めたが、それでもこの地下室を引き払うことはしなかった。数年暮らすうちに部屋を埋め尽くした本や日用品を、どこかに運び出すのが億劫でならなかったからだ。家賃で節約した二〇ドルほどを台北に住む母親へ毎月送金した。彼が台北を離れるとき、母は彼の耳にぴったりと口を近づけて、震える声でこう言ったのだった。

「母さんがまだ元気なうちに、一度会いに帰ってきておくれ。三、四年は大丈夫だから。必ず帰ってくるんだよ」

母は手紙をよこすたびに、いつになったら学位が取れるのかと訊ねてきた。彼はきまってあと一年だよ、と返答し、貯めた金で買った小切手を手紙の中に入れた。

博士号取得の予備試験準備に追われていた晩のこと、彼は突然叔父からの電報を受け取った。「ご母堂逝去、御愁傷様、御自愛祈る」との電文だった。彼はこの黄色い電報を両手で持ったまま、長い間ぼんやり立ち尽くしていた。その後、それをボールのように丸め、引き出しの隅に押し込んだ。彼の机の上には、『エリオット全集』が広げられていた。彼は机の前に座ると、「荒地」をめくり、うつむいたまま黙読し始めた。

四月は残酷極まる月だ
リラの花を死んだ土から生み出し
追憶に欲情をかきまぜたり
春雨で鈍重な草根をふるい起すのだ。
冬は人を温かくかくまってくれた。
地面を雪で忘却の中に被い……

（エリオット『荒地』西脇順三郎訳）

大通りの雪が解け、雪解け水がゆっくりと彼の地下室の窓に流れ込んだので、ガラス窓いっぱいに泥水が飛び散っていた。彼は真っ赤に充血した疲れた目を無理に大きく見開くようにして、『エリオット全集』を一句一句、黙読していった。ガスストーブの上でブラックコーヒーがグツグツと煮えたぎっていた。

試験期間中、彼は毎朝牛乳配達車がブレーキ音を立てて、窓の前に停まる時分まで本を読み続けた。イェイツ、ホプキンズから英国の最古の史詩ベーオウルフまで延々と読み進めた――英国の過去七、八百年前の偉大な文人たちの幽霊と、一か月以上も格闘した。試験前日、彼はふたたび叔父からの手紙を受け取ったが、開封せずに、そのまま引き出しの奥にしまい込んだ。試験が終わると、呉漢魂はまる二日間眠り続けた。

叔父の手紙によれば、母は腎臓からの出血が原因で命を落としたそうだ。彼が試験期間中だったので、母は息子の気が散るのを心配し、病状を知らせることを拒んだらしかった。母は臨終時に昏睡状態に陥り、遺言を残せなかった。呉漢魂はあの丸められた紙の電報を広げ、手紙のそばに置くと、手紙と電報をかわるがわる読み、その後二通ともストーブへ投げ入れて燃やしてしまった。その晩、彼は高熱を出し、一晩中悪夢にうなされた。母の裸の死体が棺桶の蓋《ふた》に横たわっている夢を見た。死体は真っ白で、些かの血色もなかった。彼が前に歩み寄ったとき、母は突然大きな目を見開くと呆然と彼を見つめた。彼女の口角は絶えず震え、彼に何か話したいのだが声にならないようだった。彼は母の前に駆け寄り、母の死体をぐっと前に押し出した。死体は冷たく重く、まるで冷凍されているようだった。彼は力を振り絞ると、死体を棺桶の中に突き落とした。

呉漢魂はバスルームへ向かうと、水をいっぱいに溜めて、頭をすっぽり水のなかに浸した。シカゴ大学の広場で、黒いアカデミックガウンを着て、頭には厚くて重たい角帽をのせたまま、まるまる三時間も太陽の下にさらされていたのだ。式典の儀式は煩雑で長ったらしく、学長の訓辞は厳粛なだけで味気なかった。式典が終わると、アメリカ人の同窓生たちは、まるで蜂の群れのように来賓席に群がり、両親と抱擁し、写真を撮っていた。呉漢魂は独りでドリンクテーブルまで歩いていき、氷水を一杯もらうと、額の大粒の汗を何度も拭った。シャツは汗でびっしょり濡れ、額は角帽の硬い角に圧迫されて二本の深い溝ができていた。自分の薄暗い地下室に戻っても、まだ目の前の全てが白っぽくぼんやり霞んで見えた。目が眩むほど太陽にさらされたのだ。呉漢魂は頭をすっかり拭うと、窓の向かいに置かれた古いソファーに腰を掛けた。呉漢魂はこの窮屈な部屋のなかで、これまで一度たりとも、こんなふうに手持ちぶさたにのんびりと座ったことなどなかった。これまでが忙しすぎたのだ。この地下室に戻ってくるとすぐに慌ただしく食事と入浴をすませ、その後、耳を覆って本を読むことに没頭し、心の中で、これからの計画について絶えず思案した。八時から十時まではディケンズを六〇頁読み、十時から十二時までシェリーの詩を五篇読み、十二時から翌三時までは――ひとたび何もやる必要がなくなると、どんな計画も不要だった。擦れてテカリの出たソファーに腰かけたものの、どうも落ちつけず、馴染むことができない。すると、タイプライターにかけたままのあの数行の字が、ふたたび呪文のように彼の眼に飛び込んできた。

「呉漢魂、中国人、三十二歳……」

歩道に半分露出した窓から、黄色く干からびた一筋の陽光が舞い込んできた。シカゴが夏日の昼寝から、気怠そうに目を覚ましたようだった。はじめに車のクラクションが数回、まるで静かな溜息のように、甲高くはっきりと遠くにまで響いていった。続いて子どもたちのゲラゲラという笑い声が加わった。それから一瞬のうちに、様々な騒音が四方八方から湧き起こった。音量はたちまち大きくなって、テンポもにわかに忙しげになっていった。路上のトラックが追い詰められた獣のように唸っている。人波のざわめきが後から後から湧き起こると、シカゴの街全体がツイストダンスのジャズのように、野性味を露わにして震え始めた。呉漢魂は突然、何とも言えない焦りを感じた。窓の人影が、スライドのフィルムのように揺れ動いている。乳白色のふくらはぎ、稲のような黄金色のふくらはぎ、チョコレート色のふくらはぎが、まるで一列に並んだ色とりどりの玉柱のように窓枠の中にはめ込まれていた。呉漢魂はこの埃だらけの窓に、こんなに沢山の女の脚が現れることを初めて知った。それよりも思いがけなかったのは、丸々としたこれらのふくらはぎに、様々な色調があるということだった。仕事帰りの女の店員たちの集団が、急ぎ足で窓の向こうを通り過ぎてゆくとき、突然波のような笑い声がわっと起きた。呉漢魂の耳がひとしきり熱を持ち、こめかみが痙攣し始めた。

呉漢魂はアメリカに来た後、ほとんど異性と接してこなかった。授業の負担が重く、アルバイトが忙しかったので、社交に参加する時間の余裕も気力もなかった。彼は背こそ低かったが、顔立ちは端正なほうだった。だが博士二年のときに髪が薄くなって、頭頂部が露呈して光りはじめたので、年齢より七、八歳年上に見られるようになった。そのため若い娘の前では、どうしても些かの劣等感を抱いてしまうのだった。彼はシカゴで年に一度開催される中国人留学生のダンスパーティーに二度ほど参加したことがあった。その度にダンスパートナーを連れて会場の隅に身を隠し、相手にコカ・コーラを注いだり、フライドポテトを持っていったりした。彼の緊張はダンスパートナーにも伝染した。結局、自分のパートナーを踊りに誘うよう友人にこっそり頼みにいって、気まずさを紛らわすのが常だった。

秦穎芬《チンインフェン》と一緒にいたときだけ、呉漢魂は自然体でいられた。秦穎芬は気立てがよかった。彼は秦穎芬が自分のことを本当に愛していることを知っていた。台北を離れる前日の夜、秦穎芬は両手で彼のシャツの襟をぎゅっとつかみ、目を炯炯《けいけい》と輝かせて言った。

「あなたが行ってしまえば、私たちはもう終わりだって気がするの。私は後悔しないって、わかるわよね……」

秦穎芬は涙声で言った。呉漢魂は秦穎芬の手を取って下ろすと、彼女にショートジャケットを羽織らせ、彼女の肩を支えて黙って植物園を後にした。秦穎芬はずっとうなだれたままだった。呉漢魂は手のひらで彼女の肩が激しく震えるのを感じていた。秦穎芬は筆まめで毎週必ず一、二通、手紙を書いてよこしたが、呉漢魂はほとんど返信しなかった。どういうわけか、読書レポートを書くときや試験の時になってようやく返信のことを思い出した。そして授業で忙しくなると、時機を逸して、そのまま放っておいた。三年間で秦穎芬からの手紙は箱一杯に積みあがった。四年目に入ったある日、秦穎芬は金色に飾られた結婚披露宴の招待状を送ってきた。呉漢魂はギフトショップで午後を潰して上品なグリーティングカードを一枚選ぶと、秦穎芬に送り返した。その後、秦穎芬からの手紙と招待状を屑かごに入れて、マッチで火を点けた。手紙はジリジリと音をたてて燃えあがった。それが燃え尽きると、呉漢魂は屑かごの中に手を伸ばし、まだ熱の残る柔らかな紙の灰を握りしめたのだった。

「ルシンダ、君って本当にいかすね！」

「やめてよ、歯が浮くようなことばっかり言って」

窓に黄色いスカートを着た女の下半身が現れ、豊満な尻が左右に揺れた。筋肉の筋が幾重にも盛りあがった褐色の腕がするりと伸びてきて、そのしまった細いウエストを捉まえると、そのまま前へ運び去った。

呉漢魂はさっとソファーから立ち上がった。このアパートの地下室に住んで六年になるが、室内の湿気がひしひしと身にしみたのはおそらくこれが初めてだった。風通しの悪い地下室にはびこった黴の臭いと調理後の油の臭いが、夏日の高温と湿気によって蒸し返され、夕方六、七時になると地面からゆるやかに燻りたつのだった。その濃厚な臭いに、息苦しさを感じた。呉漢魂は、自分のこの陰気な住み家を見まわした。流しの水槽からは油まみれの皿があふれ出し、ドアの後ろの口の大きく広げられた洗濯袋からは、パンパンに詰め込まれた汚れた下着や靴下やズボンやらがあふれ出している。机の上には紙が散乱していて、紙の山のなかには茶色いまだらの染みがついたコーヒーカップが三個埋もれていた。室内の空間は、四台の書架で埋め尽くされ、『シェイクスピア全集』『ギリシャ悲劇精選』『プラトン対話集』『ニーチェ選集』などの書籍が積み重ねられていた。マクミラン社、ヌーンデイ社、ダブルデイ社、ブラックキャット社などなど。六年来、呉漢魂は地道に節約した小遣い銭のすべてを各出版社のカラフルな書籍に費やし、まるで壁を築くように、その一冊一冊を机の周りに積みあげて高い壁をつくってきた。六年の間、彼はこの飽くなき知識欲によって、自分をこの高い壁の中に閉じこめて、歳月と精力の一滴一滴を学問の深淵へと注ぎこんだのだ。突然、呉漢魂は身震いをした。書架にぎっしり詰まっているすべての本が、一瞬にして腐った屍に変わってしまったような気がしたからだ。部屋のなかにただよう鼻を衝く臭いは、この腐屍から出ているように感じられた。解剖室のホルマリンを深く吸い込んでしまったような気分になり、呉漢魂は吐き気を催した。彼は椅子の背もたれにかけていたオーバーコートをひっつかんで羽織ると、あわててドアに駆けより自分の地下室を飛び出した。

六月のシカゴの黄昏時は、まるで焼き網から下ろされたばかりのステーキのようだ。ソースが滴り、鮮やかな黄金色に染まって、じっくり火の通った肉の香りが満ちわたる。空に吐き出された石炭の紫煙は、赤みがかった漆黒の古めかしい大きな建物の上に浮かんだまま微動だにしない。通行人は色とりどりの鮮やかな服装をしているが、空気が濁っているため、体に薄い石炭の灰をまとっているように見える。呉漢魂は群衆について歩き、警官の笛の音にしたがって横断歩道の縞模様を一本一本越えていった。クラーク街からマディソン街へ、マディソン街からモンロー街へと歩いていく。ダウンタウンのどの通りも、人と車でごった返していた。仕事帰りの会社員や授業を終えた学生が多かったが、洒落た身なりをした若いカップルたちもいた。カップルたちは劇場の前で入場を待っていた。彼らは人の目を気にすることなく、親密に肩を寄せ合っていた。シカゴはまるで夢の中の大きなバルーンのようだ。二人はさながら夢の中の神仏のように、バルーンに乗って空を漂っているのだ。

呉漢魂は人の群れについて、パルマーハウスホテル、マーシャルフィールズ百貨店、ゴールデンドームホテルを通り過ぎた。燦然と光り輝く豪奢で気品高いビルディングを、彼は呆然として見上げた。シカゴに住んでもう何年もたつというのに、まるで初めてこの紅塵万丈《こうじんばんじょう》のダウンタウンに足を踏み入れたような気がした。普段彼がこの辺りに来るときには、うつむき気味にそそくさと市場に入っていき、用事を済ませると、また慌ただしくアパートへ引き返すのが常だった。当時は数々の美しく飾り立てられたショーウィンドーを眺める時間も、心の余裕も持ち合わせていなかった。呉漢魂は顔をあげて、モンロー街の両脇にそびえる高層ビルの間の次第に暮れてゆく紫色の空を眺めた。その瞬間、彼はこのシカゴが知らない土地のただの地名のように感じられた。「シカゴ」とこれらの古くて大きな建築物や、人形のように蠢《うごめ》いている大勢の通行人たちは、どうしてもひとつに繋がらなかった。自分一人だけが、奇妙にも知らぬ間に彷徨い始めてしまった気がした。車や通行人は都市シカゴ全体の音律にしたがって規則正しく行動しているのだ。呉漢魂はモンロー街とクラーク街の十字路に呆然と立ちつくし、茫然自失した。方向感覚を、バランス感覚を失い、自分が突如として巨大なダンスホールに押し出されたように感じた。シカゴの街は足の裏で波のようなリズムで揺れているが、自分はふらふらと足元がおぼつかず、そのリズムについていけないのだ。

空の色が暗くなるにつれて、街灯があちこちで灯り始めると、人波がまるでケージから脱走した鶏のように、四方に飛ぶように散っていった。呉漢魂はまるで夢遊病のように目的なく彷徨《さまよ》い歩くと、あたりの景色が夢のように見えるのだった。歓楽街に足を踏み入れると、強い閃光が差し込んできて、まぶしさのあまり目を開くことができないほどだった。ルビー、エメラルド、ダイヤモンド、キャッツアイ、色とりどりのネオンが通りを隅々まで照らし出していて、呉漢魂はソロモン王の宝蔵に落っこちたような気がした。バー、キャバレー、ストリップ劇場など百軒以上が櫛比している。遊び人たちは絶え間なくそこらをふらふらと往来し、強烈なネオンが通行人の姿顔立ちをくっきりと照らし出していた。厚化粧をした女たちがバーをハシゴするように出入りしていた。呉漢魂が「赤いマグノリア」の入り口の前まで来ると、店のなかからどっと喝采が沸き起こった。「赤いマグノリア」の魅惑的な真っ赤な二枚のドアにはフランス調のレリーフが施され、ドアの横木には大きな葡萄の蔦のネオンライトが絡みつき、明るい紫の光を滴らせた葡萄が数房、頭上に垂れさがっている。呉漢魂はその赤いドアを押し開けると、店内に入っていった。地下のバーに向かって、階段沿いに降りていくと、まるで『ホフマン物語』のなかに入り込んでいくような錯覚を覚えた。店内にはタバコの煙が立ちこめ、薔薇色の照明がその霧を乳白色に照らし出していた。バーカウンターの前は、酔客たちでごったがえしている。カウンターの対面にある小さな舞台には、これ以上ないほど肥えた黒人女性が直立していた。彼女は丸太のような巨大な両腕を伸ばし、大きな黒い穴が見えるほど口を開き、真っ白な二列の歯を光らせて、ひどく沈鬱で、荒々しく原始的な野性味のある歌声を響き渡らせていた。彼女の脂ぎった皮膚が、薔薇色のライトに照らされて濡れて光っている。客たちはカウンターの縁にもたれかかって、歌手のステージを楽しんでいた。数人の男女の若者たちが笑いさざめきながら、彼女のことを値踏みしていたが、彼らの話し声はその身を焦がすような歌声にのみこまれてしまい、ただその口が忙しくもぐもぐと動いていることしかうかがえない。黒人歌手のステージが終わると、張り裂けんばかりの喝采がフロアから沸き起こり、客たちは一斉に蠢き始めた。店内にいた客は人並みを押して外へ向かい、外にいた客は逆に人波を押し分けて店内へと入り込んできた。

「ブランデーを」

「おい、ラインワインを二杯くれ」

「マティーニを。マ・ティ・ニ・だよ」

「お客さん、飲み物は何になさいます?」派手なベストを着たバーテンが呉漢魂に聞いた。

呉漢魂はウイスキー・ソーダを一杯もらった。それは酒が飲めない彼が唯一知るカクテルだった。呉漢魂は酒の入ったグラスを手に、何人かの客の後について、人混みの中を奥のラウンジスペースへと向かった。バーの奥はツンと鼻をつく葉巻の煙、フロアにこぼれたアルコールの匂い、女の体から香り立つ濃い芳香が充満し、空気がこの上なく澱み、ジュークボックスからはワイルドなジャズナンバー「今夜はぶっ通しで踊り明かそう」「この世界をキックして」「ベイビー、俺を殺しておくれ!」が流れている。ウィスキーを二口啜っただけで、強烈なアルコールが火のように呉漢魂の喉を焼き、ふたたび両方のこめかみが脈打ち始めたような気がするのだった。

バーにいる人間は、二つの極端なタイプに分かれていた。片方のタイプは、頭を突き合わせて絶えず話し、絶えず笑っていた。互いに相手の話に耳を貸そうとはせずに、我先に話そうとする。ある男はネクタイを緩め、顔中汗だくで、ある女はハイヒールを脱ぎ捨てて、腰を曲げたり反返ったりしながら笑いこけていた。一八〇センチを超す大男が、自分の胸にも届かない小柄な女を抱いて、熊のような大きな手で気の向くままに女の尻を撫でまわし、女は身体をくねらせながら、気味が悪い淫らな笑い声をたてていた。もう片方のタイプは、なぜだか無表情でぼんやりしたままカウンターの回転椅子に座り、むっつり押し黙って、一杯、また一杯とやけ酒を喉に流し込んでいるのだった。呉漢魂の近くに座っていた老人は、わずかな時間で六、七杯のマティーニを飲み干した。老人は古いフェルト帽を被り、稲藁のような白髪がつばの下から飛び出していた。着古してテカリが出た革ジャンを窮屈そうに身にまとい、首をもたげて一杯飲むとすぐに次の一杯を注文し、干からびた口の中に酒を注ぎこんでいた。老人の目はすわり、瞬きをすることもない。まるで周囲でいちゃついている男女のことがまったく目に入らないようだった。

夜が更けてくると、店内はいよいよ混みあってきた。客の首は熱で赤く腫れあがり、酔いのせいで瞼も閉じかけていた。だが、だれ一人その場を離れたがらず、先を争うように酒を注文し、まるでこの一夜で、命のすべてを翡翠のグラスのなかに費やしてしまおうとするかのようだった。

「なんだって独りぼっちでぼんやりしているの？」体をよじりつつ呉漢魂の横に割り込んできた女が、唐突に彼の耳に口を近づけてそう言った。

呉漢魂は呆然として彼女を見たまま、黙っていた。

「お相手が見つからない。そうでしょ？」女は媚びるような目で彼を見ると、慣れた口調で言った。「おいでよ、わたしが話し相手になってあげる」そうして有無を言わせず呉漢魂の手を引くと、人波を押し分けて店の奥の席へ向かった。ソファー席は甘い言葉を囁きあうカップルですべて埋まっており、唯一の四人がけテーブルは一人の酔漢に占拠されていた。酔漢は頭を横向きにしてテーブルに突っ伏し、口を大きく開いていた。女はその席に歩み寄り、テーブルの上の空いたグラスを男の方に払いのけ、呉漢魂と一緒にその向かい側に腰を下ろした。

「ローナよ。男たちはわたしをルルと呼ぶけど、どうぞあなたのご自由に」ローナは笑いながら言った。「あなたは？」

「ウーハンフン」

「ウー……」ローナは口を押えて大笑いした。「変なの！　もういっそのことTokyoと呼ぶことにするわよ！」

「ぼくは中国人なんだ」呉漢魂は言った。

「そう。でも関係ないわ。あなたたち東洋人はみんなそう変わらないもの。見分けがつかないの」ローナは笑って言った。きれいに並んだ白い歯が浮き上がり、前歯には口紅がついていた。ローナの顔には厚い化粧がほどこされていた。目には青いアイシャドーが引かれ、ふわふわと膨らみのある髪の毛は、燃え盛る炎のように真っ赤だった。体は豊満で、厚い胸がピーコックブルーの細身のワンピースにぎゅっと締めつけられていた。

「きっと寂しくなって、ここに刺激を求めに来たんでしょう？」ローナは首を傾げ、物分かりがいい人間のように言った。

「はじめてなんだ。ここへ来たのは」呉漢魂はそう言うと、グラスに残ったウィスキーを啜りつづけた。

「わかった、わかったわよ。あなたたち東洋人はいつだって真面目ぶるんだから」ローナは首を振って叫ぶように言った。

「こんな場所に来るのは、今日が初めてなんだ」

「安心して。わたしは物分かりがいいんだから」ローナは呉漢魂の肩を軽く叩きながら言った。「バカ真面目になってはだめ。あなた学生でしょう？」

呉漢魂は答えずに、グラスのなかに残っていた酒を一気に飲み干した。鶏が爪を立てるようにアルコールが喉を激しく引っ掻いていった。

「どう？　図星だった？」ローナは急に呉漢魂の首に顔を寄せ、鼻の頭に皺を寄せてくんくん匂いを嗅ぐと、けたけたと声をあげて笑った。「あなたの体からは、本の酸っぱい匂いがするもの」

「もう学生じゃないよ。今日卒業したばかりなんだ」呉漢魂は呆然としてローナを見つめながら、まるで自分に言い聞かせるように、ぶつぶつと言った。

「じゃあ、お祝いしなくっちゃ！」ローナはグラスを持ち上げ、傾けたと思うとすべて飲みほして、生き生きとした表情で叫んだ。「はやくわたしにジンを一杯買ってきてちょうだい。あなたも酒を買ってきなさいな。二人でしばらく楽しみましょうよ」

呉漢魂は人だかりを押し分けてカウンターへ行くと酒を二杯注文し、また人だかりの中をローナのもとへ戻ってきた。ローナは彼にすり寄ると、親しげに「わたしの中国人」と呼んだり、グラスを掲げて「東洋人に乾杯」と叫んだりした。

ジュークボックスからは、耳をつんざくばかりの音量で、「サリー・ツイスト」が流れていた。カウンターの周りでは大勢の男女のグループが肩をそびやかし、足を踏み鳴らして、体をツイストしている。バー全体の人影が揺らめくなか、とつぜん一組の男女がカウンターの背後から現れた。客たちはわっと歓声をあげて二人のために道を空けると、その周りをぐるりと取り囲んだ。男は竹竿のように痩せて、深紅のシャツを着て、髪の毛は淡い金色に染められ、皺だらけの顔には濃い栗色の眉が描かれていた。女は男装をしていた。全身黒ずくめで、胸の前で白いシルクのネクタイが揺れ、まるで縮んでしまった小さな老人のようだった。観衆から拍手喝采が湧き起こった。男のツイストはいよいよ激しくなってきて、一匹のコブラのようにしなやかに体をくねらせていた。女は踊りが最高潮に達したとき、唐突にかすれた声で「ウーラー」と叫び、輪になった観衆の雷鳴のような喝采を引き起こした。

ローナは呉漢魂の肩に突っ伏して笑って、男を指さして言った。「彼があの有名な『ミス・マグノリア』、そのダンスパートナーが『ミスター・マグノリア』よ」

「俺の酒……」向かい側に座っていた酔漢が騒がしさに目を覚まし、とつぜん顔をあげてうわごとを言ったかと思うと、また机に突っ伏して寝てしまった。その口角からはひっきりなしに白い泡が噴き出ている。男の手が呉漢魂のグラスを倒してしまい、中に入っていた酒がすべて呉漢魂のブレザーに飛び散った。呉漢魂はハンカチを取り出すと、ただ黙々と胸元にかかった酒を拭い続けた。ローナは呉漢魂に近寄って、彼の様子をまじまじと眺めると、言った。

「どうしたの？　顔色がよくないじゃない！」

「ここの空気が悪いせいか、頭がぼんやりするんだ」呉漢魂は言った。こめかみが脈打つ音が聞こえるような気がした。眼前の人々の姿が次第にぼやけていき、薔薇色の煙のなかに溶け込んでいくかのようだった。

ローナは彼の腕を引くと小さな声で言った。「わたしのところに行きましょ。わたしがちょっと治療すれば、きっとすぐよくなるわ」

呉漢魂はローナについて彼女のアパートへ向かった。ローナは部屋に入ると、両足を蹴り上げてハイヒールをソファーの上へ脱ぎ捨てた。それからふっと一息つくと、「暑いったらありゃしない！」と叫んだ。ローナは素足で冷蔵庫へ向かい、中からローストチキンを二切れ取り出すと、一切れを呉漢魂に手渡した。

「ぼくはいらない」呉漢魂は頭を振った。

ローナは肩をそびやかすと、氷水を呉漢魂のグラスに注いだ。

「よだれが出るほど腹が減ったわ」ローナはソファーに座って足を組むと、貪るようにチキンをかじりはじめた。呉漢魂は、彼女が指についたソースを舌を鳴らしながらしゃぶるのをぼんやりと眺めていた。

「あせらないで、わたしが治してあげるわ」ローナはにわかに顔を上げ、歯をむき出しにして呉漢魂に笑いかけながら言った。「わかるでしょう。お腹が空っぽだと、どうしても力がでないのよ」

ローナはチキンを食べ終えると、骨を灰皿に突っ込み、それから呉漢魂の前に歩み寄ると、ぴちぴちのピーコックブルーのワンピースをさっと引き下ろした。仄かに明るい電灯の下、白い下着からでたローナの肩の皮膚に、牛乳に浮いている膜のような皺が寄っているのがわかった。ローナは体の向きを変えると、頭に手をやり、あの真っ赤な髪をつかんで引きはがした。その頭の下には薄茶色のまばらな地髪が、べったりと押しつけられていたのだった。一瞬にして、ローナは四十歳の老女に変わってしまった。頬は黒ずんだ紅色、目の周りはくすんだ青だった。ただ赤い口唇の外に現れている歯だけが、とりわけ白く輝いていた。とつぜん胃の中で酔いが回りはじめ、呉漢魂は強い吐き気と頭が引き裂かれるような痛みを感じた。

「まだ脱がないの。恥ずかしがってるの?」ローナはドアのところまで歩いていき電灯を消すと、クックッと笑って言った。「本当のことを言うとね、わたしはまだ中国人と寝たことがないの。聞いた話だと、東洋人はすごく優しいっていうじゃない」

呉漢魂が通りへ出たときには、すでに夜が明けていた。シカゴはまるでバーのドアに寄りかかって、こっくりこっくりと船を漕ぎながらも熟睡しようとはせず、しかし目を開くことができないくらいにまで酩酊した無頼漢のようだった。あたりの人影はすでに絶え、ただ数台の車だけが夜通し遊び尽くした酔客を乗せて、寂寥とした大通りを飛ぶように走り過ぎていく。呉漢魂は碁盤の目のように張り巡らされた通りを、こちらからあちらへと渡り歩いていった。進めば進むほど複雑になっていく、迷宮に足を踏み入れてしまったかのようだった。頭はもたげることが困難なほど重く、両目は酢をかけられたように染みたが、制御不能になった両脚だけが疲労困憊した体を引きずって、前へ前へと懸命に進んでいった。ある通りは全体が仄暗く、通り沿いのアパートの門の前には大きなゴミ箱が並べられ、どのごみ箱の口も山のような牛乳パックとビール缶、卵の殻で溢れかえっていた。また別の通りは、昼間のように明るかった。ひっそりと静まり返った店先のショーウィンドーには、頭と手がない胴体だけのマネキンが数体立てられているのだった。呉漢魂の足取りは歩けば歩くほど早まっていったが、曲がってミシガン大通りに入ったとたんに、びくっとしてピタッと脚を止めた。空は限りなく漆黒に近いのに、大通りのあちらこちらに街灯の光が浮き上がっていた。通りの中心に立ってその両端を眺めると、仄かに青みがかった灯火がまるで鬼火のように、あちこちに漂っていたのだった。どす黒い高層ビルが重なり合いながら周囲に屹立し、まるで古い墓から逃げ出してきた巨大な霊のようだ。薄気味悪い冷気が髪の毛根から染み入ってきて、呉漢魂は思わず身震いをし、その場から逃れるように闇雲に前へ前へと駆け出した。高く大きな建物を通り抜け、鉄柵を通り抜け、林を通り抜け、広い砂地を越え、ようやく顔を上げて一息ついたとき、彼は自分がミシガン湖の堤防に立っていることを知った。

堤防は湖の中に向かってカーブしながら伸びていて、その突端に立つ燈台が夜霧の中で淡い藍色の光をきらめかせていた。彼が堤防の端へ向かって歩いて行くと、目の前に漆黒の湖水が一面に茫漠と広がり、果てしのない夜空へと繫がっている。湖の波は激しく、重々しく、着実に堤防へと打ち寄せていた。暗闇は濃く、厚く、夜空は無数の粘り気のある柔らかな触手を伸ばし、周りから呉漢魂を包み込むように迫ってきた。彼は一歩一歩、粘ついた暗闇の網のなかへその身を投じていった。温かく、湿っぽい空気が顔を覆い、胸元に染みた酒とローナの残り香が水の生臭さと入り混じり、吐気をもよおさせた。彼の心臓は激しく脈打ち始め、押し寄せる湖の波の後についてますます切迫して響き始めた。彼はにわかに、黎明前の居ても立ってもいられない不安に満ちた焦燥を感じた。空の向こう側で、暗い夜の巨大な網が、夜明けに引き裂かれている甲高い音を聞いたような気がした。レイクサイドパークの林から、おびただしいムクドリたちが申し合わせたかのように、一斉にけたたましい耳障りな鳴き声を響かせ始めたのだった。だが、暗夜はまるで瀕死の老人のように、その痩せ細った両手で、貪るように大地の胸をぎゅっと抱きしめて、けっして放そうとしなかった。

呉漢魂が燈台のたもとまで歩いてくると、塔の頂上から吐き出された丸い青い光が、果てしなく広く底なしのミシガン湖を照らし出していた。呉漢魂は自身の心の奥に巣くっているいつもの焦燥を感じた。千万匹の蛾に肺臓をかじられているような気がして、顔の冷汗が一滴また一滴と首元へと流れていく。なんて長い夜なのだろう。どの一分も、どの一秒も、動悸と息切れを起こさせるほどに長い。まるで黎明前のこの一瞬に、時間が突然硬直し、暗黒が永遠に変わってしまったかのようだ。

しかし、白昼はいずれ降臨することになる。だから、彼は間もなく暗黒のベールをすべて失い、ふたたび烈日の下に自身を赤裸々に曝けだすことになるのだ。他人の目の前にも、自身の眼前にもその姿を曝け出さなければならない。もうだめだ、彼は心の中で叫んだ。彼はもう二度と日の光を見たくなかった。もう二度と人に会いたくなかった。もう二度と自分自身を見たくなかった。巨大な霊のようなシカゴのビルディング、赤いマグノリアの蛇のようなダンサー、ローナの背中の皺――その時彼はふたたび母の遺体を目にしたような気がした。母ががくがくと口元を震わせながら、「おまえ、必ず帰ってくるんだよ、必ずだよ」と叫んでいるのを聞いたような気がした。呉漢魂は頭を肘の内側にうずめ、両手で押し返した。彼はもう帰らないつもりだった。もうどうしようもなく疲れていた。どこか秘密の場所を見つけて瞼を閉じ、過去も現在も未来も忘れて深い眠りに落ちたい。かと言って、地球上のどこにも、彼が羽を休める場所は見つけられない。もう台北に帰りたくはない。台北には二〇階建てのビルディングはないのだ。そうかと言って、クラーク街の二〇階建てアパートの地下室に帰るのはもっと苦痛だった。もうあの湿った黴の臭いには耐えられないし、ふたたびあの部屋で四つの書架に並んでいる腐った亡霊たちと仲間になることなどできなかった。六年来の狂気じみた知識欲は、まるでひびの入った壺の中の水のように一滴一滴と漏れ出てしまい、卒業したこの日に遂に最後の一滴が流れ落ちてしまったのだ。「シェイクスピア」のことを思い浮かべるだけで、彼の胃は誰かに絞られるようにむかむかした。かつては、シェイクスピアの四大悲劇の一部始終を心に刻みつけるように暗記していたが、いま彼の頭の中にあるのは『マクベス』にある一句だけだった。

人生は白痴のしゃべる物語だ、
わめき立てる響きと怒りはすさまじいが、
意味はなに一つありはしない。

（シェイクスピア『マクベス』小田島雄志訳）

シカゴ。シカゴとはエジプトの古墳だ。数百万人の生きた人間と死人がこのなかに閉じ込められ、共に腐食し、共に腐乱していくのだ。

「呉漢魂、中国人、三十二歳、文学博士、一九六〇年六月一日、シカゴ大学大学院修了――」あの数行足らずの自伝が、ふたたび呪文のように呉漢魂の脳裏に甦り、彼は思わず心の中でこう書き足した。

「一九六〇年六月二日明け方、シカゴ・ミシガン湖に死す」

（原題：「芝加哥之死」初出：『現代文學』一九六四年、第十九期）

『グッバイ、イーグル』抄

ダデラヴァン・イバウ

津守陽 訳

ダデラヴァン・イバウ（dadelavan ibau）

パイワン族。1967 年、台湾・屏東《へいとう》県三地門《さんちもん》郷青山部落（tuvasavasai）に生まれた。漢名は塗玉鳳《とぎょくほう》。91 年に花蓮の玉山神学院を卒業している。

学生時代からパイワン族の文化伝承に関心を持つようになった。卒業後は台湾最大のキリスト教教派である基督長老教会の本部で日曜学校の児童教材編集に従事。1992 年、原住民文化消失の危機を憂慮し、部落に戻ってパイワン族母語による著作を始める。93 年、中央研究院民族学研究所で蒋斌《しょうひん》の研究助手となり、パイワン文化研究に着手。部落でのフィールドワークを通して長老やシャーマンと交流し、創作上の豊富な題材を得た。

1999 年にパフォーマンス集団である優劇場（現在は優人神鼓と改名）に加入、太鼓演奏者としても活動を開始。現在はパフォーマー、教育者、文筆家として活動している。

2000 年に「慕娃凱《ムアカイ》（muwakai）」で第一回中華汽車原住民文学賞短篇小説組佳作受賞。日本語で読める解説に、『少数者は語る　台湾原住民女性文学の多元的視野』下巻（楊翠著、魚住悦子訳、草風館、2020 年）の第四部第一章「家に帰るふたつの方法」がある。

聖なる湖　シャーマン

八月十五日　マーナサローワル

昨夜十時過ぎになって、ようやく湖のほとりにある宿泊所に到着した。あたりは真っ暗で電力も不足しているので、何も見えない。

早朝に起き出してドアを開けると、目の覚めるような光景が広がっていた。広い空の下に横たわる巨大な湖には碧《みどり》の波が揺れ、清々しい霊気に満ちている。これが伝説の聖なるマーナサローワル湖なのだ。

朝食をすませると、私たちは湖のほとりまで歩いて行って、五体投地の正式な礼拝を行い、今後の山でのコルラ[＊1]の安全と、家人の健康を祈った。それから聖なる湖の水で、眼、耳、鼻、舌、身を洗い清めた。聖なる湖の水は、貪《とん》、嗔《しん》、痴《ち》、慢《まん》、疑《ぎ》の五毒心[＊2]と病を洗い流してくれるらしい。それが終わると、私たちは台湾から持ってきたタルチョ〔チベットの五色の祈禱旗〕を浅瀬に掛け、身につけていた物品や金銭を供物として湖に投げ入れた。

私たちは湖の周りを早歩きした。三十分ほど歩くと、暁慧《シアオフイ》が体力不足で突然昏倒した。二人の医師

＊1　チベット仏教および土着宗教であるボン教における巡礼。聖地や寺院などを巡回することで行われる。

＊2　修行の妨げになる五つの煩悩。貪欲・憤怒・痴愚・慢心・疑心。

が残って面倒を見ることとなり、私たちは再び湖を廻り続けた。

チベット族には昔から湖で体を清める習慣がある。聖地を訪れてこの湖を一周する人が、湖畔で沐浴し身を清めれば、疲労を取り除くだけでなく、罪業も取り除くことができると言われている。

聖なる湖はマパム・ユムツォ[*1]とも呼ばれていて、ツォは湖の意、ユは湖水の色がトルコ石のように美しいという意味で、マパムは「不敗の、無敵の」を意味する。この名の由来は十一世紀ごろで、チベットが激しい宗教対立を迎えていた時代である。仏教のカギュ派と土着の伝統宗教ボン教が交戦し、最後にカギュ派が勝利した。その勝利を記念するため、カギュ派は湖の名前を「マ・ユムツォ」から「マパム・ユムツォ」、すなわち永遠不敗の湖と改めたのである。[*2]

マーナサローワル湖はチベットの西部にあり、カン・リンポチェ[*3]の南東に位置する。この湖はカン・ティセ山脈[*4]の氷雪が溶けて形成されたもので、面積は四百平方キロメートル、楕円形をしており、北が広く南が狭く、逆さにしたガチョウの卵のような形をしている。インダス川とガンジス川の発源地であり、世界最高海抜に位置する淡水湖でもある。

湖の周囲を廻る習俗については、チベット族に別の美しい伝説がある。ある母親と子どもたちの話である。むかしむかし、湖の東には一つの国があって、国王は美しいお后と二人の可愛い子どもにめぐまれ、幸せに暮らしていた。だがこの幸福は長くは続かず、お后は急な病で亡くなってしまう。臨終の前にお后は、自分が死んだら湖に葬ってほしいと言い残し、また子どもたちに可愛らしい一対のダマル〔でんでん太鼓の形状をした楽器〕を手渡して、こう言った。危険が迫った時には、湖のそばへ行ってこのダマルを力一杯振り鳴らしなさい。そうすれば神が守ってくれます、と。国王は妻の望みに従って、遺体を湖に葬り、湖の名を「母《マ》を投《パン》じた湖《ユムツォ》」とした。ほどなくして国王は、悪鬼の化身である美しい女に心を奪われてしまう。美女は重病を装って床につき、王子と姫の心臓を食べないと自分の病は良くならないと嘘をつく。国王は苦しい葛藤の末、女を救うことで自分のまごころを伝えたいという気持ちが勝り、王子と姫を捉えようとする。王子と姫は驚き恐れて夜に逃げ出す。母親の言葉を思い出して二人が命からがら湖まで逃げて来ると、それを追って国王も湖までやって来た。湖を廻りながら、子どもたちはダマルを必死に鳴らし、すべての希望をその音に託した。あと少しで国王が追いつくという時、突然黒衣の騎士が現れ、国王の馬の前に立ちはだかったことで、兄と妹は命拾いをする。

これよりのち、兄と妹の二人は湖の周囲をぐるぐると廻りながら、ダマルを振り振り、いつまでも母を呼び続けているのだという。

聖なる湖の物語は、私に故郷のシャーマンを思い出させた。シャーマンは十本の指をぎゅっと絡ませて膝を抱えている。その指と手の甲に施された人型の刺青が私の目に映る。歳月のうちに、その皺さえも曖昧にぼやけてしまった。

シャーマンから聞いたことがある。刺青は自分の初潮が来た時に入れたもので、階級の象徴であり、

＊1　チベット語での呼称。漢訳は瑪旁雍措《マーパンヨンツォ》。マーナサローワルはサンスクリットによる呼称。

＊2　チベット語で「マ」は否定辞、「パム」は動詞で「負ける」を意味するため、「マパム」で「不敗」の意となる。「マ」には「母」の意もあるため、「マ・ユムツォ」は「母なるトルコ石の湖」を意味したかと考えられる。

＊3　チベット南西部にそびえるカイラス山のチベット語による呼称。チベット仏教徒、ヒンドゥー教徒、ボン教徒、ジャイナ教徒にとって聖地とされる。

＊4　ヒマラヤ山脈の北方に平行し、トランス・ヒマラヤ山脈の一部を形成する山脈。最高峰はカン・リンポチェ（カイラス山）。

また身体を美しく見せるほか、大人になった証を示してもいると。彼女曰く、刺青を入れ終えると、家族が宴を設けて成年になったお祝いをしてくれた。彼女の両手は腫れ上がり、食事も誰かに食べさせてもらう必要があったらしい。

私は彼女の両手を手に取り、玩《もてあそ》んだ。

「あなたはシャーマンになる勉強をする気はないの」彼女は聞いた。

神霊の気に入った人間だけがシャーマンになれる。前に彼女は、古いパイワン語の一節を聞かせてくれて、そのあとで内容を説明してくれた。「大武山[*1]の神が人型の紋様を刻んだ石の椅子に座って檳《びん》榔《ろう》〔檳榔樹の果実をキンマの葉に包んで嚙む嗜好品〕を食べている。下を見ると、自分の気に入った人間が見えた。彼は樹上からza-u[*2]をもぎ取り、お気に入りの人間に投げた」

彼女が小さい頃、神霊は彼女に三つのza-uを贈ってくれた。一度目は庭で落ち葉を掃いていた時。突然、ポコンと何かが落ちて来た。彼女がその丸い石のような果実を拾って父母に見せると、父母はすぐさまそれがどういうことなのかを理解した。あとの二回は田んぼで落花生を掘っていた時で、最初の時と同じように、za-uは突然空から降って来た。

当時の日本の警察は、za-uはシャーマン自身が人の見ていない隙に自分で投げつけたに違いないと考えていた。シャーマンは部落の中で高い地位にあり、人々の敬愛と信任を受けていた。だが日本の警察は怪しげな言葉で民衆を惑わす輩として彼女らを警戒しており、シャーマンたちの言動を密かに見張っていた。

「あなたならできるわよ。もう吟唱を始めているでしょ。誰だってできることじゃないのよ」

「それはこれのおかげよ、」と私はレコーダーを指して言った。「あなたの声も、この中に丸ごと吸いこんじゃったんだから」

彼女はイヤホンを手に取ると、身を乗り出してイヤホンに耳を近づけた。私はPlayボタンを押した。彼女は突然コロコロと笑い出した。

「イマウ（imaw）、イマウ」彼女はイヤホンをマイクにして子どもみたいにふざけ、彼女が私につけた愛称を呼んだ。「イマウイマウ、どこにいるの」彼女は傍にいる私を見ながら、大笑いした。

シャーマンの家のドアはいつも開かれている。何もない日は、彼女はいつも伝統服を着て廊下に座り、檳榔を噛み、トンボ玉を繋いでいる。

その日の早朝、私が彼女の目の前に現れると、彼女はいつもどおり「あら〜」と歓声を上げた。そして、おばあちゃんらしい優しい笑みを浮かべると、右手を伸ばして檳榔入れの袋を私の足もとに置いた。

「いいところに来たね、ちょうど夢解きをしにジュウ（tjuqu）の家に行こうとしていたところだよ」

温かい日の光が、庭の両脇にある檳榔の木を照らしていた。あたりには露を帯びた野菊の爽やかな香りが満ちていた。シャーマンが檳榔を搗《つ》く小さな杵と臼はもうちゃんと脇によけてあった。私が檳榔を口の中で噛み砕いてから彼女に渡すと、彼女は「これだから、やっぱり健康な子孫はいてくれないと困るわね」と言った。それから檳榔を口に放りこむと、苧麻《ちょま》の袋を肩に掛け、外へ出た。私が振

＊1　台湾島南部に位置し、パイワン族およびルカイ族の聖山とされる。

＊2　表記は原文ママ、北パイワンの標準的な表記はza'u（地域によってはzaqu）。ムクロジの実を指し、儀式に使われる重要な儀品の一つ。作者の出身である北パイワンの一部の集落では基本的にqの音を発音しないので、このような表記になっている。

り返ってドアを閉めると、「家にいる時と同じにしておけばいいよ」と彼女は言った。「ドアは開けといても大丈夫」

私たちは坂の方に向かって歩いた。もう八十三歳の彼女は、髪飾りやトンボ玉の装身具で身を飾り、楽しく朗らかに一人一人挨拶しながら行く。

「最近よく夢を見るんです。私のトンボ玉がどこかに行ってしまった夢。一体何がうちの家族の力を弱めようとしているんでしょう」ジュウおばさんはシャーマンに言った。

シャーマンは両足の間に瓢簞《ひょうたん》を挟み、瓢簞のなめらかな膨らみの上で、手に持った小さな瓢簞を揺らした。

「大武山の神霊よ、ツァラアティア〔calaqatia／chalaqatia〕の集落に住まう祖霊よ、遥か昔より訪れしこの家族の長老と智者よ。霊を導く球の網は宙に投げられた。竹竿は先を争って球を追う。[*1] 球は隠れて現れぬこと、秘密のことを指し示す。滑らかに光り輝く丸石は何の痕跡も残さない。我らのために迷いの霧を晴らしたまえ」

シャーマンの吟唱の曲調は暗い憂いを帯びて低く旋回する。聞いていると懐かしさゆえに切なくなるが、その奥底には落ち着いた力が秘められていて、聞くうちに精神が深く鎮められてゆく。


小さな瓢簞が止まる。


シャーマンは尋ねる。「さあ、何を聞きたいのですか」

ジュウは答える。「ラルペ（lalupe）に質問があります、彼はキリスト教徒でした。私の夢にはしょっちゅう彼が出てきます。特にお酒を飲んだ日には、彼が家の前に立っている夢を見ます。彼は平地[*2]

の水路で不慮の死を遂げましたが、事故死だったので私たちが結婚後に建てた家には連れて帰りませんでした[＊3]。彼は自分の生まれた家に帰って、彼の家族と暮らすべきです」

シャーマンは瓢箪を揺すりながら吟唱する。「中間[＊4]より訪れしツァラアティアの家族の霊よ。道中の横死、その目を背け、遠ざくるは、妨げなり」

瓢箪が止まる。

シャーマン「彼は同意しました。私たちは彼に何を望みますか」

ジュウ「私はパイワン族の伝統宗教の信者です。私はずっとパイワン宗教を信じてきました。私が心から願うのは、あなたにこの事実を受け入れてもらい、あなたの妻と子どもたちの信仰を受け入れてもらいたいということです。あなたが生きている時から、私の心はずっとパイワンの古い宗教を信じてきました。今あなたは私たちのもとから離れました。自分の生まれた家に帰って、自分の家族と

＊1　パイワン族には、蔓や木の皮で編んだ球を高く投げ上げ、高い竹竿の先で貫くことを競う、五年祭と呼ばれる祭礼がある。

＊2　台湾の原住民族は伝統的に中央を南北に走る山岳地帯や東部沿海地区、および台湾島東南の蘭嶼《らんよ》島に居住し、パイワン族は山岳地帯の南端を居住地域とする。原作では山の上に住む者としてのパイワン族の自己認識が描かれ、「平地」は山の世界の外部としての都市や街を広く指す言葉として用いられている。

＊3　パイワン族は、家の中で自然死した者は善い霊、家の外で事故死した者は悪い霊になると信じており、伝統的に善い霊は家屋の地面の下に葬ることができるのに対して、悪い霊を家屋に葬ることは禁忌であると信じられている。

＊4　パイワン語では「右」と「南」、「左」と「北」が同じ言葉で表され、前者は縁起の良い方向、後者は悪い方向を指すという観念が伝統的に存在する。ここでの「中間」は、そのどちらでもない位置を意味すると考えられる。

一緒に暮らして欲しいのです……[*1]」

シャーマン「ちょっとあなたと話をさせてください。あなたは、信仰上の理由から、あなたの母や兄弟のもとを離れてしまい、出生地であるツァラアティアの家族のもとに帰れない。だからあなたは彼らと一緒にいたがっている、違いますか。これが私の言いたいことです」

瓢箪が止まる。

シャーマンは再び揺らす。「もう一度聞きます、うやむやに終わらせるのは良くありません。あなたは自分の母親や兄弟と一緒に暮らせるようにしてほしいのか、それとも彼らと離れていたいのか、あなたの心はどう思っていますか。これが質問です。あなたは別々でいたいのか、それともあなたのツァラアティアの家族を追いかけて行きたいのか[*2]」

瓢箪が止まる。

「彼は父母や兄弟と一緒にいたいそうです」シャーマンは言う。真相は、ラルペは故郷のツァラアティアに帰って、彼の家族や母親、兄弟と一緒にいたいということだった。

ジュウは両手で顔の涙を拭った。「わかりました。」彼女は泣きじゃくりながら言う。「ラルペの本当の気持ちがわかりました」私は嚙み砕いた檳榔をシャーマンに渡し、シャーマンは右手で顔を拭った。吟唱の時の荘厳な面持ちとは違って、彼女はまた優しいおばあちゃんの顔に戻っていた。檳榔を口に入れながら、ジュウとその家族にこう言う。「真相がわかれば、どうしたらよいのかがわかるし、心の中の重荷もおろせるでしょう。酒は控えめにしなさいよ」

ジュウはうなずく。シャーマンは死者の霊魂も慰めるし、生者の精神も慰めるのである。

その年、私は台北から実家に帰ってフィールドワークをしていた。敬虔なキリスト教徒である頭目[*3]

は、私と何人かの友人を連れて山に入り、道中で廃村となった古い集落を通った。集落が放棄された原因は、ここで若い妊婦が難産のために死亡したことがきっかけだった。昔は女性が家で難産のために死亡すると、家人は家屋を捨てて別の土地に新しい家を建て、家名も変更していた。それが日本統治期以降に、その女性が伏せっていた石板《スレート》＊4を捨てるだけで良い、という決まりに変わったのである。

　もっと昔には、部落で不慮の死を遂げたりお産で亡くなったりする者があると、シャーマンは祭祀小屋で儀式を行い、その他すべての者は家を離れて、集団で部落を見下ろす山林の中へ移動した。シャーマンは祭祀小屋の外で火を起こし、煙が空まで届くと、「オウ〜〜」と大声を上げる。すると部落の人々は祭祀小屋の周りへ集まってきて、松明に火をつけて各々持ち帰る。そして家の中の大小すべての水瓶から水を捨て、もう一度新しい水を注ぐ。

　当時この集落にはシャーマンがいなかったため、住民は家財を持って引っ越したのだ。

若い妊婦がお産で死んだ家屋はもはや崩れ落ち、大きく成長した何本かの棕櫚《しゅろ》の樹の下に、石板《スレート》が散乱している。木の幹には蔦がぶら下がり、おどろおどろしい様子だ。

　頭目の話では、前に一匹の猟犬がここに誤って踏み込んでしまったが、家に帰った途端にこと切れたらしい。

＊1　パイワン族にはキリスト教など外来宗教を信仰する家庭が多く、多くの場合伝統的な宗教を野蛮で未開の文化だとする観点を持っているため、このような価値観の衝突が多々発生する。

＊2　パイワン族の「家族」の概念は時間的にも空間的にも非常に広く、同じ系統や同じ家屋名に限らず、その個人の誕生に繋がるまでのすべての祖先を含む。

＊3　頭目はパイワン族の文化での最上位の家格である mamazagiljang の日本語／中国語訳。パイワン族には厳格な階級制度がある。

＊4　パイワン族の伝統的家屋は大部分が石板《スレート》で建てられる。

私たちは一〇メートル離れた場所にしゃがんでいた。頭目は声を低めて話し、誰もそこに近づく勇気はなかった。

　私たちは山道に沿って上へ歩き続けた。数多の神霊が坐《いま》す場所である崖にはそれぞれ洞穴があり、頭目曰くそれらは神霊がキセルをふかす場所なのだと言う。それがどの神霊なのか、彼ははっきり覚えていなかったが、私はシャーマンの祈禱の文句の中におぼろげにその地名と神霊の所在地を聞き取ることができていた。例えば彼女が「ツァリパン〔calipang／chalipang〕の神霊よ」と言えば、彼女が指しているのがこの迫力のみなぎる、人っ子ひとりいない深山幽谷だということがわかるのだった。

　底の見えないほど深い緑の水面に切り立つ崖に沿って、小道が設けられている。ここは深い淵の底に眠る鉱物を掘り出すために日本人が切り開いたが、開削が始まってまもなく、日本人たちは一人また一人と不思議な病気で死んでしまったと言われている。そのためこの川は破壊を免れたのだった。

　頭目はまず「神霊に見つからないように」と蔓を頭に巻きはじめた。「小さい頃、父が教えてくれたんだ。神霊を驚かさないためには、蔓で自分を覆い隠して、しゃがんで急ぎ足で通り抜けるのが一番だってね」


　私は蔓を巻きもしなければ、しゃがみもしなかった。


　夕方、食事の後、夜が訪れる。焚き火を消して、みな各自のテントに帰って眠る。

風が遠くからサァ……サァ……と吹いてくる。落ち葉が舞い、外では一晩中休むことのない足音が、地上の枯れ枝や落ち葉を踏みながら、テントの周りをうろうろと歩き続けている。

　仲間たちがすぐそばで熟睡するなかで、私は目を見開いたまま、朝まで眠れなかった。

　下山した後で家の者に話をすると、彼らはやや失望すると同時に、そんな仕事もあるのかと驚いていた。「森の中にわざわざ入っていって、幽霊が訪ねて来るのを待つなんて、いったいどういう仕事なんだか」とおばは言った。「そこでパッと立ち上がって聖歌でも歌って聞かせてやればよかったのに」

私の登山靴も衣類も身体も、泥土や野草、腐木が混じり合った臭いを発していたにちがいない。若い女性らしい化粧の匂いは私の身体からすっかり消え失せていた。従姉は私の前髪をいじりながらこう言った。「ほら、親戚みんなの前で言ってごらん！　台北であんたがどんな仕事をしているのか、どうしていつも真っ黒な顔をしているのか。台北にきれいな服は売ってないの？」

同じことを私はシャーマンに話した。彼女は私をちらっと見ると、大きく口をあけて笑った。「同じ道を歩んでいない人には、道案内はできないものよ」彼女は言う。「見たことないでしょう、鷹が雌鶏に、ねえあなた、こちらに来て一緒に飛びましょうって声をかけるところなんて」そしてこうも言った。「私たちのあちら側にいる先祖は、長い間人類を見たことがなかったのよ。そこへパイワン族のあなたを見たら、そりゃ嬉しかったでしょう。誰も訪れなくなってから、いったいもう何年経ったことでしょうね」彼女は「もう何年」のところをうんと引き伸ばして、強調した。後代の子孫たちに忘れ去られ物寂しく草むした、あの部落が経験した歳月を。もう四十年余りにもなるかしらね！

大武山に住む創造神は、緑の葉が鬱蒼と生い茂る榕樹《ガジュマル》の下に座って、ふもとの民を見ている。後ろの静かな湖で、魚の群が跳ねる。外部からの侵入者が彼のそばを通り過ぎ、彼は孤独と恐れを感じる。

私は尋ねた。「神なのにどうして孤独や恐れを感じるの？」

民がその神から離れてしまったからよ。シャーマンは答える。「私たちの伝統信仰は外来の神様に取って代わられた。みんなはもともと信じていた世界から遠く隔たってしまい、自分が誰なのかわからなくなってしまった。私たちはツマス（cemas）と神を呼んでいるけど、外国人の神様についても私たちの言葉を借りて、彼らの神はツマスなんだと言っている」

よそから来る二人の客がいて、毎回ここに布教に来るのだけど、彼らは私を憐憫のまなざしで見ている。彼らは私にこう言うんだよ。「あなたの信じている神は、サタンであり悪魔です。あなたの身体にまとっている百歩蛇《ひゃっぽだ》の文様[*1]は罪悪の根源です。人類は蛇の誘惑を受けて罪を犯したのです」私はこう答えるの。「友よ、私自身が神なのです。私の祖先の頃から、百歩蛇は私たちの伴侶であり、私たちの友でした。私たちはそれを傷つけもしなければ捕らえて殺したりもしません。忘れないでください、人類は自然と一つのものです。禁忌とは人々が大自然に謙虚に学ぶすべを教えるものであって、別の信仰を受け入れたからといって、生活の中で自分を縛ってきたとあなたが思う禁忌を捨て去って良いわけではないのです。私がいなくなったら、誰がみんなを家に連れて帰って、祖霊に引き合わせるのでしょう」


「あなたはパイワン族でしょう？　違う？」シャーマンは私に問うた。

私はうなずいた。

台北に戻った後のまるまる四週間、眠ることができなくなった。昼にはどれだけ疲れていても、夜になって目を閉じると歌声が耳に入ってくる。歌声は悠々と遠くから長く尾を引き、吟唱のようでもあり、また私を呼んでいるようでもあった。私は夜の訪れを恐れ、一晩中いらいらと不安を募らせた。毎日毎日、酒でも飲んでいないと過ごせなかった。

友達は私をなだめすかして精神科に連れていった。

医者の一言目はこうだった。「あなたはアミ族[*2]だね！」彼は頭からそう決めつけて、自分の判断にひどく自信があるようだった。

寝付けないんです、と私は言った。山で禁忌の地に踏み込んでしまって、帰ってきてから眠れなくなったんです。

「で、それを信じてるの？」医者が言った。五、六名の学生がそばに立って、熱心にノートをとっている。

私は首を横に振り、さっさと終わらせようと思った。「信じてません」笑顔を絞り出した。

ほらね！　医者の痩せて乾いた顔が、私に歯を見せて笑いかけた。彼は言った。いったい何世紀の話なんだか、しかもあなたはインテリでしょう。それはただの栄養不足ですよ。

隣で白衣を着た学生が、一心不乱にノートに向かい、さらさらさらと速記していった。

＊1　百歩蛇は台湾にいる毒蛇の一種で、咬まれて百歩歩くうちに死ぬというところから名がついている。百歩蛇や人間の像を模様化することは頭目家のみに許された特権とされる。

＊2　アミ族は台湾原住民族一六族の中で人口が最も多く、多くの漢人にとって接触する機会が比較的多いため、原住民族のステレオタイプにされてしまいがちである。

タルチョ　鷹の羽

八月十九日　その四

書物によると、古代インドの高僧アティーシャはカン・リンポチェと深い縁があるらしい。伝説によると、聖なる峰の頂上には勝楽輪《しょうらくりん》宮[*1]があり、宮殿内では五百名の阿羅漢《あらかん》[*2]が、また山のふもとでは沢山の空行母《くうぎょうも》[*3]が、ここで修行をしていた。ある日高僧アティーシャがこの山を通りかかり、時刻がわからずに困っていると、山間からジャンジャンという鉦《かね》や太鼓の音が聞こえてきた。これは宮殿から阿羅漢や空行母らに食事の時間を伝える音に違いないと彼は思い、自身もここでしばらく休みをとって、食事の後ふたたび旅路に就こうと考えた。この伝説は、のちにここを通る人々が好んで語るお話の一つとなった。ここで休憩すると、運がよければもしかしたら、遠くの鉦太鼓の音が、かすかに山間で反響していくのを聞くことができるかもしれない。

もう一つの伝説は台湾に伝わった。それによると、聖なる山を一周すれば、一生分の罪業を洗い落とすことができる。山の巡礼路に沿って十三周巡るのが一セット。午《うま》年は如来様が修身成仏した良き年で、仏教の聖者ミラレパがボン教に勝利した記念の年でもあるので、午年に一周するだけで十三周巡ったのと同じことになる。十周巡れば、五百年の輪廻の間、地獄へ落ちる苦しみを受けずにすみ、百周巡れば成仏し昇天できる。

そんなわけで、とにかく他のことは何もせずに、毎日ひたすらに聖なる山を巡っている者もいる。ただぐるぐると。それから、訳あって山を巡礼できないために、お金を出して誰かに代わりに巡ってもらう者もいる。

私がチベットへ来ようと思った最大の原因は、神話に関係があった。私は神話の中で生まれ育ち、神話こそ人類のもっとも原始的な智慧《ちえ》だと信じてきた。

お昼に食事係の吉林《ジーリン》が、ビニール袋に小分けした昼食を、一人分ずつ配ってくれた。紫外線と寒風の厳しさに耐えかね、私たちは急いでオンドル小屋の中に潜り込んで食事をした。この小屋の主人は老婦人が二人と小さな男の子が一人である。婦人の一人は頭を剃って僧衣を着ており、かまどで沸かした湯を鍋から保温瓶に入れては、また桶の水を鍋にあけるという係である。もう一人の婦人は地面の枯れ枝やビニール、キャンディーの包み紙、果物の皮や段ボール箱などを掃き集め、一緒くたにかまどの火の中へ放り込んで燃やしている。これらは湯を沸かすための薪で、とにかく前の客が何か捨てていったらそれを燃やすというわけである。燃やしてしばらくすると白煙が立ちのぼり、僧衣を着た婦人が鍋の蓋を開けて、中の湯を空の保温瓶に入れる。しかし水はさっき鍋に入れたばかりで、明らかにまだ沸いてもいないのに、もう鍋から汲み始めるのであった。二人の老人の様子はおままごと

＊1　デムチョク（勝楽尊《しょうらくそん》、サンスクリットではチャクラサンヴァラ）とその明妃ドルジェ・パーモ（金剛亥母《こんごうがいも》、ヴァジュラヴァーラーヒー）の宮殿。カン・リンポチェは四宗教の聖地であるが、チベット仏教ではデムチョクとドルジェ・パーモの住処であると考える。
＊2　アルハット、悟りを開いた修行者のこと。
＊3　ダーキニー、茶枳尼天《だきにてん》のこと。ここでは女性の修行者を指す。

をしているみたいで、実に楽しそうである。二人は小さな声で談笑しながらこれらの動作を繰り返している。時には火を大きくするため、息もぴったりに、一人が鍋をかまどから持ち上げ、一人が段ボール箱を破いて火の中に放り込む。

ビニール袋の中の昼食は、じゃがいも、きゅうり、ゆで卵とりんごだった。私たちは壁にもたれて静かに食事をとっていた。私は疲れていたために食欲がなく、目を半分つむって水を飲みながら、安《アン》可《カー》が昼食係から聞き出した情報に耳を傾けていた。ある年この地方が暴風雪に襲われた時、ここの人たちみたいなインスタント麺売りが、うまいこと大儲けしたらしいよ……

みんな疲れすぎていて、この話題にさほどの反響はなかった。ところがこの目の前で働いている二人の御老人が、まるで私が見ている夢の中の人物のような、あるいは私が一つのお話を読み終えて、まどろみつつある夢に出てきた人物のような動きをしたのである。大箱入りの「康師傅《カンシーフ》」[*1]がうず高く積み上げられた〝インスタント麺壁〟の中から、小屋に入ってきた旅行客が好みの麺を選び出すと、僧衣を着た婦人が保温瓶から湯を注いで客に渡したのだ。

私は目を疑った。この高原にまさか近代化されたインスタント食品が現れるなんて。水は？　水はどこから来たのか？　鍋いっぱいの水と、段ボール箱ひとつ、数本の枯れ枝に果物の皮がいくらかあるだけで、インスタント麺を作る湯が現れて、みんな幸せな気持ちになれるなんて。

魔法を見ているみたいだった。本当でありながら嘘のような、真実。

この頃にはヤク[*2]も到着していた。二人の若いヤク飼いはインスタント麺の壁の下に座り、おのおの手に持ったカップ入りの麺を開けている。彼らはお腹が空いていたようで、あっという間にズルズルと平らげると、新しいカップ麺にまた湯を注いでいた。若者たちは頭にフェルト帽をかぶり、右側の袖を肩脱ぎにして腰に結んでいる。腰には小刀をぶら下げ、荒々しく豪快な感じだ。右手をポケットに入れると大量の札束を掴み出し、横で冷たい料理を食べていた我々はその大量の人民元に目を丸くした。それからガイドが小屋に入ってきて、三頭のヤクに乗れますよ、という。

私たちの中で声をあげるものはいなかった。

オンドル小屋から出ると、寒風が狂ったように吹き荒れ、黄土色の大地は茫漠と霞んでいる。鞍も何もつけず、ぽつんと立っているヤクが目に入る。積んできた荷物はすでに降ろされ、むきだしの背中はまるで成人の儀式を済ませたばかりの子どものように、痩せっぽちながらどこか逞しくもあった。

私は近寄ってヤクの背中をそっとさすった。ヤクは何も言わなかった。正面から寒風が吹きつけて来る。私は右耳をヤクの背中に押し当てて言った。「さよなら。さよなら、ヤク」

阿雄《アーシオン》と安可《アンカー》がヤクに乗り、他の人は歩き続けた。

「Cha-si dely（良い一日を）」逆時計回りに山を廻っている三人の若い女性に行き違った。美しく温かい笑顔で挨拶をしてくれる。手には数珠を持ち、二本のおさげを結っていて、長い着物を着ているほか、荷物は何も持っていなかった。彼女らはボン教徒だ。ボン教徒が逆時計回りで山を廻るのに対して、仏教徒は時計回りでコルラを行う。（仏教がチベットに伝来する前は、ボン教がガリ地区〔チベット西部〕民衆の信仰する土着の宗教だった）

「Cha-si dely」私は合掌し、まるでとても素晴らしい贈り物を受け取った時のように、めったにな

＊1　中国における即席麺の最大シェアを占める台湾系食品会社。

＊2　高地での生活に適した毛長牛の一種。チベットでは家畜種が乳用、肉用、毛や皮の利用、運搬など生活のあらゆる面で不可欠の存在となっている。なおチベット語では本来「ヤク」はオスの個体のみを指す。

いような笑顔を浮かべて、何度も言った。「Cha-si dely, Cha-si dely」

午後四時半、キャンプ地に到着した。私は地面に横たわり、頭をバックパックにあずけて暖かな日の光の恩恵を楽しんだ。後ろから歩いてきていた仲間やヤク隊も次々に到着し、ガイドは右前方を指して宣言した。あの橋を越えれば、「三途の脱《のが》れ坂」です。いよいよ真の関門です！　まずはゆっくり休んでください。

「三途の脱れ坂」とは、コルラの道のりの中でもっとも過酷な難所らしい。

木の橋にはタルチョが結びつけられ、風の中に旗の波が踊っている。真っ青な空の下に鮮やかな色彩が舞う、この心地よい情景。

私はバックパックの中からタオルと洗面用具を取り出して、身づくろいをしようと川辺に向かった。結局のところ私は遊牧民ではないのだ。彼らは長い間お風呂に入っていなくても、そのそばを通り過ぎると、濃厚なヤクのにおいとバターやミルクの香りがする。私の体からはそういう匂いは絞り出せない。何日かお風呂に入らなかったので、体は自分ですら耐え難いような臭いを発するようになっていた。それに、もう私は何日も鏡を見ていなかった。日焼けで皮のむけた頬は、今頃ひどいことになっていないだろうか。私は川辺に足を向けた。岸に来ると、このカン・ティセ山脈の雪解け水でできた川にはきわめて細かい砂粒が含まれており、またその水は氷のように冷たいことがわかった。持ってきたタオルは、少し浸しただけで砂が一面にまとわりつき、ほんのちょっと水につけただけの指も見る間に赤く腫れ上がってくる。手はかじかんでなかなか握れるようにならず、私は赤くなった指に何度もハーっと息をかけた。脱いだ外套で両手を包み、私は石の上で日向ぼっこをした。

滔々と流れる川の勢いと轟音に、ただ圧倒される。

私は右前方の山脈を眺めた。木の橋の上を、いま杖をついた老人がゆっくりと歩いていく。後ろには赤ん坊をおぶった女性と三人の剃髪した子ども、それから家財を背負った男性がいる。一家そろってお出かけを楽しんでいるといった趣の絵だ。無限に続く褐色の山脈に向かって、さも愉快そうに歩を進めていく。他にもコルラを行う人々の姿が、あまねく山野や峡谷に広がり、小さくもぞもぞと動いている。

澄みきった麗しい空がにわかにかき曇り、寒風が襲って来る。気候は激しく悪化する。鼻水が滝のように流れ出して、薄着の私はがたがたと震えが止まらない。

緑のテントはすでに組み上がり、食事係の人たちは中で忙しく夕食の準備をしていた。カメラマンの麦克《マイケル》が自分のテントを組み立て終え、今夜こそ料理の腕の見せ所だと宣言しているのが聞こえてきた。何の料理を作るんだと誰かが尋ねたら、麦克《マイケル》は台湾式玉ねぎの卵炒めだと答えた。やった。私は川に向かって心の中でそう呟いた。ヤクとか羊の肉炒めじゃなくてよかった、玉ねぎの卵炒めは私の一番好きな料理だ。Aさんが、俺も茄子の魚香《ユイシャン》炒めを作るよと言ったら、背後から仲間たちの歓喜の声があがった。

仲間たちの楽しげな空気がまだ空気の中に漂っている。でも私が心の中で考えていたのは、あの一家がコルラをしている光景だった。チベット、ここは祝福を受けた場所だ。そうでなければ説明がつかない。厳しい環境を前にしながら、女も子どもも老人たちも足を止めず、夕日が沈み暗闇が訪れようとしているのに、誰も不安を抱かないなんて。彼らはどこに泊まるのだろう。食べるものはあるのだろうか。

空は次第に暗くなり、日の落ちた川辺には、寒風がしきりに吹きつけてくる。体を洗うのを諦める気はなく、私は靴下を脱いでズボンをまくりあげた。自分は健康で体も強い方だし、どうせ暗くなってしまえば何も見えないのだから、と私は思った。再びタオルを川の水に浸し、きつく絞ってから、全身を上から下まで気のすむまで擦ってきれいにした。清潔な衣類に着替えて、当初の欲求はなんとか満たされた。

あっという間に日が落ちてしまうので、キャンプ地に帰り着くと、私と郭《グオ》さんは適当に場所を探してテントを立て始めた。私たちがテントを立てていると、昼ごろに見かけた、五体投地で進んでいる女性が、私たちの目の前を通り過ぎた。引き続き三歩ごとに拝跪《はいき》し、額を長く地面につけ、それからまた前に進んでいく。すぐそこに闇夜が迫っている。私はアウトドアブランドの防水・防風ジャケットを身につけ、暖かい靴下に防水の高価な登山靴を履き、テントに帰れば体温を保つ寝袋があって、もう少しすれば熱々の夕食にありつける。

だが彼女、この女性は、一人ぼっちで、旅を共にする身内も友もいない。この寒さも夜も雨も風も、峻険《しゅんけん》な山道も、不安ではないのだろうか。

私は心の中で絶えず考える。いったい何度地面に額を着ければ、巡礼は完成するのだろう。このあとも日夜問わず、叩頭《こうとう》を続けていくのだろうか。

彼女が立ち上がり、また長く地面に伏す。その姿を横から見ながら、私はチベットを撮影した映画を見ているみたいだと感じていた。果てしなく荒涼と広がる、暗く無音の世界。寒風が吹きつけるなかで続くその行いは、それでいてこんなにも真実味を突きつける。

人生の浮沈は激しくとも、輪廻もまた刹那の間。苦難にも終わりが来る。

もしも大武山の祖霊が、今もまだそこに坐《いま》していたとしたら。もしも吟誦によって死者の亡魂を大武山に引導し、祖霊の里帰りを部落に迎え入れるシャーマンが、まだ存続していたなら。もしも植民が行われず、もしもすべてが今も失われていなかったとしたら。そうしたら、私もまた大武山の巡礼者となっていただろうか。

（原題：「聖湖　巫師」「巾幡　鷹羽」　初出：伊苞『老鷹，再見——一位排灣女子的藏西之旅』大塊文化、二〇〇四年）

浮都ものがたり

西西《せいせい》

濱田麻矢 訳

西西（せいせい　Xi Xi）

本名は張彦《ちょうげん》。1937年、広東人の両親のもとに上海に生まれる。50年に家族と共に香港に移住した。50年代から文学創作を始め、葛量洪《グランサム》教育学院（現香港教育大学）卒業後、小学校教師となる。78年に友人たちと素葉出版社を設立、単行本や雑誌の出版を通じて香港文学の創出に尽力した。79年に教師を早期退職して創作に専念。単なる避難先や経由地ではない、日常生活の場としての香港を早くから描き、多くの香港人に愛される作家となったが、作品の多くは台湾で出版されており、台湾での人気も高い。

ペンネームの西西は「スカートをはいた女の子が地面に描いた四角の上に両足で立っている姿」を表している。西の字を二つ合わせた名前はフィルムの二コマ、簡単な動画となって、原稿用紙のマス目をひらひら飛んでいくイメージなのだという。既成の文学的権威にとらわれず、軽やかな想像力をはばたかせる西西らしさは、エッセイや旅行記、詩作にも共通している。『ぼくのまち』（1979年、解説参照）のほか、上海から香港への移住経験を少女の眼から描いた自伝的小説『わたり鳥（候鳥）』（91年）、乳がんとの闘病を多種多様な角度から切り取り、パンフレット風にコラージュしてみせた『乳房を悼む（哀悼乳房）』（92年）などの長篇がある。女性納棺師を描いた「私のような女の子（像我這樣的一個女子）」（82年）は西西の創作でもっともよく知られた短篇。世界華文文学賞（2005年）など文学賞受賞多数。

1 浮都

何年も何年も前の、ある晴れわたった昼。人々の目の前で、浮都は突然気球のように空にかかった。頭上には逆巻く雲、足元には湧き立つ海。空中の浮都は、それ以上昇ることもなく、沈むこともなく、風に煽られると少しく揺れたものの、すぐに全く動かなくなった。

どうしてこうなったのかは、祖父母の祖父母の世代だけが目撃したことだ。あれは本当に信じられないような恐ろしい出来事だった、と皆は声を低めて振り返った。雲と雲が頭の上で激しくぶつかり合い、空には稲光が縦横に走り、雷鳴が轟いた。海の上では無数の海賊船が髑髏《どくろ》の旗を上げ、大砲はひっきりなしに響いた。……と思うと、浮都は雲の層からするりと落ちてきて宙ぶらりんとなったのだ。

何年も何年もが過ぎ、祖父母たちの祖父母たちは時間とともに逝ってしまった。祖父母たち自身もまた、次々に眠りについた。彼らの語った昔話は、ただのぼんやりした伝説となってしまったのだ。

祖父母たちの子孫は浮都に住まいを定め、現状にだんだん慣れていった。浮都の伝説は、彼らの中で忘れられていった。その挙句に多くの人が、浮都とは上に上がることもなく、下に落ちることもなく、風が吹きすぎたとしても、ぶらんこをこいでいるようにひとしきりゆらゆ

らするだけで永遠にこんな感じで空にかかっているものなのだろうと信じるようになった。
こうして、また何年も何年もが過ぎた。

2 奇跡

根なしで生活するのは勇気がいるものだ。ある小説の扉にはこのような一言がある。浮都で生活するのには、勇気だけではなくて意志と自信がなくてはならない。別の小説は、ただ空っぽの鎧《よろい》だけで存在している不在の騎士がいた、と書いている。カール大帝が彼に聞いた。そなたは何によって生きておるのじゃ？ 彼は答えた、意志と自信によってです。

浮いている都市においても、人々は意志と自信によって、住むのにふさわしい家々を築き上げてきた。たった数十年のうちに人々は開拓し開発し、努力し奮闘して、浮都を生気あふれる、豊かに栄えた都市に変えたのである。

びっしり並ぶ家々は地面からそびえ立ち、美しいカーブを描く立体高速道路は十字路で交差し、ムカデのような汽車は郊外と地底を行き来し、腎結石はレーザーで砕かれ、脳腫瘍はスキャンで発見され、ハレー彗星の軌道は天文台で追跡できるようになり、アシカの生態は海洋公園で詳細に観察できるようになったし、九年の無料教育、失業保険、医療手当、年金制度などの計画が一つ一つ実現した。毎年いくつ

もの芸術祭が行われ、書店では各国の図書を買うことができ、話をしたくない人は沈黙を保つ絶対の自由を手にした。

浮都で建造された家が空中に浮くということ、浮都で栽培された花は部屋一つを占拠してしまうほど大きいということは、なかなか人々に信じてもらえなかった。みなは、浮都の存在は、本当に奇跡だと言った。

3 にわか雨

毎年五月から九月は浮都の風季であり、四方八方から風が吹き寄せてくるので浮都はゆらゆら揺れる。浮都に住む人は、都市が揺れることにもう慣れきっている。彼らはいつも通り仕事に没頭し、競馬にゆく。彼らの経験によれば、浮都は風季でも決して横転することはないし、風によってどこかへ吹き流されることもないのだ。

風季になると、一つだけちょっと変わったことが起こる。それは浮都人の見る夢だ。五月になると、浮都人は夢を見るようになる。すべての人が同じ夢を見るのだ。上に上がることも下に落ちることもなく、一人一人が小さな浮都のように空に浮かぶというものである。浮いている人には羽がないので飛ぶことはできない。ただ浮かんでいるだけだ。お互いに話をすることもなく、ただ黙々と、粛々と浮かぶのである。街全体の天空に人がびっしり浮かぶのだ。まるで四月に空から降ってくるにわか雨のように。

五月になると、人々は浮人の夢を見始める。昼寝をしても、自分が浮人になって、黙って粛々と中

空に浮かんでいる夢を見るのだ。このような夢は、九月になるとやっと消え失せる。風季がすぎると、ようやく浮都人はそれぞれ違う夢を見るようになるのだ。
　どうして街全体の人が同じような夢を、自分が空に浮かんでいる夢を見るのだろうか。ある学派の心理学者によれば、これは「第三の岸コンプレックス」*と呼ばれるものが集団的に表出したものだということだ。

＊　西西の読書エッセイ『私のような読者（像我這様的一個讀者）』（洪範書店、一九九〇年、未邦訳）にブラジルの作家ジョアン・ギマランエス・ローザの短篇「第三の河岸」（未邦訳）が紹介されている。西西によれば、川べりに住んでいた一家の父親が丸木舟を作って川に漕ぎ出し、此岸に戻ることも彼岸にわたることもなく、ずっと川の中央に漂い続けたという物語。

4　りんご

夏になると、浮都では大通りにも路地にも同じポスターが現れた。りんごが一個描いてあって、その上にはフランス語で一行、「これはりんごではない」と書かれている。ポスターが貼られたのは当たり前のことだった。街で大規模な展覧会が行われるからだ。この年は、ベルギーの画家ルネ・マグリットを記念する催しが開かれるのだった。このりんごの絵は、この画家の作品なのだ。

「これはりんごではない」とはどういう意味だろう？ 絵に描かれているのは明らかにりんごなのに。作者の意図は、絵の中のりんごは食べられる果物ではありませんよ、ということなのだ。手を伸ばしても、りんごを手にすることはできない。鼻で嗅いでも、果物の芳香はしない。ナイフで割ってみても、果肉と果汁が現れることはない。だからこれは本当のりんごではなく、線、色彩と形に過ぎない。絵の中のりんごは仮象なのだ。昔、ギリシャの哲学者プラトンは言った。たとえどんなによく描けていても、似ていても、本当の寝台のようであっても、やはり寝台の仮象でしかないのだと。

大小さまざまな通りにマグリットのポスターが貼られた。実際に展覧会に足を運んで絵を鑑賞するのは、浮都の人口の百分の一、千分の一程度に過ぎないだろう。しかしこんなに多くのりんごがこの街の隅々にまで出現したのはやはり大きな出来事で、多くの人は果物の販売促進活動だと思ったほどだ。ただ一部のインテリには、ふとこんな考えが浮かんだ。浮都とは穏やかな都市で、上昇することもなければ下降することもない。これもまた仮象ではないか。浮都の奇跡とは、結局のところ童話などではないのだ。

5 目

シンデレラは童話だ。かぼちゃは馬車になり、ネズミは駿馬になり、ボロボロの灰だらけの服は華麗なドレスになる。しかし、真夜中の十二時になると、すべては元どおりになるのだ。浮都もまたシンデレラの童話なのだろうか。

浮都の人々に透徹したまなざしが欠けているわけではない。科学技術の発達により、精密に設計された顕微鏡や望遠鏡もある。彼らはしばしば海水を覗き込み、天空を仰ぎ、風向きを探索する。いったいどうして、この浮都は空中に危なげなく浮かんでいられるのか。海と空の間の引力？それとも、運命の神が無数の見えない線をあやつり、人形劇を演じているのか？

絵の中のりんごは本当のりんごではない。奇跡によって生かされている浮都もまた、おそらくは安定を約束された都市ではあるまい。とすれば、浮都には自分の運命を自分で掌握することができるのだろうか。海と空の間の引力に変化があれば、あるいは運命の神が自分の遊戯に飽きてし

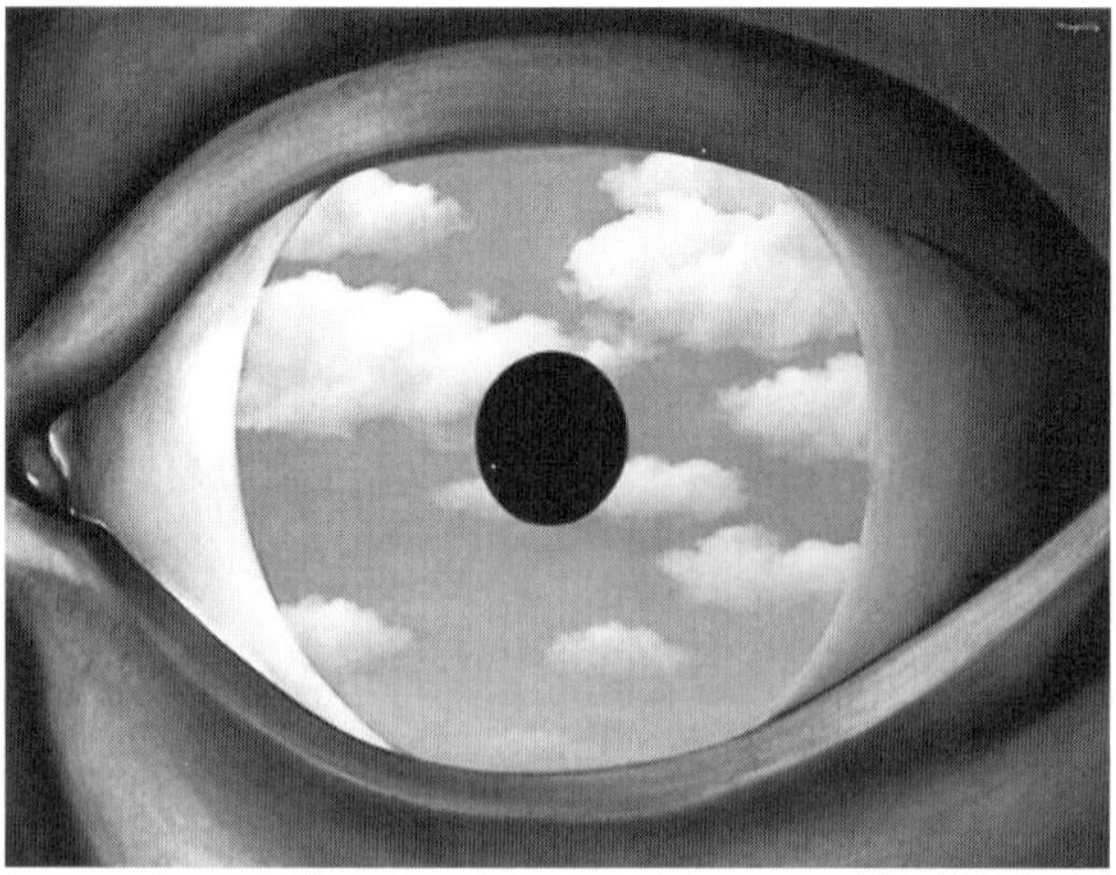

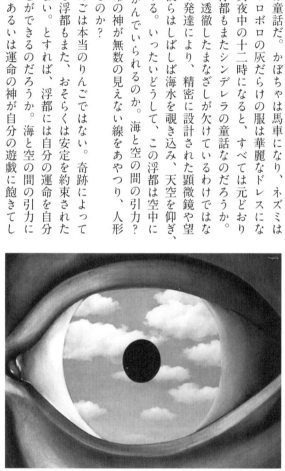

まったら、そうしたら浮都は浮かぶか、落ちるか、あるいは風によって名も知らぬ場所に吹き流され、影も形も消えてしまうのだろうか。

目を見開き、浮都の人は下を見る。もしも浮都が沈めば、足下の湧き立つ海水がおしよせ、都市まるごと海の中に飲み込まれてしまうだろう。たとえ海上にとどまったとしても、髑髏《どくろ》の旗を掲げた海賊船が次々にやってきて、都市の破滅の日が始まるだろう。上昇するとすれば、頭上にあるのは形のない、ふわふわとした雲の層だ。この堅固な街を支えることなどできるだろうか。

6　課題

浮都には大きな川はなく、海水は飲用に適さない。浮都の飲用水は天の恩恵に頼るしかない。そのため、浮都の人はまばゆい晴天を愛するけれども、時には驟雨《しゅうう》を渇望せざるを得なくなる。

先生が一人、生徒たちを引率して、シティホールの展覧会に来ている。彼らはマグリットの展覧会を見に来たのだ。生徒たちは紙と鉛筆を持って自分たちの感想を書き、絵のタイトルを記している。彼らは質問した。この傘の上には水を入れたコップがあるけれど、これはどういう意味だろう？　どうして絵のタイトルは《ヘーゲルの休日》というのだろう？　彼らは展覧会のパンフレットを開き、答えを探した。

水に対して、人々はその時によって違う態度をとっている。時には受け入れ、時には排斥するのだ。例えば喉が乾いた時、人々は水を飲み、水を体内に入れる。しかし雨が降ると、人々は傘を開いて水が体に触れないようにするのだ。受容と排斥、表と裏というのは、哲学者が常々思索している問題だ。

水の課題については、哲学者ヘーゲルも興味を持ち、考えたことがあるかもしれない。しかしこんな小さな課題は、きっと休日のひまな時にしか取り上げなかっただろう。

ある生徒は絵に向かい合ってしばらく眺めてから言った。人が傘をさすのは、雨で体が濡れないようにするためだ。水がコップの中に入っているなら、もう傘をさす必要はないはずなのに、何を拒んでいるのだろう。そうだ、もしも浮都の上に広がっているのが堅固な雲だとしたら、浮都の上昇は喜ばしいことになるはずだ、いったい何を拒むことがあるだろう。

7　花の神

浮都の住民は、多くが帽子をかぶった男性——プチブルの象徴だ。彼らは安定し繁栄した社会と温かく落ち着いた家庭を渇望している。そのために毎日営々と、アリやミツバチのように働くのだ。仕事は確かに多くの憂いを忘れさせる。浮都の住民の苦労は、豊かな生活と繁栄した現代社会を導いた。しかしこの社会は、巨大な物質的誘惑に満ちていて、人々をさらに必死に労働するようにしむけ、底知れぬ黒い穴へ誘いこんでいく。

ボッティチェリはルネサンス期のイタリアの画家だ。彼の《春》は、大地に春のしるしを撒き散らす神々を描き込んでいる。神の使いであるメルクリウスが引導し、キューピッドはヴィーナスの頭上に飛び、西風のゼフュロスはニンフのクロリスと肩を並べ、優雅な三美神はひらひらと舞い、薄い紗の鮮やかな衣装をまとったフローラは花を野原にまんべんなく散らしてゆくのだ。

我が国の宋代の画家、李公麟《りこうりん》も《維摩演教図》において、文《もん》殊《じゅ》菩《ぼ》薩《さつ》が弟子を連れて釈迦牟尼《しゃかむに》の命を受け、病気の維摩のもとを訪れる場面を描いている。維摩は病をおして法を説き、大乗の教義について講述する。傍らの天女は花を撒き続け、文殊の弟子は花を一身に浴びているのだ。

豊かな浮都は物質の誘惑に満ちている。浮都の人は、天女が自分に花を撒いてくれることを願い、さらには春の女神のフローラと彼女の持つ無数の花を、リュックサックのように自分が背負いたいと望んでいるのだ。

8 時間

それは重要な時刻、絶対的な時刻だ。機関車の先頭車がちょうど到着した。それ以前には、先頭車はまだ暖炉《だんろ》の中に進入していなかったし、それ以後は、先頭車はすでに離れてしまっている。ただこの特定の時刻にだけ、先頭車は室内の暖炉の中を進んでゆく。ただこの絶対的な時刻にだけ、先頭車が吐き出す黒煙は、暖炉の中の煙突をのぼっていくのだ。煙突は煙が通ることのできるただ一つの通り道である。

暖炉はきらびやかに飾りつけられるあの祝日を思わせる。それは街中に喜びが溢れる日だ。しかし、室内のしつらえから見て、これは祝日ではない。暖炉の前にはプレゼントを入れるための靴下が吊るされていないし、クリスマスツリーもない。ぴかぴか光る電飾もないし、天使もおらず、銀の鈴もなく、銅の燭台には蠟燭も挿されていない。

暖炉の上には大理石の時計が置いてあって、短針は一をめざし、長針は九に向かおうとしている。秒針の位置はよくわからない。真夜中はすでにすぎている。もしも馬車だったら、馬車はもうかぼちゃに戻っている。もしも駿馬だったら、駿馬はもうネズミに戻っている。華麗なドレスももうボロボロの灰だらけの服に戻っている。

そうだ、真夜中はもうすぎた。しかし、童話の物語は教えてくれている。真夜中になる前に、シンデレラは白馬の王子と出会ったのだ。浮都の白馬の王子も、時間が零になるあたりで待っていたのだろうか。彼が乗っているのは素晴らしい白馬だが、一匹の馬の力では、遅れることもあるだろう。

零の時間はどうしても人々をあせらせる。時間が一になればどうだろう、人々は鏡を通して未来の様子を見ることができるだろうか。

9 鏡

浮都に来た人でなければ、浮都の鏡が普通の鏡とは違うということはわからないだろう。童話『白雪姫』では、魔女のお妃の宮殿の壁に魔法の鏡があり、お妃の質問に答えて誰が世界で一番美しいかを教えている。それは正直で忠実な鏡であり、嘘をついたことはない。浮都の鏡もみな正直で、勇気を持って現実を反映しようとする。しかし、鏡には鏡の限界がある。浮都の鏡は、物事の背面しか映し出せないのだ。

すべての鏡は——本土の既製品であろうと、海外からの輸入品であろうと、一度浮都の建築物の壁に掛けてしまうと、目の前の物の背面しか映さなくなるのだ。だから、浮都の人が鏡を見る時、彼らが鏡に見るものは自分たちの顔ではなくて後頭部の髪だ。いつか誰かが、鏡をもう一枚持ってきて合わせ鏡を試みたことがある。しかしどうやってみても、いったい何枚の鏡をつかっても、どのように方向を変えたとしても、鏡が映し出すのは永遠に物の後ろ姿なのだ。これは、浮都の女性が美容院通いを欠かせない理由でもある。自分で化粧をするのは容易なことではないのだ。同様に、浮都の男性は綺麗にヒゲを剃ろうとするならば床屋の世話にならねばならない。

浮都では、鏡を見ても答えは得られず、未来を予測することは

できない。しかし、過去を知ることができるのも悪いことではない。歴史は鑑《かがみ》にすることができる。これこそ、浮都の鏡のもう一つの存在意義なのだ。

10 翼

浮都の交通機関はたくさんある。昔ながらの縄ばしこや気球のほか、現代的なヘリコプターやパラシュートなど。雲の上を見たい人は、はしごを登り、気球に乗ればいい。海面に行ってみたい人は、パラシュートを使ったりヘリコプターに乗ったりする。しかし、多くの浮都人の願いは自分自身が翼を持つことだ。彼らにとって、宙ぶらりんの都市に住むというのは、どうも恐ろしいことなのである。不安を感じる人は、日夜思いを凝らし、最終的には荷物をまとめ、渡り鳥のように別の場所で理想的な巣を営むことを決めるのだ。

ある小説家がこのようなことを書いた。ある人が大使館に行って移民パスポートを申請した。係員は彼にどこに行きたいのかと聞く。彼は答えた、どこでも構いません。係員は地球儀を渡して、どこに行きたいのか選んでもらった。その人は地球儀を見つめ、ゆっくり回してから聞いた。別の地球儀はありませんか。

浮都を離れてどこに行くかというのは、確かに難しい問題だ。いったいどこに、ずっと住み続けることのできる安心な

都市があるというのか。それに、この街を離れるものは堅固な翼を持っていなければならないし、飛行時にはくれぐれも気をつけて太陽に近よらないようにせねばならない。さもなければ蜜蠟が溶けて、イカロスのように墜落してしまうからだ。

浮都の住民は渡り鳥ではない。もしも離れるとしたら、それは一方通行で、戻ることはできないのだ。杖を持ち、荷物を持って、本当に二度と振り返ることなく出ていけるのか。浮都の人の心は飛ぶことを渇望する鳩だけれども、圧迫され、閉じ込められてしまった鳥なのだ。

11　鳥草

飛翔に憧れて、浮都の人々は時々空を仰ぎ見る。彼らは飛ぶ能力を持たず、楽神《がくしん》の飛天《ひてん》が身につけている吹き流しを作ることもできない。彼らは、自分たちが黙々と中空に浮いている夢を見ることしかできないのだ。空中に浮いたとしても、やはり飛んでいくことはできないのである。

風季がすぎると、人々は次々と自分たちの夢に戻っていく。彼らの見る夢は豆腐のような白い凧、降り積もる雪、軽やかな蝶、ただようアザミの綿毛などだ。浮都に翼が生えた夢を見る人もいる。しかし目が醒めると、自分は相変わらずしっかりと浮都の土地の上に縛りつけられていることに気づくのだった。ところがこの土地に、奇妙な植物

が生えてきた。世界中の生物界で観察されたことのなかった鳥草だ。

浮都の街の中か外かを問わず、あらゆるところが緑色になり、川の両岸、山あいや窪地、庭園や花畑といった場所に黒っぽい緑をした鳥草が茂り始めた。それは特異な植物で、偏平な葉をもち、成長すると鳥の形状となる。葉を一枚摘むと、はっきりと鳥の頭、くちばし、眼までも識別できるのだ。葉の表面には鳥の羽毛のようなものまで生え揃っており、そよ風が吹くと、草むらはパタパタと、羽ばたく鳥のような音を立てるのだった。

鳥草の形状は鳥のようだがその本質は草なので、どの鳥草の葉っぱの鳥にも翼がない。人々は言う、もしも翼が生えて草葉もみな飛べるようになったら、そのときには、浮都の空は飛翔中の鳥草でいっぱいになるだろう。その時、それが鳥なのか草なのか、動物なのか植物なのか区別がつかなくなるだろう。

12　慧童《けいどう》

鳥草があらわれたこの年、浮都に慧童が現れた。彼らは賢い子どもたちだ。子どもたちが生まれてきたときは特に注意をひくことはなかった。彼らもみなぽちゃぽちゃとした赤ん坊にすぎなかったからだ。しかし、この子どもたちの成長はひどく早かった。知恵と身体が迅速に発達し、しばらくすると立派な体格と成熟した思想を持つ大きな子どもになったのだ。

それは計算をしている時始まった。母親たちは子どもが宿題をするのを見ていたが、彼らは足し算引き算、掛け算割り算をするのになぜか鉛筆を使わず、色のついた積み木で遊んでいるのである。なぜ布を買うのに米[*1]を使い、米を買うのにグラムをつかうのか。集[*2]とは、また一体なんのことだろうか。だんだん、母親たちは子どもの教科書さえ全然わからなくなってしまった。それに子どもたちは勉強するのに本を開く必要もなくなり、ただモニターのスイッチを入れるか、イヤホンを耳につけるかだけになった。

子どもたちは母親に、沐浴のときは窓を開けるように[*3]とか、野菜を茹でるのにあまり塩を入れすぎるなとかいうようになり、そのうち母親を連れて旅行に行き、ご馳走をするようになった。お祝いの日にはプレゼントも贈ってくれる。母親たちは、だんだん自分たちが赤ん坊になり、自分の子どもたちが家庭の支柱となってしまったような気がした。彼女たちの家長としての地位に取って代わり、伝統的な権威を覆してしまったのだ。多くの母たちはこのことに驚き、どのようにしていいのかわからずにいた。

ただ一部の母親たちは喜びを感じていた。彼女たちはずっと心中に猜疑と困惑をかかえ、解決できない難題に向き合ってきたのだ。この時、彼女たちは賢い子どもたちのことを思い、すべては子どもたちによって瞬時に解決されるだろうと考えたのだった。

*1　「コメ」と「メートル」のかけことば。植民地時代、度量衡が英国式になった。
*2　市場のこと。「集合」とのかけことば。
*3　一酸化炭素中毒を防ぐため。

13
窓

地球は宇宙に浮かぶ小さな惑星に過ぎず、浮都は地球に浮かぶ小さな都市に過ぎない。地図を開くと、浮都の面積は針穴のように小さく、その名前はほとんど存在しないかのようだ。しかし、こんなに小さな都市が、次第に遠くからも注目されるようになった。

中空に浮かぶ街、反対側しか映さない鏡、風季に人々が見る浮かぶ夢、泥中から育つ鳥草。このように不思議な街は、無数の旅人をひきつけ、彼らは探索し、体験し、鏡を見、夢を見るようになった。ここにやってこない人たちも好奇心を持たないわけではない。多くの関心を持つ人々が街の外に立ち、開け放たれた窓の向こうから中を見つめた。彼らは手をだらりと下げており、明らかに実質的な援助はなしえない。しかし、見つめることこそ参与の表現なのだ。見つめるということは、監視の作用をも果たしている。

窓の外に立つ観察者は、この時何を見たのか。彼らが見たのは一人の教師と一群の生徒が、シティホールにやってきてマグリットの展覧会を鑑賞しているところだ。壁には一枚一枚絵が展示されており、会場では人が三々五々歩いている。窓の外の観察者と先生たちグループは、突然面と向かい合った。しんとした表情の観察者たちから、人々はものごとの発展の過程を読み取ろうとする。もしも悲劇なら、彼ら

の顔には哀傷が浮かんでいるだろう。もしも喜劇なら、もちろん笑顔が浮かぶはずだ。
あちらのほうでは、会場係が「モナリザ」のポスターを予告掲示板に貼っている。こちらでは、絵の中の人と絵を見に来た人が、一枚の窓を隔てて、お互い見つめ合い、それぞれの物思いにふけっている。

(原題:「浮城誌異」　初出:西西『手巻』台北・洪範出版社、一九八八年)

『三十三年京都の夢』抄

朱天心《しゅてんしん》

濱田麻矢 訳

朱天心（しゅてんしん　Chu T'ien-hsin）

1958年、台湾・高雄県鳳山市（現高雄市鳳山区）の軍人村（中国大陸から移住してきた国民党軍人とその家族の居住区）に生まれた。父は山東出身の著名な国民党作家朱西寧《せいねい》（1927–98）、母は客家《はっか》系本省人（日本の植民地時代から台湾に定住していた台湾人）で日本文学翻訳者の劉慕沙《りゅうぼさ》（1935–2017）、姉は作家・脚本家の朱天文《てんぶん》（1956–）。朱姉妹は父からは中華民国の文化を、母からは日本の影響色濃い本省人文化を吸収して育った。

十代の頃、大陸からの亡命文人である胡蘭成《こらんせい》（1906–81）に姉と共に師事し、東洋文明への賛美に満ちた美文に大きな影響を受けた。77年に胡蘭成門下生で雑誌『三三集刊』を創刊。胡蘭成は民国期随一の恋愛小説の名手張愛玲《ちょうあいれい》（1920–95）の前夫でもあり、張愛玲と胡蘭成の風格をさまざまに体現した『三三集刊』は80年代初期の台湾文壇に大きな影響力を及ぼした。朱天心は台北市第一女子高級中学（北一女）在学時から創作を始め、台湾大学歴史系卒業後は創作に専念。奇抜な発想と纏綿とした情感的な文体で知られる姉・天文に比べ、妹・天心の創作は歴史及び政治的な感覚に裏打ちされており、時に「論文調」とも称される。時報金賞、聯合報文学賞など受賞多数。邦訳に『古都』（清水賢一郎訳、国書刊行会）など。2022年には朱家をめぐる日本のドキュメンタリー映画——朱西寧・劉慕沙夫婦を描いた『願いはやまず（願未央）』と朱姉妹を映した『私は覚えている（我記得）』が同時公開された。前者は朱天文が、後者は本書収録「霧月《ブリュメール》十八日」の作者、林俊頴が監督を務めている。

一九九四年、十月下旬、京都

同行者……唐諾《とうだく》、盟盟《めいめい》、母

この旅行は、前回六月に来たときに盟盟[*1]が「おひげのおばけ（唐諾のこと）と来たい」とリクエストしたのに応えるためだった。母[*2]が同行したのは、ずっと京都の社寺の紅葉を見たがっていたからだ。

今回は半月滞在したので（家の犬や猫が爆発的に増える前のことだったので、天文《てんぶん》[*3]一人にまかせても何とかなったのだ）、初めて土地の人の生活のリズムに溶け込めたような気がした。たとえば朝ごはんは通勤族のようにドトールで済ませた。このとき盟盟は小学校二年生で、長期の欠席届を出した際に先生から課題をもらってきており、朝ごはんを食べ終えるとそのまま勉強していた。唐諾[*4]はほとんどがスポーツニュースからなる新聞を何紙か読んだ（その頃、本当に日本は天下泰平だった。何年もの間社会的なニュースや大きな災害についての報道を見かけなかったのだから）。朝ごはんの後は近くの錦市場で朝市をひやかす。そこにはおじいちゃん[*5]の家の朝ごはんの香りを凝縮したような匂いが充満していた。

＊1　作者の子。
＊2　作者の母、日本文学翻訳者の劉慕沙《りゅうぼさ》。
＊3　作者の姉で作家・脚本家の朱天文。
＊4　作者の夫。
＊5　作者の祖父（劉慕沙の父）は日本時代の台北医学専門学校（台湾大学医学部の前身の一つ）出身の医師。

その頃の錦市場はまだ土地の人のもので、今のように物珍しげに写真をとる観光客が幅を利かせてはいなかったのだ。

晩御飯は、だいたい髙島屋地下の食料品売り場が閉店三十分前にセールを始めるのを狙い、鮮魚売り場をサメのように回遊しながらその時を待った。店員と根くらべをして、刺身や寿司が一割引、時には三割引になる（この値引きは商品の残り具合と回遊するサメ族の多寡によって決められた）のに飛びつくのである。こうしているうちに、私はサメ族客のほとんどが、時間だけはありあまっている退職老人か専業主婦であることに気づいた。しかし時には、会社帰りの若い女性がしびれを切らし、寿司の包みを指差しながら店員に「これ美味しいのよねぇ」などと愛嬌たっぷりに声をかけることもある。果たして店員のおじさんはにっこり笑い、三割引にするのだった。

この年、関西空港と南海電車の空港線が開通した。私たちは日本の商社勤務でしょっちゅう出張している叔父の助言に従い、直通特急のラピートに乗って難波に出た。二十九分しかかからない。しかし不思議なことに、ラピート以外の電車に乗ると、空港急行であっても倍近くの時間がかかるのである。ラピートは深海のような濃い青で（こう書くとまるで私が海の底に行ったことがあるようだが）、窓も丸くて船窓のように見える。関西空港はまさに海を埋めて作られているので、車両は空港から外に出るやいなやかなり長い間水面にかけられた橋を走るのだ。それはのちに『千と千尋の神隠し』で描かれることになる、あのとても美しい海原電鉄のようだった。

京都に行く前に、私たちは難波から一駅のところにある心斎橋のホテルに二日間滞在した。神戸と高野山に行くためだ。

神戸に行ったと言っても、ありきたりの観光客のように北野坂の異人館一帯を見たにすぎない。本当に行っておいてよかった。そのたった二か月後、マグニチュード7・2の阪神淡路大震災によって、いまはもう震災前の様子と人を見ることはできなくなってしまったからだ（私は三宮駅の売店で傘を買った時にお釣りをくれた女の子の顔をはっきり覚えている。三宮の被害は最も深刻で、阪神電鉄とその上に交差する山陽電鉄、神戸高速、そして東海道本線が全て崩れてしまったのだった……生存者はいなかった）[*1]。

異人、とは外国人の総称である。明治期、海を一望できる北野坂に、各国の豪商が続々と邸宅を建てた。現存しているのは六〇棟ほどだが、そのうち一〇棟ほどが修理を施して有料で参観できるようになっている。私たちは初めて訪れたのだが、学生と思しきアルバイトが声を張り上げて売っている複数館共通の割引チケットを買う気になれず、ただ外側から建築と、庭の花を見た……異人館のあるあたりは、淡水《たんすい》の紅毛城《こうもうじょう》から真理《しんり》大学、淡江《たんこう》中学、小白宮《しょうはくきゅう》を経て真理《しんり》街《がい》二《に》巷《こう》に至る坂道のあたりとよく似ていた。淡水に比べて規模は十倍ほどもあるだろうけれども。私は、若かったころあの辺りを歩き回るのが大好きだった。最近は大陸から仲のいい友達が来ると連れていくことにしている（変化したものの、台湾で行ってみる価値がある数少ない場所の一つだ）。彼らはだいたい決まって「わぁ、コロンス島[*2]みたい！」と反応する。

私たちは地図をうち捨て、淡水によく似た北野の異人坂を登ったり下ったり、道という道をでたらめに歩いた。どこに行こうと、道が尽きたところで振り返れば、すぐに神戸港の青い海と空が真正面に広がるのだ。もしかしたらあの時（いや、もしかしたらもっと前、ギリシャのミコノス島に行った時だったか？）「港町の小さなパン屋に住んで、黒猫を飼い、箒にまたがってパン屋の宅急便を始めたい」という夢の種がまかれたのかもしれない。

英国館のすぐ下の道では両側に長い壁が伸びていた（壁の中が整備を待っている廃墟だったか荒地だったかは忘れた）が、道をはさんで下って行く石段の脇に老猫と子猫がいた。人を怖がりもしなけれ

＊1　実際には、阪神淡路大震災発生は早朝だったので電車は走行していなかった。
＊2　福建省廈門にある島。共同租界地だったため洋館が多く建てられている。

ば媚びもせず、見るからにいい「猫生」を送っているようだ（毛艶もよいし、目は明るく澄んでいる）。そばに貼ってあった手書きのチラシを母が読んで訳してくれた。「このあたりの野良猫は地域みんなで世話をしています。去勢、避妊手術済みで、餌やりとノミ取りもしています。旅行者の方は餌を与えないでください……」

その頃の我が家は、すでに自分たちが飼っている猫だけでなく近所の野良猫の世話もせざるを得ない状態になっていたが、この文明的かつ友好的な光景とはかなりの開きがあると言わざるを得なかった（いや、我々の隣人には勝手に餌やりをしたり避妊手術をしたりする心配はなかった。ただ猫を捨てたり、毒殺したりするだけだ。動物愛護心があると自分で思っている人が、まだ目の開いていないような生まれたての子猫たちをビニール袋に詰め込んで我が家の前に捨てていった。あの子猫たちのお母さんはどれほど取り乱したことだろう）。

私たちは風見鶏の館前の小さな広場の片隅にある、あまり観光客がいないカフェに入った。コーヒーを頼んだあとで、壁に大きな侯子《ホウズ》*1の映画『悲情城市』の日本語版ポスターが貼ってあるのを見つけた。これは特に驚くことではない。ここ数年、日本では侯子とその映画についての論文やインタビューがたくさん出ており、熱心なファンの行動に私たちまでが巻き込まれていたのだ。たとえば『冬冬《トントン》の夏休み』のロケ地となった銅鑼《どうら》郷《ごう》のおじいちゃんの家には、しばしば日本のバックパッカーや小規模な団体客が見学に来る。耳は遠くなったけれどもなお毎日スーツにネクタイを締めて患者を診ている九十歳のおじいちゃんが、昼休みに二階でテレビのニュースを見ていたら、小さい旗を振りながら団体を引き連れたツアーガイドが階段を登ってきて、おじいちゃんに入場券を売ってくれと言ったことがあったそうだ。おじいちゃんのことを、指定文化財には必ずいるタイプの熱心なボランティア兼チケット売りだと思ったのである。

侯子の映画だけでなく、映画そのものに対して、私はどうしても不満をぬぐいきれないところがある。たとえば侯子と天文だ。侯子は私が会った人（文学畑を含む）の中でも読書が好きなほうである。しかし、彼がある特定のテーマ（たとえば『悲情城市』で扱われた二二八事件）について天文と同じくらいの時間を費やしたとして、映像が軽やかに国境を、文化を、カテゴリーを超えて受け入れられ鑑賞されるのに比べて、文字／文学の伝播は遅滞しており、ともすれば分かりにくいものとして敬遠されてしまうのである。私はこの二つのジャンルの間にある耕作と収穫とのアンバランスが公平ではないと感じてきた。私にしてみれば、どんなに素晴らしい映画だとしても、その重みとエッセンスはすぐれた短篇小説でだいたい表現できてしまうものなのである。私はこうした、ほとんど舐めきったような見方を持っていて、何年も天文と断続的に論争してきた。天文は映画それ自体に内在するロジックと美学があるのだから、文学と比較する必要などないと言う。映画と文学、この二つの表現形式の意義と重みがどんなに異なるとしても、彼女はそれぞれとうまくやっていく方法を見つけられるというわけだ。

　私はそれでは説得されない。美学とは、文学芸術の中では思想や意義などに比べると一等下回る価値基準ではないだろうか。文学においてオリジナルの美学的風格を作り上げることはそんなに難しくないが、心の琴線に触れ、内に思想があるものこそ私が素晴らしいと思う作家の仕事なのである。

　さらに言うなら、映画製作はコストがかかりすぎるから（一人の人間と一本の鉛筆と紙、あるいは一台のノートパソコンがあればいいというのに比べて）考慮せねばならない観客の数が多く、妥協せねばならない度合いが高い……。私たちはどちらも譲らなかった。結局のところ、私はただ、天文が映画に多くの時間を費やしていることをもったいないと思っていただけなのかもしれない。しかし天文は『荒人手記』[*2]を書きあげたことで、映画のために文学をおろそかにしているわけではないことをいつ

＊1　映画監督、侯孝賢《ホウシャオシェン》のこと。一貫して朱天文とペアで映画製作をしている。「侯子」は猴子《サル》と同音。

も通りに証明してみせたのだ（土型の人は不言実行タイプというわけだ〔五行思想に基づく占い〕）。
異人坂を離れる時になって「にしむら珈琲」をちらりと見た。ため息が出るほど美しい外観で、赤いレンガの壁をびっしりと濃緑の蔦が覆っている。会員制のカフェで、天文は前年映画祭で来日した時、日本の友人に連れて行ってもらったと言っていた。コーヒー狂の小坂さん〔侯監督の日本語通訳〕もここのコーヒーはとても美味しいと言ったという。

一年半ののちにまたここへきた時、思わぬことにこの店の入り口に張り紙がしてあるのを見た。災難（阪神淡路大震災）の後、みなさんにここで憩いのひと時を過ごしていただくことにしました……といった意味のことが書いてある。一般の市民や観光客にも開放することにしたのだ。階級社会を頑なに守っているように見える日本人をこのように変えたところからも、すべてを打ち壊したあの災難のもたらした衝撃が例えようもなく大きかったことがわかる。

高野山は和歌山県内にある。私たちは大阪難波から南海電鉄高野線で行ったのだが、選り好みせず各駅停車に乗ったので、まるまる一時間半もかかった。しかしそれはこの旅の雰囲気にふさわしいものであった。巡礼僧（お遍路さん）を描いた映画を見たことがある。四季を問わず、木綿の着物に竹を編んだ傘をかぶり、軽やかに鳴る鈴をつけた禅杖で道をゆき、天候にも、年月にも構わず巡礼の旅を続けてすべての国分寺（いや、西国三十三箇所の霊場だったか？）を回るという苦行の姿は私を強く惹きつけた。そして高野山とは、平安時代に唐で修行してきた空海が開創した真言宗の総本山、つまりは巡礼の最終地点ということになる。いったいどんなところなのだろう。

電車が山に入っていくと車窓の風景からだんだん人が消えてゆき、列車も乗り降りする人がいなくなった。この列車の終点は「極楽橋」という。その時私はまだ『千と千尋の神隠し』に出会っていなかった。あの映画の中のあの海原電鉄は、そのころまだ無《む》何《か》有郷《ゆうきょう》〔何の作為もない理想郷〕にあったのだ、と言うべきかもしれない。というわけで、高野山にゆくこの電車は、私の極限の想像の中で銀河鉄道となったのである。

銀河鉄道はひたはしり、極楽橋駅につくと乗客はみな電車を降りた。乗客一同が運命を共にするケーブルカーが最後の行程だ。

十年後（二〇〇四年）にユネスコによって世界遺産として認められることになる「紀伊山地の霊場と参詣道」だが、このときはほとんど観光客を見かけなかった。私たちと一緒に車を降りたのは一人で来たおじいさんやおばあさんばかりで、みな厳粛な面持ちだった。お礼参りに来たのだろうか、それとも願掛けに来たのだろうか、とても気になった。

日本三大霊場の頂点にある高野山は、人の姿は稀なものの、まったく陰気な感じがしない。陽光のもと、すでに色づいた紅葉が、杉林の間から風に合わせてサラサラと音を立てている。「奥の院」、弘法大師の廟に通じる参道には約二キロにわたって杉が植えられており、木に挟まれた歩道はでこぼこの石畳だったが、それもとてもよかった。両側には武田信玄、織田信長、明智光秀、伊達政宗、上杉謙信、豊臣家、徳川家……といった人々が数百年眠っているのだが、こういう道はこの場にとても似つかわしい。私は日本映画が禁じられた後の台湾で育ったので特に日本の戦国史に触れたことはなかったのだが、母は日本文化にどっぷりつかってきた人なので、大スターの競演に熱狂する追っかけのように、興奮のために顔を赤くしながらきゃあきゃあ叫び続けた。緑の苔に覆われた古い墓碑と供養塔は、生へ、時間へ、歴史へ、人の存在へ、そして死亡へと私たちを向かわせる……。悟り、と言ってもいいような感覚が生まれた。静かに道を歩きながら、西遊記の終盤のエピソードを思い出した。三蔵法師の一行四人が「凌雲《りょううん》の渡《わたし》」を渡ったとき、船頭に身をやつした接引仏祖《しょういんぶつそ》が底のない船を漕い

＊2　一九九四年発表の長篇小説。第一回時報文学百万小説賞受賞。邦訳『荒人手記』（池上貞子訳、国書刊行会、二〇〇六年）。

で迎えにきた。三蔵はよろけてどぶんと水に落ち、船頭にさっと引き上げられる。仏祖が軽々と船を漕ぎ出したところで、流れの上に死体が浮かんでいるのを見つけた。三蔵は驚きの叫びをあげるのだが、孫行者はくすりと笑うと「お師匠さん、怖がることはありません。あれはもとのあなたですよ」と言うのだ。知らないうちにかりそめの肉体を脱ぎ捨てていたのだった……。

そして京都だ。六月に来たばかりだったが、前回と季節が違うからといってよそよそしさを感じることなどなく、むしろ京都から離れたことなどなかったような気がした。錦市場のどの店も、二十年近く近所に住んでいる興隆市場よりよく覚えている。私は髙島屋地下一階のどの店で旬の味の和菓子や漬物やパンやチョコレート、チーズ、鮮魚、そしてジャムを買えばいいのか覚えていた（いつも砂糖も防腐剤も添加してない瓶入り青森りんごジャムを買い求め、旅の間中お茶請けとして楽しむことにしている）。錦小路と柳馬場《やなぎのばんば》の交差点にある雑貨屋で、一、二年は履ける型落ちのブランド靴下を家族全員分買うことも忘れていなかった。そして今回は、母を連れて寺町通の「寺村牡丹堂《てらむらぼたんどう》」に行った。六月に天文と来たとき、ここでドイツのFEILER風のタオルやエプロンの他に、細かい花柄のサックドレスが売られているのを見つけたのだ。母は太っているので、台湾ではよほど探さないと着心地がよくて見栄えもするビッグサイズの服を買うことが難しい。私たちは六月に来たときにリバティ柄の綿のワンピースをまとめて六枚買ったのだが、今回は母に自分で秋冬用の長袖を選んでもらうことができた。

そう大きくない店を老夫婦が切り盛りしている。私はまだ彼らの顔をはっきり覚えていた。それからというもの、毎年来ては必ず二、三枚買うようになった（一枚五千円くらいだった）。あれこれ選ぶのだけれども、結局は前回または前々回の買い残しを買うだけのことだった）。ある年、おばあさんがいなくなった。おじいさんは生真面目に、しかし思わず叫びたくなるようなのろのろした動きで服を畳み、袋に入れ、包装してくれる。そしてクレジットカードは使えなかった。さらに後になると、どうやらこの店のビッグサイズの服すべてを私たちが買い占めてしまったらしいことに気づいた（それ以上作らなくなったのは、縫製を請け負っていた隣のおばあさんもいなくなってしまったからだろうか？）、私はそれでも必ず立ち寄って、エプロンなりタオルなりを買うことにしていた。

二〇一一年の初めには、おじいさんもいなくなった。店番をしているのはおそらく息子さんだろう、威風堂々とした中年男性がエプロンをつけて、店中にぶらさがっているアニメ柄の安タオルの中で仕事をしていた（それで私は、彼が不景気のために商社からリストラされたのだと勝手に決めつけた）。彼はきびきびと包装し、カードも受け付けてくれる。ほんの十数秒で支払いが済むようになったとき、「私はご両親の昔からの友達なんです。お店に置いてあったビッグサイズの服、全部買ってしまってごめんなさい」と話しかけたいという衝動にかられたものだ。

（グレアム・グリーンがある小説の中で語った言葉を思い出してしまう。「ふるさとっていうのは、結局そういう道とか、店とか、人とかがいるところなのだ。そういうものがなくなってしまったら、もう見知らぬ土地になってしまう。そうなったら離れ時なのだ」）

（原題：「三十三年夢」　初出：『印刻文學生活誌』二〇一四年八月号。
翻訳底本は、朱天心『三十三年夢』ＩＮＫ印刻文学、二〇一五年）

Ⅱ　はるかな音とイメージ

傷痕

宋沢莱《そうたくらい》

津守陽 訳

宋沢莱（そうたくらい　Song Tse-lai）

本名は廖偉竣《りょういしゅん》。1952年、台湾中部・雲林県の客家《はっか》の家庭に生まれた。台湾師範大学歴史系卒業後、彰化の中学校で教鞭をとるかたわら創作活動を開始。「打牛湳村」シリーズで農村における搾取の現実を鮮烈に描き、郷土文学に現れた新星として脚光を浴びる。

80年代以降は仏教へ強い関心を示した。台湾意識と宗教との関係を論じた『禅と文学体験（禅与文学体験）』（前衛出版社）などのほか、『裏切られた仏陀（被背叛的仏陀）』（自立報系文化出版部）では台湾における仏教のあり方を批判して論争を巻き起こした。81年、29歳でアイオワ大学の国際創作プログラムに参加。同じ年に中国から76歳の丁玲も招かれており、反右派闘争での生々しい体験を繰り返し聞いたという。

1985年に発表した『廃墟台湾』（前衛出版社）はＳＦに近い技法で反核及び環境保全への関心を描き、大きな反響を得た。93年にはキリスト教に改宗し、マジックリアリズムの手法で長篇『血の蝙蝠が舞いおりる都市（血色蝙蝠降臨的城市）』（前衛出版社）を発表。

宋沢莱はまた、詩集『フォルモサ頌歌（福爾摩莎頌歌）』以降、台湾語での創作にも注力してきた。さまざまな技法を試しつつ、小説、詩歌、評論など、多様なジャンルで精力的に創作を発表し続けている。邦訳に、三木直大訳「腐乱（抗暴的打猫市）」（『鹿港からきた男』国書刊行会所収）、若林正丈訳「笙仔と貴仔の物語——打牛湳村（打牛湳村——笙仔和貴仔的伝奇）」（『台湾現代小説選Ⅱ　終戦の賠償』研文出版所収）がある。

一

この地でどの神様が一番人気があるかというと、廟の数から言えば、王爺《おうや》[*1]廟《びょう》が一番だろう。家でお祀りしている神様なら、最も親しまれているのは観音様に違いない。参拝客の賑わいぶりで考えれば、ずば抜けて人気なのは媽祖《まそ》[*2]ということになる。昔、西川満という日本人が媽祖信仰を自分たちの国まで持ち帰って、自ら教祖とまで称したらしい。そして媽祖信仰が最も盛んなのは、北港《ほっこう》である。

北港、かつて嘉南《かなん》平原開発の重要拠点であったこの街は、北港渓を隔てて嘉義《かぎ》の隣に位置し、雲林《うんりん》県に属する。その街並みはごちゃごちゃと入り組んでいて、急速に経済発展していくなかで次第に近代都市らしき姿を具えるようになったものの、農村の面影も街角のそこかしこに残っている。誰もがこの街に郷愁を感じるのも、この濃厚な田舎の風情のせいかもしれない。旧暦の三月、周辺の農村で草木がいっせいに色づくと、北港には各地からお参りする信徒がどっと押し寄せ、街中が沈香の匂いと爆竹の煙に終日包まれる。

僕は数人の友達とここへお参りに来ていた。ちょうど大甲《だいこう》〔台中の地名〕から練り歩いてきた媽祖のみこし行列[*3]が到着したところで、北港全体が沸き返ったようになっていた。線香や蠟燭を手に、思い思い

＊1　台湾中南部で盛んな道教信仰。千歳とも呼ばれる。
＊2　航海の守護神として信仰を集める道教の女神。
＊3　旧暦三月の媽祖生誕祭には各地でみこし巡行が行われ、中でも大甲の行列が最大規模。現在は大甲鎮瀾宮の媽祖像をのせたみこしを先頭に、彰化や雲林など各地の廟を巡りながら、九日間かけて新港奉天宮との間を往復するが、一九一四年から八〇年代後半までは北港朝天宮が巡行の目的地だった。

にめかし込んだ善男善女が、敬虔な信仰心に溢れた面持ちでぞろぞろと街道を歩いてくる。その移動は満ちてくる潮のように、この街全体をぐっと浮き上がらせる。媽祖廟にどっと打ち寄せるこの大波は、なんと五万人もの数になるらしい。

　友人たちはまるきり圧倒されてしまった。この美しい南の島の陽光に照らされて、高く反り返った廟堂の屋根やきらびやかな装飾瓦は、信徒の頭上に黄金の輝きを放ち、まるで仙境に浮かぶ天の城のようだった。その有様を見れば誰もが、ああこれで自分はもう神の懐に帰ってきたのだ、自分の魂が永遠の里に帰りついたのだと感じずにはいられなかった。物売りの声も、車鼓陣《しゃこじん》や牛犁陣《ぎゅうりじん》が奏でる南管北管の調べ[*1]も、ああ、その音色の一粒一粒が、神の奇跡だった。

　その晩、僕たちは古びた旅館に泊まった。荷物を整理し、騒がしい夜市へとくり出す。低いテーブルの並んだ麺の屋台を選んで腰を下ろし、賑やかな街角を眺めながら、ぴりっと辛口の米酒〔中国南部起源の米焼酎〕を飲み始めた。

　一緒に旅行していた仲間には男性も女性もいたが、みんな都会で生まれ育ったやつらばかりで、祖先の土地からは切り離された人間だったから、農村の鄙びた風情についてはみんな『山海経《せんがいきょう》』[*2]式のエキゾチシズムを存分に期待していた。だからこの寂れた田舎を訪ねてきたのも、完全に流行りに乗じてのことだった。田舎のノスタルジックな風情に情緒を動かされてか、酒が何杯か入ってくると、皆顔を真っ赤にしながら、先ほど見た媽祖のみこし行列の盛況ぶりについて大演説をぶち始めた。

「実に奇跡だね！」と李《り》君がコップを持ち上げる。「この素晴らしい光景に乾杯しようじゃないか！　そら、ご承知の通り、我々は北部で毎日行き交う人の波に揉まれている。駅で、映画館で、百貨店で、人々はいつも流れをなしている。だがやつらは何者だ？　顔を持たない群衆だよ。信仰もなく、敬虔でも善良でもない、感覚のない生き物さ！　ふん、やつらはただのごみくずだよ！」

「その通り！　さあ、俺たちは何をぐずぐずしているんだ？　あの仲間に加わろうぜ！　一緒に行くんだよ！」陳雨人《ちんうじん》が立ち上がり、酔いにふらつく身体で言う。「神よ！　昔映画でメッカの巡礼を見た時には、あの人の波もどうせカメラが大袈裟に映しているんだと思ってたよ。今ならわかるんだ、宗教の巨大な力が。大波のごとく打ち寄せる力には、誰も抗えないのさ……」

興奮に我を忘れた友人たちは、粗末な机や椅子をバンバン叩き鳴らし、大声で歓声をあげた。周囲の人々が驚いて振り返る。

「ちょっと待って、」と一人の女性が手を上げて皆を黙らせる。「OK、つまりあの巡礼は素晴らしい行為である、とここに称賛の嵐が巻き起こっているわけね。でも私に言わせれば、彼らの行為の欠点は、あらゆる原始宗教と同じところにある。つまり、信仰心は熱く激しいけれども、儀式は野蛮極まりないじゃない？　みんな乩童《シャーマン》＊3は見たことある？　刺球＊4で自分の背中を滅多刺しにしたり、竹串で自分の頬を突き通したり、焼けた炭の上を歩いたりする、あれよ。あの恐ろしげな傷痕といったら、考えただけで食欲がなくなるわ」

女性の発言の後は、大声を上げるものもいなくなった。みんな冷静になって、思索的な態度であれこれと批評や討論を行った。誰もが野蛮な傷痕に惹きつけられ、人類の残酷で野蛮な習性について代わる代わる見解を述べた。

「そうしてみると、台湾の民間信仰なんてものは悲しい限りだね」と、李君は自身のたかぶった態度を改め、悲痛な面持ちを見せた。「あの野蛮で残酷な風習のせいで、より高い宗教的境地には到達できず、迷信の段階にとどまっているのだから。特にあの傷痕ときたら、その一筋一筋は解けない鎖

＊1　車鼓陣、牛犁陣は道教の祭礼行列で行われる民間芝居。南管・北管はその伴奏となる器楽合奏。
＊2　中国古代の地理書。奇想に満ちた異国・異民族の表現で知られる。
＊3　神降ろしをする霊媒師。台湾語で言うところの童乩（タンキー）に同じ。
＊4　乩童が憑依時の自傷行為に用いる法具で、釘が放射状に突き出た球。

となってこの地を縛めている。僕は昔、乩童が鉄の法具で自分の舌を貫くところすら目撃したよ！」

「おお！」それを聞いてみんなは驚愕した。

そこでまた一人ずつ、今度は思いつく限りの恐ろしげな傷痕について語り出した。最後には女性陣が耳を覆い始めた。

けれどもテーブルについた仲間の中で、ただ一人、南部から来た許《きょ》君だけが一言も語らなかった。農村の出身で、色白の顔いっぱいに髭を生やした彼は、暗い隅に顔を伏せ、濃厚な金馬《きんば》のタバコをふかしながら、煙の輪を周囲に漂わせていた。

「なあ、許君にも傷痕についての見聞を話してもらうっていうのはどうだい。許君は田舎育ちだから、我々の想像を超える経験談を聞かせてくれるはずさ」陳雨人が許君に向かって言った。

皆は許君の方を見た。

「うーん……それは……」許君はもごもごと口ごもり、辞退しようとしたが、みんなの期待の眼差しに遭うと、顔をあげ、向き直って言った。「別にたいした見聞なんか僕にはないよ。でもみんなが傷のことを話していたのは面白いと思った。実際のところこの世界は傷痕が築きあげてきたもので、それはごく当たり前の真実だと僕は思っている。別に傷を野蛮だとも恐ろしいとも僕は思わない。子どもの頃には、もうそう考えるようになっていた。それについては一つ、幼い頃に僕が体験した話があるんだけど、聞きたいかい？」

許君はそう言うと、新しいタバコに火をつけ、髭だらけの顔をあげて、彼の物語を話しはじめた。

二

屏東《へいとう》を訪れたことがある人なら誰でも、あの野原一面に咲き誇る草花と、ほっそりと斜めに傾いて立つ檳榔樹《びんろうじゅ》の林の印象が強く残っているんじゃないかな。その景色はいつだって、脈打つ大自然の鼓動や、繁栄の喜びに溢れる生命の存在を、強く感じさせる。僕が十歳の時、これはみんなにもよく覚えていてほしいんだけど、もう二十年前のことだが、僕は十歳の時、朗らかな子供だった。まばゆいほどに美しい屏東の草木が、僕の小さな生命のすべてを占領していた。ある日、僕は村の裏にある小川に沿って歩いていた。この川はたくさんの田畑を潤していて、まるでひとすじの輝く絹のリボンを、濃い緑のフランネルの上に載せたみたいだった。流れの両側には斜めに交差する檳榔樹がぎっしりと立ち並び、太陽の照りつける畑にはバナナの木が一畝《うね》ずつ広がっていた。僕は檳榔樹の林の中で山菜を集めていた。朝の木洩れ日は葉っぱのしずくをきらめかせ、僕は爽やかに澄んだ鳥の声や流れる水に惹きつけられて、川辺の石に座り込むと、自然のあらゆる奇跡に魅入られていた。突然、カサコソという音に驚いて頭を上げると、流れの向こう側から一人の男がこちらへ歩いてくる。巨大な体軀に、顔は黒ずんでひび割れ、ハンチング帽をかぶっている。帽子をあまりに深く、耳が半分隠れるくらいまでかぶっていて、目より下しか出してなかったから、頭が半分しかない人のように見えた。この奇妙な男は歩きながら、まるで風に飛ばされるのを恐れているかのように、しきりにそのハンチングに手をやる。実は単に習慣的動作なのかもしれないが、とにかくその片方の手は終始ハンチング帽から離れないのだった。彼はぎらぎらとゆらめくまなざしを僕にぴたりと据えると、ずかずかと大股に僕の座っている方へ向かってきた。僕が怖くなってそこから離れようと思った時には、彼はもう巨大な手で僕の肩を摑んでいた。そしてガラガラ声で尋ねた。「坊主、許勇《きょゆう》の家を知ってるか？　お前、許勇を知ってるか？　お前たちの村にいるだろう、あいつ左足の指が三本しか残ってないんだ、親指と人差し指はなくなっちまってな、何かで吹っ飛ばされたんだろう。おい坊主、知ってるか？　おい？」

僕はもう完全に恐怖に怯えていたが、許勇の名前を聞くなり、父親の名前だ！　と思った。そこで勇気を奮い起こして言った。「知ってるよ！　おじさん、うちの父さんが許勇だよ。足の指が七本なんだ。この近くだよ！」

「ハ、ハ、ハ！……」その人は朗らかに笑って、それから眉根を寄せ穏やかな口調で言った。「そうかそうか、許勇の子どもがこんなに大きくなったか。坊主、父ちゃんに会わせてくれるか？」

僕は恐れを感じつつも、この怪人を案内して檳榔林の向こうに見えている村を目指して歩いて行った。僕の恐れがようやく落ち着く頃には、もううちの家の前に着いていた。うちは木造レンガ造りの平屋で、外で飼っている犬は彼を見てワンワンと吠え始めた。

しばらくすると、父親がタタミの寝室から出てきて、玄関口に立つと、この怪人に対峙した。二分間にわたる対峙の間に、彼らの顔は冷たい無表情から熱っぽい赤へと変わり、突然がっしりと抱き合ったかと思うと、父親が大声で叫んだ。

「やあ！　やあ！　やあ！　丁番《ていばん》じゃないか！　なんと、丁番に会えるとはね！」

そう言いながら、彼らは互いの肩をぐっと摑み、笑いながら涙までこぼした。

「ちょっとおいで！」父は僕を呼ぶとこう言いつけた。「お前、店まで行って新楽園《しんらくえん》のタバコを一カートンと、檳榔《びんろう》を二十元分、紅露《こうろ》酒《しゅ》〔紅麴で醸す伝統酒〕を一ダース買っておいで、ツケでな。わかるか？　今日はおじさんたちがたくさん来るぞ」

僕はくるっと振り返ってお使いに行こうとした。

「待った」怪人は手をあげるとこう付け足した。「おじさんにも缶詰を一ダース買ってきてくれるか」

そう言いながら、ポケットの中から毛羽立った変テコな財布を取り出した。

「いいさ、ツケには慣れてるから」父親はそれを遮ると、怖い目つきで僕を見て言った。「ほら、早く行かんか」

僕は父親に叱られて、もう一度その怪人を見ることも忘れ、村の店に向かって走り出した。

十分後、僕は腕いっぱいに買い物を抱えて、はあはあ言いながら裏庭まで戻ってきた。母はかまどの火をまた熾《おこ》し、立ちこめる炊事の煙の中で、うつむいて雌鶏の毛を一本一本丁寧に抜いていた。宴会だからね、と母親が言った。あのおじさんたちはみんな父親の戦友で、かつて南洋で生死を共にした仲だという。

「南洋って何?」僕は母親に聞いた。

「南洋かい?」諦めの中に皮肉を帯びた表情を伏せて、母は答えた。「とっても遠い場所だよ、お前も大きくなったらわかるよ」

宴会が始まった。客はみなタタミの上にあぐらをかいて座り、僕は父のそばに立ってお客さんの世話をしていた。

「ほら、お客さんにお酒を注がんか」父が酒瓶を僕に渡した。「みんなの杯をいっぱいにするんだぞ」

ほどなく、六、七名のお客で半ダースもの紅露をあけてしまった。みんな酔っ払って調子が出てきた。

「うーん、今年はいったいなんて年だ!」と父が杯を高く頭上に掲げて言った。いつだって髭ぼうぼうの父の顔が微かに震えている。「十何年も離れ離れだったのに、こうやって集まれるなんて。丁番よ、何の話をするかね。何の話をするのがいい?」

「ハ、ハ、ハ!」丁番と呼ばれたあの怪人は窓際にあぐらをかいていた。緑の明るい庭を背にしているせいで、彼の顔はいっそう暗く陰っていた。彼は大声で笑いながらこう言った。「ボルネオの話をしよう。うむ、ボルネオで我々は、石油を採取してただろう? あそこには土人と、沼地と、密林があった、そうじゃないか？」

「そうさ！　我々は日本海軍、第一〇一燃料廠タラカン支廠にいた。タラカン、おお、懐かしの島よ！」小枝のように痩せて小柄なおじさんが、小躍りしながら首をふりふり言った。「素晴らしかったなあ、なんとも南洋の小島らしい風情で。でもあのあと逃げ出したんだよな……」

みんなはてんでに一九四三年のこと、太平洋で繰り広げられた戦争の話をし始めた。楽しかったこと、悲惨だったこと。そしておじさんたちの話題は次第に、散り散りになって深山に分け入り、ひどい暮らしをした絶望の日々に移っていった。飢えの中で必死に生き延びた生活では、草でも虫でも、蜥蜴《とかげ》までも食べたもんだ、と語った。

「ふん、覚えているか？　われらが大尉どのが人肉を食べたって話さ」ガサガサした肌の、短髪で額の禿げ上がったおじさんが、酔眼でじっとみんなを見据えながら話し始めた。「腕を一本齧ったんだぜ、ふん、くそったれめ、自分たち日本兵の腕をよ……」

「ほら、やめだ！　やめだ！」父が手を振ってその禿げあがった短髪のおじさんの話を遮った。「そんな飯が不味くなるような話はなしだ。タバコを吸え、タバコをな！」

父は新楽園のタバコを渡した。みんなの擦るマッチが明るくともり、めいめいがスパスパと吸い始めた。タバコの丸い煙が、小さな木造の家いっぱいに漂った。

「俺は思い出した」突然、丁番というあの怪人が、ハンチング帽の顔を上げると、みんなの方を向いて話し始めた。「一九四五年八月、あの山道の、広葉樹の茂る熱帯雨林で、俺たちが最後にオーストラリア軍に遭遇した時のことを覚えているか？　目的もなく歩いていると、オーストラリア軍が俺たちに発砲してきた。一列、また一列と発射される弾丸が、ぎっしりと葉の茂る密林を突き抜け、木の幹にズドンズドンと当たる。あっという間にみんな撃たれて、俺に見えたのは陳《ちん》君の足の指が三本吹き飛ばされたところだけだった。みんな死んじまったと思っていたよ！　あの悲惨な現場を思い出したか？」

「うむ、思い出した」父は身を乗り出すと、腑に落ちない様子で言った。「俺もみんな死んだと思っていた。今日みんなを呼び寄せた時、俺は案内状を二〇枚出したんだが、こんなにたくさんの人が集まってきてくれるとは思ってもみなかった。俺は実のところ足の指を撃たれた後、木の影に隠れて見ていたんだ。みんなが弾に撃たれてバタバタと倒れ、そのあとオーストラリア軍がみんなを担いで行ったのが見えた。なあ、簡烏《かんう》よ、あんたは左半身を撃ち抜かれただろう。どうやって生き残ったんだ？」

父はあの小枝みたいに痩せっぽちの、小柄なおじさんに尋ねた。

「なんで死なずにすんだかって？」痩せっぽちのおじさんはそれを聞くと、顔を震わせながら、タバコを揉み消した。そして左腕の袖をまくり上げて言った。「腕に被弾したんだ。おい、見てみたいだろう？　さあ、これだよ！　こうなったのさ！」

そのおじさんは腕を高く挙げ、僕はその前腕部をじっと見た。そのほとんどの肉は削ぎ落とされて、虫が食い荒らした木の幹みたいになっていた。表面はつるつると光り、蠟の膜のような皮がうっすらと骨を覆っていて、むかむかするほど惨たらしく見えた。一座は思わず顔色を変えた。

そして、彼らはそれぞれにシャツを脱ぎ、体に残る傷痕を指差した。あの額の禿げたおじさんは左の腹から胸にかけて、深く巨大な弾痕が三筋走っていた。それはまるで牛に鋤《すき》を引かせた大地のようで、鋤き起こされた肉はめくれあがり、一筋一筋が醜い赤い鎖を作り上げていた。

「おい、丁番はどうした。まさか無傷ってわけじゃないよな？」最後のおじさんがハンチング帽の怪人を指差して言った。「お前の体が無傷なわけないだろう？　お前が血溜まりの中に倒れていたのは、みんなが見ているんだよ！」

「そうだ！　そうだ！」残りの人はみな疑わしげに丁番おじさんの体に目をやった。そのがっちりした強壮な体は、まるで鋼鉄のように、にぶい光を放っていた。

「ハ……ハ……ハ……」丁番おじさんは奇怪な笑い声を上げた。「俺に傷がないだと？　無傷だとでも思うのか？」

そう言うと、彼は帽子を脱いだ。僕たちが見たのは、上半分がまるごと吹き飛ばされた頭蓋だった。まるで半分に切られた瓜のように。

……

……

三

「これが、僕が見たことのある傷の話だ。二十年が経って、そのおじさんたちが今どうなったのか、もちろん僕は知らない。だけど、彼らの傷痕は僕になんとも言いがたい刻印を残したと感じているんだ。それらを僕は嫌悪すると同時に身近に感じるし、惨いと思うと同時に懐かしさを覚えるんだ」

許君は話を終えると、通りの方へと顔を向けた。友人たちの高尚な議論を蔑むかのように。

翌日、僕たちはこの宗教の聖地に別れを告げ、ある山地へと向かうことにした。その険しい道には、神秘があふれていることだろう。


（原題：「創痕」　初出：宋澤萊『蓬萊誌異』遠景出版事業公司、一九八〇年）

パトゥ

張貴興《ちょうきこう》

松浦恒雄 訳

張貴興（ちょうきこう　Chang Kuei-hsing）

1956年、マレーシア・ボルネオ島サラワクで客家《はっか》の家庭に生まれた。台湾師範大学英語系卒業後に出版社勤務を経て中学校の教員となる。文学の創作を始めたのは十代半ば。南洋華人の移民の歴史やマレーシアの人種政策、華人の苦境などをテーマとした作品を精力的に発表、後出の李永平とともに馬華《まか》文学（馬来西亜《マレーシア》華語文学）第二世代を代表する存在である。

同じく馬華文学作家である黄錦樹《こうきんじゅ》は、張貴興が描き出すサラワクの原始林をマレーシア版『闇の奥』としてコンラッドになぞらえている。マレーシアは南シナ海を挟んで東マレーシア（ボルネオ島北部）と西マレーシア（マレー半島）に分かれており、歴史も東西で大きく異なる。ボルネオ島の北西に位置するサラワクは、もともとブルネイ王国領の原生林であった。

台湾で活動する馬華作家の多くが半島マレーシア（西マレーシア）の出身であるのに対し、東マレーシアに生まれ、少年時代はボルネオ島の先住民族とジャングルを探索していた張貴興は、圧倒的な密度とめくるめくような色彩、むせ返るような南洋の匂いを放つ原生林を描く。時報文学賞、聯合報文学大賞、紅楼夢賞など受賞多数。邦訳に『象の群れ（群象）』（松浦恆雄訳、人文書院）がある。さらに本シリーズ第四巻として『イノシシの渡河（野猪渡河）』が刊行予定。

びっくりした驢馬《ろば》が騎乗者を頭から真っ逆さまに振り落とすように、サンパン〔小型の木舟〕が雉《ジイ》をバラム河に投げ込んだ。そのとき彼は、ちょうど河岸の大きな蜂の巣を見上げていた。何の前触れもなかった。パトゥの櫂さばきが乱暴すぎたのか。急流に呑まれたのか。暗礁に乗り上げたか。それとも流木に衝突したのか。小さな水生動物が矢にあたり手足をもがれ、見事、罠に落ちたかのようだ。サンパンはきれいにひっくり返り、船底を天に向けたまま、製材所から流れ出したと思しき流木とともに下流へと流され始めた。へさきに座る雉が姿勢を変え蜂の巣を見ながらしびれた足をさすっていた時だった。河に落ちた瞬間、左足の感覚がなくなり、全身の筋肉がこわばった。と、頭から深みに吸い込まれた。バラム河の水はどす黒く濁り、太陽の光も通さない。視界はほとんど零だ。こんな目に遭うまでは、パトゥの櫂さばきに全幅の信頼を置いていた。それがあまりに藪から棒だった。何が何だかわからないまま、左肩が突き刺すように痛んだ。続いて生臭い匂い。左肩が引きちぎられそうに感じた。鋭い岩か、とがった杭か、あるいは大魚にかまれたか……。この生臭いのが自分の血の匂いで、それをがぶ飲みしたかもしれないとは、にわかに信じがたかった。

「この人がパトゥです。私の友人で……とても勇敢なの……私と同じロングハウス*に住んでいます」

東北の季節風が、鼻につくいやな匂いを乗せて、B4棟*1の広い廊下に吹き込んだ。強く弱く吹く風の

* 木造高床式の集合住宅。百メートル以上あることもしばしば。切妻屋根の片側が廊下・共有スペースで、もう片側が居住スペース。概ね一軒のロングハウスに一集落が住まう。床下に家畜を飼ったりする。

変化で、その匂いのもとを嗅ぎ分けることができた。ベランダに干されたエビや魚の干物、熱帯雨林の焼き畑の煙、精錬され黒い血となり衰弱した国家経済に注ぎ込まれる原油、病棟からはトウガラシとニンニクとレモングラスとターメリックをかきまぜたようなヒリヒリと辛そうな匂い、燕の巣のスープに含まれる燕の唾液、蛇の丸薬のような生臭い匂いを発する錠剤、哺乳類の雄や両生類の雌の発する交尾を誘う臭い。まったく風合いの異なる先住民の言葉と英語を操る、アニという名のダヤク族[*2]の少女が、このとき、朗らかに談笑していた。獣と人との合いの子のように、流暢ではないがよく練られた英語に、にょろにょろ伸びる蟒蛇《うわばみ》語と、手足と化した猿語と、甲骨文字もどきの鳥語と、じめじめ湿った胎内語を混じえ、ゆっくりとすぐそばにいる背の低い精悍な男を紹介した。ちょうど昼時分だった。吹き込む季節風は、羊水のように生暖かく湿気を帯びていた。「ガイドの経験は豊富なのよ。白人たちを連れて、第四省〔ミリ省の旧称。省都ミリは典型的なオイルタウン〕のバラム河なら全域走破してるのよ。どこのロングハウスとも親しいし」

　雉は、パトゥが生意気に見えた。後ろ手に組み、蟹の甲羅のように胸が張り、ヤシ殻のような頭が首の上に乗っている。わずかに見あげる仰角を、遥かに見降ろす俯角に変えようとしていた。眉が太く歯が大きかった。ホモ・ルドルフエンシス[*3]のような頬骨、盛り上がる顎の筋肉、さらに妖しい紋様が——少なくとも全身の五分の四を覆っていた。彼がこれほど隙間なく刺青を彫ったのは、全身に広がるあざを隠すためだった。そのため、後には、どれが刺青だかあざだか、自分でもわからなくなり、とうとう全身あざだらけだったことを覚えている人もいなくなった。刺青は、それぞれダヤク族のタブーを表わす。パトゥのこの節操のない非常識な振る舞いが物議を醸し、ダヤク族じゅうの怒りを買った。十五歳で成人の儀式を執り行い、ダヤク族の大人たちと初めて狩りに出た時、パトゥは親族の男を獲物と見誤って吹き矢で怪我を負わせた。ロングハウスで放し飼いにしているブタや鶏も彼の標的になった。ダヤク族が神聖視する大犀鳥《おおさいちょう》を焼いて食べてしまったこともある。森に住む呪術師が一週間かけて狩り場をめぐり、無数の山神や樹霊を尋ね、イボイノシシの腰の骨を削って作ったお札をパトゥの身につけさせた。十六歳のとき、大掛かりなイボイノシシ狩りの最中、ケニャ族の若者を一人誤って殺してしまい、両族間に血の雨が降るところだった。親族の者はマレーシアとインドネシアの国境を越え、カリマンタンから、ボルネオ島にただひとり残るマレーの霊媒師を連れて来た。その霊媒師がロングハウスに到着した夜、家畜はしんと静まりかえり、家禽《かきん》はいつまでも木のまわりを飛び回って悲愴な鳴き声をあげ、どうしても巣に戻ろうとはしなかったという。霊媒師はパトゥを伴い密林で夜を過ごし、五匹の使役霊を山神と戦わせた。三日後、パトゥがひとりで密林から出て来た。六十日あまり一言も口をきかなかったが、ある日の夕方、突如、うまそうなキョン〔シカの一種〕だな！と大声をあげるなり、口にくわえた吹き矢で妊娠中の飼い犬を射殺した。山神は、毒気を放ち、魑魅《ちみ》魍魎《もうりょう》の底力をいかんなく発揮した。二匹の使役霊は身を食いちぎられ皮をむかれ、頭から下を石の甕に漬けこまれた。今も狩猟に行く者は、彼らが森じゅうに響く大声で助けを求めるのを耳にするだろう。もう一匹は調伏され、残る二匹は、ばらばらにちぎられ魂魄《こんぱく》も吹っ飛び、面目丸潰れのマレーの霊媒師ともども、ほうほうの体でカリマンタンへと逃げ帰った。パトゥはダヤク族から狩猟権を奪われたが、農耕に就くのも潔しとせず、森を棲家とし、膝を屈して白人や黄色人の狩猟やツアーのガイドを務め、半ば村八分状態の生活を送っていた。

＊1　アニニの妹・マルガと雉の妹・麗妹《リーメイ》が入院する病棟。麗妹は産後嬰児とともに失踪している。

＊2　ボルネオ島に住むプロトマレー系の諸民族をダヤク族と総称し、言語面から大きく、南のボルネオ群、カヤン・ケニャ群、イバン諸族群、クレマンタン群、北ボルネオ群（クラビット族など）の五つに分けることができる（井上真『焼畑と熱帯林――カリマンタンの伝統的焼畑システムの変容』弘文堂、一九九五年、三四頁）。本作では、主にイバン族をダヤク族と呼んでいる。

＊3　約二百万年前のヒト属最初期の化石人類。一九七二年ケニアで発見された。

頬にも首にも、刺青かあざが所狭しと這いまわっている。しかもその均整のとれた美しさは、とてもあざが紛れ込んでいるようには見えなかった。この男は、今、殻を破り脱皮しようとしている、あるいは戦闘用の盾か紋様を施した甕の後ろに身を潜めている、そんな感覚を見る者に与えた。雉は、干からびたサンゴを握ったような気になった。「君たちが羨ましくて仕方ないよ。森を家とし、けものを友とする。自由自在、悠々自適。世のしがらみに囚われない。人類最高の生き方だよ」

パトゥの笑みは、絶壁にわずかに口を開けた、か細い裂け目のようだった。それでも人に親しみを感じさせる湧き水をしたたらせ、友情の草の葉を垂らし、握手を求めた。その手のひらは、卵をのせれば、それだけで割れてしまうのではと思わせるほどゴツゴツしていた。雉が思わず手を引くと、彼の唇がもぞもぞ動き、刀で削いだような冷たい笑みが消えた。雉はふと、パトゥの緊張を感じとった。

「パトゥはね、無口なの。……私といるときも……同じ」アニは、友人をチラッとにらんだ。パトゥとアニの視線が合った。胎内語での会話が交わされている。「親しくなったら……うまくゆくわ……彼、とても歌が好きなの……それにとてもうまいのよ……」

「ほぅ――」雉は驚いたように声を出した。

「一日じゅう歌っているの……口数よりも歌の方が多いくらい……」

「歌うのが好きなんだね」雉は頷いた。「きっと友だちをつくるのも好きだよね……」

「……彼、ポーターを雇われるのが嫌いなの……荷物は少なくしてね……大丈夫？」アニは長い髪をさっと後ろに払って、銅製のイヤリングで長く伸びた耳たぶを見せた。「食事や飲み水の心配は無用よ……パトゥは狩りも得意なの……」

「わかった」雉は言った。「水路をゆくか、それとも陸路にするか」

「水路が主で……陸路が従……このほうが早いわよ。パトゥに任せればいい……最初は櫂で漕ぐけど、内陸部に着いたら、モーターのついたサンパンを借りてくれるから……」たくさんの言葉がサルの手足のようにけむくじゃらで、鳥の爪の爬虫類語訳や、うわばみのしっぽのような余計な助詞や、さらに羊水とよだれまでがあふれてきた。「日当は……一日十五リンギット……パトゥはいつもこの値段なの……」

「わかった」雉は言った。「あさっての出発でもいいかな？」

「いつでもＯＫよ……」

「よし、じゃあ、あさっての朝八時。麗妹《リーメイ》が行方不明になった地点から出発だ……」

アニはパトゥを見た。パトゥはこくりと頷いた。

この交渉中、パトゥが口を開いたのは、「けものは、僕の友だちじゃない」と一言発したときだけだった。

マレーの霊媒師は、頭巾から上着、ズボンまで、黒ずくめのいで立ちで、ビンロウとキンマ*をくちゃくちゃ嚙み、煙草の葉と木の樹皮と果物の皮の干したものを燃やして、甕になみなみと注がれた清水を沸かし、鉢に入った炭に火をおこした。分娩間際の女性が発するような奇矯な声で呪文を叫ぶ。蠟燭に火が点った。蠟燭の溶けた蠟が清水や炭に滴ると、身体じゅうがぶるぶる震え出し、立ったり座ったり、ウナギのように手を舞わせタコのように足をくねらせる。山神との対決の真っ最中だ。霊媒師は、うわばみの牙で小指の腹を割いて血を絞り甕の清水を赤く染めると、長年飼っている、無数の魔物を調伏してきたコオロギの霊を放した。コオロギの霊は、頭はコオロギだが、身体は人と同じ格好である。もっぱら木の妖怪、草の変化《へんげ》を退治してきた。お腹が空くと、ロングハウス十年分の食糧もぺろりとたいらげる大飯喰らいだ。四方八方駆け回り、幾匹かの草のつるの精にかみついたかと思うと、ミサゴの大きな爪の餌食となって腹を裂かれた。霊媒師は、今度は薬指の腹を割いて、蝙蝠《こうもり》

＊　ビンロウの実に石灰をつけキンマの葉で包んで嚙む嗜好品だが、呪術的意味もある。

の首に人の身体がついた吸血鬼を放した。吸血鬼がミサゴに向かって飛んでいったとたん、浮脚楼〔マレーシアの伝統的高床式住居〕くらいもある巨大なクロクマにくわえて行かれた。霊媒師は、今度は中指の腹を割いた。泥の霊が飛び出し、口から瘴気《しょうき》をまき散らし、森をゆらゆら浮き沈みする沼に変化《へんげ》させた。しかし、それもつかの間、森のフタバガキ〔東南アジアの熱帯雨林の代表的な高木〕にその根っこで取り押さえられてしまった。霊媒師も事ここに至っては、気血の衰弱による身体の震えが止まらなくなった。万やむを得ず人差し指と親指の腹を割き、巨霊と死骸を貪る幽鬼を放して、逃走の掩護射撃をしてもらうほかなかった。逃げ出す前にパトゥに向かってこう言った。お前のご先祖様の罪業が深すぎて、とてもワシでは敵わんわい……。パトゥは月明かりのもと、あぐらをかいて座っていた。一匹の山猫が朽木《くちき》の上に仁王立ちになっているのが見えた。人語とも獣語ともつかぬ、ぼそぼそつぶやくような声が聞こえてきた。本に書かれたことは皆まやかしで、創造にこそ喜びがある。身体じゅうの刺青とあざが、ムカデかガマガエルのように逃げまどい、数えきれない槌《つち》や針のように襲ってくる。新しい刺青は尿道の如く細く、肛門に似て堅く締まっている。新しいあざは、へその緒のように、あるいは小便を飛ばし大便をひるように、また自らに向かって射精するように生臭い。苦もあれば楽もある。刺青のお陰で彼は、矢に射られた雲豹《うんぴょう》のごとく、また羽根を開いた孔雀のごとく、燃え上がる宮殿のごとく、雷が鳴り稲妻の走る土砂降りの亜熱帯の午後の空模様のごとくであった。パトゥは番刀を手に立ちあがった。深夜の熱帯雨林を自在に駆け回った。それはまるでロングハウスへ向かうかのようでもあり、ロングハウスから離れるかのようでもあった。彼の祖父アバンバンは、十五歳の時、ボルネオ土着の装飾芸術の神髄を体得するため、しばしば深夜に熱帯雨林をひとりさまよい、妖魔や山の精霊と呼び交わし、けものや月の影を追った。昼間は木によじ登り絶壁を這い、草花や木々、鳥、虫、魚、その足跡、爪跡を観察した。カメレオンが擬態を見せ各族の刺青に彫り込まれた幻想美を捕食するように、彼はボルネオ島のほぼ半分を踏破し、各族の師匠に弟子入りして学び取った。アバンバンは二十八歳の時、その博覧強記により、数千に及ぶボルネオ島各族の伝統装飾紋様を脳の皺の中に潜伏させ、それらを刺青、武具、建材、装身具、様々な日用品に応用できるようになっていた。バラム河上流域のロングハウスや浮脚楼には、アバンバンが記憶の中から転写したり、デザインした紋様が至る所に見られた。その数があまりに多すぎて、持ち主でさえアバンバンのものかどうか決めかねるくらいだが、アバンバンは明瞭に覚えていた。アバンバンの人並み優れた点は、同種のものであれば、その紋様に一つの重複もないことだった。彼は一千を優に越える刀の柄をデザインしたが、遠目に見れば、それらはさながら千人の武将がその擁する陣地で戦っているかのようだった。アバンバンは、各族の装飾図案をすっかり覚え込むだけで満足しなかった。絶えず火に薪をくべ風を送りこみ、創作の高潮を維持しようとした。ダヤク族特有の彼の眉には、表情がほとんど表われなかったが、深く窪んだ眼窩の奥の瞳からは、不意に涙がこぼれ落ちた。まるで火山の噴火に驚き、地表から跳び出す盲目のモグラのように。ロングハウスの片隅や熱帯雨林に座り込むときも、しばしばぶつぶつ独り言をつぶやく。その常軌を逸した姿は、人の笑いを誘ったが、それは、ちっぽけな池で水浴びをするノバリケン〔鴨の一種〕がイルカや鯨の大望をわかろうとするようなものだった。当時は、部落間の械闘《かいとう》も頻繁に起こっていた。出陣や葬送の儀式も盛大だった。祭主がアバンバンのデザインした仮面をつけると、ひとりでに手足が踊り、呪文が口をつく。戦士は、神助を得たかのごとく死も恐れなかった。戦闘用の船、櫂、盾、刀の柄、刀身、槍の刃先にも、アバンバンのデザインした図案があった。アバンバンは言う。様々な霊獣を深く理解する最良の方法は、直接それにつくことだ。頭を撫で胸をさする。あるいはその皮をはぎその骨を抜く。なだめたりすかしたり、極端な手でもやれることは何でもやる。そのため、彼は山神に身を捧げ、日月を崇めた。植物紋様を描くには、表面だけを見てはいけない。根の深くまで掘り下げ、芽が出る源の種の胚まで調べなければならない。祖先が残してくれた植物紋様は、その形をかたどったに過ぎない。わがアバンバンは、新たな道を切り開き、その胚芽の形態から直接その精髄を採る。動物紋様を描くとき、先祖はそのおどろおどろしい姿や鋭い爪や牙、骨格や臓器を強調したが、わがアバンバンは、まったく異なる幽玄世界を開いてみせた。彼は、動物の脳の皺の紋様を写したのだ。それは、精髄中の精髄、美中の美だった。

アバンバンが最も興味を惹かれた装飾紋様は、刺青だった。湖岸を彩る浮草や蘆《あし》の群れのように、また木の枝に憩うハゲタカ、晴れわたった空に漂う雲のように、人体こそ、彫琢《ちょうたく》を加えその美を誇るに最もふさわしい素材だと彼は考えた。アバンバンに拠れば、人生は一瞬、波のひとうねりに過ぎない。人体の腐りやすさ、脆弱さこそ、逆さにぶらさがりゆるやかに逆行する、ナマケモノのごとき創作者の行為に最も叶い、彼の芸術のほとばしりを埋葬するに最適の場所である。アバンバンは数百種類の刺青の見本帳を作成したことがあった。求める者があれば、彫り師にお願いして版木に彫り墨を塗り、しかるべき部位に捺《お》し当てる。アバンバンのデザイン料の相場は決まっていたが、刺青のデザインだけは、無償で提供した。彼は常々こう言っていた。見本帳のデザインというのは、言わば、猛獣にさんざんかみしだかれ、血みどろの肉塊となって、人の形も留めないものだが、一旦それが、誰かの肉体に刺青として彫られ、木棺の装飾に刻まれ、吹き矢の柄に浮彫され、刀の背やブレスレットに彫り込まれ、木札や木製人形に描かれ、揺り籠に編み上げられたときには、身体のある部位がひそかに力をたぎらせ、睾丸にひそむ暴れん坊が活性化するのを感じるのだ。アバンバンは夕暮れに河辺で水浴びをする。ダヤク族の者に彼の刺青で覆われた健康美あふれる身体を見せつけるのだ。胸から腹は密林のごとく無数のけだものが駆けまわり、手足は木々の梢のように花咲き、虫や鳥が憩う。背中は澄みわたった空に似て、日月風雲、稲妻雷鳴で埋まり、足の裏や手のひらは両生類が這いまわり、臀部《でんぶ》は二基の髑髏《どくろ》塚となった。顔じゅうに精霊があらわれ、男性器まで刺青が覆っている。その行儀の悪さはエリマキトカゲさながらである。アバンバンは、二十歳で嫁を取り、長年ストックしてきた、山ほどもある刺青の図案を妻の身体に施した。刺青をあまり多く入れないダヤク族の女たちの中で、妻は居心地の悪さと恥ずかしさに身を縮めねばならなかった。いっそ全身にはちみつを塗りたくって熱帯雨林に横たわり、アリや虫たちに存分に皮膚を刺したりかんだりしてもらって刺青を削ぎ落としたかった。アバンバン夫婦は男の子一人、女の子四人の子宝に恵まれたが、子供たちの身体のあちこちにあざがあった。ダヤク族の者たちは、これはアバンバンが刺青に身を入れすぎた報いだと言った。アバンバンの息子、アドゥラは十歳のとき、父の衣鉢《いはつ》を継ぎ、父同様の優れた装飾デザイナーを志した。しかし、アドゥラは生来の怠け者で、何千もある伝統紋様を覚えきれなかったばかりか、自分なりの工夫を加えることにも不熱心だった。その声望は他の若いデザイナーに遥かに及ばず、アドゥラに紋様のデザインを依頼するダヤク族や、ほかの部族の者、白人たちは、アバンバンの名声に引かされたに過ぎなかった。アドゥラが十五歳の成人の儀式を終えた後、アバンバンはほとんど腕をふるわなくなり、一日じゅう熱帯雨林を放浪して姿を見せなくなった。アドゥラは十八歳で家庭をもうけてから、装飾デザイナーとして生計を立てようとしたが、すぐに収入が支出に追いつかないことに気がついた。やむなくほかの若者のように狩猟や農耕もするようになった。父から受け継いだ技芸も次第に疎かになり、三十歳でパトゥが生まれたときには、無理やり父から教え込まれた数千の図案は、一つ残らず消え失せていた。アドゥラ夫婦は、一人の男の子と三人の女の子に恵まれた。三人の娘はあざが少なく、目立たなかったが、息子のパトゥは生まれ落ちてすぐ、木の葉状の、あるいは虫の形をしたあざが、全身の三分の一を覆って、身体じゅうを這いまわっていた。そのときすでにアバンバンは、密林で行方不明となって二年あまりが経ち、その生涯を終えていた。パトゥがこのボルネオ土着の装飾芸術に莫大なる影響を与えた祖父の姿を見ることはなかった。

「ここだ……」雉が小川を渡り、運動靴を履いて、草むらのあたりを指さした。「ここが妹の失踪したところなんだ……」

パトゥは首から真新しいスポーツシューズをぶら下げて、あたりを窺っている。深く落ち窪んだ眼窩と、あざと刺青に覆われた眼差しから、彼の思考を推し量ることは難しかった。椰子の実型のまん丸の顔も、顔にあいた七つの穴だけは確認できるが、さて何を感じ取っているかは雲をつかむようである。頭皮がぴったりと頭蓋骨を覆い、いささかの贅肉もない。この時もまた、あたりを窺うというより、匂いや音や経験を反芻しつつ、彼とこのあたり一帯とを結びつける血の繋がりを探り当てようとしているかのようだった。雉が靴紐をしっかり結び終えたとき、パトゥはすでに抜き身の番刀を手に、茂みの中に分け入っていた。出発から今に至るまで、彼が発したのは、雉の発言を糾《ただ》す一語と冷やかしの一語だけだった。雉は大急ぎでリュックを背負って後を追った。緑竹、シダ植物、つる植物、野生のバナナ、野生の芋、野生の蘭、チガヤなど密生する枝葉にも疎密があって顔に当たる。雉は目をしかめたり鼻を押さえたりしたが、パトゥはほとんど軽くかわしていた。パトゥは手に番刀を持ち、もう歩き出して十分以上になるが、彼が枝葉を払うのを見たことがなく、ハチドリのように一言も発しない。ごくまれに腐植土の上で、職業ガイドらしい落ち着いた規則的な足音を立てた。「これはもう遊牧民の引っ越しだよ。違うのは家族を連れていないことだけだな……」パトゥは正面から雉を見て、アニニに近寄り、ダヤク語でこう言った。パトゥのダヤク語は、頬骨が動くと同時にあざや刺青も動き出す。雷が鳴るだけで雨の降らない空模様のようだ。アニニが通訳するまでもなかった。雉もだいたい聴いてわかった。彼のダヤク語も、まだ何とか間に合った。パトゥの英語がまだ何とか間に合ったように。アニニは、病院で二人を見送ったあと、妹の退院の手続きを済ませるつもりだった。雉がアニニの妹にプレゼントしてくれたクロクマの縫いぐるみを、羊飼いが子羊を抱きかかえるように胸に抱いていた。パトゥと雉が川をさかのぼり彼女たちの住むロングハウスに到着する頃には、彼女はとっくに妹を家に連れ帰り、パトゥの祖父であるアバンバンのデザインした猿や龍の紋様を用いた背負い籠や、ビーズの手提げバッグを編んでいることだろう。

「心配いらないよ、タイ君〔雉の愛称〕」アニニは、英語表現の不十分さを補うかのように、両手でクロクマの縫いぐるみの手足を動かした。クロクマのふわふわした深い毛に彼女の手が埋もれた。「パトゥは有能よ……ロングハウスのブタが密林に逃げ込んでも、野生動物に食べられてさえいなければ、必ず連れ戻してくれるんだから……妹さんは赤ちゃんまで連れていたんでしょ……」

　クロクマはいろんな役柄を生き生きと演じ分けた。有能なパトゥ。逃走するブタ。ブタを襲う野生動物。麗妹に抱かれた赤ちゃん。

「君の家に到着する頃には、マルガもすっかり良くなっているだろうね……」と雉が言った。

　夜が明けて少し経つ。マルガは赤毛のオランウータンの縫いぐるみを抱いたまま熟睡している。廊下の外側に雨降りの木〔マメ科の常緑高木〕とホウガンノキ〔サガリバナ科の常緑高木〕が見え、その背後に焦げたトーストにイチゴジャムをべっとり塗ったような空が広がっていた。

「たとえ野生動物に食べられちゃっても、食べたのがどの野生動物か、パトゥにはわかるのよ……」アニニとクロクマは二人が出発する背中に向かって最後の言葉を掛けた。「パトゥはその野生動物を捕まえることだってできるんだから……」

　パトゥの大きな両足は、シロハラクイナが敵の眼を欺くためのニセの足跡をたどり、群生する真っ赤な花の向こう側に消えていった。まるで流血の跡をたどりその野生動物を追いつめるかのように。花盛りのセンニチコウやカンナ、花の散ったハイビスカスやケイトウ〔いずれも赤い花〕が、かさこそ揺れ動く。鳥や虫が異様な殺気に驚き、飛んだり跳ねたりする。雉は、クロクマが猟師に追われ射殺される顛末を、アニニが演じてみせるのを楽しむ余裕などなかった。遊牧民の一家族分もあると冷やかされた大きなリュックを背負い、生臭い血の風雨を浴びるようにして、花の咲き乱れる中を突っ切り、小川を渡り、密林に分け入り、ようやくちょっとした空き地にたどり着いた。晴れた空がどこまでも広がり、崩れた蟻塚のような雲が折り重なっている。鷹が数羽、のんびりと、何ら損得にこだわる様子もなく、陰陽相交わる狩りの太極図を描いている。荒れ地に緑の植物は少しも見られず、地表は蒸し焼きにされたブタか鴨の皮のようだった。生ガキのような冷えた煙霧が漂っている。草むらは蝉の抜け殻か脱皮した蛇の皮のように、すっかり生気が失われている。鳥の巣や蟻の巣がもとの形を留めたまま灰となり、爆竹のように腹の破れた爬虫類の死骸、睾丸の皮のようなウツボカズラの捕虫袋の残骸、ときおり一本、また二本、シャーマンの木偶のようなヤシ〔カリプトロカリクス属〕やアリの木〔猛毒を持つアリと共生関係を持つ木、トリプラリス属〕が突っ立っている。もとはオオカナメモチや灌木が一面に生い茂っていた場所だ。数日前に野火に焼かれたのは明らかである。パトゥはさっと目をくれると、まっすぐ荒れ地を突っ切り、番刀を鞘に収めた。

雉は、パトゥがプナン族の若者のように獲物を追うものとばかり思っていた。あちこちの匂いを嗅いだり、ペロッと舐めて味をみたり、足跡や遺留物を捜したり。麗妹の性格やくせなども聞かれるものだと。ところが、パトゥは、妹が失踪した場所からここまで、アリが巣穴を歩くように迷いなくたどり着き、さらにこの荒れ地を抜け、無縁墓地を突っ切り、人の胆嚢《たんのう》か豚の心臓のような石がごろごろする小川を渡るのが予定のコースらしい。荒れ放題の墓地もまた野火の犀利《さいり》な炎の洗礼を受けていた。群生するオオカナメモチや雑草のつる、葉、茎が焼け潰れて灰になっていた。がりがりに痩せた真っ黒な鳥が、真っ黒な墓石の上に止まっていた。数百基の墓石が炎に舐められ、虫歯のように焼け野原ににゅっと突き出ている。「李□」、「王輝燦」、「余阿皇」といったまだ識別可能な、あるいはもはや識別不能な漢字が、惨めな笑み、あるいはピエロの泣き笑いの表情を見せ、ホルマリン漬けの胎児のように浮かんでいる。がりがりに痩せた鳥が、こちらの墓石からあちらの墓石に飛び移る。栄養不良で痩せ細った漢字の一点一画を、見えない腕が筆をふるって補おうとでもしているかのようだ。ウツボカズラの巨大な捕虫袋の残骸が、破れた竹籠のように墓石に掛かっていた……。

人の胆嚢かブタの心臓のような石がどこまでも河原を覆っている。河べりの木々の根が、死んだ動物の腹が裂けてむき出しになった腸のようだ。つる草が苔や藻にまとわりつき、シダ植物が闇で鈍く光る。ミズオオトカゲが、けものに食べられる羊の足のように、ゆっくりと木の根方に姿を消した。トビハゼの足跡は、尻の穴のようだ。小さな蟹の巣穴は、へそのようだ。百年前、イギリス人に急遽なぎ倒された大木が、河の両岸を渡すように横たわっている。遠くから見ると、浅瀬に乗り上げた古代の戦艦か、城壁を突き崩すのに失敗した丸太のようだ。木の橋に鳥が糞をかけ、苔が密生している。橋の裏側に藻やカエルの卵が引っかかっている。百年になろうかというドリアンの老木が書物のページのように葉をびっしりと茂らせている。

パトゥは、脇目もふらず、毎年お定まりのルートに沿って熟した果実を採るオランウータンのように、真っすぐ長い木の橋を渡り終えた。そのくせ頑固で猜疑心が強く、渡ることのできる木の橋がほかにもあるのではないかと言わんばかりの表情を浮かべる。雉は、荷を背負い、四人担ぎの駕籠《かご》も優に通れる木の橋にかかった。滑って転びそうになった。汗と熱気で身体じゅうがぐしょぐしょで、一度に五羽のメンドリを呑み込んだミズオオトカゲのようになった。ほんの数歩で渡りきれそうに見えた。が、五羽のメンドリの消化に必要なくらいの時間を要したように感じた。カワセミがゆっくりと滑空してきて木の橋の下をくぐった。頭を少し傾げ、大きなクジラのような眼で橋上の人を睨んだ。なぜかカワセミは、五度も滑空を繰り返した末、河面に突き出た、カブトガニが群れて交尾しているような形の岩に止まった。カワセミが橋の下を滑空するたび――影絵芝居《ワヤン・クリッ》に出てくるような、狡猾な笑い声を発することもあったが――木の橋はどんどん高さを増し、幅を狭め、荷は重くなり、歩行の難度が増してゆく。雉には、木の橋に鳥の糞と苔以外にも、河岸にあった尻の穴やへそのような小さな穴があいているのがはっきり見えた。それは生き物があけた穴とは明らかに違う。ひょっとすると、これが伝説上のあの弾痕なのかもしれない。木の橋には、サイの鎧《よろい》のように何百発もの弾丸が食い込んでいた。雉は突然、ウリ棚に渡す割り竹のように両足がくにゃくにゃになり、へなへなと座り込みそうになった。荷はどんどん膨れ上がるカボチャのように、彼を押しつぶし始めた。橋は骨折した犬の足のようにぐらぐら揺れ、宙ぶらりんのまま嗚咽の声をあげた。雉を急き立てるのは、パトゥの早足ではない。なだれを打ってころがる岩石のような無言の力と空気だった。この力と空気は幾度も現れた。現れるたびパトゥの身体の中で、より大きな力と怪しげな空気となって、ゆっくり、繰り返し雉にぶつかってきた。その最初の力が秒針だとすると、パトゥは分針だ。雉は二つの力にかわるがわる押される時針だ。荒れ地、無縁墓地、木の橋のかかる小川といった要所要所で、まるで時報を告げるかのように繰り返し、雉の時間と記憶のネジをきりきり巻き上げた。もう木の橋を渡ったか、幾度渡った、それともこれが初めてか……。雉は懸命に足を上げ、踏みつける。だが、木の橋は、ルームランナーのように同じところで空回りする。もうとっくに木の橋を渡ったはずなのに、雉のねばねばしたミズオオトカゲのしっぽが、ようやく橋の上を通り過ぎるところだった……。

このロングハウスは、見覚えがあるだろ。……バラム河のほとりにある、今回のツアー最初の訪問先のロングハウスの前で、パトゥの足がようやく止まった。

早朝の日の光が、焼夷弾のようにふり注いでいる。ここはモダンな造りの観光用ロングハウスで、貴賓や観光客が相手である。上等な建材を用い、水道も電気も通っている。階下には、幾種類かの家畜が観光用に飼われ、廊下には伝統的な民具のサンプルが掛けてある。観光客が来ると、テレビの音声は犯罪者のように隠匿され、ジーパンやワンピースは、フンドシとサロンに穿きかえられた。多くの住民は、車に触れたこともないかのようにゲストを出迎え、脳を病んだうつけ者を装った。お金を払えば、一緒に記念写真を撮ったり、成人式や豊年祭、首狩り祭の踊りなどを鑑賞することもできた。政府が観光事業という巨大なブタの飼育に力を入れ始めたため、ダヤク族の者は檻に囲われ、首を縮め乳を飲むことくらいしかできない子ブタになった。なんとかダヤク族らしさを発揮できたのは、恐らく身体の刺青か日用品に彫りこまれた装飾紋様くらいであろう。甕や籠、刀剣や弓矢も飼い慣らされ、すっかり髀肉の嘆をかこっている……。時折、花の咲かなくなった枯れ木のような老人が、ひとりふたり、傲慢そうに、しかしうつろな表情で突っ立っていた。ビンロウとキンマを噛み、煙草を吸い、自ら失った処女のヘタとサルが持ち去った果肉を懐かしみながら。こんな今の生活に、憤懣やるかたないのは明らかだが、とは言え、家族という大樹から逃れる術もなく、母なる樹とは無縁のつる植物にでもなるほかないのであった。老人たちの枯れ木のような身体は、濃い緑色の蜘蛛がかけた巣の中で、がんじがらめになった獲物さながらであった。

パトゥはこんなロングハウスを続けて三棟訪ねた。内陸深く入れば入るほど、ロングハウスの設備も貧相になったが、大自然と一体化したダヤク族らしい生活様式は濃厚になっていった。住民のダヤク語も次第にその王者の尊厳を取り戻し始めた。華語や英語をまじえず、観光客の受けを狙った英語のキスや華語のお追従などは消え失せた。とはいえ、あくまで観光スポットであることに変わりはない。団体の観光客が三番目のロングハウスの前で、闘鶏を観戦していたが、米ドル紙幣が賭けられていた。雄鶏にやらせの芝居など出来るはずもない。切り裂かれた鶏冠、つつき潰された眼、傷ついた足、裂けた蹴爪《けづめ》、割れた嘴《くちばし》で、悟りきった雄たけびの声をあげた。

「二十歳すぎの華人女性が、生まれたばかりの赤ん坊を抱いているのを……」パトゥは尋ね方をいろいろと変え、曖昧さを残した。余計な情報を相手に漏らしたくないかのように。故意に相手に考えさせているようにも見える。言葉の語尾の上がり下がりがわかって初めて、平叙文か否定文か疑問文かがわかった。「見なかったか？……」

のんびりしたロングハウスの生活リズムに合わせ、焼き畑の煙霧がのろのろ百戸あまりの家々に広がるのを待つように、その返答を待つ間、パトゥと親しい友人たちは、問いに燻されイライラ落ち着かない蚊のように、ブンブンと猛スピードで不明瞭なダヤク語を発した。雄は、パトゥたちとは同じトカゲでも種が異なっていた。華語と英語の混ざった母語の舌では、飛び交う蚊の言葉は一語も捕まえられなかった。イントネーションが全く異なる地元の正統ダヤク語は、内陸部の山深い女性の膣と男性の海綿体でなければ、伸縮自在に操ることなどできない相談だ。「赤ん坊を抱いた、二十歳すぎの華人女性」が、百戸あまりの住人によって存在しなかったことを証明されたのち、パトゥたちは、ようやく猛スピードの会話をやめた。

「見知らぬ人を……最近見なかったかな……」二番目のロングハウスでは、パトゥは直接麗妹のことを持ちだささなかった。にこにこいかにも楽しそうに、バラム河の釣りの情報や河岸の獲物や野生の果実、イノシシの群れの数、毎年一度訪れるコウモリの大移動などの世間話に花を咲かせた。マレージャコウネコがフタバガキで子猫を生んだ。全身に黒い斑紋の入った珍しい毛並みなので、皮をはいで華人に売り払おう。プナン族がキエリテン〔黄襟貂〕を捕獲する仕掛けをこの辺りに設置している。スイス籍の写真家がレッドリーフモンキーとシルバーリーフモンキーをこの近くで撮影している。三キロばかり離れたバラム河畔で金物商を営む華人は、山で採れた獲物を買い取る時、いつも秤の目盛りをごまかし、自分たちが採ったヒゲイノシシがブタオザルに変わってしまう。日本の団体客がロングハウスを尋ねてきて、第二次世界大戦で連合軍に追われ森に逃げ込みわが族に首を切られた大和魂を慰霊したいというので、観光用のロングハウスにあったしゃれこうべで、慰霊の儀式をさせてやった。プナン族、カヤン族、クラビット族とわが族で抗議団体を結成し、日本人の森林伐採を阻止しようとしている。しかし、日本人は政府の批准した伐採許可証を持っている。政府に抗議する者は、反政府活動家とみなされ、一生監獄暮らしだ。西マレーシアの中央政府は、ここに大型水力発電ダムを作る計画を練っている。生態系の大虐殺だ。三番目のロングハウスに入ったとき、パトゥはもう一言も麗妹のことは口にしなかった。ロングハウスの首長との雑談を楽しむように友人の近況を尋ね、ロングハウスの農作物の取り入れや狩猟の収穫などの話をした。首長は未婚の若い女性を何人かパトゥに紹介しようとしたが、丁重に断られたようだった。

雉のダヤク語は、まだ混沌たる闇の中にあったが、持ち前の高い習得能力を発揮して、道中、聴き慣れるにつれ、次第に天地が開けてきた。無数の昆虫野獣、奇花異草が踊り出てきて、雉は極彩色に彩られたダヤクの原始世界に踏み込んでいった。パトゥとダヤク族の人々のダヤク語は、まさに天地の創造主そのものだった。

その後すぐ、バラム河でナマズを釣った。

雉は、熟知する夢の世界で、ナマズのようにもがいていた。その夢の世界が、不意に釣り針となり、わけも分からぬうちにその針を呑み込まされ、えらや浮袋や内臓などに引っかかり、覚醒の岸へと引き摺り上げられたように感じた。カワウソが彼を八つ裂きにし、彼の記憶を呑み込み、体外に排泄してしまったようにも感じた。雉は、河原にごろごろしている人の胆嚢か豚の心臓のような石ころと、自分の頭や胸や手足の、どれがどれだか区別がつかなくなった。岸辺の木々の根っこと同族の者の腹や腸の、どれがどれだか区別がつかなくなった。つる草が血に染まって胎盤のようだ。女の片足がちょうど木の根方でオオトカゲに食べられていた。トビハゼが肩甲骨から柔らかなお腹の上に飛び降りた。小さな蟹が尻の穴とへそをぎゅっと引き締め、はさみで人肉を小さくちぎっては巣穴にせっせと運び込んでいた。二羽のサルクイワシの尖った嘴が、木の橋に残る遺体をミシンのようにつついていた。幾匹かの大きなサルがドリアンの老木で真っ赤な尻を突き出し、隈取のような顔でうつむき、男児の遺骸をかじっていた。ほかの子ザルたちはそれを見たとたん、欲望を剝き出しにして吠え立てた。一番早く男児の内臓をえぐり取ったサルのボスが梢に座っていた。木の下を流れる小川が、トンボの赤い二枚の羽根のように、サルの眼を塞いだ。

「気がついたか……」

雉が目を開けると、木の根を枕にしていた。雨粒と陽光が、樹木の傘から人を惑わすように降り注いできた。巨大な赤い羽根のトンボが周囲を輪舞している。逆光を受け、トンボがカニクイザルのピンク色の顔そっくりに見える。サルに似てサルでないトンボの群れが、彼の胸元や膝頭や空中で交尾している。その胴体はさながら空飛ぶ陽物だ。雨粒が粉末のように乾き、陽光が湿気でふやけている。雄の両目に霧状の水がかかり、動物をばらすパトゥの姿が視力の弱いサイのように、うすぼんやりとしか見えなかった。濃い褐色の動物が、地面に横たわり、尻を雄の方に向けているらしい。パトゥが何かを用いて、いかにも慣れた手つきでそいつの身体を素早く割くとき、ひとしきり激しくバタついたようだった。ひとかたまり、またひとかたまり、べとつくものが出てきた。内臓だろう。それらは難なく切り落とされ、陽光にさらされた。腸は細く硬そうに見えた。すでに取り出されて時間が経っているからだろうか。おそらくパトゥが狩りでそいつを仕留めたとき、まっ先に腹を裂いたのだ。湿ってすべすべの毛で覆われた小さな胎児が、パトゥの二本の指で左の後ろ足を挟まれ、臓物だまりからガバッと引き上げられた。パトゥは目の高さにそれを持ちあげ、自然出産の直前だった胎児をバサバサッと左右に揺らし、木の向こう側に放り投げた。パトゥが雌のけものの腹からもう一頭の胎児をつかみだしたとき、その胎児は苦しそうに一声鳴いた。パトゥは力いっぱい胎児のお腹を押した。胎児はしばらく哀しげな鳴き声をあげていたが、やがて静かになった。パトゥは死んだ胎児を木の向こう側に投げ捨てた。それから空っぽになった雌の獣皮を日の当たるところまで引きずっていった。雌のけものは支柱をばらしたテントのようにすっかり変形し、軟体動物のようになっていた。小さな胎児は、体じゅうが獣毛で覆われ、四肢のある哺乳類であることをはっきりと示していた。

　雨粒が消えた。雨後の陽光が、雨粒と攪拌されてオレンジ色のゼリーになり、牛の乳のようにぽたぽたと木の傘から滴ってきた。数えきれない数の赤トンボが、川から木へ、また木から川へと飛行を繰り返していた。まるで囚われた者が活路を求め右往左往するかのようだった。飛行中の赤トンボは、素早くかつ優雅に交尾するが、素早くかつ優雅に痛みや喜びを感じ取ることはできなかった。雄が上半身を起こし、まつ毛の雨粒を拭ったとき、赤トンボがまるで男児の陽物ほどもある巨大なもので、両の眼が半透明の睾丸のようであることに驚かされた。赤トンボは、木の下や河畔で追いかけ合い、伴侶を換え、相手を探し、性的暴行を加えた。

水上の騎乗動物——サンパン——は、パトゥが河べりにロープでもやってあった。河の流れに押されて揺れている。馬を放牧して草を食べさせているかのようだ。

「どうだい……」パトゥが雉の左肩の傷口を見た。「たぶん暗礁にぶつかったか、つるに引っかかったかのどちらかだ。よくわからない。舟がひっくり返ったんで……肝をつぶしたよ……何とか舟と荷物と君を岸に引き上げた。荷物は随分流されてしまったけど、見つけたものは全部引き上げた。君は泳げたんじゃないのか」

「いや……舟が転覆する直前に……左足がつったんだ……」雉は、左肩から激痛と草の葉の生臭さを感じた。

「水流が激しかったけど……幸いすぐに君を引き上げられた……」パトゥの手のひらに緑の葉が載っている。それをすり潰して草の汁を雉の肩に塗った。「左肩にちょっと傷がある……でも大ケガじゃない……薬を塗ればすぐに好くなる……痛む？」

「大丈夫だよ……」

「荷物はみんなびしょ濡れだ……中のものを取りだして日に干してある……しかしぎょうさんな荷物だな……」

どんどん強くなる陽光が、火の矢のように木の城塞を攻撃して来た。トンボの集団が、宮中の乱行三昧を地で行くありさまだ。パトゥに切り刻まれお腹を空っぽにされた雌のけものが、雉のリュックとなった。水に濡れ、疲れきったように草むらに広げられている。リュックに入れていた救急の医薬品やレインコート、テント、蚊帳、ビニール袋、炊事道具、懐中電灯、煙草、お酒、乾パン、即席麵、小振りの番刀……それに一巻のロープ。それらが内臓のようにリュックの周囲に並べられていた。クロクマの縫いぐるみと音声の出るオランウータンの人形が、草地に寝転がって抱擁していた。雉は、この人形があと二人いるアニニの妹の手に渡るまでは、無事ビロードの毛が脱けず、甘えた声も出てくれるようにと祈った。

雉は、低い塀くらいもある二つの板根《ばんこん》＊の間に立って、シャツとズボンと靴下を脱ぎ、パンツ一枚になって木陰から出て、衣類と身体を日にさらした。赤トンボが水上でじっと動かず、破裂した自分の影を凝視している。赤トンボは、水面を連打するとき、剣士が真剣勝負を挑むかのように、水面の影と剣の切っ先を交えた。岩の上空のトンボの群れが、ふっと下降したかと思うと、またふっと上昇する。赤い尾がカミキリムシの触角のように反っている。トンボの数のおびただしさは、まったく予想もつかないほどだった。トンボが下降するたび、水面にもさっと赤い影が広がった。

「太陽が大きいから、すぐに乾くよ……」パトゥがもやったロープを解き、サンパンに乗った。「上流に行ってモーターつきの舟を借りてくる。ついでにポーターもひとり雇ってくる。一時間で戻る……」

カワセミがトンボの群れの中に突っ込み、木の枝に戻りトンボを食べている。三秒もしないうちにブーメランさながら、再びトンボの群れの中に突入し、また木の枝に戻り二匹目のトンボを食べている。トンボはこの急襲に周章狼狽し、断ち切られたトカゲのしっぽのようになった。魚が水面に躍り出てトンボを捕まえようとした。雉は、テントと蚊帳と衣類を丁寧に広げたあと、懐中電灯、医薬品、葉巻、酒、即席麵を点検した。こまごまとした余計な物はすべて行方知れずになっていた。カメラ、望遠鏡、液晶ラジオ、電池、スイス製多機能ナイフとひと振りの大きな番刀も含めて。ちょうど、ばったり強敵に出くわし、威力のある武器をあっという間に使い果たしてしまったような具合だ。水に漬かってふやけた乾パンを川に投げ込むと、魚が水面に顔を出して餌を奪い合った。曾祖父と祖父が、三日目に、人の胆嚢か犬の心臓のような石ころで敷き詰められたこの河原に到着したとき、同族の者の遺体の大半は、ほとんどけものに食い散らされていた。人肉を食って目が真っ赤になった怪魚の群れが、河に漬かった大人の大腿骨に食らいつき、その上半身を河に引きずり込もうとしていた。それほど大きくもない蟒蛇《うわばみ》が、腹の容量を遥かに越す同族の者の遺体を呑み込み、のろのろとしか動けなくなり、曾祖父に難なく頭を微塵に砕かれた。巨大な赤アリが女の遺体をせわしなく切り刻んでいた。おそらく同族の者の数は百数十人にのぼったろう。二人がかりで半日駆けずり回っても、七、八〇人分の遺体を集め整えるのが関の山だった。七、八〇人分の墓を掘り、身元も分からぬまま埋葬した。日本軍は、偵察に来た数人の同族の者の跡をつけ、病院、荒れ地、無縁墓地を抜け、この河原までつけてきて、河原で休む百数十人を一網打尽にしたのである。聞くところでは、網から逃れた魚を残らず殺すため、日本軍は、まだ息のある者を捕まえては、想像を絶する拷問にかけた。

曾祖父と祖父は、別に大きな墓を掘り、赤ん坊の遺体とウツボカズラの捕虫袋を一緒に埋葬した。日本軍がこの小さな町に攻めこんだとき、愛と責任感に満ちた若い看護師がまだ数人、病院に残って重症患者と新生児の世話に当たっていた。日本軍が病院に突入すると、真っ先に日本刀で患者を撫で切りにした。新生児室では看護師の執拗な抵抗に遭ったため、日本軍は獣欲を満たしたあと、銃剣で男の子の陽物を切り取り、女の子の陰部を突き潰し、さらに泣きわめく赤ん坊を空中に放りあげて日本刀で真っ二つにした。どういう訳かは不明だが、嬰児の遺体はのち、ウツボカズラの捕虫袋の中から発見された……。

雉は、左肩を撫でさすりながら、濡れそぼった荷をじっと見つめるうち、脳裏にぼんやりと妙な考えが浮かんでくるのを感じた。

＊　木の根元から放射状に平たい翼のように張り出した側根の変形したもの。

（原題：「巴都」　初出：『聯合文學』一九九九年四月号）

突然現れたわたし

李《り》娟《けん》

濱田麻矢 訳

李娟（りけん　Li Juan）

1979年、新疆《しんきょう》奎屯《クイトゥン》市の生産建設兵団で生まれた。本籍は四川省。高校中退後、母親が新疆アルタイ地区に開いた裁縫店兼雑貨店を手伝うようになった。新疆ウイグル自治区のイリ・カザフ自治州に属するアルタイ地区はロシア・カザフスタン・モンゴルと国境を接しており、主にカザフ族が住む土地である。李娟は当地での見聞について1999年から散文を創作、投稿を始めた。

2003年に初の散文集『九篇雪』を出版、誠実で気取らない文章が好評を博してその後もアルタイ地区の生活を活写した散文集を次々に出版し、人民文学賞、魯迅文学賞など多くの文学賞を受賞。10年には『人民文学』の依頼によって遊牧民一家と越冬の旅を共にし、その経験を代表作『冬牧場』にまとめた。中国政府の進める定住化によって放牧地の放棄を迫られているなかで失われてゆくカザフ族の生活様式が、低い視線から丁寧に綴られている。

河崎みゆき訳の『アルタイの片隅で』（インターブックス）と『冬牧場《ふゆまきば》――カザフ族 遊牧民と旅をして』（アストラハウス）が出版されている。

小さい頃、わたしの家は街中で小さな店をやっていたのだが、景気はあまり芳しくなかった。その頃、県の中心の人口はそれほど多くはなく、通りは静かでがらんとしていた。わたしの家が面していた大通りには、並木と塀、そして二つ三つあった工場の門以外には何にもなかった。他の店なんて言うまでもない。わたしたちの店には、百年たってもお得意さまなどできっこないように見えた。しかし静かなドアを押し開けて入っていくと、いつも店の中にはぎっしりと人が入っていたのである。みんな酒を飲みに来たのだ。

わたしたちの店には分厚い板を敷いた高いカウンターテーブルがあった。酒を飲みに来た人は、一列に並んでそのテーブルにもたれ、あれこれ議論する。一人一人がグラスか酒瓶を手にしていた。店の真ん中には正方形のテーブルがあり、その周囲には四つのベンチが置いてあった。テーブルの上は酒瓶とピーナッツの殻でいっぱいだ。これが、わたしが最初に知り合ったカザフ族である。

小さい頃、わたしはいつも不思議に思っていた。いったい何の話題で朝から晩まで、今日から明日まで、今月から来月まで——そして冬じゅう盛り上がることができるのだろう……冬は半年もの長さがあるのだ。これほど辺鄙で小さな街、これほど単調な生活。彼らが話すときの様子は静かで、声は低かった。そっと話し続けるだけで、たまに言い争いがおきたとしても、声を荒げることはめったになかった。

さらに昔に遡れば、この土地は今にもまして辺鄙で、人々はもっとまばらだった。おそらくはこのような交際とこのような忍耐強さが、粘り強く情報を送り伝え、生命と文化を長らえさせてきたのだろう。

その頃のわたしはまったくカザフ語を解さなかったので、毎日一緒にいると言っても、そこには果てしない距離があり、天然の要害に囲まれた都市と向き合っているような気がした。

そして今、わたしはいくらかカザフ語を覚え、少なくとも最低限の交流はできるようになっている。それでもこの都市に向かっては、前に一歩を進めることさえ難しい。


カズィには自分の友人がいるし、スマグルにも自分の友人がいる。ジャクバイおばさんにももちろん自分の友人がいるのだが、その友人こそはジャズイマンの母さんであるショルパンだった。二人はお互いの写真を交換し合うほど仲が良かった。わたしがみんなの写真を撮ってあげるというたび、彼女たちはぴったりと並んで立つのである。

二人は暇さえあれば一緒に糸を紡ぎ、縄をない、鍋で石鹼を作り、縫い物をするのだった。手仕事をとめることとなく、おしゃべりもやめることとなく、あれこれ話し続けて仕事が終わるとようやく別れを告げるのである。しかしいったん家に帰っても特にすることが見つからないので、また別の手仕事を持って戻って来る。そうしてまた一緒に喋り続けるのだった。

いったい何の話題があってあんなに夢中になれるのだろう。紡《つ》錘《む》は飛ぶように回り続け、低く落ち着いたおしゃべりが続く。ズフラの話になった時、ようやく手の中の仕事を止めたかと思うと、興奮した様子で議論がひとしきりおこった。そうしてわたしのほうに振り向く。

「李娟《りけん》！　ズフラは昨日もまた泣いていたのよ！　今日は馬に乗って町へ行ったよ！」

わたしは聞いた。「何で泣いていたんですか？」

「あの時、誰かがアイヌールの家に電話をしてズフラを呼び出したときも泣いていたのよ！　それから町へ行ったわ」

「じゃぁ今度はどうして？」

ショルパンおばさんは声を強めて言った。「この間はトイ〔宴祝〕で泣いていたのよ！　お酒も飲んだし！」

どうも意味がよくわからない。それほど知りたいわけでもないので、もう黙ることにした。

しかし二人はわたしのほうを向き、一生懸命に、とめどなく何かを伝えようとする。しかしその話の曲折と細部は、わたしには真っ暗なまま閉ざされていた。ズフラは孤独で、強い欲求を持っている。ジャクバイおばさんとショルパンおばさんも孤独なのだが、ただ遠いところから憶測し、品評することしかできない。しかしもっとも孤独なのはわたしだ。わたしには何もわからないのだから。


ジャクバイおばさんの家庭に入って生活を始めたばかりの時のことも覚えている。春牧場のあるジェラートで、ある日の夕方、おばさんはわたしに、ラクダが山の南面のほうにいるかどうかを見に行かせた。

わたしは山の上まで駆け上がって一通り見て回ると、走って家に戻り、息を切らせながら報告した。

「ラクダがいません！　〝山羊〟しかいません！」

しかし、その時わたしはまだ「山羊」のカザフ語を知らず、漢語で言ったので、おばさんには何のことかわかってもらえなかった。私は頭をひねって説明した。「あの……白いやつ！　羊みたいなあれ、頭に尖っていて長いあれがついている……」

おばさんはますますきょとんとしてしまった。

わたしは焦って手で下顎を撫でると、あごひげの様子を作ってみせた。「これがついているやつです！　こういうのが、たくさんついてるやつ!!」

そこでおばさんはわたしが何を言っているのかをようやく悟り、大笑いして行ってしまった。その日の夕食、みんなが集まると彼女はこの物語を五回も話した。それからというもの、わたしが山へ山羊追いをしに行くたび、みんなわたしに向かってあごひげを撫でるしぐさをするようになった。

「李娟、早く行けよ！　白いの、頭に長いのがはえてるやつ！」

　これはもちろん一つの笑い話に過ぎない。しかし時が流れ、こういう笑い話が増えてくるとだんだん面白くなくなってくる。わたしをいったい何だと思っているのだろう。

　一平方キロあたりの人口が一人に満たないのは、孤独を感じない理由である。逆に、人が多ければ多いほど孤独になる。人だかりのコンサート会場では、孤独のあまりどうしていいかわからないほどだ。

　トンコルでは、岩山の営地はしんと静まり返っており、静けさでも孤独を隠しきれないほどだった。ラジオは詩人のアクン*のデュエットを流している。男のほうはまくし立て、女のほうは思いやり深そうな様子だ。カズィパは感に堪えぬ様子で「素晴らしい！　李娟、この女の人は本当に素晴らしいわね！」とほめそやしている。わたしにはどこが「素晴らしい」のかわからなかったし、カズィの情趣がどこにあるのかも全くわからなかった。

　暇な時は、いつも一人で遠い遠いところまで歩いて行ったが、行きたい場所にたどり着くことはできなかった。ただ高いところに立って、遠くそこを眺めるだけだ。

　出かけるたび、知らないところを思う存分歩いてみたいと思いながらも、いつも家に帰らねばと気にしていた。しかし、出かけてからずいぶん経ってから戻ってきてみると、すべては何も変わっていなかった。羊の群れはやはり営地の付近で草を食み、スマグルとカドゥベクの二人は何もしゃべらずに草原に寝そべっている。坂の上で、足かせをつけた馬が三頭、鞍《くら》だけをつけて静かに並んで立っている。谷川の岸辺の草原で、おばさんとカズィパは牛乳を絞っている。しばらくそれを眺めてから振り返ると、スマグルとカドゥベクはもう身を起こして座っていた。大きな声で何やら論争し、お互い譲らない様子だ。

わたしは山頂に立って、こちらを見下ろし、またあちらを見下ろした。空が暗くなってくる、その時間が一番孤独だった。

黄昏すべて、山に落ちようとする夕日すべて、東の空に満ちているピンク色の明るい雲すべて、森の呼び声、噴き出した牛乳が空のバケツに落ちるジジジという音、釘を打つ音が山谷の上流のショルパンおばさんの家から響き、南の山には青い服を着て馬に乗った人が現れる……みながわたしに何かを隠している。わたしは牛を追うが、その牛も何かを知っているようだ。わたしが東に行こうとしているのに、どうしても西に向かおうとする。

おばさんは高い岩の上で、「グールーグールー」と羊を呼ぶ。優しい声だ。ゲルの中ではカズィがかまどの火を吹いている。かまどの火が燃え盛るその一瞬、ぱっと明るく照らされた彼女は一番柔和な表情をしている。

山の下、川の岸辺では、タンポポが昼には色濃く咲き誇り、夜には丁寧に花びらをしまいこむ。まるで寝る前に、一張羅を几帳面にたたんで枕もとに置いているかのように。深い藍色の光をたたえた空に浮かんでいるまっ白く軽やかな月も、何かを知っているようだ。月が丸いとき、世界中に月ほど丸いものはない。そして月がたわんでいる時、世界中に月ほどたわんでいるものはない。時々こう思うこともあった。わたしは孤独なのではなく、ただ静かすぎるだけなのかもしれない。

やはり黄昏時、大風が森を吹き過ぎていくのは、大海が森を過ぎてゆくようなものだった。それなのにわたしは、どうしてもこの森を過ぎてゆくことができないのだ。幾千幾万もの枝葉がわたしの行

＊　語末の「パ」は年上女性への尊称であるapa（姉さん）の意。

く手を阻み、道すらわたしの邪魔をして、行く手を迷わせ、繰り返し別の出口へ導いて、わたしを森の核心から引き剝がそうとするのである。苔むした道にいろいろな深さの足跡を残しながら歩くと、その足跡からすぐに水が湧き出してくる。どんどん歩いていくうち、ふと気づくと山々の一番高いところに着いていた。雲がそばを吹き過ぎてゆく。その時心がぱっと開け、熟した莢《さや》から種が飛び出るようにパチパチと爆《は》ぜる音がした。わたしは孤独なのではなく、ただ感情が溢れているだけなのかもしれない……。

いずれにせよ、わたしは少しずつこの孤独を体得し、また深くそれを享受し、ひっそりとそれを守った。日常茶飯の中で、わたしの影のように寄り添うままにした。この孤独は幼稚で微小なものだったが、決して消えてゆくことはないのだ。わたしはこの孤独によって自分を保った。悲しまず、怒らず、恨まない。淡々と清々しく一日一日を過ごした。見たものを覚えこみ、得たものをしまった。

わたしは雲を記録している。ある日には、天上の雲は大きな棒で乱暴にかき混ぜられたように、めくるめくように散らばっていた。またある日の雲の層は、幅広い薄い紗のスカーフが軽く空になびいているようだった。さらに別の日には、空に二種類の雲が浮かんでいた。一つははかなくとらえどころない様子で、ごく高いところに広がり、漂っている。もう一つはしっかりと低いところに固まって浮かび、銀のような光を放っていた。

わたしは道を記録している。古い放牧用の道は、はるか昔から険しい崖の合間にくねくねと深い痕跡を刻んできた。わたしは昔の生活を想像してみた。暗い中、最も高く最も険しいところに突き進み、そろそろと少しずつ深い森林の中にわけいってゆく……。その頃の身体はもっとはつらつとしていて、意識はもっと鋭かったはずだ。その頃、食べ物は泥と区別がつかず、肉体と大地は強く結び付き合っていた。その頃、人々は何も持っていなかった……原始的で困難な生活は、純真そのものだった。しかし、彼らにしてもわたしたちにしても、みな幸福で快適な生活を渇望している。この点は永遠に変わりはしないのだ。

　わたしは最も平凡な朝を記録している。移動してゆく雲海の中で弦月は静止しており、わたしは山頂で朝日と向かい合っていた。おばさんが南側の坂に立っているのが見える。もっと遠くでは、スマグルが馬を引いて西の方から歩いてくる。もっともっと遠いところ、まばらな松林の中では、カズィパが赤いコートを着てゆっくりと山頂に向かっている。幾度となく見た光景なのに、毎回はっと心を打たれるのだった。

　わたしは一本の羽をしまっている。ある陰鬱な午後、天上の太陽は発光する丸い穴となっていた。もうすぐ雨が降るのだろう、みな黙りこくっている。牛を追っていたカズィが家に帰ったときには疲れ果てていたが、そのとき彼女の頭にこの羽毛が挿さっていたのだ。

　彼女が林を通り抜けたとき、知らないうちに頭にひっかかったものだろうと思っていたのだが、彼女は家に着くやいなや、慎重にこの羽を頭からとっておばさんに渡した。話を聞いてみると、彼女は羽を拾ったもののそれをしまうための適当な場所が見つからず、ポケットにいれたら繊細な羽が潰れてしまうのではないかと思ってわざわざ髪に挿したのだという。わたしはそこで突然、これはきっとフクロウの羽にちがいないと思いついた。カザフ族はフクロウの羽と白鳥の羽を吉祥とみなしていて、花嫁や赤ん坊、あるいは割礼を待つ子供の服に縫い込んだり、運転手がそれをバックミラーにつけて道中の無事を祈ったりするのだという。カズィに尋ねてみたかったが、「フクロウ」のカザフ語がわからなかったので、彼女に向かって片目をぱちぱちさせ、フクロウの真似をしてみせた。カズィはすぐにわかってくれたが、フクロウのものではないと言う。けれどジャクバイおばさんはきっとフクロウのものだと言って丁寧にその羽を撫で、逆毛になった部分を整えて、ノートに挟んでおくといいと言ってわたしにくれた。わたしはわけもなくうれしくなって、この羽毛が吉祥であることを心から信じたのである。このとき初めて、自分がそれほど孤独ではないと感じた。

一度わたしが遠出をした時には、電話がないために、みなわたしがいつ帰るのか、正確な日を知るすべがなかった。スマグルは毎日馬に乗り、自動車が走る石の道を見にきてくれていた。実際、わたしが本当に帰ったときには、彼とそこで出くわしたのだった。しかし馬は一頭しかいないし、大小さまざまなわたしの荷物も積まねばならない。結局彼はわたしを馬に乗せ、自分は歩いたのだった。わたしたちは大きな森をゆき、白樺が生い茂る谷と、さらに広々とした灌木の茂みに覆われた山頂を通り抜けて、二時間あまりを歩いてようやくトンコルの家に戻ったのである。

わたしは馬に乗っていたのに、どうしても徒歩のスマグルに追いつくことができなかった。坂道にゆきあたるたび、彼はさっと背の高い白い花の茂みに吸い込まれて見えなくなってしまう。どういうわけか、いくらわたしが鞭をあてても、馬はわたしの言うことを聞こうとはしないのだ。のんびり歩きながら道端の草を食《は》んだりしている。林は果てしなく続いており、目の前のカーブは永遠に曲がりきれないようで、もうスマグルともはぐれてしまったようだ……あとになって、一人でこの山頂の花畑に来てみると、小道はさらに延びていた。スマグルの赤い上着の後ろ姿は、小道の行く手にちらりと見えたかと思うとすぐに消えてしまうのだった。

休まず追いかけているうち、見え隠れしていた小道の姿がだんだんはっきりしてきた。どうやらどこかはっきりした目的地にたどりつきそうだと思ったところで曲がると、今度は道がはっきりしなくなり、だんだんと姿を消してしまった。わたしと馬は、石ころだらけの川岸に出た。さらさらと水が流れてゆく。あまり遠くないところに黒い背中のスロク〔マーモット〕が走って行った。走りながら、ちらりとわたしのほうを振り返っている。

しばらくしてまた日の射さない山谷に入っていった。進めば進むほど狭くなる。このとき、スマグルが突然大きな石の後ろから飛び出してきてわたしに笑いかけた。わたしは急いで馬を止め、いったいここはどこなのかと尋ねた。彼は笑った。「目の前にいい水があるんだ」

「いい水」とは何のことかわからないままついていったが、この時馬が突然どうしても言うことを聞かなくなり、何をしても元の道から離れようとしなくなった。わたしはしかたなく馬を下り、馬を引いてついていった。足元には細い水の流れがあり、前から聞こえてくるザァザァという水の音がだんだん強くなってくる。大きな岩を回り込むと――滝！　目の前には滝があった！

前方は袋小路になっていて、十数メートルの高さがある幾つもの大きな岩によってしっかりせき止められている。石の壁は滑らかで、地にも四角い平らな石が敷き詰められていた。水の流れは一本だけで、バケツほどの幅があり、岩のてっぺんの高いところから流れ落ちていた。水流がぶつかる石の面はくぼんで淵になっていたが、これは長い間水に打たれたことで自然にへこんだのだと察せられた。付近に泥はなく、ただ真っ白な砂地が続いていて、一本の草も生えていない。一帯に水音が轟いているのだが、目の中に映るのはたとえようもない静寂だった。

スマグルは流れの際に立ち、いたずらっぽくわたしに向かって微笑んだ。回り道をしてわたしをここまで連れてきたのは、この景色をわたしに見せるためだったのだ。わたしは彼の中に満ち溢れる喜びと友情とを感じ取った。彼こそが孤独だったのだ。

同じくトンコル、北のほうにある営地にいたとき、夕方帰ってきた羊のうちの一頭が足を引きずり始め、みなはそれを見てため息をついた。二時間後、その羊の後ろ足二本はもはや伸ばせなくなった。地面に伏せ、前足二本で這って移動していた。翌日の朝、羊の群れが出発する時、その羊だけは谷川の横で呻吟し、痙攣しはじめ、今にも息絶えそうな様子であった。それまで心配していた人々は、そこでほっと息をついた。帰る場所として、死よりもふさわしいところはないというように。この羊の苦しみはもう終わるのだ。スマグルは羊の皮を剝ぎ、屍を埋めた。ほかの羊たちははるか遠くで、楽しげに青い草に向かって歩いていく。この豊穣な夏の牧場で、わたしのそれっぽっちの孤独が、いったい何だというのだろう。

（原題：「突然间出现的我」　初出：李娟『羊道・前山夏牧场』上海文藝出版社、二〇一二年）

チュニック、文字を作る

駱《らく》以《い》軍《ぐん》

濱田麻矢 訳

駱以軍（らくいぐん　Lo Yi-Chin）

1967年、台湾・台北県（現新北市）生まれ。父は南京出身の兵士で、大陸に妻子を残して国民党軍と台湾に渡り、そのまま教職についた。再婚相手だった駱以軍の母は父の元学生で、本省人（日本植民地時代からの台湾在住者）貧困家庭の養女として育った。外省人二世としてのルーツは駱以軍創作の通奏低音をなしている。

中国文化大学では張大春から創作を学び、国立芸術学院（現国立台北芸術大学）戯劇研究所で修士の学位を取得した。初期の代表作である短篇「降生十二星座（十二星座降誕）」（1993年）はゲームを重要なモチーフとし、「俺／お前」として現れる主人公のトラウマを断片的に描く。作中に登場する伝説のゲームプログラマーが木漉と渡邊といい、「直子の心」をめぐって三角関係を形作るというストーリーからは、『ノルウェイの森』が台湾に浸透した過程を傍証しているようでもある。村上春樹に限らず、雅俗に縛られることなく時代のアイコンを積極的に取り込むのが駱以軍テクストの魅力と言えるだろう。

時報文学賞、紅楼夢賞、聯合報文学賞など多数受賞、2007年にはアイオワ大学の国際創作プログラムに参加。小説のほかに詩歌、散文、文藝批評など多方面で活躍している。22年には「我々の時代のデカメロン」と銘打たれた長篇『大疫』を発表。

辛未《しんび》、……趙元昊《ちょうげんこう》[*1]自《みずか》ら蕃書《ばんしょ》十二巻を制《せい》す。字画は繁冗《はんじょう》、屈曲《くっきょく》すること符篆《ふてん》に類《るい》す。国人《こくじん》をして紀事《きじ》に悉《ことごと》く蕃書を用いしむ。私《ひそ》かに広慶《こうけい》三年を改めて大慶《だいけい》元年と曰《い》い、再び兵を挙げて回紇《ウイグル》を攻め、瓜《か》、沙《さ》、粛《しゅく》三州を陥れ、尽《ことごと》く河西《かせい》の旧地を有す。まさに入寇《にゅうこう》を謀《はか》らんとするに、嘉勒斯賚《ギェルセー》[*2]が其の後を制するを恐れ、復た兵を挙げて蘭州《らんしゅう》の諸羌《しょきょう》を攻め、南侵《なんしん》して馬銜山《ばかんざん》に至り、瓦《が》に築城し凡川会《はんせんかい》を躡《ふ》み、兵を留めて鎮守せしめ、吐蕃《とばん》の礼楽を絶つ……

（沈存中《しんそんちゅう》云う、「元昊叛《はん》するに、その徒の約噶《やっかつ》[*3]先ず蕃字《ばんじ》を創造す。一楼の上に独居し、累年《るいねん》にして方《まさ》に成り、ここに至りてこれを献ず。元昊乃《すなわ》ち改元し、衣冠礼楽を制し、国中に下令して悉く蕃書、胡礼を用いしめ、自《みずか》ら大夏《たいか》と称す」）

——『続資治通鑑《しじつがん》長編』

娘はチュニックに聞いた。

＊1　一〇〇三―四八。タングート族。李元昊とも。タングートの諸部族を併合、現在の寧夏・銀川を首都とする大夏王朝をたて、初代皇帝となった。

＊2　九九七―一〇六五。チベット族。唃厮囉《こくしら》とも。西チベットから現在の青海におちのび、青唐《ツォンカ》王国のチベット王となった。勢力を増す西夏に最後まで抵抗した。

＊3　趙元昊の妃の兄、野利遇乞《やりぐうこつ》のこと。西夏文字を考案したと言われる。

でも、あなたはこの旅館の中でぶらぶらと何をしていたの？
チュニックは答えた。「文字を発明していたんだ」
死者の腸粘膜には、硝石を加えた腐肉がソーセージのように詰められていた。
記憶は洗い流され、
意味は改竄《かいざん》され、
クロスワードパズルの升目のように、
一つ一つの文字の意味がひっくり返されるとき、
流浪者の歌は騎馬兵が異民族を虐殺した記録に代わり、
傷ついた受難者は瀆神《とくしん》的な人造人間遺伝子工学の狂徒となる。
ここは「我々」の外に追われた「彼ら」の旅館なので、
ここに住んでいるのは漢から脱して胡人の仲間入りをした可哀想な人々なのだ。
ここは「新人類」の大がかりなプロジェクトの中で生まれた故障品、怪物、もしくは遺伝子配列を比較するための抗原を実験後に廃棄するための収容所であり、「彼ら」と呼ばれる我々が、「我々」と呼ばれる彼らの自己を創造するプロジェクトに対する脅威となってしまうのは、我々の体はあまりにも多く彼らが delete してしまいたい記憶の遺伝子を帯びているために、もしも我々のことを彼らの変種の新人類プログラムに取り入れてしまうと、彼らの理想とする独立した人造人間の血統に混乱を招いてしまうからだ。これは我々を非常に苦しめる、なぜなら我々のうち一部の人々は、彼らの中の神聖化された「我々」とは、実は以前に強姦されたり、あるいは実験室のコントロールプログラムに問題が生じて、別の人種によって汚染されたりした遺伝子配列だと考えているからだ。しかし彼らは現在に至るまで、そうやって汚染されて変質した遺伝子こそがよいもの、進化したもの、本当の「我々」なのだと考えているのである。彼らは強姦に遭う前には原生種だった我々が、強姦されたあとに萎縮し、縮み、すり減ってしまったあとの残余を憎むべき、速やかに取り除くべき「彼ら」だと考えているのである。問題は、こうして「彼ら」と呼ばれるようになった我々は、実は本当の「彼ら」などではないということだ。彼らもわかっているので、新たな呼称を発明した。「君たち」。彼らは言う。「君たち」は早く「彼ら」のところへ行ってしまえ、と。しかし我々は、彼らの「我々」がまだ単相染色体が創造した幻の中で漂っているのに、訳もわからずに「君たち」などに変えられたくはない。もう一度強調しておこう、我々は自分こそが「我々」だと考えているのだ。

我々、この旅館の創業者は、彼らのいう「彼ら」という叙述方式に我々があまりにも依存していたことに問題があったこと、我々と彼らがみな、この人称代名詞を含むすべてが貧弱な言語システムに縛られていることに気づいた。単一型態に植えられた単一株の記憶は、ペストにでも襲われたらひとたまりもなく絶滅してしまうという。この危機を解決するためには、彼らの外に独立した言語システムを新たに創造するしかない。

莜　孤独な王国の国王

彼は小さなノートを開き、その上に簡単な地図を書いた。それは大きなFの字のように見える。まっすぐな背骨はあの年代の南京東路五段の大通りで、Fの上下の横線は物語を取り囲む二つの横丁である。このFの頂点、つまり一筋目の横丁の向かいは、その当時、周り一キロ四方のうちで最も高い建物だった。実際、この簡易な鳥瞰図は、彼と近所の男の子が、その最上階の七階にあるバルコニーまで行って描いたものなのだ。公営住宅の向かいには、彼の家と男の子の家の雑貨店があり、Fの左上角の内側は「栄誉国民〔一定の条件を満たした退役軍人〕の家」に類する、多くの外省人の退役軍人が住んでいるみすぼらしい住宅になっていた。その住宅の外側、防火道を一本隔てたところが、ちょうど南京東路上に並ぶ商店の裏手になっている。

その時彼とその男の子は小学校四、五年生くらいだったろう。まるで映画の中のＰＴＵ機動部隊か黒豹中隊がマンションを包囲して犯人を狙撃するように、マンションに駆け上がってから地面を見下ろし、子どもたちが無意識のうちに出入りしていたこの横丁の地図を描いたのはなぜだったろうか。

その男の子の父は交通事故にあって重篤な後遺症が残ったらしく、職業も志も失ってしまった。しかし母のほうは気丈な人で、無理に借金をして横丁に雑貨店を開くと夫に店番を任せた。しかし男の子が学校から帰ってくるやいなや父は店から出て行って友人と酒を飲んだりカード遊びをしたりするのだった。そこで、彼は多くの午後を男の子と一緒に過ごすこととなり、退屈のあまりに店の勘定台になっているアルミの事務机の上に腹ばいになって、二人で字典ほどの大きさしかない白黒テレビをつけ、京劇番組を見ていた。その時間帯はそれしか放送していなかったのだ。時に、男の子は冷蔵庫の中の百吉アイス*をご馳走してくれた。

夕方に男の子の母親が帰ってくると、彼らは首輪を解かれた二匹の子犬のように、威勢よく横丁から大通りまで駆け回って遊んだ。一体何をして遊んだのだろう。特に何か思い出せることがあるわけでもない。二人とも一文無しだったし、どちらにもお互い以外に友だちはいなかったようだ。横丁の先には六車線の大通りに車がびゅんびゅんと行き交っており、その年頃の子どもたちがその先に行って冒険してみたいという想像力をくじいてしまっていた。

その年代にはようやく「ニンテンドー」のテレビゲームが流行り始め、彼らの家の横丁を出たところにある店は、ゲームで遊べるテレビ何台かといろいろなゲームソフトを置いていた。彼ら二人はぶらぶらと入っていくと、いつも年かさの子どもたちを遠巻きにし、後ろ手を組んで彼らがクリアを目指すのを見ていた。毎日通っていて、たまたまお小遣いを持っていたときには遊んだこともあったが、やはりそこに突っ立って他人のテクニックを見学していたときのほうがよほど多かった。そのうち、その店のふとった小母さんが彼らの行状を知ると追い出しにかかってきた。男の子は彼よりも怖いものしらずで、汚い罵り言葉を口にしたが、もちろんそのために、もっとひどく追放されることになったのだった。

何かのゲームのストーリーだったろうか、忍者の装束を着た小人が敵の豪邸の廊下に隠れてそっと進み、上下に跳躍しながら進むという場面があった。いつもそれを見ていた彼らの小さな胸に憤怒と恥辱の炎が燃え上がるようになったとき、ふたりは実行可能な復讐をあれこれ想像し始めた。密議の結果、誰もいない時に押し入り、あのにっくき小母さんが所有しているゲームソフトをすべて持ち出そう、ということになった。

このミッションは、公営住宅の屋上に登り、横丁の鳥瞰図を描くところから計画された。彼らは塀を乗り越えて「栄誉国民の家」に入りこみ、その庭を通りぬけてさらに壁を超えて防火用の小道にすすみ、それからかなり高いところにある通気口をくぐり抜けて、ゲーム屋の裏口に忍び込むことにした。その前に彼らが偵察した状況は以下の三つであった。一、ゲーム屋の小母さんは、九時半になると必ず店を閉めて施錠して出て行く。しかしその隣にある薬局は二十四時間営業である。それがこの計画の最大の危険要素であった。二、防火用の小道から進入するためには、店の裏口の通気口はあまりにも高いところにあるので、一度は計画そのものが挫折に追い込まれるところだった。しかし後になって、退役軍人たちの裏庭に廃棄されていたぼろぼろのソファをみつけた。彼らはそれを踏み台にすることができると気づいた。三、ゲーム屋の裏口のドアは木製の円筒錠である。

男の子は取り外された円筒錠をどこからか手に入れてきて、毎日午後になると雑貨店で針金を使い、ロックを外す細かい作業の練習を始めた。一週間も練習すると、ごく短い時間で、十中八九カチャリ

＊　一九七七年創業のアイスクリームメーカー、ＰＯＫＩ。

と錠を外すことができるようになった。

そこで彼らはある夜を期日に決め、各々黒いシャツに黒いズボンを履き、軍手（雑貨店の売り物だ）をはめて、三時半ぴったりに行動を開始することにした。最初の日、彼は五時になって空が明るくなるまで待ったが男の子は現れなかった。翌日、彼は熟睡してしまって起きられなかったのだと言った。その二日目の晩もやはりすっぽかされた。三日目の晩、男の子は約束の時間に現れた。二人はまるでゲームの中の小人のごとく腰をかがめて木に登り、塀の上を歩き、庭を通り抜け窓をくぐり抜けた。一切は計画通りに進んだ。彼らがその木のドアの前にうずくまったとき、隣の薬局には煌々と明かりが灯っていて、彼は自分と男の子の呼吸音が、静かな夜の中でバイクのエンジンのように響くのを聞いていた。

男の子はあらかじめ用意していた針金を取り出し、鍵穴に差し込んだ。あれこれやってみたが、三十分以上経っても鍵は開かなかった。

「くそ！」男の子は汗だくになって彼を見た。彼は諦めるのだろうと思ったのだが、なんと彼はカバンから（ゲームソフトを手にいれたあと詰め込むために持ってきていたのだ）マイナスドライバーを取り出して、円筒錠を壊しにかかったのだ。

「やめろよ——」その言葉がまだ唇から出ないうちに、男の子の一撃によって木のドアはものすごい音を立てた。このバカが！　こんな音を立てるなら、最初からハンマーでガラスを割ったらよかったじゃないか。隣の薬局からはすぐに物音が聞こえて人影が見えた。「誰だ？」彼ら二人は魔術で石像にされてしまったかのように暗闇の中にうずくまり固まっていた。幸い薬局の主人は外に出てくることはなく、磨りガラスの透明なところから外を見やっただけだった。おそらく軒下から降りてきた猫だと思ったのだろう、しばらくしたら窓から離れていった。

ようやく人心地ついたところで、彼は男の子がまたドライバーを錠に突っ込もうとしていることに気づいた。彼はその肩をたたき、手振りでもうやめろ、と伝えたが、男の子は先ほどの危険についてまったく現実的に理解していなかったように、執拗に錠を破壊しようとしていた。彼は手振りで、俺はやらない、俺は帰る、と伝えた。そうして塀の上に上がると、男の子も後ろからついてきて、二人の泥棒は往路と同じルートで撤退したのである。

我々は、この話は予想したほどには面白くないと思うかもしれない。結局最後まで開けられなかったあの錠の向こう側、あの部屋の中には、男の子たちがとても受け止められないような大人の世界の凄惨で奇妙な光景が待ち受けていたのかもしれない。棺桶の中で眠る小母さん？　時間を司る老人の化身？　三十年後、何事も成し遂げ得ずに中年になった彼ら二人が、青白い顔で暗がりの中ゲームしている姿？　それとも昼間に同じ場所で座り込んでゲームをしていた大きな子たちが、実はみんなよくできた紙人形だったとか？

幸い、彼らはその裏口を開けることはなかった。

この物語の一番重要な部分は、実は彼が小学校五、六年生の頃を語ったという点にある。彼と男の子は違うクラスだったので、午後になってから一緒に雑貨屋の小さなテレビでつまらない京劇番組を見ていようと、横丁をぶらぶらして空き家に忍び込む冒険をしていようと、二人は昼間に学校でどんなことがあったかお互いに知らなかったし、また話したりしたこともなかった。実はその二年間、彼は学校ではほとんど自分の席というものに座ったことがなく、毎日学校に着いてカバンを置くとすぐ、自分から教室の後ろへ行って罰を受けるため立っていたのだ。彼によると、これはカード破産者と同じような経緯だった。彼の先生は、私たちのあの年代ならば多くの人が出会ったことのある虐待型だった。毎日とても終わらないほどの宿題が出ていたが、彼が一度学校を出たら時間は止まり、男の子と路上で冒険をする神秘的な時空に足を踏みいれていたのだ。最初に宿題を提出せず、二度目も出さず、先生に叩かれ、空気椅子のポーズをとらされているうち、どんどん溜まっていった宿題の負債はカード破産者の借金のように、永遠に返せないものになっていったのである。彼ももう返そうとも思わず、毎日教室にいくと、まるで異郷の人のように自分から教室の後ろに立ち、自分とは無関係のように見える同級生たちを眺めていたのだった。

彼は言った。「私は孤独な王国の国王になったのだ。永遠に私一人だけがそこに立っていた」

彼はこのことを男の子に言ったことはない。のちに彼らは違う中学校にゆき、だんだんそれぞれの世界に入っていった。何年か後に彼の家が基隆《キールン》に引っ越した後は連絡も途絶えた。何年もしてから彼がこの地域に戻って男の子を訪ねたときには、男の子の家の雑貨店はとうに店じまいをしていた。気まずくて何を話せばよいかわからず、全く違う世界に生きていることを思い知った（彼は大学に進学し、男の子は二年制の専門学校に通っていた）。男の子は友人とカラオケに行くことになっていて、一緒に行かないかと誘った。彼は断った。その友人たちがバイクに跨って男の子を迎えに来るまでのちょっとした時間に、彼は子どもの頃に横丁でしでかした馬鹿げたことについて触れた。あの未遂に終わった空き巣についても……

男の子は、そんなこと覚えていないと言った。

 鬼《き》

彼はそのとき、限りなく深く限りなく濃い闇の中にいたことを覚えている。彼と父はその森の中を歩いていた。森と言っても、実は彼らの靴底はコンクリートの路面を踏んでいたのだが、確かに一層一層重なっている、どこかの妖術師が張り巡らせた、魔法陣に見せかけるためのエキストラのような樹木に包囲されていたのだ。彼は、自分たちが動くとき、それらの木々も位置を変え、動いているのを感じた。彼には木の影は見えなかったが（実際あまりにも暗かったのだ）、それらの木々の呼吸を嗅

ぎ取った。まるですべての葉の毛細気孔が内側に満ちている霊魂や夢を発散しているかのように。

　そのとき彼は五、六歳だったから、彼の父は四十八歳、壮年の終わりにいた。暗闇の中で父子は手をつないでいたが、彼は父が道に迷ったのだろうと感じていた。彼らは迷路のような林間の小道をぐるぐる回っていたのだ。彼らを取り囲むのは蛙の鳴き声とフクロウの威嚇的な唸り声だけだった。父は言った。「どうして今晩は街燈が全部壊れているんだろう」

　そしてちょうどそのとき、一生忘れることはないだろうが、記憶の中では正確に形容しがたいそのとき、彼らは角を曲がったのだが、その道の行き止まりに、古代の装束をまとった巨人が二人立っていた。獰猛な顔つきで、赤みがかった金色の光の中に浸かっていた。いいや、彼の受けた第一印象はそうではなかった……二人は魚鱗甲《ぎょりんこう》〔鱗のようにびっしり金属片を並べたよろい〕と蟒袍《ぼうほう》〔うわばみが刺繍された大臣の礼服〕を着込み、頭には金色の兜をいただき、腰には宝剣をつけていて、一人は手に長い戟《ほこ》を持ち、一人は鋼鉄の棒を持っていた。この天神二人は火の海から歩み出て、彼ら父子とははるかに対峙していたのだ。

　彼の父も驚いたようだったが、すぐにホッとした様子で言った。「ああ、秦叔宝《しんしゅくほう》と尉遅恭《うっちきょう》か*1」まるで友人に会ったかのようだ。一人は赤ら顔に眥《まなじり》の切れ込んだ眼をしており、一人は焦げたように黒い顔色で、濃い眉に目を怒らせている。

　父は教えてくれた。これは扉に彩色で描かれた二体の門神なのだ。もう少し大きくなってから、彼はその晩彼らがいたのが南海路の植物園だったと知った。さらに何年も経ってから、彼はまるで漆黒を背景に、燃え盛る火の中から歩み出てきた古代の神祇《じんぎ》〔天の神と地の神〕のような二人が堂々と身を置いていた門の後ろ、両側に反り返った屋根を持つ荒廃した古い屋敷は、中山堂跡から移築してきた清末の「布《ふ》政《せい》使《し》司《し》衙門《がもん》*2」だったということを知ることになる。

*1　どちらも唐の建国に功があった軍人。門神として信仰の対象となった。

それは妖しく、とろけるような、植物の魑魅《すだま》に占領された暗闇から、突然強烈な稲妻によって門が開かれ、重装備した二人の天神が現れたかのようなドラマチックな一瞬となり、そののち彼が感傷やトラウマに向かい合ったり、泳ぎ渡れないような死の陰の谷に至ったりしたとき、その絶望のトンネルに内在する暗示的な救いとなったのだった。

彼は一枚の紙の上に、暗い夜に作り上げられた迷路の図と、その道の終点にある、人間界と神界を隔てる建築を描こうとしていた。この時、私にはもう経験があったので、彼が自分で意味を与えた漢字を書こうとしているのだとわかっていた。

「これは横にした『神』という字？」私は聞いた。

「いや、『鬼』〔幽霊〕という字」

彼は言った。のちに彼は私たちより二十歳ほども若い女の子たちに会ったが、彼女たちは自分の生命についてよくわかっていなかった。剝き身にされた牡蠣やエビ、カニのように、最も柔らかい内側の部分が腐爛物と寄生虫のうようよしている池の中にさらされているというのに、何の自覚もないのだ。例えば、とびきり美しい女の子が、地下室か死体置き場のような暗い密室で彼にマッサージを施しながら、どうやって前の彼と別れたのかを説明した。暴力をふるわれたの。彼には暴力的なところがあって。パンダみたいな眼になるまで殴られたこともあったわ。三、四日間仕事に出られなかった。そういうのは好きじゃないの。

彼女はまるで、ワキガがあったり歯を磨きたがらなかったりする男は嫌だ、というような調子で語った。しかし、女を殴る男なんていちばん見下げはてた奴だと彼が言うと、彼女は美しい目を見開いて言った。わたしが本当にイヤなことを言ってしまったからかも。弱点ばかり攻撃されたら、それは堪忍袋の緒も切れて、叩きたくなっちゃうわよね……。

彼女たちの周りにいるのは魂に穴が開き、どす黒い汚水をどくどくと垂れ流しているビョーキの男ばかりだった。アル中の男、ヤク中の男、女好きな男、ギャンブル好きな男、女を殴る男。しかし彼女たちはその暗い小部屋の中で熱いおしぼりを手渡し、彼らの背中にオイルを塗り、凝り固まった体に隠れていた紫色のアザを手や肘《ひじ》で押し出し、ある時には天井に渡してあるパイプを握り、ストッキングを履いた華奢な足で男たちの背中を踏むのだ。これ以上ないほど優雅に、しとやかに。

彼女たちは言う。若いときに遊んでばかりいたからだわ。

彼女たちは言う。苦しくない仕事なんてないでしょう?

別の女の子の場合、年はよくわからなかったが（もしかしたら、その個室があまりにも暗かったから?）、彼にオイルマッサージをしながら、促されるままに話をしたことがあった。もともとは夫がいたのだけど……彼はきっとその男が浮気したとかいうよくある話だろうと思っていた……交通事故で死んでしまったんです。え?　私にはもうすぐ高校に上がる娘がいるんです。そこでまた驚いた。君はやっと二十歳くらいだと思ったけど?　女はぼうっとした顔で胸をつかみ、小さな鏡にうつる自分を見て言った。ここの肉が多すぎるの、毎日仕事のあと、ジムに行ってジョギングして汗をかくようにしてるの……

彼は思った。いずれ、俺は老いる。この女の子たちだってだんだん老いていくのだ。そうして俺たちはいかがわしい店にいるいやらしいオヤジやママさんになっていくのだ。

その頃、彼はいつもよく眠れず、夜ベッドに横たわると、冷蔵庫の製氷機の中で氷が落ちていく音、トイレのタンクの錆びたレバーから水がぽたぽた垂れる音、あるいは遠く離れた大通りで、空のタクシーが水槽の中の孤独なネオンテトラのように行ったり来たりし、アスファルトの上でタイヤを軋ませる音を聞いていた……

＊2　清朝統治期の台湾における内政最高官の役所。台北には迎賓館にあたる欽差《きんさ》行台《こうだい》が移築されている。

そこで彼は徹夜でＤＶＤを見て、昼は続けて仕事をすることにした。最長記録では、彼は一か月間目を閉じなかった。たとえ医師が処方したマイスリーのような強力な睡眠薬を飲んでもやはり寝つけなかった。あるとき、彼はアメリカのドラマ『プリズン・ブレイク』を見ていた。ある建築技師が、冤罪で死刑判決を受けた兄を救うため、コネをつかって監獄建築全体の細部にわたる平面図を手に入れると、それを自分の身体に彫りつけ、わざと銀行強盗の罪を犯す。彼はこの活きた人皮の脱獄地図をまとって監獄に入り込んだ。兄を死から救うことは彼にしかできないのだ。

彼はそのとき思った。もしも俺の体に逃亡地図を刺青するなら、ああいう女の子たちが密室で語っていた物語をマイクロフィッシュのような回文図*に圧縮しなければならない。しかし誰を救おうというのか？

俺は死んでしまうかもしれない。こんなふうにずっと眠らないでいたある日、彼は密室のうちの一つに横たわり、あの高校生の娘がいるものの二十歳のような格好をした女にマッサージされていたのだが、突然、防波堤に沈められるコンクリートの消波ブロックのような重い疲労にずしんと襲われた。

ごめん、寝てしまうかもしれないよ……

彼は本当にその暗い部屋の小さなベッドの上で眠りに落ちた。そればかりかこの上もなく立体的で、まるで魂の灰色の深みに深く焼きつけられるような夢も見た。その夢の中で、世界はまた彼の父の年代に戻っており、まるでスライドフィルムのように翳《かげ》っていた。がらんとした大通りの停留所に丸々太ったバスが停まっており、日本式建築の瓦の上には、小さい紫の花をつけたブーゲンビリアが我が物顔に茂っている。木製の丸い傘をつけた街灯。芭蕉のうちわを持ち、出っ張った腹にランニングを着ている外省人の男が自分の家の前に置いた籐の寝椅子で涼をとっている。蝶の群れが、まるで蝿のように銀色のゴミ箱の周りで舞っている。

彼はバスに座り、窓の外にゆっくりと流れてゆく景色、昔の街の光景を哀愁を込めて眺めている。大通りの横の大きなどぶ。荷物を運ぶ三輪車。ショーウィンドーの奥にある、まだ服を着せられていない白いプラスチックのマネキン。幽霊のように無表情でバスに乗り降りする昔の人々。男たちはしわくちゃのスラックスを穿き、女たちは腕をあらわにしたワンピースを着ている。男たちは今の男たちより黒く痩せており、女たちは今の女たちよりふっくらしている……

童年の、小道の突き当たりにあった古い家に戻ると、赤地に白い溝のある木戸に貼られていた対聯《ついれん》〔左右対称に吉祥の文言を書いた掛物〕はすでに剝がされており、左上角の剝がし残しの上には白い小さな紙が貼られていて、その上には「喪中」と記されていた。

そこでまた彼は、何年も前の、底の見えない暗闇の中で突然扉が開いた時刻に戻った。今回、あの絶望と恐怖の淵から彼を引っ張りだしたのはもはや光輝く二体の獰猛な神祇ではなく、暗い客間の中で孤独に座ってすすり泣いている父の幽魂であった。

その老人は、よるべない眼差しで彼を見た。「お前の母さんが行ってしまったよ」

それは事実の逆だった。行ってしまったのはあなたなんです。

彼の父が世を去って三年になる。その傷と悲しみの実態は彼の予想をはるかに越えており、彼の母は完全に壊れて老婆の姿をした孤雁《こがん》となってしまった。膝が悪くなって、歩くと両足が明らかに歪んでいることがわかる。しばらく前には脊椎骨も二か所折れていることがわかり、退化して古代の記憶を失った魚になりたくてもなれなくなってしまった。こうして、いつも少女の時期の、まだ若かった頃の父との苦しい恋の思い出に耽溺しているのだった。

彼と妻は離婚したようなものだったので、内心では、茫々としたこの世で本当に信頼できる人物は

＊　基盤状に書かれた文字を縦横どちらの向きから読んでも意味をなす図。

いないと考えていた。人生のいろいろな段階で出会った友人たちは、いろいろな段階で、あるいは細かいことから行き違い、あるいは理由もなく疎遠になっていった。ときには幼い子どもたちが幼獣のようにはしっこく自分の腹の上によじ登ったり降りたりしているのを見ながら心の中で考えている。

「いずれお前たちも俺を捨てて去っていくのだ」

その夢の中で、光源がすべて邪悪な意志によって吸い取られてしまった暗黒の果てにある門がとうとう開いた。しかし今回、華麗な神祇はもはや現れず、吹き荒れる嵐によってもともと静止していた美しい昔をすべて奪い去られてしまったような、腰の曲がった老人しか残されていなかった。彼が期待していたドラマチックな救いの時刻は現れないようだ。彼はため息をつき、子どものように縮んでしまった、恐れおののいている父親の幽魂を懐に抱くと、軽くその背をたたき、撫でさすった……。


（原題：「圖尼克造字」　初出：駱以軍『西夏旅館（下巻）』ＩＮＫ印刻文学、二〇〇八年）

霧月《ブリュメール》十八日

林俊頴《りんしゅんえい》

三須祐介 訳

林俊頴（りんしゅんえい　Lin Chun-Ying）

1960年、台湾の彰化県北斗に生まれた。文学に親しみ、台中第二中学在学時に『三三集刊』（朱天心のプロフィールを参照）に触れる。国立政治大学中文系卒業後、ニューヨーク市立大学でマスコミュニケーションの修士学位を取得。新聞社やテレビ局、広告会社などの勤務を経て、専業作家となった。

1990年に初の短篇小説集『大暑』を出版、台湾における都市と郷村の記憶を独特の文体で描き出し、瞬く間に台湾文壇での注目を集めるようになった。『燃える創世記（焚焼創世紀）』（97年）は中年のゲイ群像を通して映画館やスポーツジムといった公と私が交差する台湾の性的空間を描き、台湾における同志文学（クィア文学）の一翼を担っている。「霧月《ブリュメール》十八日」を含む『人に言えない郷愁（我不可告人的郷愁）』では自身の母語である台湾語（解説参照）を創作言語として用い、台北国際ブックフェア小説部門賞受賞。2012年にはアイオワ大学の国際創作プロジェクトに招聘された。22年、目宿媒体の華文作家ドキュメンタリー映画シリーズ〈彼らは島嶼で創作する（他們在島嶼創作）〉の朱天文・朱天心姉妹の記録映画『私は覚えている（我記得）』で初監督を務めている。

モダーンおばは深い霧のなかに秀才〔科挙の予備試験の合格者〕だった老父の姿を見たんじゃ。寒々として寂しい霧はのう、鍋いっぱいにあふれる粥のようじゃった。百年前の黒々とした東螺渓《とうらけい》[*1]の川面は霧で覆われていたんじゃが、たっぷりの砂石を含む水流は、まるで夢の中で歯ぎしりしているかのようじゃ。水の音は勢いよく、時に大きな石が水底に沈むと、低い雷のように響くのを彼女は耳にしたんじゃ。

モダーンおばはうつむいたまま、手を後ろに組み彼女に背を向けて渡船場に立つ老父に胸の奥で呼びかけたんじゃな。

数十年後、老父は拾骨《しゅうこつ》[*2]によって、ふたたびお天道さまのもとに現れたんじゃ。怖いもの知らずの拾骨師が掘り返そうとするのを、一族の子や孫らが墓のたもとで待ち受けていたのう。雲が強欲にもお天道さまを遮ろうとすると、頭のてっぺんを涼風がかすめた。掘り出したばかりの墓の土は黒々として、微かに清々しい匂いがしたもんじゃ。モダーンおばは声に出さずにつぶやいた。お父さま、ご無沙汰しておりました。ほんとうにここにいたのですね。毎年清明節には墓参りに通ったものじゃ。朝早くから竹かごを肩に担ぎ、鉈《なた》と鎌を持って、雨上がりの草むらの道なき道を、一族の者が蟻《あり》の行列のように進んでのう、彼女もよろめきながら歩く母親のあとに続いたもんじゃ。

＊1　別名は旧濁水渓。台湾中部の彰化県にあり、かつては水害が頻発した。
＊2　土葬後一定期間が経ってから、遺骨を掘り出し洗い清め、骨壺に収める一連の儀式を「拾骨」と言う。

拾骨師は農場の作男じゃった。骨だけになった老父はむしろに横たえられ、獣毛の刷毛で洗浄された骨は紅く染まっていたのう。拾骨師は銀朱の筆に紅い顔料をつけて、新たに全体に紅い点をほどこしていったもんじゃ。経絡《けいらく》のめぐりがよければ子孫はみな繁栄する、と六兄が唱える。楊柳の枝に老父の竜骨〔脊椎〕をひと節ずつ通すと、全部で二十四節じゃ。さらに紅い糸で、左右の手の骨、足の骨、腓骨《ひこつ》をそれぞれ縛って束にすると計六束となる。それから装金[*1]じゃが、順序通り、竜骨、下半身、上半身と安置し、最後に頭骨を入れるんじゃ。黒い傘で日除けをしつつ、拾骨師は手に銀朱の筆を持ち、開眼の儀式に移った。朗々とした声で次のように唱えたんじゃ。「孔子は我に銀朱の筆を与えたもう。筆を空に向けて施せば、空は碧く晴れ渡ろう。左眼に点ずれば清く、右眼に点ずれば清し。人に点ずれば長生す」一族の子孫は声をそろえて「然り」と応えたもんじゃ。そして老父の頭骨が金斗甕《きんとおう》〔骨壺のこと〕に入れられた。「頭骨は金斗甕におさまった、子孫代々末永く守り給え」その後、点甕、点魂、引魂、謝土[*2]と続く。紙銭を燃やし、金斗甕の周囲を四回まわり、大きな声で叫ぶんじゃ。「幸運な魂よ、佳き日佳き時を選んで、拾骨師に墓を掘って洗骨してもらった。上半身は左右三六、下半身は左右二四、師は上半身の拾骨は済んだのか。山神に拾骨の手伝いを請う。師は下半身の拾骨は済んだのか。魂は自ら拾骨を済まされよう」

　墓碑は壊され、墓穴は空になってのう。老父の金斗甕に集まっていた一族の子孫たちがそこを離れた。青草が人の背丈の半分ほどまで生い茂った墓地から、だだっ広い空の果てまで見渡せるんじゃ。亡くなって長い長い時の経った老父は、きょうこの世に生きる者たちに持ち上げられてお天道さまのもと一陣の風のように草むらを吹き抜けていったよのう。

　モダーンおばが生まれたのは、父親が亡くなってからのことじゃ。六兄が言うには、老父が若いころ、渡船場で隻眼の老人のために十六文の渡し賃を払ってやると、老人は老父の手を握って言ったそうじゃ。「赤い花の二つの蕾《つぼみ》が開かんとするとき、くれぐれも気をつけなされ」老父がコレラに罹《かか》って亡くなってから三月後、母親は双子を産んだ。モダーンおばがまず生まれると、もうひとりおる、と産婆は言ったが、眼がうてなのように微かに開き、黒々とした頭髪の水子じゃった。次兄と三兄は、それでも玉姝《ギョクスウ》と名づけたんじゃ。

　母親はなにがなんでもお湯で玉姝を洗ってやろうとしてのう、その体はまるで象牙の彫刻のようだし、まるで百子図《ひゃくしず》〔多子の願いを込めて百人の童子が戯れ遊ぶさまを描いたもの〕の色白で頬に赤みさす幼子のようでもあっての、ひと晩じゅう抱っこして見つめていたんじゃ。後に母が言うことには、老父がその晩やってきて、あきらめきれない母親を笑って、玉姝を抱き取ると、おまえとわしで一人ずつ育てようと言ったというんじゃ。赤ん坊は老父の腕の中でほほ笑んでいた、とな。

　老父の写真は広間に掛かっていたんじゃ。クジャクの羽の官帽をかぶり官服をまとって、面長の痩身で口髭をたくわえていての。写真の前の紫檀の高卓にはいつも一鉢の素心蘭が置かれていたもんじゃ。老父は生前素心蘭が大好きだったのだと六兄は言っていたのう。老父が亡くなり、入れ替わるように彼女が生まれ、毎日のように老父の写真を目にしていると、老父がもうこの世にいないのだとは思われなかったんじゃ。

　老父が死んだのは、夜明け前じゃった。その朝は雄鶏の鳴き声がまったく聞こえなくてのう。三十年余りも経って、中秋節が過ぎても暑気あたりするほどの暑さのなか、モダーンおばは朝晩発熱するようになったんじゃ。体じゅうにだるさと痛みがひろがって、日を追うごとに頭がぼんやりするようになり、顔が赤く火照って眠気が襲ってきたんじゃ。西洋医学の医者に往診してもらうと、マラリア

＊1　原注：骨を陶製の骨壺におさめること。

＊2　骨を骨壺に収めた後の儀式のプロセスで、骨壺の五つの方角に赤い印をつけて縁起のよい言葉を唱え（点甕《てんおう》）、骨壺の上下に赤い印をつけて縁起のよい言葉を唱える（点魂《てんこん》）。その後、施主、拾骨師の順で焼香して骨壺に拝礼し、亡魂を招き土地に感謝する（引魂《いんこん》、謝土《しゃど》）。

つまり寒熱症だということじゃった。キニーネを服用すると相も変わらず深い眠りについてのう。医者は老父と契りを結んだ義兄弟の息子で、病院の七人の看護師がみな感染したそうじゃ。来てもらった漢方医は舌打ちして言ったものじゃ。「デング熱にかかったのではなかろうか」

六兄を筆頭に、六兄の嫁、四兄の嫁、五兄の嫁、七兄の嫁、鹹菜姆《ギャムツァイムー》、宝珠《ボオズウ》が、日干ししたヨモギを石臼に入れてつき、竹の篩《ふるい》にかけて採ったくすんだ棉のようなもぐさに、雄黄《ゆうおう》を加えて燻したんじゃ。みな金だらいを捧げ持って屋敷の中で燻したんで、部屋はみな煙でいっぱいになったもんじゃ。

広間に置かれた紅毛鐘《西洋時計》★1がチクタクと鳴ったのう。丸い振り子は黄色で、重く確かに金城鉄壁の時を刻んだもんじゃ。

その年の中秋のころ、四つ足の扶桑人★2〔「扶桑」とは日本のこと〕たちは既に去っていった。とりわけうらがなしかったのは、三兄は半年前に次兄を頼って扶桑国の首都に行き、五兄と八兄はそれぞれ上海と厦門《アモイ》におり、長兄の息子は唐山《とうさん》〔中国のこと〕の連中に捕まって牢に繋がれていたことじゃ。媽祖廟の金炉は火の勢いを失い、通りもひっそりとして、拝月の供物台は寂しげじゃったが、八兄の嫁は変わらず落花生餡のもち菓子を届けていたんじゃ。子供たちは、中秋に合わせて手を叩きながら歌を口ずさんでのう。「月がきらきら光ってる、じいさん畑を耕して、畑はすっかり掘り返された、じいさんネギを植えたいが、ネギは植えても芽が出ない。じいさんお茶を植えたいが、お茶を植えても花咲かず。じいさんヘチマを植えてみた、けれどもヘチマは実がならず、じいさん怒ってプンプンだ」さびしげに聞こえる歌じゃった。ほんだら血色の良い顔つきの馬神父が訪ねてきたんじゃ。黒いガウンはスカートのようで、日干しした曼陀羅華《マンダラゲ》を一袋手にしていてのう。そして四兄と六兄に聖書を読み聞かせたんじゃ。「そのころ王がなかったので、人々はおのおの自分の目に正しいと思うことを行った」〔『旧約聖書』のうちの一書『士師記』一七・六〕

鹹菜姆は台所に立ち、横目でちらっと見ると、菜切り包丁を水がめにあててカチャンカチャンとおとなしく研ぎながら、六兄に尋ねたんじゃ。「姑丈《おじ》〔父の姉妹の夫〕からはまだなにも知らせがないのかや？」

モダーンおばは寝床でヨモギの匂いを嗅いでいると、時間が端午節のころに戻ったように錯覚したもんじゃ。彼女は、自分より六歳しか年長でない大舅《おじ》〔母の兄弟〕の下の子、嘉興《ガァヒン》が農場からやってきたのを目にしての。銅褐色に日焼けして、体じゅうから汗の臭いとお天道さまの匂いが漂っていたんじゃ。彼女はおだやかにほほ笑んでのう。彼女はひと晩じゅう熱でだるさと痛みがひどくてな、昼前までは土気色の顔で力が入らなかったんじゃ。昼下がり暮れかかるとまた熱が出て顔がむくんでしまってのう。寝つけない夜にはヤモリがキッキッと鳴き、屋敷の裏の竹やぶがザワザワと揺れたんじゃ。ついに屋根の上の雀の鳴き声や通りの漬物売りの鈴の音が耳に入り、ガラス窓からは青い光が差し込んでのう。彼女は下着がぐっしょりするほど熱にさいなまれ、頭がぼんやりしてくると、双子の妹の玉姝が蚊帳の外から手を伸ばし自分の手を握るのを目にしたんじゃ。妹の手は清冷な玉のようで、握るとほんに心地よくての。ふたりは向き合うと、まるで合わせ鏡のように、まんまるの瞳を映し出したんじゃ。けれど玉姝のほうが彼女より元気があって、モダーンおばに自らの三十年の遊歴を話して聞かせたがったんじゃ。

六兄の嫁と宝珠が順番に彼女に食事を食べさせてやってのう。「ねえおばさん、地獄めぐりをしてきたの、それとも玄宗帝とお月さまへ遊びに行ったのかしら」

新暦の十月上旬、旧暦の二十五日は寒露、十一日は霜降《そうこう》じゃ。古典に深く親しんでいる四兄はこのように口ずさんだものじゃ。「九月の半ば、気は引き締まり凝結し、露は結びて霜となる。この時、

＊1　原注：「紅毛鐘」は作者の創作によるもので、箱型大時計のこと。「紅毛」とは台湾では元来オランダ人のことだが、広く外国人がもたらした事物を指す。

＊2　原注：これもまた作者の創作によるもので、植民者である日本人に対する侮蔑と憤怒を表す。

寒気は厳しく冷たし。虫たちはみな頭を垂れて食《は》まず」四番目の兄は優雅に頭を揺らす。「風大きく烈しきを颶《つむじかぜ》となし、また甚だしきを颱《たいふう》となす。颶は常に驟《にわ》かに発し、颱は徐々に起こる。颶はあるいは瞬時に起こってすぐに止むが、颱は常に一昼夜あるいは数日続いて止む。およそ正月二月三月四月に起こるものを颶となし、五月六月七月八月に起こるものを颱となす。九月は北風が初め烈しく、あるいは月をまたぐこともあり、俗に九降風と称す。あるいはまま颱もあり、にわかに春のような颶が起こることもある。船で洋中、颶に遇うはなすすべがあるが、颱に遇わばよしなし」

四兄がお気に入りの籐椅子は、広間の前のヘチマの棚の下に晩から明け方まで置かれ、夜露のせいで濡れそぼっていたんじゃ。

百草に霜が降りる日はその実めったになくての。

四兄と六兄が毎日かわるがわる彼女の病床を訪ねてきたものじゃ。六兄は彼女をゆすったり、仙也《センエ》*1、聞こえるかと尋ねた。六兄は一度母親を夢枕に見たために、彼女がもう助からないのではないかと取り乱し、さめざめと泣いたものじゃ。

長く続く夢の中で、屋敷はまるで海底の水晶宮のようじゃった。白い大きなウミガメが彼女を乗せて、ついに海面に浮かび、はるか遠くの人影を眺めると、彼女は波を飲み込んだんじゃ。

モダーンおばが目覚めると、屋敷のなかは人の気配がなくての。広間の紅毛鐘は止まり、竈《かまど》の灰も冷たくなっていたんじゃ。

彼女は寝台からおりると、頭はぼんやりとして口のなかは粥の発酵した匂いでいっぱいになっての。その実、彼女は大きく口を開けて霧を食んでいたんじゃ。斗鎮《とちん》〔現在の彰化県北斗鎮〕では百年に一度あるかないかの深い霧をのう。

ふたつの足は一万匹の蟻《あり》にかじられているようじゃったが、それは幸い彼女がまだ死んでおらず、幽霊になってはいないことの証しじゃった。匂いを頼りに手探りで六番目の兄の寝室の囲いを伝い、中庭に敷かれた砂利と飛び石をたどっていったんじゃ。前方の広間で、彼女は男と女の祖先が黒檀の肘掛け椅子に座っているのを目にしてのう。それは二つの大きな蟻の巣のようで、嫁いだ娘は死んでも嫁ぎ先のものなのに、出戻り小姑になるなんて厚かましいものよ、と彼女を笑っているようじゃった。彼女は恥ずかしくなり、かっとなって大門の後ろにある横棒を挙げて、えいやっと門を開け、敷居をまたいでの。すると斗鎮の霧のすべてが洪水のように流れ込んできたんじゃ。

一五〇年近く前、林家の祖先が鹿港《ルーガン》から夜、東螺渓を遡って渡船場に着いた時、深い霧で覆われていたそうじゃ。長兄と四兄はそれは年末のことだったと言うが、六兄は、二、三月のことだったと聞いたと譲らなくてのう。羅漢脚《ひとりもの》〔単身でまともな職も家も持たず、悪事にあけくれた者たちのこと〕だった祖先がひとり、なぜ水路をつたって斗鎮までたどり着いたのか、わかる者は誰もいなかったんじゃ。しかし、家族が共有する記憶のなかでは、屈強な大男で大酒呑みの祖先は実に土匪《どひ》の頭領になる器量をもっていたんじゃ。祖先は渡船場の対岸の東羅社で熟蕃《じゅくばん》*2と兄弟の契りを結び、養鹿場で作男となって、屯田兵の代わりに畑仕事をしたのだと言い伝えられていてのう。それで、祖先は、肌が白く大きく耳に穴の開いた蕃婦の婿としてしばらくの間迎えられたことがあったらしい。四兄が言うには、長兄は老父が保管していた鹿皮の上着と法螺貝を見たことがあるそうじゃ。八人兄弟は子どもの頃、老父が教えてくれた片言の蕃語を隠語にしてよくふざけあってものじゃ。「フジャマルウェンラン」は鹿を捕ること、「ミリンマルエハオウエイハン」は酒を醸して年を越すこと。八人兄弟は老父が冗談を言っているのだと思い込んでいたんじゃ。

*1 原注：モダーンおばの幼名。

*2 「蕃（番）」とは野蛮の意で台湾原住民を指す旧称。そのうち漢人に同化し帰順したものを「熟蕃」、そうではないものを「生蕃」と称した。「蕃」の字には侮蔑の意があるため日本時代には「高砂族」と改められた。ここでは原作の文脈を尊重して「蕃」の字を用いる。

骨董好きの四兄は、黄ばんで水染みのついた旧時の土地売買契約書を所有している。「開墾永耕ノ証書ヲココニ記ス。東螺社ノ番通事巴難宇士ハ、祖父ノ遺セシ荒地一件、七張犂荘南勢土ニ所在スル旱溝頭ト称ス土地ヲ所有ス。東ハ施家ノ二分大圳マデ、西ハ王黄張家ノ旱園マデ、北ハ雪施九荒埔マデ、南ハ曽頭家ノ草地並ビニ車道マデ、四方ノ境界ハコレヲ明確ニ定ム。イマ社カラ遠キニスギルニヨリ自ラ開墾スル能ワズ、ココニ東螺街益美号布店ノ黄泉官ガ開墾ヲ請ケ負ウヲ得タ。時価デ銀貨十六枚ノ敷金ヲ即日領収シ、荒地ヲ踏査シテ境界ヲ明ラカニシタウエデ譲渡ス。黄泉官ハ開墾ヲ主管シ田畑トシテモ果樹園トシテモ、果物ヤ竹ヤ樹木ノ栽培ハソノ自由ニ任セル。保証人ヲ立テ三年後事業ガ成レバ毎年ノ番租ハ銀貨六枚トシ、ソレヲ拒否スル能ワズ。以テコノ荒地ハ巴難ガ相続セシモノデ、他社ノ番通事及ビ土目ト無関係デアリ、カツ由来不明ナモノデハナイコトヲ証明ス。双方ガ開墾永耕ノ証書一紙ヲ以テ記シ、即日デ保証人ガ開墾契約内ニ定メシ銀貨十六枚ヲ徴収セシ後、本契約ハ発効ス」

おだやかな陽光のもと、雄鶏が一羽、ほこらしげに中庭を通り過ぎていったものじゃ。四兄は声に出して読み上げた。「敷金で銀貨一六枚払ってくれるとさ、お前に一枚くれてやろう」雄鶏の偉そうな様子が嫌で、落花生を一粒投げつけてやったもんじゃ。

「漢奸《かんかん》というのは、漢人がずる賢いということじゃ。馬鹿を見る正直者は、蕃人のほうなんじゃ」老父はよく口ひげを触りながら感慨深くつぶやいたものだ。

林家が最初に田畑を手に入れられたのは、祖先があの深い霧のなか渡船場に降りたってから二十年ほど経ったころじゃった。義兄弟の契りを結んだ蕃人は、全蕃社で東螺渓、阿《あ》抜泉渓《はつせんけい》を遡って深い山の奥へと立ち退いていった。禍福は糾《あざな》える縄の如しで、ぬか喜びには及ばず、翌年東螺渓は洪水で氾濫し、田畑は流失、残ったのは黒い渓流が運んだ石塊だけだったのじゃ。

六兄は、もうひとつたちの悪い言い伝えがあるのだとこっそり語ったものじゃ。それは祖先が大海賊の蔡なにがし[*1]が先鋒として派遣した手先であるというものでの。祖先は山賊と結託し、北部中部南部の三か所の盗賊と一斉に蜂起することにしたんじゃ。しかし官軍が五千名鹿港に上陸し、一部は銃を持ち大砲を引いて渇水期の東螺渓の川底に駐留しての。匪賊は日中は身を隠し夜間に動き出すものじゃ。川底の砂を掘り石を積んで濠となし、北風に乗じて軍営を火攻めにしようとしたんじゃ。元来はねっかえりの気性をもつ祖先は、ある朝深い霧のなか川を渡り密告に及んだんじゃ。その晩、官兵はひとりずつ菜種油か鹿の脂の松明を手にして川底を照らし、大砲は砂の穴に潜んでいた匪賊に照準を合わせて撃たれ、すべてが命中してのう。夜が明けると、川底は肉屋のまな板のようじゃった。官軍が勝って祖先は手柄で罪を償ったことになる。そこで林大鼻《リンドアピン》という仮の名前で斗鎮に定住することになったというわけじゃ。

六兄の嫁は口を押えて笑いながら、言ったもんじゃ。「陳三五娘《ちんさんごじょう》[*2]のあの道化役を林大鼻と言うのよ」

恨むべきは東螺水、愛すべきも東螺水。四兄と六兄はどちらもそれが老父の口頭禅《くちぐせ》じゃったと言う。祖先の当時、斗鎮は斗街と呼ばれての、街の中心の媽祖廟の左側の壁に石碑が嵌め込まれていたんじゃ。碑文によれば斗街の土地は蕃社から買い上げたもんじゃという。やはり孔子と最も縁の深い四兄が碑文を読み上げた。「ソコデ規模ガ定マリ、造営ガ始マレリ。北ノ区域ニ天后宮ヲ南向キニ建立セリ。西北ニハ土地祠ヲ建立セリ。以テ神明ヲ祀リ、民ヲ守リ、礼ヲ重ンズルナリ。ソノ二ツノ傍ラニハ舗舎ガ立チ並ビ、コレヲ北横街ト称ス。ソノ中ホドト後方ノ通リハ各々東ト西ニ向キ、二ツノ大キナ路地ヲナス。ソノ南ニハ横街コレアリ縦横二里ノ大キサニテ、通リト路地ハトモニ井ノ字型ヲナス。

＊1　蔡牽《さいけん》（一七六一―一八〇九）福建省出身、海賊の頭目となって鹿港、滬尾（現在の淡水）などを攻略し鎮海威武王と自称した。

＊2　台湾の伝統劇である歌仔戯の演目。陳三と富家の娘・五娘の愛情物語。林大鼻はこの演目に登場する道化役。

ソノ外側ニハ竹囲イ、濠、柵門ヲ設ケテ盗賊ノ備エトセリ。蓋シ井戸水ガ民ヲ養ウトイウ意デ、市井ノ名ヲ採ルナリ。マタ方里ガ井ノ字型ヲモッテ民ガ互イニ見張リ助ケ合イ、親睦スルノ意モコレアルラン」「ソノ東、西、南ニハ大渓ガ廻ルヨウニ守リ、北ノ谷川ト合流セリ。コレモマタ天地自然ノ形勝ナリ。土地ハ狭小トイエドモ、ソノ規模ハ宏遠ナリ」

　四兄は納得しなかったんじゃ。北斗星の第一星の先の六つの星が由来だなどという説は、こじつけだとしたんじゃ。斗街の名の由来は蕃人のことばからきているんじゃとな[*1]。

　良くも悪くも東螺渓しだい。長兄から四兄が小さいころ、旧暦八月の午後、川沿いでは水醮《すいしょう》〔水難に遭った魂を祀る儀式〕が行われ、渓王水府に参拝する習慣があったんじゃ。四兄弟は老父に付きしたがって先祖の最初の足跡を踏査したというわけじゃ。線香と米酒でもうろうとするお天道さまのもと、チャルメラや引磬《いんきん》、雲鑼《うんら》、鐃鈸《にょうはち》のよくとおる烈しさと、悲しげだがゆったりとした音と溶け合った聖なる調べが響いたもんじゃ。岸には、まっすぐな緑色の灯籠用の竿が立てられていてのう。左から右まで、幟《のぼり》が翻る緑色の龍神燈、赤色の七星元辰燈、黄色の天燈、白色の孤魂燈、黒色の水神燈が並んでおった[*2]。竹の小屋掛けには、神壇があり、金銀黄青赤の鮮やかな張り子の六甲将軍、六丁将軍〔合わせて六丁六甲ともいい、干支を概念化したそれぞれ六柱計十二柱の神〕、神虎将軍〔亡魂を案内する神〕、大士爺〔中元節の済度の際、亡魂を管理する神〕、山神、土地公〔土地神のこと〕、五方童子〔神仙界に生まれ変わり亡魂を引導する五人の童霊。五方とは、東、西、南、北、中央を指す〕が端座していたんじゃ。神獣に跨った馬趙温康《ばちょうおんこう》の四元帥〔道教の護法神のうちの四元帥。馬霊耀、趙朗、温瓊、康席〕は、熱のこもった陰影のなかで、舞台の上で瞑想しているようじゃった。二本の眉はつり上がり、錦繍《きんしゅう》の衣装は熱風で微かに震えていての。神壇の前の血のように赤い布が敷かれた細長い供物壇には、飾り切りした果物や野菜が置かれた皿が並べられておった。醮壇《しょうだん》〔道教儀礼で神を祀る祭壇〕の前では、腹をさばかれて広げられた雄豚が色とりどりの刺繍が施された垂れ衣をかぶり、赤く染まった饅頭をくわえていたんじゃ。

　老父は四兄弟を近づけさせようとはせんかった。渓流は熱くちゃぷんちゃぷんと流れていての。少しずつ西に傾くお天道さまは金箔のようじゃった。道士は罡歩《こうほ》〔道教儀礼のステップ〕を踏み、チリンカランと法鐘を鳴らしたもんじゃ。

お天道さまが山に沈むと、渓流からの風が吹いてきて、岸を見守る灯籠の竿が獅子頭の神将のようにガラガラと響いての。精気は満ち足りて、渓流のなかの霊魂と夜を明かして語り合おうと意気込んでいるようじゃった。紙銭が燃える炎のひとつひとつは、龍が灯籠の竿の間を息を吐きながら経《へ》めぐっているようで、まるで暗闇に龍の礼服の模様を刺繡しているようじゃった。渓流からの風は昼間の灼熱を冷ましてくれたもんじゃ。神々は去り、渓流には雲鑼とチャルメラのこだまが溶け合って、霊魂の哭声が夜明けまで響いていたんじゃ。

祖先が渡船場に上陸して百年が経つと、東螺渓と三條圳渓《さんじょうせんけい》のあいだに、四本の水路ができての。それぞれに船着き場があったが、大きな竹筏や小さな商船が貨物をいっぱい積んで海への出口へ向かったり、あるいは海からやってきたりするような盛況はとうになくなっていたんじゃ。

東螺渓は、水脈の支流が幅広くかつ多い濁水渓を源流としておる。そして東螺渓は、海上に浮かぶ島のちょうど中央にある龍骨のような奥山に始まり、渓流は骨髄のように大量の土砂と砂利ひいては大きな石も含んで、日夜、唸り声を響かせながら流れ、攪拌され、ついには沈殿し堆積していったんじゃ。黒々と肥えた東螺渓の水が行幸あそばすことで、斗街を育み、斗街に災いをもたらし、斗街を繁栄させもしたんじゃのう。陳なにがし[*3]の詩もその証じゃ。「地勢は青龍が経めぐり、渓流には黒水が流れる」いつか、かならずや斗街を没落させるじゃろう。

＊1　北斗鎮の名は原住民の言葉が由来であるが、後に漢人がその音を「宝斗」つまり北斗七星の意ととらえ、以来俗説となった。

＊2　台湾で中元節などの儀式の中で済度を行う際、神や無縁の霊を招くのに用いる灯や幟のこと。

＊3　陳書（生没年不詳）、清・道光年間に彰化に寓す。

四兄は、昔話が好きな老父の天分を受け継いでおった。これは老父が話したことじゃが、漢人が唐山から海を渡ってきて以来、数えると東螺渓流域では洪水氾濫が少なくとも一〇回、そして樊梨花《はんりか》*の山を移し海をひっくり返すような流路の移動は三回起こっていてのう。洪水は沿岸の樹木や石、家屋を引き崩し、陸地や砂州を動かして、新たな渓流をつくりだすものなんじゃ。

始めから終わりまで存在し続けている東螺渓だが、ただだんだんと口をつぐみ声もあげずに老いていくものじゃ。だからこそこのような伝説が生まれもしたんじゃ。幻術のように水流を変化させる東螺渓は、ひとつの体に三つの頭を持った黒い蛟龍《みずち》で、斗街の周囲をめぐる水路は二頭の小蛟龍だというんじゃ。ひとつは濁り、ひとつは清い。ひとつは雄で、ひとつは雌じゃ。それは深山から転がり落ちてきた神石によって押さえつけられておったが、つねに身を翻して逃げ出そうとしていたんじゃ。もっとおおげさな言い伝えでは、斗街はひとつの龍珠《りゅうしゅ》〔龍の顎の下にあると言われる珠玉。得難い貴重なものの例え〕だというもので、双龍がその珠を奪い合う縁起のよい風水になっているという。

最後の洪水は、四兄が生まれた年のことじゃった。雨が降り始める前は異常な暑さで、渡船場では対岸の下流のほうで空が赤みがかっているのが見えたとか、一筋の赤くまぶしい光が奥山から出てきて海のほうを射していたといった話が伝わってのう。午後になると、作男たちは暑くて井戸水を頭からかぶるほどじゃった。そして大雨は三日三晩降り続けたんじゃ。その後ようやく奥山の淵が決壊したという知らせが伝わってのう。最高位に達した洪水は動く山のように迫って、東螺渓にはすでにゴロゴロガシャンと雷が鳴り響き、家屋の屋根を鞭打ったんじゃ。天地はいまにも閉じてしまいそうじゃった。渓流は斗街に溢れ、二時間も経たないうちに、水は腰の高さにまで及び、二十四もの屋敷を押し流したんじゃ。水の勢いは媽祖廟の入り口のあたりまで来てようやく、まるで跪《ひざまず》いて礼拝するかのように自然に収まりおった。陳《ちん》秀才の屋敷の作男は通りに出て、急いで媽祖廟に避難するよう銅鑼を打ち鳴らしたもんじゃ。秀才は数日前、三本の線香を手に廟の前の泥水のなかで跪いているのを夢に見ていたんじゃ。薄暗い廟の回廊の吹き抜けの部分から、恐れおののきながら渓流が崩壊し、奥山から一路海への出口まで崩れ去ったとみなが口にしてのう。

翌日洪水は去り、お天道さまはぎらぎらと照りつけ、黒い渓流はゴロゴロとまるで寝言のように囁いておった。老父は渓流の崩壊のなんたるかを知ったんじゃ。渡船場は跡形もなくなり、昨日の川岸は年越しの大根餅のようにごっそり切り落とされておった。水面は広がって海のようになり、一時は対岸が見えなくなるほどじゃった。まどろみのなかにあった渓流はぐるぐると渦を巻いていてのう。上流では土石が渓流に崩落して、くぐもった雷のような響きがかすかに聞こえておった。流れてきた刺竹《しちく》のかたまりはガガガと音を立てて絡み合う。さらに一晩経つと、岸辺のあちこちに水死体が浮かんでおった。鶏や家鴨、豚や犬などの家畜類も含まれ、陽にあたって腐乱していたんじゃ。死体の腐臭は生きた人間が着ている黒い服にまとわりついてのう。夜になると通りには人影がなくなり、油ランプの光もなく、あるのは踝《くるぶし》や肘《ひじ》まで堆積した泥水が白い霧を反射する光だけじゃった。生き残った最初の犬が悲しげに遠吠えを始めると、一匹一匹と続けて鳴き声を合わせる。川底に恨みを飲んで沈んだ亡霊を呼び戻そうとしているのじゃった。

蛟龍は斗街を後にした。東螺渓の主流は南に向かっていった。斗街がもしも確かに龍珠だったとしても、もはや龍珠ではない。まさにあの芝居の文句のようなものなのである。「玉の籠を開ければ、彩鳳は飛んでいき、金の鎖をねじ切れば、蛟龍は去っていく。鯉は金の釣り針を脱け出して、頭と尾を振りもう二度とやってこない」

もう二度とやってこない。

＊ 清代の伝奇小説「説唐」などに登場する架空の女傑。夫・薛丁山を従え軍功を挙げた。台湾の伝統劇である歌仔戯などを通じて人口に膾炙している。

老父はかつて大伯父とともに帆船に乗って鹿港へ、漢文の教師である洪先生を招聘しに行ったことがあったんじゃ。船は流れに沿って下流に向かい、積荷も人も運んだ。まず番也挖《ファンアウアツ》〔現在の彰化県芳苑郷〕に着いて、その後王宮〔港の名前〕へ、それから海の入り江をたどって鹿港へと向かった。渓流はおだやかなときには美しい夢のようじゃった。

洪水の後、老父は、斗街と上流下流の村人、四つ足の警官とともに水死体を回収して埋め、通りの土砂をきれいに運び出したんじゃ。伝染病の流行が気がかりだったのじゃ。老父は渡船場や媽祖廟で東螺渓の流路が変化したのを知り、もう一度船に乗って海まで出てみようと決心したんじゃ。大きく変わったのは、東螺渓の流路だけではない。四年前には唐山の皇帝と扶桑国が取り決めを交わし、烏《う》水溝《すいこう》*のあたりは扶桑人が接収管理することになったんじゃ。年初に軍用軽便鉄道が斗街の西北に敷設されると、老父はすぐさま見物に行ったが、一目見てひどく失望したものじゃ。噂に聴くような火を噴き煙を吐く黒い鉄製の怪獣とは似ても似つかず、一台のトロッコを二人がかりで押しており、坂道ならば三人に増やすというような、いってみれば陸上の船のようなものだったんじゃ。斗駅のトロッコは百台ほどあり、県城までは十五里で、南へは嘉義、府城〔台南〕、打狗〔高雄〕まで行くことができた。運賃は二重取りで、路線の修繕費と輸送の人件費で計四円十八銭じゃった。

四年前、扶桑国へ割譲されるとの知らせが確実になって、老父、長兄と陳秀才、武秀才、丙丁先生、元音先生、傅家の若旦那、大目先生らが楊挙人〔科挙の郷試に合格し、進士の受験資格を得た者〕の屋敷に集まり、午後ずっと顔をつき合わせ、薄暗くなって屋根に月の光があたるころまで、巣の中の蟻のように耳打ちしあったのじゃった。大勢はすでに定まり、従うほかはない。過去百年の間、東螺渓の水源は洪水で何度も流路を変えてきたが、今回は異族の者たちじゃ。扶桑人が洪水よりも横暴非道かははっきりとはしないがのう。

老父が振り返ると、霧のなかでその眼はゆるぎない温かな光を宿しておった。ああ、老父よ。渓流から吹いてくる風は涼やかで甘い。その瞬間、モダーンおばは老父が片時も離れたことなどなかったのだと思い知ったのじゃ。あのころ夜になると、玉蘭《ぎょくらん》の花をかけた蚊帳の外でカサカサ音を立てる影があっての。樟脳《しょうのう》の爽やかな匂いを嗅ぎつつ、母親が寝返りを打つと緑豆の殻の枕がシャーシャーと音を立て、金の耳飾りをちょっとひっぱり夢で寝言を言うんじゃ。アーアーウーウーと自問自答して、カラカラと喉で笑うこともあったのう。夢の中の言葉が彼女をうっとりとさせたんじゃ。さらには暮れ方の電気をつける前のひととき、大広間の肘掛け椅子か六兄の蘭の花の温室には、人影が静かに佇んでいるようじゃった。よく孔子様と縁のないことを四兄に笑われた彼女が、老父が残した古書のことを思い、がまんできずに持ち出して撫でさすってしまうのは、幻影のような老父が悪ふざけをしていたのだと、彼女はついに理解したのじゃった。

老父の後ろに隠れている幼く美しい声が芝居の歌詞を歌う。「渡し場関所で人が問う、お嬢さんどうやって渡し場へ」

玉姝じゃった。手巾をつまんで口を覆いながら笑っておった。ふたごの姉妹は肩寄せ合って、岸辺の人に、渓流の影。彼女は、玉姝の額の左側に暗い赤色の先天母斑が、古地図のなかのところどころ欠けた島国のようにあるのをはっきりと見たのじゃった。彼女の肩にもその続きの部分があるのじゃが、つまりふたりが母胎の中にいたとき、玉姝の額が彼女の肩にぶつかっていたのじゃろうか。彼女がさらにいっそう確信したのは、ふたごの姉妹は離れ離れになったことなどたえてなかったということじゃった。老父が彼女に与える郷愁の思いに対して、玉姝が彼女に感じさせるのは早世の哀愁じゃった。月のものが来たとき、鼻のなかが痒くなるという症状が彼女にはあってのう。四兄は、煙草を

＊　黒水溝ともいう。大陸と台湾を結ぶ水路にあたり、渡台禁令を破る密航者にとって非常に危険な水域であった。

吸って鼻からケムリを出せば治まると彼女に教えたものじゃ。淡いジャスミンの香りが漂う夜、部屋に閉じこもって煙草を咥えていると、静寂のなかで涙がふとこみあげる。磨りガラスの向こうの人影が屋敷の庇《ひさし》と重なって、季節風がはるか遠くの外の世界からやってくるのじゃった。

老父は一生、海のことが心から離れなかった。いつか先祖が渡ってきた海の旅を逆になぞっていくことを夢想していたのじゃった。先祖より百年早く海を渡ってきた郁なにがし[*1]は詩に詠んでおる。

「東に扶桑を望み好く津《しん》を問う、珠宮の璇室《せんしつ》　俯して鄰と為す。
波濤　靜かに息《いこ》う魚龍の夜、參斗　横陳する海宇の春。
似たるは遥天に向かい飄する一葉か、還《ま》た明鏡従《よ》り渡る纖塵か。
閒吟す　膝を抱える檣烏《しょうう》の下、薄露　冷然として　已に茵《しとね》を溼《うるお》す[*2]」

老父は生涯これにあこがれを抱き、黒い海洋の変化を古書に書き留めたのじゃった。南風はやさしく波もおだやかじゃが、北風は強く波も激しい。

四兄はこの古文には及ばないと考えておった。「鹿港より出洋すれば、水色白し。間に赤色の水が混じれば、すなわち渓流の流れ込むところなり。台山をふりかえれば、画のように列《なら》び、青緑は目にあり。すでに漸く遠ざかれば、水色青藍となる。遠山の一角、波間に隠約たり。ようやく青の黒となるを見れば、則ち小洋の黒水溝[*3]なり。黒水溝を過ぐるに、水色稍淡くなり、いくばくならずして墨の如き深黒となり、横流が迅《はや》く流れる。即ち大洋の黒水溝[*4]なり。険急過ぐるに、依然清水のまま、たちまち泉郡の山影が擦痕の如く水面に映えり。俄かに水は碧色となり、碧が転じて白となれば、則ち泉州の大きな山並みは目前なり[*5]」

林家の先祖は福建省泉州からやってきたのじゃった。老父が船のなかにいると、一羽の水鳥が悠然と水面を掠《かす》める。まるで鏡に自分を映すように。

竹の船は喫水浅く、安定して岸から五六尺離れ、霧を破って進んでいきおった。船に掉さす男は蓑笠をつけていたんじゃ。玉姝が耳もとでつぶやく。「鹹菜姆の父親《おつとう》だよ」あの洪水で決壊した時、金斗甕を抱えたまま下流の村に押し流されたのじゃった。老父は当時十数歳の鹹菜姆を連れて、渓流沿いに二日二晩探し続けてのう。見つかった彼の両腕には金斗甕が抱えられたままじゃった。

ようやく渓流の底が時々シャーシャーと響くくらいになった。黒い蛟龍《みずち》の腹は、頭と尾を振りながら渓流の底にくっついたまま離れられずにいるじゃろうか。

老父は先祖について、東螺渓の繁栄を目にしてきた。人や荷が奥山から海へ運ばれたり、海の方から奥山へと運ばれてきたり、加えて南部北部の物産が東螺渓の渡船場に集まったのじゃ。竹や布、塩に食用油、豚肉、海産、豆鼓《トウチ》、キンマ〔コショウ科の植物。薬用の他、ビンロウジを包んで嚙む嗜好品ともなる〕じゃ。渡船場で頭を挙げれば媽祖廟が見える。夜になると食べ物の屋台の明かりがまぶしい。そのため斗街は鹿港にならって、大通りに日除け棚を設け、地面は赤レンガで舗装したんじゃ。名称も不見天街《空の見えぬ通り》を踏襲してのう。もっとも賑やかな時は、大通りには五行八郊、あわせて一三もの業種と同業組織、店舗商会が整然と並んでおった。泉郊〔泉州地区との貿易業組織〕金盛順、水郊〔水運業〕金安瀾、簀郊〔食料品店〕金興順、油郊〔食用油の交易業〕金隆順、糖郊〔砂糖の交易業〕金崇興、布郊〔生地の交易業〕金慶昌、染郊〔染物業〕金合順、米郊金豊隆、茶舗金廣源、薬舗金元昌、料館〔材木問屋〕金萬利、香舗金長和、糕餅舗〔菓子舗〕金和興と夏の夜の満天の星のような繁盛ぶりじゃった。

＊1　原注：郁永河《いくえいが》（生没年不詳）、清・康熙年間に台湾へ渡り、七か月余りの体験を記した『裨海紀遊』などがある。

＊2　東のほうに扶桑への渡し場を何度も尋ねては台湾海峡を眼下にする。秋夜の海は静かで、春には北斗七星が映るが、同じなのは葉か塵のような船のなかで呻吟している自分だろうか。うっすらと冷たい霜が敷物を濡らす。

＊3　二つある黒水溝のうち、澎湖の東側、台湾と澎湖水道の分かれ目にあり、「小洋」とも呼ばれる。

＊4　澎湖の西側、澎湖と厦門海道の分かれ目にあり、「大洋」とも呼ばれる。

＊5　『彰化県志』巻一、封域志「海道」。

多くの人でひしめいている渡船場は、南からであれ北からであれ吹き込んだ風に乗って、さまざまな訛りが飛び交っておった。老父は山の方からやってきた放竹也《バンディクアー》〔原注：筏の漕ぎ手〕を眺めるのが好きじゃったのう。東螺渓の上流は麻竹がよく採れるんじゃ。青竹を麻のひもで結んで筏《いかだ》を作り、筏の前後には放竹也が一人ずつ立ち、手には長い竹竿を持っておる。ふたりで力を合わせて流れの急な箇所で竿をさし支えたりして操縦し、一路水流に乗って渦や暗流の間を抜け、大岩をかわしていくのじゃ。奥山に大雨が降れば、渓流の波が雲ほどの高さまで筏を持ち上げる。放竹也は渓流の変化と危険を熟知していなければならず、毎年夏と秋には大雨や洪水で流路が変わらないように祈る。ふつうは父から子へと技は受け継がれるが、学んで一人前になろうと思えば少なくとも二、三年はかかるんじゃ。東螺渓は荒々しく、大岩をも孕みながら流れてゆくのでな。一説には蛟龍の歯が生え変わっているのだと言う。抜け落ちた龍の歯には金や銀の粒が混じり、月光の夜には渓流のなかで光を放つのじゃ。拾った龍牙石を切り出して硯《すずり》にすれば、その黒さは艶々として身震いするほどじゃった。これで文章をしたためれば、大いなる神の力で龍のような優雅な美しさになるんじゃ。

　放竹也が渓流の波に乗って斗街の渡船場までやってくると、川面は穏やかになった。ふたりは筏に掉《さお》さしてさらに少し下ってから岸につけると、筏をばらして牛車で南北へと運ぶか、そのまま水路を鹿港まで進んでいったんじゃ。

　放竹也はすげがさをかぶっておったが、顔はくろがね色で腕は竹のように太い。筏は帆船ではなく川面にぴったりと貼り付いていて、人間は二羽のシラサギのようじゃ。子供のころの老父は裸足になって川べりで、水切りをして挨拶をしたものじゃ。とっさに思いついて大声を上げた。「フジャマルウェンラン、ミリンマルエハオウェイハン」放竹也はオーォと重々しい山の訛りで応えたのじゃった。

　両岸には竹やぶがあり、白いガチョウがその竹やぶのなかを歩きまわっておった。筏をばらすと竹竿と竹竿がぶつかってカンカンと乾いた音がする。火であぶれば竹の青い皮からは油が採れるんじゃ。

「河の清らかなるを待つのに、人間はいつまで長生きすればよいのか」四兄はいつもこんなふうにつぶやいたものじゃ。東螺渓の水がもしも澄めば、必ずや大事となる。老父が生まれた年、東螺渓の水が数日にわたって透きとおったのじゃった。廟の入り口で銅鑼を鳴らしてそれが知らされた。同じ年、果たして紅英兄弟の戴なにがしが謀反を起こし、[*1]県城を攻めて唐山の太平軍に呼応し、自らを東王に封じたのじゃった。唐山の官軍は当然これを反乱匪賊と称したのう。東王の軍は何度も東螺渓を渡ったが、斗街に攻め込むことはなかったのじゃ。一つ目の伝説は、戴東王は媽祖の信徒だったので、媽祖廟をないがしろにするような真似はできなかったというものじゃ。二つ目の伝説は、東王の腹心のひとりが陳家の息子と義兄弟の契りを結んでいたからだというものじゃ。老父が強調したのは、戴東王は確かに斗街の北側の草ぶきの小屋に幾晩か身を潜めていたということじゃった。

戴東王の前には鴨母王、[*2]順天盟主、[*3]大海賊蔡牽の蜂起があり、その後規模が比較的小さな施なにがしが課税に反抗したり、鉄の国旗の鉄虎軍[*4]が扶桑国に抵抗したことなどがあったのう。彼らこそが真の蛟龍なのじゃ。老父は鉄虎軍を敬愛していたが、東シナ海に神出鬼没して清朝の水

＊1　太平天国の乱とも時期が重なる清代の反乱事件、戴潮春《たいちょうしゅん》（?–一八六二）の乱。一八六一年、武装集団・天地会を率いた戴は、彰化を攻略して東王を名乗った。一八六二年、清軍が反撃して彰化を奪還し、戴は処刑された。天地会に所属する者は互いに「紅英兄弟」と称した。

＊2　朱一貴《しゅいっき》（一六九〇–一七二二）。福建漳州の人。台湾に渡って下級官吏を務めた後、現在の屏東のあたりでアヒルの飼育を生業とした。一七二一年、羅漢脚を率いて謀反を起こし、台湾府城を陥落させるが、一か月後に捉えられ北京で処刑された。

＊3　林爽文《りんそうぶん》（?–一七八八）。福建漳州出身で、渡台後は彰化で開墾に従事。自衛のための武装化を経て、反乱を起こして彰化県城を攻略するも、捉えられ北京で処刑された。

＊4　柯鉄《かてつ》（一八七五–一九〇〇）が日本の台湾統治に抵抗するために率いた組織。抵抗の末、一八九九年に日本に帰順した。

師と戦い、幾度も滬尾《こび》〔台湾北部淡水地区のこと、初代台湾巡撫劉銘伝が防衛のための砲台を設けた〕や鹿港を攻めた漳州《しょうしゅう》〔福建省の地名〕人の大海賊蔡牽が大のお気に入りじゃった。妻は才長けて見目麗しく、人は蔡牽媽《さいけんま》と呼び、大砲を打てば百発百中じゃった。老父は蔡牽の物語を四兄、六兄、七兄、八兄に語り聞かせたが、「子どもを悪い方向へ導くだけだ」と不満を漏らしたものじゃ。十五夜の月の光が、ヘチマの棚をすりぬけて地面を照らした。父子は外海の某所に隠されている金銀財宝が海底できらめいているのを遥かに思いめぐらしたのじゃった。

　夢の中の東螺渓は非常に清冽で飲めるほどの清らかさじゃった。老父は暑い日に河口まで下り、南風に乗って九更《こう》〔一夜を五等分にした時間の単位〕ちょうど十八時間ほどを費やして、「六人は死に三人は留まり一人は戻る」という烏水溝を渡り泉州へとたどり着くことを生涯夢見ていたのじゃった。彼女も当然よく承知しておったが、鹿港は彼女が生まれたときにはもう泥が沈殿してふさがっており、大きな船は外海に停泊して小型船で送迎するしかなかったのう。

　川面にポトンと音がしてタイワンドジョウが一匹跳ねた。霧はこの音の響きについばまれて切れ間ができたようじゃ。岸辺には人がにぎやかにひしめいておったが、船は盲人が壁を手探りするようにゆっくりと前進していく。老父は押し黙ったまま手を後ろに組んで岸辺の鬱蒼とした木々を見つめておった。ビンロウ、カジノキ――もしも暑い日でなければ真っ赤な実をつけることはあるじゃろうか。デイゴ――やはり二、三月のことじゃろうか。でなければ樹木いっぱいに胡蝶のような赤い花が咲くことはあるじゃろうか。センダン――ほんとうに春なのじゃろうか。雨にかすむような白と紫の花がいっぱいに咲くことはあるじゃろうか。野生のバショウ、大きなクスノキに寄生する山蘇《オオタニワタリ》の花。

　夢まぼろしのようなときに、鳥の鳴き声がないなどということがありえようか。オウチュウやキジの澄んだ鳴き声がする。ヒガシオオコノハズクの車輪のように耳を刺すギーギーという鳴き声がする。モダーンおばは突然気づいたのじゃった。老父は一生涯を旧暦で暮らしていたのじゃと。寒い日の東螺渓は、おだやかで恥ずかしがり屋のようじゃ。河口からの船が少ないのは渓流が浅くなっているからで、逆流するのは坂をよじ登るようなもので、力も時間もかかるから陸路を行く方がよい。この時水面は銀色にゆらめき満天の星が照り映えておる。老父は自分の息子たちの名前に北斗七星を順番に付けていこうと決めたのじゃった。東螺渓のあたりの流域には、浸食されてできた大きな砂州や砂地があってのう。日が短く夜が長い乾季には太陽と海風によって乾き、塩分が含まれない肥沃な黒土が姿を現したものじゃ。

渓流は折れ曲がり水路は狭くなり、岸辺には野草が生い茂った。扶桑国の軍隊が斗街にやってきたのは六月で、その年の十月、ある大官が許秀才の屋敷に駐留することになったのじゃ。周囲にはいっぱいに扶桑旗が掲げられ、腰帯をしめて気力じゅうぶんの護衛隊が三重に取り囲み、銃剣が冷たく光っておった。斗街の人々はすげがさをかぶって液肥を担いだり、牛を牽《ひ》いて鋤《すき》を担いだりしながら、遠くの屋敷をまるで祭日の舞台に居並ぶ武将役の役者をながめるように取り囲み日ごとに近づいていった。許家の屋敷の作男が出てきて口汚く罵るのじゃが、それは死期が間近に迫るのを知らない旧暦七月半ばのアヒル*のようじゃった。

神秘的な扶桑の大官は、楊挙人の息子、陳秀才、元音先生の三人にしか接見しなかった。大官は仁丹の商標のような八の字髭をつけて眼鏡をかけ、一般の扶桑軍よりも屈強な大男で、軍服の胸のあたりには色とりどりの勲章がぎっしりと飾られ、東螺渓流域のすべての渡し場について徹底的に理解しておった。「見たところ学があるようだ。漢文にも通じておる」楊挙人の息子は画を一幅贈り、余白に小さな楷書で「桃花源記」〔陶淵明作の伝奇小説〕全文を写した。大官は返礼として掛け軸を一幅贈った。激し

＊　旧暦七月半ばは中元節の済度のために多くのアヒルが供物として捧げられる。危険が迫っているのにそれに気づかないことを表すことわざ。

い筆さばきの草書、そして濃厚な墨色でこう書かれておった。「徳不孤必有鄰（徳は孤ならず、必ず鄰有り）」〔『論語』里仁篇〕

八か月後、神出鬼没と言われる鉄虎軍五百名が火縄銃と大刀でもって東門に駐屯していた守衛軍を襲撃したのじゃった。初日、井戸水に下剤を投入し、夜中に攻撃した。斗街では事前にこれを知る者はだれもおらんかった。炎が時折斗街の向こう側の街を明るく照らし、死傷した扶桑軍は井戸の中に投げ込まれたのじゃった。

あの時の大水害と同じように、陳秀才は再び招集をかけて媽祖廟で跪拝《きはい》したんじゃ。雄鶏がコッコッと鳴くなか、ポエで鉄虎軍に参加すべきか尋ねたが媽祖は笑って答えない*。やってきた人は前回より多く、廟の中庭にいっぱいじゃった。もう一度、示しを請うた。やはり現状を維持することでこの波乱に応ずるべきか、と。媽祖は笑ったままだ。誰かが陳秀才の背後で囁く。扶桑人はいったい善人なのか悪人なのか、それをどうして尋ねないんじゃ。そこでまた続けて三回ポエを投げたが、媽祖はやはり笑って答えてくれなかった。日の光は清々しく、正殿の両側と正面の吹き抜けには人々がぎっしりと跪き、辮髪《べんぱつ》を頭に巻いていた。中に入ってこられない人々は廟の前に溢れ、廟の前の屋台はすべて片付けられた。斗街にはまたひとつ噂が流れた。大通りの媽祖廟は当初、東螺渓のひどい大水害の後に先人が建築を計画したものじゃった。慌ただしい中、建材も金も足りず、そのため前殿しか建てられず、後殿は建てられなかったのじゃ。その後知らぬ間に斗街の命運は定まり、運気は三代を越えることはないということじゃった。

殿内には扁額が飾られ、それぞれ「海疆靖鎮《かいきょうせいちん》〔沿海部の土地が安らかに治まる〕」、「后徳同天《こうとくどうてん》〔媽祖の徳は天と同じ〕」、「瀛海慈航《えいかいじこう》〔大海の苦境からの救済〕」、「威霊赫濯《いれいかくたく》〔霊験のあらたかさが世に轟きわたる〕」と書かれておる。手足が動く黒面の媽祖の両側に祀られているのは、水仙王《すいせんおう》〔海神の一。漁民などの信仰を集める。同じく海神の媽祖の従者〕、観音媽《かんのんま》〔観世音菩薩の俗称〕、註生娘娘《ツウシエンニョーニョー》〔福建省や台湾で信仰される生育を司る女神〕、五穀王《ごこくおう》〔三皇五帝の一人、神農大帝のことで、医薬や農業を司る神〕、西秦王爺《せいしんおうや》〔演劇や音楽を司る神〕、千里眼《せんりがん》〔媽祖に仕える鬼神〕、順風耳《じゅんぷうじ》〔媽祖に仕える鬼神〕じゃった。神々は沈黙し、衆人は躊躇しておった。そして別の者があらためて尋ねることにしたんじゃ。赤い漆が剝げ落ちた半月形のポエが石板の上でカタカタと転がり、街の外れから両軍の衝突する声がとぎれとぎれに伝わったのじゃった。

斗街の者たちはなぜ戦うのかをわかっているのに、戦いに参加しないほうが上策だということですか。カタッ、答えはない。

鉄虎軍は負けてしまうのかそれとも勝てるのでしょうか。カタッ、答えはない。

扶桑国の皇帝は唐山の皇帝よりましなのでしょうか。カタッ、またしても答えはない。

二か月前、扶桑軍は斗六街に攻め入り、五千戸近くの人びとを虐殺して、きれいさっぱり片付けてしまいましたが、媽祖様はご存知でしたか。カタッ、今回はよく響いたが、またも答えはない。

もちろん知っているはずじゃ。そう尋ねたのはわざと媽祖を怒らせようとしたからじゃ。いっしょに跪いていた陳秀才と元音先生が振り返り人々を睨みつけ、いい加減に尋ねたりしてはいけないと伝えたのじゃった。

斗街の人びとは実際には決して慌てふためいたりはしなかった。遥か遥か昔、粤人《えつじん》〔広東省出身者〕が蕃人を追い出し、漳人《しょうじん》〔福建漳州出身者〕と泉人《せんじん》〔福建泉州出身者〕がその後手を携えて粤人と土匪を追い出し、それから漳人と泉人は東螺渓流域において土地の開拓を争うため、面子のため、豚を盗むため、清明節の買い物のために戦い殺しあい、火を放ち合ったのじゃ。それぞれが納得した後、泉人は斗街を含む五三の荘を得て、漳人は渓流を渡って去り七二の荘を得た。過去二百年あまり、東螺渓では不定期に洪水が起

＊　ポエとは民間信仰で使う二枚一組の半月状の道具で、それぞれ平らな面（陰面）と膨らんでいる面（陽面）がある。ここでは、笑杯（笑っている）が出たと思われる。それはポエを投げて二つとも陰面が出た場合であり、神が回答を保留している状態をいう。

こったり、ひどいときは流路が変わったりすることもあってのう。そのような経験が斗街の人びとに教訓を与えたのじゃ。叛徒がやってきて去っていくように、匪賊がやってきてまた去っていくように、扶桑人はやってきたが、いずれ去っていくことは必定なのじゃ。

　夏と秋は洪水が起こり、奥山では雷が響いて閃光もきらめく。烏濁渓は流れる岩や石でゴロゴロと鳴り響き、竹筏は岸に引っ張り上げられる。斗街の人びとはただ待つのみなのじゃ。待つということを学んだのじゃよ。雷の後は大水を待ち、大水の後は流石や流木を待ち、東北の風が運んでくる平穏な乾季を待ち、渓流のなかに干潟が現れるのを待ち、干潟に落花生やゴマができるのを待ち、媽祖からのお示しを待つのじゃ。

　楊挙人の屋敷で、老父は渡船場から伝わってきた丘先生[*1]の詩を読んでおった。「宰相権として能く地を割く有るに、孤臣は力として天を回らすべき無し。扁舟去りて鴟夷子《しいし》となり、河川を回首して意黯然たり[*2]」元音先生は目を赤くして吟じる。「捲土重来《けんどちょうらい》　未だ知るべからず。江山も亦た偉人の持すを要す。名を成せる豎子知りぬ多少ぞ、海上誰か来たりて義旗を建てん[*3]」許秀才がその後を継ぐ。「英雄退歩すれば即ち神仙、火気消暑す道徳篇[*4]」ここで少し止めて、「この二句には皮肉の意味が込められておる」

　傅家の若旦那は言う。「答えは続きの二句にあるのじゃ。我神仙たらずして聊《いささ》か剣俠となり、仇頭《きゅうとう》を斬り尽くして再び昇天せん[*5]」

　老父がポエを投げる番になると、報せが届いたのじゃ。扶桑軍は大敗、守衛軍の隊長は死に、撤退して県城に戻ろうとしていると。老父が手を開くと、石板のうえには正と反のひとつずつとなった。聖杯《せいはい》[*6]じゃ。人々は騒ぎ出し、両手をたたいて笑いだすものさえおったのじゃ。

　斗街では扶桑人の最初の死者が出た。媽祖が明らかにしなかったのは、六年後に扶桑軍が休戦と和解を提案し、盛大に和解の式典が挙行され、渓流の岸辺に白旗が翻ったことじゃった。この日斗街には非常線が敷かれ、市は休止され、人々の外出は禁じられた。殺伐として不気味な雰囲気のなか、爆竹に似た音がかすかに聞こえた。老父は、来世に転生できず草むらのなかを徘徊している霊魂をひとつひとつ教えてくれたんじゃ。蕃人の霊魂、粤人の霊魂、漳人の霊魂、泉人の霊魂、扶桑人の霊魂、放竹也の霊魂、鹿の霊魂、家畜の霊魂。渓流沿いには死んだ犬を流す風習が守られていてのう。死はすべてのものに平等に訪れるのじゃ。

ぼんやりとした霧の中、船は向きを変えた。渓流が奥山から押し流されてきた泥や岩によって攪拌されることがなくなると、水の色は深緑色に変化する。老父はどうしても意気消沈してしまうのじゃった。

玉姝がこっそりモダーンおばに語って聞かせたことには、あの年彼女は老父について遠路はるばる

＊1　丘逢甲《きゅうほうこう》（一八六四―一九一二）。台湾苗栗の人。二十六歳で科挙の進士に及第し、下関条約後、巡撫の唐景崧《とうけいすう》とともに台湾民主国を成立させ義兵の統率者となった。しかし日本軍の上陸後、抵抗を試みないうちに台湾を離れ広東に戻った。詩文に長じ『嶺雲海日楼詩鈔』などがある。

＊2　一八九五年七月、丘が日本への抵抗をあきらめ台湾を離れるに際し詠んだ「離台詩」六首の其一。「宰相」は下関条約で日本の台湾支配を認めた李鴻章を指し、「弧臣」は力及ばない丘自身を指す。小船（扁舟）で台湾を離れる哀愁を、越王勾践の不義に「鴟夷子」と名を変えた范蠡《はんれい》の心情になぞらえている。

＊3　「離台詩」其二。捲土重来を期すことができるかはわからないが、台湾は偉大な指導者に支えられる必要がある。誰がそのための義旗を打ち立てるだろうか。

＊4　「離台詩」其五の前段。英雄が退歩すれば神仙となり、その怒気は「道徳経」によって鎮められるだろう。

＊5　「離台詩」其五の後段。自分は神仙ではないので、敵を倒してから昇天しよう。

＊6　投げたポエのひとつが陰面で、もうひとつが陽面になった場合を言い、神からの良い返事であることを表す。

県城の公文書庫を訪れたという。謎解きをして終生の好奇心を満足させ、無聊《ぶりょう》の日々を紛らわすためじゃった。老父の髭にはシミ〔紙魚。本の虫〕がつき、身体中埃だらけになった。中元節の済度で、この世の者とあの世の者が共に楽しむたいそうなご馳走を食べ損ねてしまい、手や口が震えるほど腹を空かせたし、古書のなかに迷い込むという残念な結果になったんじゃ。筵ほどの大きさの地図は、時の流れという辛酸をなめてぼろぼろになっておった。五〇万分の一の縮尺の蕃地の地図は総督府民政部蕃務本署*から出てきたもので、印刷と発行の期日そして印刷所についてもはっきりと書かれていたんじゃ。老父は、腹ばいになってうとうとしながら、航路に従って東側の外島である紅頭嶼《こうとうしょ》〔蘭嶼〕から北の扶桑国、西の唐山へと思いを巡らせていった。老父がまじめに読んでわかったのは、大海賊の蔡牽の一生じゃった。そしてセミが脱皮をするように、幼いころから抱いてきた蔡なにがしへの崇拝は脱ぎ捨てたが、贔屓目に見なくとも大海賊は結局のところやはりすばらしい男じゃった。老父が唯一気にかけたのは、自分には蕃人の血が流れているのではないか、怜悧で機に聡《さと》い海賊の先祖がほんとうに林姓の泉人だったのかということじゃった。

向きを変えて、渡船場に行ってくれ。老父は船頭に言った。

母親は老父が賢く、学があることに感服しておった。晴耕雨読は老父の理想だったのじゃ。老父は当然知っていたのだが、亡くなった後の十年で、四つ足の扶桑人の総督が新たな時代の新たな方法で羅水渓の、東螺渓を含む大きな流域を整備して、護岸の堤防を築いた。各戸一人ずつ大人の男がかり出され、三尺の長さを割り当てられた。鋤と箕、天秤棒も自ら用意して、土を掘り、運び、三年で完成させたのじゃ。東螺渓はそれから用水路となり、水路はミズグモが至る所でみつかるほど穏やかになった。ゆえに渡船場も廃止され、護岸の両側には橋がかけられ、洪水の記憶は失われたのじゃ。これはつまり、扶桑人の貢献に数えることができるじゃろうか。

玉姝は尋ねる。「これはあなたが当時乗った大船と比べてどう。**可愛ィコチャン**」

老父はまた笑った。「おまえのあのルンペン夫〔モダーンおばの夫である陳嘉哉〕みたいなもんじゃないか」

玉姝は老父の話が中途半端なのに不満じゃった。老父は釈明する他なかった。モダーンおばの夫は陳家の人間とはまったくべつの人種なのじゃ。彼の大叔父だけは別にしての。

かつて両家は恩と仇で仲違いしておった。先祖ははじめ陳家の先人と義兄弟の契りを結んだが、しかし曾祖父の代になると、嫁入り前の林家の娘たちの姿はよそ者になど見せるものかと鼻高々じゃった。当時風流を自任していた陳家の若旦那は必ず見てやろうと曾祖父と勝敗を競いおった。中秋節の前には、陳家の籠が屋敷の中庭までやってきて、若奥様からの贈り物だとぼそぼそ言うたのじゃが、籠のすだれを開けて出てきたのは陳家の若旦那で、大笑いしながら林家の婦女子をひと通り眺めたのじゃ。執事は怒って屎尿《しにょう》桶を陳家の若旦那にぶちまけよった。それ以来、林家の娘が嫁入りする時は、陳家の若旦那が大鼓陣をやとって媽祖廟の前の道を塞いだのじゃ。ひとつには輿入れに縁起のいい時刻を逃させ、ふたつには花嫁に籠の中で汗をかかせるためじゃった。

玉姝はまた手巾をモダーンおばの面前でひらひらさせながら、あの年彼女は鶏籠《キールン》〔基隆〕港までしかついていかず、大きな鉄船に乗り込む勇気がなかったと言った。

「ソウカ」そうだったのか。

玉姝はまた手巾で口を覆いながら笑って、芝居のひと節を吟じた。百世の間功徳を積んだおかげで同じ船に乗れた、千世の間功徳を積んだおかげで枕を共にすることができる。

あの年の三月初旬、モダーンおばは満十七歳になったばかりで、六兄と大和丸に乗って扶桑国に行ったのじゃった。二人は前日鶏籠港に着き、翌日午後三時の船の出航を待っておった。大和丸というのはもともとはロシア国の商船じゃが、両国が戦ってロシアが敗北し賠償として船が扶桑国に引き渡

＊　日本の植民地当局である総督府において、原住民に対する撫育と武力的威圧を行った、いわば警察機関。

されたのだ、そう六兄は語ったものじゃ。

宿の窓を開けると、港が見えた。三月の夜はやはり寒かったが、海風には新鮮な生臭さが混じり、空にはぼんやりとした青紫の光が揺れておった。モダーンおばは六番目の兄と目を大きく見開いて石柱のような二本の煙突が立つ鉄の大船を眺めたのじゃ。その巨大さは龍宮にも匹敵しよう。どうして大海を航海しても沈没せずにいられるのかしら。彼女はじっと見つめていると、魂を吸い取られてしまうようじゃった。大船は大通りくらいの幅と長さがあるのではなかろうか。斗街の家屋敷はすべて入ってしまうのではなかろうか。出発の数日前、四兄が昔話を語って聞かせた。薛仁貴《せつじんき》*1が主君を守って海を渡り征東《せいとう》〔唐の高句麗遠征を指す〕に赴くとき、唐の太宗《たいそう》は風と波に驚き、乗船を拒んだ。薛仁貴が九天玄女《きゅうてんげんにょ》〔兵法に通じた女神〕に祈りを捧げると、天書〔天のお告げが書かれた神仙からの書簡〕が現れ瞞天跨海《まんてんかかい》の計*2を授けた。軍師の徐茂功《じょぼこう》は喜んでこれにならい、大木で真四角四里の大きさの木城を作り、海に浮かべ、避風寨《ひふうさい》と名付けた。上にはさらに太宗が寝起きするための清風閣《せいふうかく》もあった。木城には建物や通りもあり、土を敷いて花や草も植えられた。一万の兵はさまざまな職業の庶民に扮装したので、皇帝は海の上にいるのだとはまったくわからなかったそうじゃ。

ということは、大船の上にあるのはいったい古い世界なのかそれとも新しい世界なのか。出発前、屋敷のなかの相嫁《あいよめ》たち〔兄や弟の嫁〕がモダーンおばを羨《うらや》んだものじゃ。四兄の嫁と六兄の嫁は、今回は末のおばさんに海を渡る順番が回ってきたのね、林家で最初に海を渡る女になるのね、と笑っていたのう。けれども出発の前の晩、六兄の嫁が彼女の部屋を訪ねよった。手巾には二〇元を包んでいて、それは六兄の嫁が童養媳《どうようせき》*3になったときからつましく貯めてきたものだったのじゃ。それを彼女に手渡して費用の足しに使って六兄を世話してあげて欲しい、塩辛いものは控えて、六兄は胃が弱いのでもち米の量にも気をつけて欲しい、と。六兄の嫁は話しながら頬を赤く染めた。

老父は想像もしなかったじゃろう。彼が亡くなって十年で、斗街には辮髪をして碗帽《わんぼう》〔つばのない丸帽子のこと〕

をかぶる者は誰もいなくなったのじゃ。陳林謝楊顔《ちんりんしゃようがん》、許黄張王李《きょこうちょうおうり》〔十大家族の姓を指す〕の十大家族は、競いあって子弟を扶桑国へと送り出してのう。それは自分の老父や祖父の二世代が唐山を去ったようなものじゃった。

乗船時に流れていたのは、交響曲の「美しく青きドナウ」じゃった。回る波のような音楽の律動でモダーンおばは眩暈《めまい》がするほどだったんじゃ。埠頭は手を振りながら涙をぬぐう見送りの家族でぎっしりで、手巾はまるで大群のチョウのようだったのう。出航を知らせる汽笛が鳴ると、それは耳をつんざき、噴き出す黒煙で胸のなかが燻されるようじゃった。外海へ出るや、波は強くなり、畳の上に倒れ込むと大海が頭から覆いかぶさってくるように感じたものじゃ。嘔吐が始まり、胆汁まで吐き尽くした。目が覚めると二晩も眠っていたようじゃ。六兄は彼女を支えて甲板に出て外気にあててやった。夜景を眺めていると海面は穏やかになり、大船が水を割いて前に進む音がかすかに響いていたんじゃ。海風はなんと甘く、まったく違う匂いの海じゃったのう。神聖なる天はすこぶる荘厳に、海を渡る米粒のような人々を上から耽々と見つめておった。

頭はぼんやりとしたままじゃったが、六兄が学生服を着た少年と話をしているのが聞こえてきた。六兄は彼女に説明してくれる。ほんに偶然なことに、七星里《しちせいり》の陳家の息子なんだ。少年は頷き、「ミス林」と彼女に挨拶したんじゃ。彼女は突然顔が焼けるように赤くなってしまってのう。少年の声は彼女に船酔いの苦しみを忘れさせたし、話も筋が通り極めてきちんとしておった。少年は二年前、長兄とともに扶桑国へ行き、一年前に長兄は医科を卒業して別のところへ行ったそうじゃ。彼は予備校

＊1　唐の武将。薛仁貴の英雄故事は広く民間に流布し、雑劇や小説、芝居で描かれた。
＊2　作品中で描かれる、船に乗るのを拒む太宗（天）を欺いて海を渡らせたという故事に由来する。
＊3　幼女を買い育て、労役をさせつつ、将来は男児に嫁がせるという旧中国の婚姻制度で、その買われた幼女を指す。

で半年勉強して、商業学校に合格し、あと一年半で卒業なのじゃが、その後も外国語学校で学び続けたいと思っておる。六兄が日常の生活費について尋ねると、彼は自分を例に一つひとつ説明してくれたんじゃ。四畳半の畳の部屋は家賃が六円、毎月の食費は二十円、朝は十銭、昼と夜はそれぞれ十五銭、銭湯は毎月一円五十銭じゃという。そして少年は、翌日上陸後、六兄の落ち着き先を見つけるのを手伝うと約束してくれたのじゃった。

翌日、まだ夜明け前に、曳船が大船を導いて港へ入った。岸の向こうの山並みは低く、ただ青々としたかたまりじゃったが、雲はどこまでも広がり、空は広々としていた。少年は何度も振り返ってモダーンおばに笑顔を向けたんじゃ。その歯は真っ白だったのう。

その週の日曜日、少年は六兄とモダーンおばを、桜の花見に連れて行ってくれた。「可愛ィコチャン」可愛い少女。少年が二人だけの時に発した最初の言葉じゃった。異国のすばらしい天気のなか、桜吹雪が舞っていてのう。花弁は固まった豚の脂のように白く、少年の耳たぶのように薄紅色じゃった。それはモダーンおばの青春の夢だったのじゃ。彼女は一年に一度だけの果てしなく空を覆い大地を埋め尽くす花の雪のなかに、少年とともに入り、そしてそのなかに留まっていたいと心から願ったのじゃ。

確かに、モダーンおばが桜吹雪を目にしたのは一度きりじゃった。少年は六兄と彼女が部屋を借りるのを手伝い、二筋路地を隔てただけじゃったから、互いに世話しあうのに便利だったのう。六兄は、母親と四兄には黙ってこっそり裁縫学校に通い、心から喜んで学んでおった。そして授業で学んだ要点を彼女に教えてやり、兄妹は灯りの下で新聞紙を切り取って作った服の型紙を広げると、まるで新世界を眺めているようじゃった。二人は意気込んで新しい人生を見つけようとしていたのじゃ。六兄は初めて勇気をもって希望を語った。それはいつか、一人一台ずつミシンをそろえ、彼女と仕立屋を開くというものじゃ。暑い扶桑国の首都の、車や人の音や声、機械の匂い、建物の影が、一日一日と逆巻いて彼女を巻き込んでいった。すべてはぴかぴかで真新しかったのう。四兄はいつも、彼女と孔子は無縁だと笑ったものじゃ。けれども日本語を学びに通う路上で、時代の鼓動が激しく意気盛んに脈打つのを常に感じながら、ハイヒールをコツコツと響かせていたのじゃ。実際、故郷のことを思って寂しくなるようなことはちっともなかった。少年の住処は板葺きの長屋で、玄関先には一摑みの桜がしぼんでいて、石には雲のようなコケが生えておった。少年は彼女に本を読んで聞かせたものじゃ。「すべての偉大な世界の歴史的事件や人物は二度現れる。一度目は悲劇として、二度目はファルスとして」*少年の顔には不可解な表情が浮かび、また読み上げたのじゃった。「ある幽霊がヨーロッパを徘徊している」〔マルクス『共産党宣言』一八四八年〕あなたはお化けの話をしようとしているの、と彼女は尋ねたんじゃ。少年は彼女に詩を語って聞かせもしたのう。ヨーロッパの詩人、インドの詩人、唐山の詩人。彼女は一首も一句も覚えることができなかったのじゃ。だいじょうぶだよ、少年は彼女を慰めた。きみは蓮の花の池を泳ぐ金魚みたいだから。金魚の眼は出っぱってるじゃないの、彼女が返事する。また別の日、彼女は髪を二つのお団子に結わえておった。少年は下駄を履いて彼女を家まで送ったが、部屋は暗く六兄がまだ帰宅していないと知り、二人はそのまま散歩をして、小川のあたりにたどり着いたんじゃ。彼女は来年桜の花が咲くのを思い浮かべ、それを待ち望んだんじゃのう。しかし母親が四兄に手紙を書かせて早く帰ってくるようにと促したのじゃ。年末、彼女と六兄は大船に乗ってまず唐山にいる五兄と八兄を尋ねることにしたんじゃ。少年は霜も凍る海港まで見送りに来ると、港はたくさんの人や貨物でひしめいておった。海と空の果てに一層の雲がたなびき、汽笛が鳴りひびく。彼女は涙を流しながらも、港に立つ少年をずっとはっきりと目に焼き付けていたんじゃ。

　老父の表情はやや変化したようじゃった。船は静止して動かなくなり、ふたごの姉妹は手に手を取

＊　マルクス『ルイ・ボナパルトのブリュメール十八日』一八五二年。

って、赤い花のふたつのつぼみが開こうとするとき、あの年の幼い志と純真な思いをどう説明すればよいのかわからなかった。

「悪縁契り深しということじゃ」老父は頭を振って嘆息した。

一羽のシラサギがゆっくりと横切っていく。霧の層を銜《くわ》えて去るかのようじゃった。

渓流のかたわらの竹林は深緑色の海のよう。南風の吹く午後、屋敷の裏にある竹林がシャーシャーガサガサと響き、竹の葉がひっそりと深緑になると、秋の涼しさを感じるのじゃった。

三人は同時に紅毛鐘がボーンボーンと鳴るのを聞いた。ぜんまいが黄金色に輝く振り子を動かして、一時間ごとに朗々と響いて時を告げる。斗街の人びとが笑い話にするのは、斗街一の長者についてじゃった。陳及謝《ダンガアシャー》〔陳か謝か〕と音通する陳及誰《ダンガアシャン》〔陳か誰か〕で笑いをとるか、もう一つの音通である陳阿舎《ダンアシャー》〔富家の子弟、若旦那〕と言って笑いをとるかじゃったのう。* 両家を比べると、陳家の方がやや勝っていた。斗街で最初の紅毛鐘は、陳家の若旦那が購入したものじゃ。でこぼこで機械が壊れるのを恐れて陸路を避けて、船で東螺渓を遡って渡船場に運び上げると、籠をやとって斗街を担いでまわり見せびらかせたのじゃった。紅毛鐘は大人の背の高さほどあり、上等な木材でつやつやと滑らかで、草花や鳥や動物が浮き彫りされていた。ガラスの覆いのなかには黄金で作ったような金色の振り子があったのう。阿舎はこんなほらを吹いたんじゃ。紅毛鐘の専売店をつくろうと考えているので、今後は斗街の雄鶏はお払い箱になるだろう。たくさんの人びとを陳家の屋敷に招いて時計の音を聞かせたので、屋敷前の庭のニワトリやアヒルは、羽をばたつかせて逃げて行ったものじゃ。時計が鳴ると、黒い上掛けの斗街の人々は心臓が共鳴してトクトクと早打ちしないように、胸を押さえたんじゃ。阿舎は葵扇を揺らしながら笑っておった。その日の夜半、斗街に大火事が起きた。夜回りの銅鑼打ちを、人々は夢の中で紅毛鐘の音だと思い込んでのう。火は百戸近くの人家や店を焼き尽くしたのじゃった。夜が明けると、時計が五回鳴るのが微かに聞こえた。陳家の若旦那は、少年の先祖だったんじゃ。

船は渡船場に近づいて、モダーンおばが岸に上がると、すぐにゆっくりとまた岸を離れていったんじゃ。玉姝は「あなたはお帰りなさい。またいつか会いましょう」と言うと、たちまち老父とともに霧の中に消えていった。渓流はごぼごぼと流れ、父娘二人の眼は、四つの蠟燭のともし火のようじゃった。

モダーンおばは霧を味わいながら、悲しいわけでも泣き出したいわけでもなかったが、ただ心のなかは虚ろなままじゃった。あたかもその年、彼女がまるまる一年間待って、少年陳嘉哉《ダンガァツァイ》がようやく屋敷に足を踏み入れたときのようじゃ。母親と四兄、六兄が客人を迎えると、紅毛鐘がちょうどよくボーンボーンと鳴り響いた。六兄の嫁が彼女の部屋にやってきて、笑いながら「末のおばさん、お義母さまがあなたを呼んでいるわ」部屋に足を踏み入れる前に覗くと、大広間が特別輝いているように感じられたのじゃった。

彼女は四兄が話してくれた別の話も覚えておる。ある年、ひどく暑い晩に、老父について火を持って渡船場まで行くと、渓流の中にタイワンドジョウの大群が現れたそうじゃ。岸は漆黒の闇の中じゃったが水の音はパチャンパチャンと響き、誰かがタイワンドジョウを捕まえて水から挙げてみせると、虚空に向かって小さな歯を見せて大きな口をぱくぱくしている。四兄は老父が彼の肩にかけた右手に突然ぎゅっと力を入れたのを覚えていたんじゃ。老父の視線の先を見ると、渓流の浅いところにひときわ孤独な人影が沈鬱に老父と見つめ合っているようじゃった。翌日、老父は高熱を出して寝床に臥せってしまったのじゃ。

渓流の底にはいったいどれだけの恨みを飲んで沈んだ亡霊がいるのじゃろうか。

モダーンおばは一歩一歩、かつての不見天街を歩き、染物屋や布店、油の工場、家具屋、米屋、材

＊　斗街の富豪は陳家と謝家の両家だったが、陳の若旦那が現れると富豪の栄誉を独り占めしたという。

木屋、物売りの店などを巡った。東螺溪が凋落して以来、店の賑わいは三割減り、五割減って、大霧のなかでまた深い眠りについてしまったようじゃ。

米屋の前に倒れていた路傍の屍はあの哀れな女じゃった。彼女の四つ足の警官の婿が慌ただしく扶桑国へと帰ってしまってからというもの、日に日に元気がなくなっていった。聞くところによればあの扶桑人は必ずなるべく早く彼女に会いに戻るからと言ったそうじゃ。お偉方に嫁いで妻となった女は、胡弓も弾けたしダンスも踊れたし絵も描けたが、一夜のうちになにもかも失ってしまってのう。ある日突然、芸者のように顔に白粉を塗りたくって廟の前を行ったり来たりするようになり、一か月もたたないうちに完全に乞食のように成り果ててしまった。柱の影に倒れていた哀れな女は、まるでアリの巣のようじゃった。

霧が媽祖廟までやってくると、自然と祥雲がたなびいているようじゃった。モダーンおばは大通りに日がなたむろしている羅漢脚の声を聴いた。大霧の眠りの誘いを拒む羅漢脚は今夜唯一元気な人間じゃ。耳の後ろから首にかけて釈迦頭《バンレイシ》のような粒粒の肉腫で覆われている男が空の碗を振ると、中のサイコロがカラカラと響いた。まさしく昔日の東螺溪の響きじゃったのう。

霧はやがて雨へと変わり始める。すると斗鎮の全体がゆっくりとその姿を現してゆく。羅漢脚は碗のサイコロを振り、声をあげる。「出よ、十八」

（原題：「霧月十八」　初出：林俊頴『我不可告人的鄉愁』ＩＮＫ印刻文学、二〇一一年）

III

根ざすものと漂うもの

ダヤクの妻

李《り》永《えい》平《へい》

及川茜 訳

李永平（りえいへい　Li Yongping）

1947年にイギリス統治下のサラワク・クチン市（現マレーシア・サラワク州クチン市）の客家系の家庭に生まれる。英語が公用語であった時代に教育を受けたが、一貫して華語で創作を続けており、66年に中篇小説「ボルネオの子（婆羅洲《ボルネオ》之子）」を発表。高校卒業後、67年に台湾に留学した。台湾大学外文系に入学、在学中に故郷を舞台にした本作「ダヤクの妻」で注目を集める。卒業後は同大で助教を務めながら、雑誌『中外文学』の執行編集の任に当たった。76年に米国に留学し、ニューヨーク州立大学比較文学修士号、セントルイス・ワシントン大学比較文学博士号を取得。82年に台湾に戻り、国立中山大学外国語文学科、東呉大学英文科、国立東華大学英米語文学科創作および英語文学研究所教授を歴任した。2009年に定年退職し、東華大学名誉教授に任じられる。

洗練された文体の長篇小説で知られ、15年には国家文芸奨を受賞。英米文学の翻訳も多数手がけた。その作品には原郷としての中国意識、サラワクで過ごした幼年時代と台湾での生活体験、さらにボルネオと台湾に共通する植民地の記憶が反映されている。ボルネオを描いた〈月河《げつが》三部曲《トリロジー》〉（『雪雨《ふ》ること霏霏《ひひ》たり』、『大河の果て』上下巻、『朱鴒《しゅれい》ものがたり』）の完成後、17年に病没。新境地を開拓する試みだった初めての武侠小説『新《しん》侠女図《きょうじょず》』の執筆に病床で取り組んだが、未完に終わった。

邦訳に『吉陵鎮《きつりょうちん》ものがたり』（池上貞子・及川茜訳、人文書院）などがある。

昨日妹の手紙を受け取った。妹が知らせてきたのは訃報だった。ラジ[*1]おばさんはもう亡くなったのだと。

死んだ？　ラジおばさんは死んだりしてはいけないのに。妹は手紙に強い調子で書いていた。「兄さん、今すべてわかりました。あの晩、ラジおばさんの訃報に接したとき、みんな黙ったままで、母さんだけがこう言ったの。『良い人だったのに、こんな惨めな最期を迎えるなんて』」兄さん、たったひとことの同情よ！　どうしてみんな何も言わないの？　どうして悔やみひとつ言わないの？　今ようやくわかりました。別に重々しい偉大な理由があったりするわけじゃなく、ただラジおばさんがラジだから、取るに足らないラジだからよ！　死んだラジ女をあまり悼むと、高貴な中国人[*2]の身分をけがすからよ！　このところ、目を閉じるたびにおばさんが見えるようなの。兄さん、まだおばさんの血を覚えていますか？……」

　ラジおばさんは三おじさんが妻にした先住民の女だ。あのころは子どもだったから、兄さんや姉さんといっしょに「ラジおばさん」と呼んでいた。サラワクでは、ぼくたちは先住民を「ラジ」と呼ぶ。物心ついてから、その二字にこめられた軽蔑の意味をやっと知るようになったが、もう口に馴染んでしまって変えようがなかった。しかも、もしラジと呼ばず、代わりにほかの聞こえのよい、友好的な

＊1　原文は拉子《ラジ》。東マレーシアのサラワク州で先住民ダヤク諸族に対する蔑称として用いられる。
＊2　ここでは中国にルーツを持つ人々を指す。

名詞を使ったとしたら、中国人にとっては変な感じがする。ラジおばさんには、そう呼ぶのにちょっとすまない気持ちを感じることもあった。大きくなってからたった一度だけ会ったとき、面と向かってそう呼んでしまったのに、おばさんはまったくぼくをとがめる様子もなかった。母さんの言うとおり、おばさんは善良な人だった。一生のうち一度も声を荒らげたことがないんじゃないかと思う。妹は前にこう言っていた。ラジおばさんはひっそりと黙って生きているんだわ。昨日の手紙で、妹はこの言葉をまた記していたが、ただ「生きている」が「耐えている」に変わっただけだ。まさか耐え続けたあげく、ひっそりと黙ってこの世から去ってしまったなんて。

ラジおばさんとは二回会ったことがあるきりだ。初めて会ったのは八年前だ。学校はちょうど夏休みだった。六月の末、祖父が国元から出て来たが、サラワクに着いたところで、三おじさんが先住民の女を妻にしたと知って激怒した。三おじさんがわが李家の名を汚したとみなしたのだ。祖父が客間でテーブルを叩き、目をむいて、三おじさんを「畜生」と罵った様子はまだおぼろげながら記憶に残っている。父さんとおじさんやおばさんたちはそばに立ったまま、うなだれて言葉を返す勇気もなかったのに、母さんだけが進み出て祖父をなだめた。母さんはさりげなく言った。「お父さま、怒りをおしずめくださいな、はるばる海を越えての長旅でお疲れでしょう。三おばさんはとてもできた方だと聞きましたよ、おとなしくていざこざを起こしたりもしないそうですし、嫁と認めておやりになっては」

祖父はテーブルを叩き、あえぎながら言った。「女にはものの道理がわからんのだ、李家にはそんな畜生はおらん、もう勘当だ」

父は祖父が三おじさんを勘当すると聞くと、すぐに足もとに跪《ひざまず》き、取り消すように泣いて懇願した。ぼくと弟はそのときちょうどすだれの後ろに隠れていたが、父が跪いたのに弟が先に気づき、ぼくにも近寄って見るように言った。ぼくが首を出したところ、しわがれた怒号が聞こえた。「こわっぱどもが何をしている！」祖父の声だ！　ぼくと弟は肝を潰して家から逃げ出した。

それからのいきさつは、母さんが上の姉さんに話して聞かせたのを盗み聞きしていくらか知った。祖父は口ではしきりにラジおばさんを嫁とは認めないと言っていたが、結局三おじさんを勘当することはなかった。母さんによると、三おばさんは「姿かたち」がよく、中国人の言葉も話せるそうだった。数日後に三おじさんが山から出て来ることになっていて、祖父もそのときに三おばさんの「人となり」を目にしたら、きっと怒りも収まるだろうとのもくろみだった。三おじさんは長年辺鄙なラジの村里で商売をしており、一年のうちクチンの町に出てくるのは一、二回だった。今回は祖父が南洋に来るというので、父は早くから手紙でおじさんに知らせておいたのに、祖父の方が早く着いてしまったのだった。

ラジおばさんが舅にあいさつしにクチンに来るという知らせを広めると、家族の若い者たちはみな浮き足だって騒ぎ始めた。六おじさんはもううっすらひげが生えていたが、池のほとりでガマガエルを捕まえた小僧のようにはしゃいだ。おじさんはぼくらを農園のガジュマルの木の下に呼び集めると、小さな両目でぼくらの顔を五、六回も見まわして、わざともったいをつけてから声をひそめて言った。

「おい！　坊主、ラジおばさんがどんな姿か知ってるか？」

「知ってる、知ってるよ！　ラジおばさんはラジ女だ、ラジ女なら見たことあるよ！」みんな先を争って答えた。

六おじさんは口をへの字にし、首を振って、警告するような口ぶりで言った。「ラジおばさんは大耳ラジだぞ！」

みなはただちに静まりかえった。当時の華人社会には耳の長いラジの首狩りの話が伝えられていた。二おばさんから、クチン近郊の吊り橋の工事を始めるとき、橋のたもとにたくさんの首を埋めたと聞かされたこともあった。溺死者の霊がたたるのを鎮めるためだそうだ。

「大耳ラジだ！　わかるか！　大耳ラジの耳はすごく長いんだぞ。ほら、これくらい！」六おじさんは得意になって自分の耳を引っ張り、あごの位置まで引っ張ろうとした。彼はにいっと口を開けてわあっと泣き声を上げてみせた。「ほら！　坊主よお、大耳ラジは毎晩人間の首を狩るんだぞ！」

ぼくらが怖じ気づいて互いに顔を見合わせると、六おじさんは慰めるように言った。耳の長いラジを「退治」する方法がある、せえので一緒に「やっちまう」んだと。みんな急いでうなずいた。

最初にラジおばさんの姿を見たのはぼくだった。三おじさんがおばさんを連れて門をくぐったとき、ぼくはちょうど中庭でコオロギをつかまえて遊んでいた。三おじさんにあいさつすると、三おじさんは笑って言った。「阿平《アピン》、三おばさんにあいさつしな」しかしぼくは黙ったまま、ただぼうっとなって三おじさんの後ろに立った女の人の姿に目を見張っていたのを覚えている。あのころはまだ小さく、「きれい」とはどういうことかわからなかったが、その女の人がみにくくはなく、とても色白だと思った。胸には赤ちゃんを抱いていた。

「阿平はしょうがないやつだな、早くおばさんにあいさつしろよ！」三おじさんはそれでも微笑んでいた。その女の人も笑い、いくつもの金歯を覗かせた。急に六おじさんの言いつけを思い出し、軽はずみにも真正面から女の人に呼びかけた。「ラジおばさん！」

それ以上二人の顔を見る勇気がなく、慌てて駆け出して六おじさんを呼んだ。すぐに六おじさんは十数人の甥と姪を従えて、ぞろぞろと客間に乗り込んだ。家の大人たちはみな広間に集まっていたが、祖父の姿だけが見えなかった。上の伯父が言った。「ほらみんな、早く三おじさんと三……三おばさんにあいさつしなさい」

「三おじさんこんにちは！　ラージーおーばーさーんこんにちは！」

「ラジおばさん」の一語がよく響き、ぼくは得意になったが、不意にどうも変だと感じた。みんなあっけにとられているようだ。こっそり父さんたちを見ると、大変だ！　大人たちはどうも怒ってるみたいだ。あの女の人はうなだれて、顔は真っ赤だった。ぼくは慌てて母さんの後ろに隠れた。

　上の伯父さんと父さんは三おじさんに付き添って慌ただしく出て行った。子どもたちはすぐに丸く輪になって、遠巻きにラジおばさんを見つめ、時々小声でああでもないこうでもないと言ったりしていた。でもだんだんラジおばさんが別に怖くはないと気づき、少しずつ囲みを縮め、すぐそばににじり寄った。ほかのおばさんたちは遠くに腰を下ろし、自分たちだけで話をし、時々笑い声を上げたりして、まったく目の前のこのお客は眼中にない様子だった。ただ母さんだけがラジおばさんの隣に座り、話しかけた。母さんは尋ねた。「あなたはどこのロングハウスから来たの？」ラジおばさんはうろたえたように母さんをちらりと見て、おずおずとほほえむと、やっと小声で答えた。「ルマ・トゥトッ[*]からです」母さんは続けて尋ねた。「お店はうまくいってるの？」ラジおばさんはまた慌てて母さんをちらりと見て、顔を赤らめて答えた。「ええ……あまり良くはありません」何だか変な感じがした。母さんがひとこと尋ねるたびに、うろたえたように顔を赤くするのだ。もしぼくが母さんだったら、とっくに興ざめしてしまうだろうと思ったけれど、母さんは興味津々に質問を続けていた。

　弟と妹が急にラジおばさんの目の前で喧嘩し始めた。最初は小声だったが、だんだん大声で騒ぎ始める。

「とっくに大耳ラジとは違うって知ってたもん」弟はラジおばさんの耳を指さして言った。

「違わないよう！　ほら、あんたの耳より長いじゃない」妹は言った。

「ふん！　お前の耳より長いだろ！」

「へーん、大きくなったらラジ女をお嫁さんにすればいいわ！」

　母さんは怒って二人を叱りつけた。おばさんたちの方から間延びした声が聞こえた。「阿烈《アリエ》や、ラ

＊　先住民の暮らすロングハウスにそれぞれつけられた名前。Rumah Tutok。

ジ女を嫁にもらって何が悪いのかね？　子どもがすぐ産まれるよ！」みな笑いだし、ラジおばさんもそれに合わせて急いで笑ったが、その笑顔はひどくゆがんで、むしろべそをかいているようだった。母さんだけが笑わなかった。

実際、ラジおばさんは大耳ラジではなかった。後に郷土教育の教科書で知ったのだが、大耳ラジはもともと海ダヤク人〔イバン人〕といって、サラワクの第三省〔現・シブ省〕の大河のほとりに集住し、耳の小さいラジは陸ダヤク人〔ビダユ人〕で、第一省〔現・クチン省〕の山林に暮らしている。ラジおばさんは第一省の山間部の出身で、陸ダヤク人だった。

子どもたちはラジおばさんを眺めあきると、そのふところの赤ん坊に興味を持ちはじめた。この子は面白い顔をしていて、目は大きいのに、鼻ぺちゃだ。みんなこの子をあやして笑った。四番目の弟がしかめっ面をして見せると、赤ん坊は泣きだしてしまった。ラジおばさんは慌てて、せわしなく子どもをあやしながら、そっと母さんとおばさんたちを盗み見た。おばさんたちは話をやめ、ラジおばさんを睨みつけていた（実はその赤ん坊を睨みつけていたのだが）。母さんは言った。「アナッ*はおっぱいがほしいんじゃない。哺乳瓶をちょうだい、阿玲《アリン》にミルクを用意させるから」ラジおばさんは顔を赤らめてうつむき、ぼそぼそと言った。「自分でお乳をやりますから」そして服のボタンを外し、豊かな乳房を片方あらわにして、子どもに乳首をふくませた。そのとき四おばさんが急に声を上げた。「だから、ラジはもともと母乳で育つもんなのよ。二おばさん、かまうことないわよ！」

そこに父と三おじさんが入ってきた。三おじさんはしかめ面で、何やら腹を立てていたが、泣きべそをかいているようでもあった。祖父の部屋から出て来たところなのだろうと思った。祖父は昼食にも出てこなかったので、母さんが部屋に食事を運んだ。

食後に母さんはラジおばさんを自分の部屋に連れて行った。ぼくはついて行こうとしたが追い出された。台所を通ったときに二おばさんがぶつぶつ言っているのが聞こえた。「食事となったら大口開けてかきこんで、腹いっぱいになったら口を拭って、はいさようならなんて、こんな嫁は見たことないわ、ラジ女ときたら何様のつもりかね……」

二日目の朝、祖父が出て来た。不機嫌な顔で大きな椅子に腰かけ、一言も発しない。大人たちは両側に座り、息を殺して物音ひとつ立てない。ラジおばさんは母さんの隣に立ち、低く首を垂れて、両手も身体の脇に垂らしていた。母さんが肘でそっと合図すると、おばさんはようやく少し顔を上げた。その瞬間、おばさんの顔が真っ青なのが見えた。ラジおばさんはゆっくりと茶卓に向かったが、両足はかすかにわなないていた。手を上げて——手も震えていた——茶を一杯注ぐと、茶盆にのせて祖父の前にささげ持ってゆき、何か言ったようだった（今にして思えば、「お父さまお茶をどうぞ」と言ったのだろう）。祖父はにわかに顔色を変え、片手で茶盆をひっくり返すと、茶はラジおばさんの顔一面にはねかかった。祖父は罵声を浴びせると、立ち上がり、大またに部屋に戻った。みな顔を見合わせ、何も言わず、ラジおばさんだけが呆然と広間の中央に立ちつくしていた。

その日の午後、三おじさんは商売を放っておけないと、ラジおばさんを連れて山に帰った。

何年も経ってから母さんに聞いたところによれば、祖父が癇癪《かんしゃく》を起こしたのは三おばさんが茶を捧げるときに跪かなかったせいだった。

初めて会ったときにラジおばさんが残した記憶は、その後もずっと薄れなかった。しかし再会の機が訪れたのは六年が過ぎてからだった。家の事業のことで、父の言いつけで山に行って三おじさんに会ってくることになったのだ。妹にも一緒に来てもらった。

ぼくと妹は六年この方、この山行きを待ち焦がれていた。その間、ラジおばさんの消息は山から来たお客さんの口から知るしかなかった。でも、家の大人たちは自分から尋ねようとはしなかったし、

＊　原注：先住民の言語で子どもの意。

母さんだって、いちばんラジおばさんを気にかけていたやさしい母さんでさえ、ふとお客さんが口を滑らせて、何の気なしにラジおばさんについて漏らすのを期待するだけだったから、ぼくたちが知るところはほんのわずかだった。家では三おばさんがまたひとり子どもを産み、産後の肥立ちがよくないということしか知らなかった。やがて、そこつ者のお客さんが酔ったはずみに、驚くべき知らせを明らかにした。「おたくの三旦那ときたら前世でどんな徳を積んだのか、十八歳の娘さんに見初められたとはね、はは！　三旦那の顔を見さえすればみんな婚礼の日取りを尋ねてるよ」その知らせは家でももちろん騒ぎを起こしたが、おばさんたちより興奮した者はなかった。何人かで顔を寄せ集めて、人に会いさえすれば言うのだった。うちの三おじさんがバカでないことはわかってたさ、あんなラジ女を一生の女房にするわけがあるもんかね？　ありえない、絶対にありえない。うちの三おじさんはもともと目の高い商人なんだから！　おばさんたちを除けば、家の大人たちはみなそこまで熱心ではなかった。母さんも、ひそかに二回ほどため息をついただけだった。そのころ祖父はもう世を去っていて、六おじさんは海外留学中だったし、六年前に「あのラジおばさん」を取り囲んで見つめていた子どもたちもみな大きくなっていた。ラジおばさんの最初の来訪以来、みんなでよく噂話をした。成長とともに、みな小さいころにはやし立てたことを申し訳なく感じるようになった。特に妹は、三おばさんに申し訳ない、機会があったら山に訪ねて行きたいと言っていた。三おじさんが町に来ると、みなまとわりついて、三おばさんの話を聞きたがった。妹はわたしたちの三おばさんをいじめちゃだめよとおじさんに言った。いつも三おじさんはにこにこして、わかったと言っていたのに、まさか妾を家に入れるなんて誰が想像しただろう？

山に入って、ようやく本当のサラワクを目にすることができた。ボルネオの原始林の一部分だ。三おじさんの店はこの原始林の中にあった。それは小さく孤独な世界だった。店の周囲には胡椒農園を経営する中国人の家が数十戸あるばかりで、数キロ離れたところに、ラジのロングハウスが点在していた。羊の腸のように曲がりくねった細い道だけがふもとの村に通じている。この土地はほとんど世間から隔絶されていた。

三おじさんは言うまでもなくずいぶん変貌しており、鬢の毛にも白髪が交じっていた。しばらく話をして、三おばさんについて尋ねようとしたところに、外からラジの老婆が入ってきた。おじさんは簡単に言った。「三おばさんだよ」ぼくはぎょっとした。店に入ったときに目にした、おもてにしゃがんで魚を干していたあのラジの老婆じゃないか？ 愕然としている間に、妹はもう三おばさんにあいさつしており、ぼくもあわてて呼びかけたが、ラジおばさんと言ってしまったことに気づいた。おばさんは驚いた様子だったが、笑いながら「どの甥っ子さんだったかしら？」と言い、ぼくをとがめるふうではなかった。相変わらず六年前と同じように、へりくだって人を見て、へりくだって口をきいた。ただ容貌の変化があまりに大きくて、説明しようにも、二十歳も年をとり、ラジの老婆のようだったとしか言いようがない。

三おじさんが家の様子を尋ねかけたところ、奥の部屋から不意に赤ん坊の泣き声が聞こえてきた。三おばさんはすまなそうに笑い、奥に入っていった。足取りはふらついて、身体はとても弱々しく見えた。

「おじさん、三おばさんにはまた子どもが生まれたんですか？」ぼくは尋ねた。

三おじさんは簡単に「うん」と言っただけで、視線は湯飲みから離さなかった。

「おじさん、三おばさんは赤ちゃんを産んだばかりなのに、日なたで魚干しなんてさせたらだめじゃない」妹は小声で非難した。

三おじさんは答えなかった。

「おじさん、手伝いに人を雇ったってそんなにお金はかからないでしょうに」妹は言った。

三おじさんはぐいっと頭を上げると、薄い眉をつり上げ、声を荒らげて言った。「阿英《アイン》、山で稼ぐのがそんなに楽だと思ってるのか?」

妹は口をつぐんだが、納得できずにいるのがわかった。

三おばさんは赤ん坊を抱いて出て来た。上着をくつろげて、子どもに乳首を含ませている。思わず目をやったが、これが六年前に家で見せたあの大きな乳房なのだろうか? まったく痩せて小さくなってしまい、乳もいくらも出ないようだった。赤ん坊はぎゅっと乳房にしがみついて、懸命にしなびた乳首を吸っている。妹が口を開いたが、ぼくはすぐに睨みつけて、先に言った。「お利口さんだね、名前は?」三おばさんが答えようとしたが、おじが激しい口調で言った。「狗仔《いぬっころ》だ」三おばさんは黙ってぼくたちをちらりと見ると、うつむいた。

話の接ぎ穂がなかった。しばらくして、外から二人の子どもが駆け込んできた。男の子と女の子で、うりふたつの大きな眼、平たい鼻、褐色の肌だ。三おじさんは言った。「お兄さんとお姉さんにあいさつしな」二人の子どもは知らない人が来たので呆然と見つめている。三おじさんは眉をしかめると、大声をあげた。「聞こえないのか?」子どもたちは脅えたように、呆然としたまま口をつぐんでいる。「うすのろめ、出て行け!」三おじさんは叱りつけた。二人の子どもはうなだれて、黙ったまま、のろのろと立ち去った。三おじさんはそれからまだぶつぶつと言っている。「中国人ともラジともつかないあいのこめ、見たやつはみな唾を吐く!」カウンターの後ろに座ってなおも文句を言っていたが、急に大声で怒鳴った。「いつまでそこにいやがるんだ! そいつを抱いて出て行け、阿平と話があるんだ」三おばさんは子どもを抱いて出て行った。

父の話を三おじさんに伝えた。おじさんは静かに聞いていたが、どうでもよさそうだった。

それでもぼくと妹は夢にまで見たおばさんに会えたのだ。妹を見ていると、彼女の気持ちがわかった。行っておばさんに話しかけたくて仕方ないのだ。すまないことをした、子どものころにはやし立てたことをどうか許してほしいと。それから、同情しているし力になりたいと思っている、と伝えたかった。なのに結局、二人とも口を開かなかった。哀れにも妹は、毎回「今度こそきっと言うわ、でなきゃもうたまらない」と言うのだが、毎回どうしても口に出せなかった。三おばさんといるときは、妹は無理に笑顔を作って、関係のない話をし、後ろめたいところなどないように落ちついて見えた。妹はもう死ぬまで伝える機会を失ってしまったが、きっと終生の悔いとなるのだろう。しかしどうしてぼくにとっても終生の悔いとならないと言えるだろう？　どう口火を切ったらよいかわからないばかりか、後には三おばさんの姿を目にするのすら恐ろしくなってしまった。ぼくたち兄妹の心にのしかかった影は日増しに広がり、大声で叫びたくてたまらなかった。すべてを包み隠さず三おじさんに聞かせ、三おばさんに聞かせ、龍仔《リョンエ》、蝦仔《ハエ》、狗仔《ギウエ》の三人の子どもに聞かせ、それから三おじさんの婚礼の祝い酒を飲むのを楽しみにしている連中に聞かせてやりたかった。それから三おじさんに三おばさんをロングハウスに追い返させ、そして仲人を立てて例の十八歳の娘さんを正式に輿入れさせるのだ。そうすれば、すべてかたがついて、みなほっと息がつける。でなきゃ、ぼくと妹で三おじさんと派手にやり合い、三おばさんと共白髪まで添い遂げると約束させるのだ。でもぼくにも妹にもそんな勇気はなく、叫ぶ力すらなかった。みなはどうやらすべてが過ぎ去ろうとしているのを知っているようだった。三おじさんも、祝い酒を飲みたがっている連中も、三おばさんも知っている。三おばさんの曲がった背中は店の隅の暗がりを音もなく動いており、去ってゆこうとしている霊魂のようだった。おばさんは自分の運命を知っていたのだろうか？　知っていたのだろう。それでも恨むことはできなかった。どうして三おじさんを恨んだりできよう？　おばさんはラジ女なのだ。ぼくと妹を恨むこともないだろう。ぼくたちにはとてもよくしてくれた。ただ親しみのこもった言葉はかけなかっただけだ。ぼくを「八番目の甥っ子さん」と呼び、妹を「七番目の姪っ子さん」と呼んで、ほかのおばさんたちが事あるごとにぼくに「八ちゃん」、妹に「七ちゃん」と親しく呼びかけるのとは違った。山で過ごした四日目の夕方に雨が降り始め、妹は軒先に出て雨を見ていた。雨が妹の髪を濡らしているのに気づくと、おばさんはすぐに笠を手にし、静かに近づいて妹の頭に載せ、そっと肩を叩いた。妹があとで言ったところでは、涙が出てきて、顔を背けて三おばさんに見られないようにしたのだそうだ。妹は泣きながら言った。「あんなにかわいがってくれたのに、三おばさんのことが好きだって結局わたしからは言わなかったわ」「三おばさんはラジなんだから仕方ないだろう？」思わず言うべきではない言葉が口をつき、妹の心を傷つけた。それでも、この言葉は何より確かだった。三おばさんはラジなんだから仕方ないだろう？

　三人の気の毒な子どもたちは、父さんが妾を家に入れようとしているのを知っているのだろうか？もしかすると勘づいているのかもしれない。年上の兄妹ふたりは一日中家の裏手の瓜の棚の下に隠れて、泥人形で遊んでいた。父親の顔を見る勇気もなく、父親の祝い酒を飲みたがっているチナ人〔華僑華人のこと〕の顔を見る勇気もなく、見る勇気があるのは母さんと小さな狗仔の顔だけだった。それでも妹は心得ていて、二人の子どもたちをつかまえて、友達になることに成功した。そして兄妹の口から恐ろしいことを聞き出した。

「父ちゃんはいつもお酒を飲んで、母ちゃんをつかまえてぶつんだよ」幼い兄は言った。

「それからあたしと龍兄ちゃんもぶつの」幼い妹は言った。

「いつかの晩ね、父ちゃんはまたお酒を飲んで、弟の狗仔を抱き上げて叩きつけて殺そうとして、母ちゃんが跪いて泣き喚いたから、お店の番頭の阿春《アチュン》が駆けつけて狗仔を取り上げたの」

「父ちゃんは母ちゃんと阿春が××だって言ったんだよ」

「父ちゃんはいつも言うの、母ちゃんとぼくと蝦仔、狗仔をロングハウスに追い返してやるって」

三おじさんに注意しなければならない。試してみたが、三おじさんは一言答えただけだった。「ラジ女は賤しい生まれつきだ、どうして一生添い遂げたりできる？」

五日目の夕方、ぼくと妹は憂鬱な気持ちで川辺を散歩していた。妹は遠くで三おばさんがしゃがんで洗濯しているのに気づいた。そっと近づいてみると、おばさんはぼくたちに気づくや慌てふためき、何かを隠そうとしたが、間に合わなかった。その数枚のズボンにべっとりと赤黒い血がこびりついているのが見えた。ぼくは黙ってその場を離れた。

夜になって、妹は顔を赤くして言った。三おばさんの下腹部から出た血なのだと。このところ不正出血が続いているとおばさんが言ったそうだ。ぼくはすぐに三おじさんに言った。

「おじさん、今すぐおばさんを病院に連れて行ってください」声を震わせ、一字ずつ区切り、はっきり聞こえるように言った。

「一番近い病院は二十六キロ先だよ、阿平」おじさんは落ちつきはらって言った。両手を素早くそろばんの上に躍らせながら、帳簿に数字を書き込んでいる。

「おじさん、おばさんを死なせないで」ぼくは大声で言った。ほとんど涙がほとばしりそうだった。三おじさんはぴたりと手を止め、顔を上げると、ぼくの顔に視線を這わせた。怒っているようでもあり、いぶかっているようでもあった。ややあって、おじさんは急に立ち上がると言った。「三おばさんを呼んで来い」

妹は青ざめたおばさんを支えて入ってきた。

「阿平がお前を病院に連れて行けと言ってるぞ。行きたいか？」三おじさんは声を荒らげて言った。

おばさんは首を横に振った。

「阿平」おじさんは振り返ってぼくに言った。「こいつも行きたくないとさ、お前が口を出すことか？」

翌朝、ぼくは辞去して妹と家に帰った。三おばさんと三人の子どもたちは村の外まで見送ってくれた。別れるとき、おばさんは声を殺して泣いていた。

八か月後、三おじさんは山から出て来た。そして家族に、「あのラジ女」と三人の子どもをロングハウスに送り返したと告げた。それから四か月後、ぼくが台湾に進学する数日前、三おじさんは得意げに新婚の妻を連れて家に来た。彼女は中国生まれの娘だった。

はしなくもその八か月後、ラジおばさんは静かに息を引き取った。

（原題：「拉子婦」　初出：『大學新聞』一九六八年、第二四五期、初出時タイトルは「土婦之血」）

子どもの本性

ハ・ジン

小笠原淳　訳

ハ・ジン（哈金　Ha Jin）

1956年、中国遼寧省の軍人家庭に生まれた。本名は金雪飛《きんせつひ》。10歳で文化大革命を迎えたため、学歴は小学校4年でいったんとだえている。69年、13歳で人民解放軍に入隊、在籍しながら独学を続けて77年に黒龍江大学英語系に合格。卒業後に山東大学で米国文学の修士の学位を取得、続けて米国に留学した。89年に天安門事件が起こった時はマサチューセッツ州ブランダイス大学に在学中だったが、報道を見て米国への移民を決意するとともに、「作品の誠実さを守るため」英語での作品執筆を始めた。92年に博士の学位を取得。

90年に初の詩集*Between Silences: A Voice from China*を出版し好評を博した。長篇『待ち暮らし』（*Waiting*）で全米図書賞とペン／フォークナー賞をダブル受賞。

作品の中国語訳の多くは、政治的な理由から台湾で出版されている。劉暁波らが起草した民主化の要求「零八憲章」にも名を連ねた。作品の多くは自身の中国ルーツを題材とし、個人と国家の相容れないアンバランスな関係を問うている。

邦訳に『待ち暮らし』（土屋京子訳、早川書房）のほか、『狂気』（立石光子訳、早川書房）、『自由生活』（駒沢敏器訳、日本放送出版協会）、『すばらしい墜落』（立石光子訳、白水社）などがある。

彼はまもなくサンフランシスコに到着する——
六歳になる息子は独りきりで中国から
二十時間かけて飛んでこなくてはならなかった。私たちは空港へ彼を迎えにいった
父と母のことを覚えていてほしい
彼はもう三年も私たちと会ってはいなかったが。

最後の乗客が到着口を出てしまうまで、
私たちは辛抱強く待ち続けた。
彼は飛行機に乗りそこなったのでしょうか？
なぜ彼はまだ姿を見せないのですか？
私たちは航空会社のグランドスタッフに訊ねたが、回答は得られなかった。
彼の母は愚痴をこぼした　私たちは
息子にこんな危険な橋を渡らせるべきではなかったのよ　彼女もわかっていたのだ
私たちの帰国が許されるときまで彼をあちらに待たせておいたとしたら
リスクはさらに大きくなるということを。

遂に二人の客室乗務員が彼を連れて出てきた
一人は彼の小さなスーツケースを引いて、
もう一人は彼の手を引いて、パスポートを握っていた。
彼の母は突進してゆき、彼をぎゅっと抱きしめると
キスをしたり、顔を撫でまわしたりした。私はというと、

二人の客室乗務員に、私のパスポートと免許証を提示した。
息子さんはずっとまあお利口さんでしたよ、ただちょっと怖がってはいましたけど。

彼は母のことは覚えていたが、私が父であることを、
告げる必要があった。彼は少しはにかんでいた
まるで年上の友人を紹介されたように。

ところが彼は私たちと一緒にホテルに行くことを拒んだ
叔父さんと叔母さん、従姉弟たちも
みんな上海空港で待っているんだ
僕が父さんと母さんを連れて帰るのを待っているんだよ、と言った。
一家が勢ぞろいしたら、みんなで一緒に汽車に乗って
東北へ帰るんだ。彼らはこう言ったらしい
切符はちゃんと八枚買っているからね。

必ず飛行機で引き返すから、と私は彼に約束した
でも、その前にみんなでサンフランシスコの動物園に行って
キリンを見ておかなきゃ。それから、ボストンという街に行って、
クジラも見よう。数日くらい滞在が延びてもかまいはしないよ。

叔父さんについて北京にビザの申請に行ったとき、

どこもかしこも滅茶苦茶だった、と彼は言った
「たくさんのごろつきたちが解放軍を殺していたんだよ。そこでは反革命の暴乱が起きていたんだ」

私は自分の耳を疑い、すぐに聞き返した。
「どうしてそれが反革命の暴乱なんだい？　銃や戦車をもっているのは兵隊だけだ　彼らが街で市民を虐殺しているんだよ」

「違うよ！　ごろつきたちが解放軍を殺したんだ。やつらがお店を荒らしているのを、僕はテレビで見たんだ。トラックが何台も叩き壊されて、燃やされたんだ。お爺ちゃんがそいつらはみな悪党だって言ってたやつらは政府を転覆させようとしているって」

「歓歓《ホワンホワン》、」彼の母が言った。
「お父さんが正しいわ。テレビが嘘をついているの。お爺ちゃんは真相を知らないの。
人民の軍隊は完全に変わってしまったわ――
彼らは私たちのような市民を殺害したの」

私たちは沈黙に陥った、
彼は不機嫌そうにしていた。

私はホテルで『ニューヨーク・タイムズ』を見つけて、
彼に写真を一枚一枚見せていった。
いくつかの死体と自転車が戦車に押し潰されて一緒くたになっていて、
銃弾が命中した学生が三輪車で運ばれていて、
中年の顔面が銃床でたたき潰されていて、
子供の死体を抱いた母親が泣き叫んでいて、
一人の兵士が一糸まとわぬ姿で、ヘルメットだけは被り、
焼け落ちたバスの窓に首を吊られて死んでいた。
私はその兵士を指さして言った。
「彼は五人の一般市民を殺し、
銃弾を撃ち尽くした後取り押さえられたんだ。
それが彼が豚のように首を吊られ殺された理由だ。
君は彼は死ぬべきではなかったと思うかい？」

「死ぬべきではなかった」彼は首を振った。

「なぜ死ぬべきではなかったと考えるんだい？」
彼は本当に救いようがなくなってしまった——写真を見せても

真実を話して聞かせても、彼を説得することなどできないのだ。
「たとえそうだったとしても
人を殺すべきではないからだよ」
彼は低く声を押し殺し、
顔を上げて私を見ようとはしなかった。
私は驚きのあまり返す言葉が見つからなかった。

その日の夜、彼が眠った後、
私は彼の母親に言った。「私たちはいずれ
帰らなければならないな。もうすっかり中国人としてできあがっているし、
年も食いすぎているから、いまさらアメリカに馴染むことはできないよ。
だが歓歓は絶対に帰らせてはだめだ。
彼の心は善良すぎて、
あそこでは生きていけやしない」

一九八九年七月

（原題：「孩子的本性」　初出：『另一間空間：哈金詩集』二〇一二年）

大陸妹《ダールーメイ》

厳《げん》歌《か》苓《れい》

白井重範 訳

厳歌苓（げんかれい　Yan Geling）

1958年、上海の知識人の家に生まれた。祖父、厳恩春は米国で学位を取得後に厦門大学教授を務めた翻訳家で、父は作家・脚本家の蕭馬《しょうば》、母は舞台女優の賈琳《かりん》。父母は厳歌苓が幼い頃に離婚している。50年代、右派とされた蕭馬は安徽省馬鞍市に移住し、映画女優の兪平《ゆへい》と再婚した。

厳歌苓は安徽省作家協会の宿舎で育ち、12歳で人民解放軍成都軍区の文藝工作団に入団、20歳で中越戦争の前線記者となる。一度の離婚を経験して80年に米国留学。シカゴのコロンビア芸術学院で修士の学位を取得。アメリカ国務院外交官のローレンス・ウォーカーと再婚し、夫と共に世界各国での生活を経験した。

激動の中国現代史に翻弄されながら、自分らしさを失わずに生き抜こうとする個人の姿を多く描いている。オーストラリアの老人と偽装結婚しようとする「少女小漁《しょうじょしょうぎょ》」、下放（都市の学生や幹部が農村に長期間定住し、思想改造をはかるとともに、農村の社会主義建設を支援すること）先のチベットから成都に戻るために自分の体も精神も切り売りする少女を描く「シュウシュウの季節（天浴）」、南京事件時、日本軍に差し出されそうになった女学生の身代わりとなる妓女たちの物語「フラワーズ・オブ・ウォー（金陵十三釵）」、文革中に勾留された夫を待ち焦がれ、精神を壊してしまう女性「妻への家路（陸犯焉識）」、文革前後の政治に翻弄される文藝工作団群像「芳華」など、原作の多くがヒット映画となっている。英語の創作に、*The Bunquet Bug*（宴へゆく者）、邦訳に、短篇集『シュウシュウの季節』（阿部敦子訳、角川文庫）、『妻への家路』（鄭重訳、角川書店）などがある。

大陸妹《ダールーメイ》*は、当然大陸妹という名ではない。あまりに良い名前で、ここに書くのがもったいないほどだ。大陸妹は器量も良いが、それを書き表すのはなかなか難しい。はっきり言えるのは、彼女がとても物静かで、じっとしていることが多く、動いても止まっているかのように見えるということだ。大陸妹への一番のほめ言葉は、「まったく大陸妹に見えない」というものだ。朝から晩までそうほめられるたびに、彼女は感謝の笑みを浮かべる。すると、人は彼女の笑みが少し陰気だと思うのだった。

大陸妹は半年前に大陸からやってきた。この屋敷を探しあてたとき、自分はすでに亡くなったこちらの第二夫人の外孫だ、と自己紹介した。しかし途中まで話したところで、大陸妹は続きが言えなくなってしまった。こんなに遠い親戚など、ほとんど他人同然だと気づいたのだろう。

「母に言われて来たんです」大陸妹は皆に警戒されながら玄関を入り、そう一言つけ加えた。進退きわまって、つい出まかせを言ったのだ。さらに様子をみて、大陸妹はもう一言つけ加えた。「私はここに住むわけじゃありません」

この一言は余計だった。誰もまだ彼女にここに住むよう勧めていなかったのだ。

大陸妹は、自分には住むところがあって、ほかに五人の大陸妹が一緒だと話した。日暮れから夜明けまで、ずっと誰かが帰って来たり出て行ったり、ベッドに上がったり起き出したりする。「ただ、ちょっとうるさいんです」大陸妹の顔が少し青白いのは、眠れない夜が続くせいだった。

* 中国大陸から来た娘。華人の間で用いられ、侮蔑的ニュアンスを含むことがある。

大陸妹が入ってきたのは、ちょうど夕食の準備中だった。彼女にも食事を出さないわけにはいかない。

ミセス唐《タン》はこの家の女主人で、手順をあれこれ考えつつキッチンを見て回った。コンロからシンクへ、シンクからまな板のところへ。「野菜をまた洗って、それから切って、ああもう手足が何本あっても足りないわ」と、独り言を言いながら。すると、食材はもうざるの中できれいに並んでいる。大陸妹はほとんど声を出さずに言った。「野菜は洗っておきました」さらにキュウリなど、まるで春雨のように細く切ってある。大陸妹は少しも体を動かさずに、下拵えをすっかり済ませてしまっていた。夕食のテーブルにつくと、ミセス唐は皆に謝った。キュウリを細く切りすぎて、歯ごたえがなくなってしまったと。

「今度は太めに切ってちょうだいね」彼女は大陸妹に目をやって、年長者らしく笑った。大陸妹は「今度」という言葉に息を呑んだ。小さくうなずき、ミセス唐が挽回のチャンスをくれたことに感謝を示した。

大陸妹は食が細かったが、大きな碗と、大きな皿を使った。ほかの人が使うのは上品な染付の皿で、碗は猪口を少し大きくしたようなものだった。誰もが、大陸から来た客はたくさん食べるはずだと、そして何か病気にかかっていたとしても、大陸の人間は不摂生だから、目に見えて悪くなるまで本人もわからないのだと言った。そのため、大陸妹の使う食器だけ別のものになったのだ。

食事のあと、ミセス唐は大陸妹を何日かここに置いてみよう、この子の寝る部屋くらい空けられるから、と言った。大陸妹がちょうど夏休みだということを覚えていたのだ。「メキシコ人の女に週二回手伝いに来てもらって、掃除やアイロンがけをやってもらっていたのだけど、先月辞めてもらったのよ」

大陸妹は理由を聞こうとしなかった。

「どうしてだか、あなたわかるかしら――」ミセス唐は大げさに目を見開いて、息をとめた。

「どうしてですか？」無視するわけにもいかず、大陸妹はたずねた。

「ダイヤの指輪がなくなったのよ！」

ミセス唐の目つきや口調は、怪談を語るときのようだ。

「まぁ！」大陸妹は心からミセス唐に同情した。

「ほんの何日かして、見つかったの」ミセス唐は口調を元に戻した。「それでもやっぱり辞めてもらうことにしたわ。指輪のことで、もうびっくりしてしまって、外から誰かに手伝いを頼むのは、もうこりごり。ずっと見張っていなくちゃならないのも面倒でしょう？」

数日後、大陸妹は一人でキッチンやランドリールームの仕事をするようになった。彼女は仕事をするとき、ミセス唐のようにバタバタしない。手持ち無沙汰にしているように見えて、すべきことは全部済ませてしまっている。ミセス唐は正式に彼女を家に置くことにし、毎月給料を払い、寝るのも食べるのも「うちの中」だと言った。もちろん大陸妹に異存はない。

その晩は、十人以上の客が食事にくるのに、ミセス唐は髪もセットせず、ネイルも直さず、ドレスも揃えていなかった。メイン料理の蒸したのと焼いたのを一つずつ用意して、そのほかは、大陸妹に向かっておどけたように、甘えるように笑い、「お願いするわ」と言った。

「乾焼魚《ガンシャオユー》〔魚のチリソース煮〕は作れるわね？」

大陸妹は当然ですと答えた。

「聞かせてちょうだいな、どうやって作るの？」言いながら、ミセス唐は靴下を脱いで靴を履いた。外ではミスター唐《タン》の車がエンジンをふかして、早くしろと急かしている。

「まず材料を用意します。ネギとショウガとニンニクと、辣醬豆板《ラージアンドウバン》、シイタケ、お肉……」

「違うわよ」ミセス唐は言った。「それはあなたたち大陸の作り方ね」彼女は指折り数えながら、顔を仰向け目を細め、「豚のひき肉でしょ、シイタケに、豆板辣醤《ドウバンラージアン》、ニンニクと、ショウガと、ネギよ！」

大陸妹は頷いた。まったく同じことを言ってはいても、ミセス唐の方がやはりいくらか正確だという意味で。

大陸妹が宴席に出入りするたびに、十人ほどの客のうちの誰かが必ずたずねる。「大陸から来たのかい？　——全然そんなふうに見えないね」

やがてここでの生活も長くなると、大陸妹はこの因果逆転した言葉を聞くたびに、声を出さず密かに笑った。全然大陸から来たように見えないなら、どうして皆が真っ先に「大陸から来たのか？」というのだろう。

そんなふうに考えたとき、彼女はアイロンがけをしていた。

アイロンがけする服があまりに多いとき大陸妹は歌をうたう。歌をうたえば憂さ晴らしになり、疲れもとれる。大陸妹がうたうのは当然どれも大陸の歌だった。「あなたは関所を越えていってしまう、私にも引き留められない（哥哥《ゴーゴ》你走西口《ニィゾウシーコウ》、小妹妹我也難留《シアオメイメイウォイエナンリウ》）」や、「広大な平野よ、見渡す限り人影もなし（四十里《スーシーリー》那個《ネイゴ》平川《ピンチュアン》喲《ヨー》、瞭呀麼瞭不見個《リアオヤモリアオブジェンゴ》人《レン》）」など。山西や陝西北部の民謡を、大声はりあげて歌えば、胸がすっとして、むしゃくしゃした気分などどこかへ飛んでいってしまう。ちょうど歌っていたときに、ミセス唐の娘の珍妮《ジェニー》がランドリールームのドアを開けた。

「マイゴッド！　それ、あなたたち大陸の歌よね？」

珍妮は台北生まれで、大学卒業後にアメリカに来たのだ。

「びっくりするじゃないの！」

大陸妹は彼女を見つめながら、よく響く声を喉の奥に押し戻した。大陸は私たちだけのものじゃないわ。いつあなたたちと、私たちに分かれたの？　この田舎くさい歌が合わさってできた黄土文明から、あなたも私も使っているお国言葉が生まれたんじゃないの？　あなたのお父さんの世代が大慌てで出ていったとき、持っていったものはあなたたちに、持っていけなかったものが私たちに残されたのよ。持っていったのも私たちのものだし、置いていったのもあなたたちのものだわ。この歌は置いていったもの。持っていきたかったけど、仕方なく置いていったのよ。この歌は見渡す限りの黄土そのもの、泥も砂も呑み込んだ大河そのものなの。あなたが知らない広大無辺な不毛の大地の、はるか昔のひたむきな心を詠ったものよ……。当然、大陸妹はこれらを珍妮に話したわけではない。話したなら、彼女をもっと驚かせたかもしれない。

大陸妹はその後、もう大陸の歌をうたって誰かを驚かすことはなかった。この屋敷では、テレサ・テン〔鄧麗君〕からツァイ・チン〔蔡琴〕まで、流行の歌がかかっている。ところがある日、珍妮の五歳になる娘の娜拉《ノラ》が声を高くはりあげて何かをとなえたので、一家全員気が変になりそうだった。大陸妹にだけはその意味がわかった。大陸妹はいたく感激して、五歳の、英語しか話そうとしない娜拉の側に歩み寄った。

その後、よく大陸妹が小さな娜拉の側にいるのが見かけられた。

娜拉はある日テーブルで顔を上げた。「挙頭望明月《ジュートウワンミンユエ》、低頭思故郷《ディートウスーグーシアン》」＊1

大陸妹は目をしばたたかせ、自分の大きな碗と皿の上で箸をピタリと止めた。

ミセス唐は孫娘をからかった。「何がグーシアン（故郷）だって？」

「グーシアンはグーシアンでしょ！」幼い女の子は祖母の無知が許せない。

「そうなのね！」珍妮はいたずらっぽく皆を一瞥すると、「グーシアンは結局、何だと思う？」

「グーシアンはMushroomなの！」＊2

＊1　李白「静夜思」。

＊2　シイタケ「香菇」は「シァングー」と発音する。

皆は大笑い。大陸妹もいっしょに笑った。彼女は周りに調子を合わせることができるのだ。娜拉は皆が笑っている間に自分のハイチェアからすべり下りて、大陸妹の腕の中に潜り込み、そこから何度も首を伸ばしては、「花飛花落飛満天《ホワフェイホワルオフェイマンティエン》」*1だとか、「彩線難収面上珠《ツァイシェンナンショウミエンシャンジュー》」*2とか、さらには「質本潔《ジーベンジエ》来還潔去《ライホワンジエチュー》」*3と続けた。

大陸妹は何回か、小声でそっと訂正した。これが何なのかたずねると、幼い女の子は大陸妹に代わって答えた。「紅楼夢よ！」

珍妮は大声で「そうなのね！」と言うと、大陸妹の方を向いて、「あなたたち大陸人の中国語って、発音のおかしなところが多いわよね。垃圾《ラージー》じゃなくてローソー（Le se）でしょう」*4

ミスター唐が言った。「ラージーとローソー、どちらも正しいんだ」

ミセス唐は、「そんなわけあるもんですか！」

珍妮はテーブル越しに大声で、娘に向かって怒鳴った。「自分の席に戻って！　それじゃ、阿姨《アーイー》〔おばさん。女性の使用人の呼称でもある〕がご飯を食べられないでしょ！」

娜拉はそれを無視して、ミセス唐が大陸妹の「ラージー」を訂正するのを聴きながら、頭は大陸妹の腕の中に潜り込ませたままだ。娜拉がこのようにしょっちゅう頭を大陸妹の腕の中に潜り込ませるのが、皆は気になった。とうとうある日、大陸妹が前庭と裏庭の芝生の落ち葉をかき集め、玄関を入ると、娜拉が大人たち全員に取り囲まれているのが見えた。皆は立っていて、娜拉だけが座り、泣き顔をくしゃくしゃにしている。

大陸妹は何もたずねなかった。それでも彼女の目が「何があったんですか?!」と聞いていた。

珍妮は「あぁ」と一声口に出すと、謎が解けたというような顔をした。彼女は大陸妹を呼んだ。

「こっちへ来て！」ほかの人も大陸妹を見つめて、得心がいったという様子。

大陸妹は、また指輪がなくなったのではないといいけれど、と思った。彼女が指定された椅子に座るやいなや、誰かに髪の毛をつかまれた。

「見て見て、これじゃないかしら?」珍妮が大声で言った。

大陸妹は頭皮にプッツという痛みを感じ、髪が引っ張られて抜けたのがわかった。

「似てないわね、娜拉の頭にあるのとは違うわよ！」ミセス唐が言った。

大陸妹には彼らが何を話しているのかわからない。彼女の頭はイライラした指で揉みくちゃにされている。

「そんなわけないわ。朱麗《ジュリー》のクラスの先生がすぐに子どもたち全員の頭を検査したけど、見つからなかったのよ！　どこからうつったっていうの？　娜拉は隣の家の子とも遊んだことないのに……ほんと頭にくるわ、先生は登園禁止だって言うの。この子の頭のシラミをきれいに駆除して、さらに医者の証明ももらって、それでやっとまた幼稚園に行けるようになるんだって！」

何本かの指が、大陸妹の頭の上で癇癪を起こしている。彼らが髪の毛の中を捜索隊のように探しているのが何か、大陸妹ははっと悟った。

「私、アタマジラミにかかったことなんてありません！」

「かかったことがあったって大丈夫よ！」ミセス唐は彼女を観念させようと、慈愛に満ちた表情を浮かべた。「アメリカにはいろんな方法があるわ！　大陸では体を洗うのもみんないっしょで、毎日入浴するわけでもないから、一人かかると、みんなにうつってしまうのよ！」

「私……シラミなんて見たこともありません！」

＊1　以下すべて『紅楼夢』より。「花がしおれて花びらが空一面に舞う」
＊2　涙のしずくは綺麗な糸でも繋げない。
＊3　清らかな性質に生まれ、清らかなまま死んでいく。
＊4　ゴミ「垃圾」は、中国大陸ではlājīと読むが、台湾その他の地域ではlèsèと発音することが多い。

「私たちも見たことないわ。それでいま見ようとしてるのよ！」
大陸妹の顔は真っ赤になった。真っ赤な顔は、彼女がひどく腹を立てたことを示している。しかし誰にも彼女の顔は見えておらず、それは髪の毛で隠されてしまっていた。たくさんの指が、彼女の頭の上で糸を繰るように動いた。最後に彼女の髪をいじくり回したのはアタマジラミを治す医者だったが、彼は大陸妹の髪から何も見つけだすことができなかった。

それから何日もたった。大陸妹は「チーファン」[*1]を「ツーファン」と言い、「ラージー」を「ローソー」と言うようになった。大陸妹はもう三つ編みをやめて、髪を下ろしたままにした。大陸妹はとうにあの土の匂いのする歌をうたうのをやめていた。

その日、また来客があった。四組の夫婦で、珍妃と同年輩だった。ミセス唐は、大陸妹には厨房の一切を任せられると安心しており、大陸妹の料理の出し方も様になっていると大げさにほめた。甘味を食べるとき、皆はもう打ち解けていた。前菜のときは商売について話し、温かいものを食べるときは日常の世間話をし、デザートになると、立て続けに冗談を言った。一人の若い奥さんが指先をぴんと立て、自分の夫をつついて言った。「おとなしくしてないと、あなたに大陸妹を探してくるわよ！」

みんな笑い、大陸妹も笑った。一人だけ笑わないと浮いてしまう。

麻雀卓を片づけ、夜食の皿を洗い終えると、もう夜明けだった。大陸妹が腰を下ろすと、ホールは静けさの中で広々として見えた。ブラウスの胸ポケットで、何かがあざ笑うかのように音をたてた。大陸妹が取り出してみると、緑色のあざやかな二十ドル札だった。客の一人が、彼女の労苦を見かねて握らせたのだ。

何とはなしに、彼女はその日の中国語新聞をめくった。すでに亡くなった老作家を記念した文章がある。彼女が文学を学んでいたとき、一番好きだった作家だ。

その作家の作品からは、土の匂いが読み取れる。一番新鮮な土にしかない、独特の匂いが。

大陸妹は急に泣き出した。作家の死を悼んだからだけではない。死んでしまったのは、どうやら作家だけではなかった。すべてのものが、泥の匂いを脱ぎ捨てようとしていた。彼女はそれを悲しんだのだろうか。必ずしもそうとは限らない。

目を覚ましていた娜拉が、そのときホールの向こう端にそっと姿を見せた。電灯が眩しくて顔をくしゃくしゃにしている。彼女はゆっくりと近寄ってきて、大陸妹の涙を珍しそうに眺めた。そして急にか弱く、かすれた声を出した。

「大漠孤煙直《ダーモーグーイエンジー》、長河落日円《チャンホールオリーユエン》」＊2

大陸妹は呆然とした。小さな、だんだんと近づいてくる女の子を見ながら、大陸妹の涙はあふれて止まらなくなった。

（原題：「大陸妹」　初出：『聯合報』「聯合副刊」一九九二年八月十一日）

＊1　「喫飯」、食事の意。大陸標準語ではチーファンだが、南部や台湾その他の地域ではツーファンと発音するところが多い。

＊2　王維「使至塞上」。広大な砂漠に煙が一筋まっすぐ昇り、長い河に落日が丸い。

上海から来た女

楊顕恵《ようけんけい》

田村容子 訳

楊顕恵（ようけんけい　Yang Xianhui）

1946年、蘭州に生まれる。中国作家協会会員、現在天津在住。65年、蘭州二中在学中に下放し（厳歌苓のプロフィール参照）、甘粛省生産建設兵団安西県小苑農場に赴く。農民工、小売店店員、会計、教員、秘書など転々とした。71年、甘粛師範大学数学系に入学。75年に甘粛省農墾局酒泉農墾中学の教師となった。80年に作品を発表し始め、88年に天津作家協会所属の専業作家となる。

右派とされた政治犯たちを描く『夾辺溝《ジアビエンゴウ》記事』（2002年）、1960年ごろ、大躍進政策の結果引き起こされた大飢饉によって多くの死者が出た甘粛省定西の孤児院を舞台にした『定西孤児院紀事』（07年）、甘粛の甘南チベット族自治州を追う『甘南紀事』（11年）の〈運命三部作〉はいずれも『上海文学』に連載され、触れるもののいなかった敏感な歴史を誇張なく誠実に描き出している。2007年には「人の心の痛みと歴史の傷痕を直視し、真実を語る勇気と魅力をもった人」として『南方人物週刊』の「この一年の魅力的人物」に選ばれた。

全国短篇小説賞、中国小説学会賞、『上海文学』賞などの受賞歴あり。『夾辺溝記事』は、王兵監督により映画『夾辺溝』（邦題は『無言歌』〔2010年〕）に改編され、国際的な評価を得た。

この物語は、李文漢《リーウェンハン》という名の右派[*1]がわたしに語って聞かせたものだ。彼は湖北省の人で、高校を卒業してから一九四八年に人民解放軍に参加し、解放後には志願軍〔中国人民志願軍〕の入朝作戦[*2]に加わった。朝鮮の戦場で、彼は負傷した。アメリカ人の爆弾を受けて、あばら骨を三本折ったのだ。帰国して治療した後は、公安部〔国務院下の一部門〕にとどまって仕事をした。彼が言うには、その後、資本家の家庭出身であったせいで、組織部は彼を甘粛省の公安庁に移動させた。名目上は「大西北を支援する」[*3]ということだった。しかし彼は省の公安庁で働いてまもなく、今度は酒泉《ジウチュエン》地区の労働改造分局[*4]に出向させられ、生産科で生産幹事[*5]を務めた。一九五七年に彼は右派とみなされ、公職を解かれて夾辺溝《ジアビェンゴウ》に労働矯正[*6]に送られた。一九六〇年十二月以降、夾辺溝農場の右派はみな釈放されてもとの所属先に戻ったが、彼には戻る「先」がなかった。彼は公職を解かれた右派だったからだ。労働改造分局の宿泊所に二か月滞在した後、上役はようやく解決策を思いついた。あんたは安西《アンシー》県の十工《シーゴン》農場[*7]へ行け。幹部じ

＊1　一九五七年の「反右派闘争」により、社会主義に反対するブルジョア反動分子とみなされた知識人、党員幹部など。
＊2　一九五〇年十月、中国人民志願軍が朝鮮戦争に参戦し、朝鮮民主主義人民共和国を支援した作戦。
＊3　一九五〇年代に始まった、知識人や青年の中国西北部支援を推進する政策のスローガン。
＊4　強制労働によって思想を矯正する「労働改造」を管理する機関。
＊5　労働改造における生産任務を管理する役職。
＊6　労働による再教育。行政罰であり、刑事罰ではない。中国語で「労働教養」。
＊7　準軍事組織である生産建設兵団によって開墾された甘粛省の農場。労働改造局の管轄。

ゃないし、労働改造犯でもない、いち労働者として行くんだ。彼が十工農場に着いてみると、今度は農場の上役が困惑した。正式な採用とするには手つづきがやりにくい。どうしてわざわざ右派を採用しなくちゃならないんだ？　けっきょく刑期満了の就業者として扱うほかなく、毎月二四元の賃金で、労働改造隊で畑仕事をした。畑仕事は一九六九年までつづいたが、軍備のために、十工農場の囚人は甘粛中部の五大坪《ウーダーピン》農場に移されることになった。彼は囚人ではないのでついて行くことができず、ほかの数名の就業者と一緒に小宛《シァオワン》農場[*1]に引き渡された。そこで、彼はわれら十四連牧畜班の放牧員となり、羊の柵のわきのひと間で、わたしと同居した。一緒に暮らすうちに、長い時間が過ぎた。互いにわかり合い、相手を信用するようになると、彼はわたしに、たくさんの夾辺溝農場の出来事をぽつぽつと話してくれたのだった。

今日はもう一つ夾辺溝の話をしよう。ある女の話だ。その女はとある右派の嫁さんで、上海の人間だった。

言っただろう。一九六〇年の国慶節〔中華人民共和国成立の記念日〕の前、夾辺溝の右派は、——というのは新添《シンティエン》屯《トウン》作業所の右派も含めてだ。死人と体が弱ってなんの仕事もできない数百人以外は、すべて高台《ガオタイ》県明水《ミンシュイ》郷の荒れた砂州《さす》に移された。省の労働改造局の計画は、酒泉労働改造分局の管轄する十数個の労働改造農場と労働矯正農場から人を派遣して、その荒れた砂州に河西回廊地区最大の農場を建設し、五〇万畝《ムー》〔約三三万ヘクタール〕の土地を開墾しようとするものだった。慌《あわ》ただしく着手されたうえに冬も近かったせいで、ほかの農場の上役は姑息にも、計画通りに人を出さなかった。それで夾辺溝農場の右派が派遣されたんだ。およそ千五百人が、祁連山《チーリエンシャン》の前の二つの山水溝《さんすいこう》[*2]に分かれて住んだ。千百年来、祁連山から流れでた洪水が、その荒れた砂州の上にいくつかの深い溝を刻んでいった。その山水溝はくねくねと二キロほどの長さで、南側の祁連山に近い端のほうは浅く、北へ向かうほど深くなり、いちばん深いところで六、七メートルあった。山水溝を出ると一面、土砂の堆積した砂地で、さらに北に行くと砂丘がつづいていた。

　小屋を建てる木材がないので、おれたちは自分の手で掘ったほら穴に住んだ。ほら穴の大きさはふぞろいで、溝の浅いところ、南の端のほうは、壁面が低いせいで掘ったほら穴は一メートルの高さしかなく、人間は這《は》いつくばって、ようやくもぐりこむことができた。もぐりこんで坐るとやっと頭があげられるが、こういうほら穴は一人か二人用だった。おれたちの組のほら穴は山水溝の中ほどのところに掘ったので、大きかった。おれたちの組は最初、二五人いたが、夾辺溝で三人死に、さらに三人は痩せすぎて歩けないので夾辺溝に残った。あとの一九人に住むところのなかったべつの組の二人が加わって、全員がそのほら穴に住んだ。おれたちの組でいちばん印象に残っているのは、文大業《ウェンダーイエ》、崔毅《ツイイー》、魏長海《ウェイチャンハイ》、それに晁崇文《チャオチョンウェン》、鍾毓良《ジョンユーリアン》、章《ジャン》……ああ、章なんだったかな。西北師範学院歴史学科の教授なんだ。苗字は章、でも名前が急に思いだせなくなった。そうそう、崔毅といえば、崔毅はそのときもう明水にはいなくて、夾辺溝にもいなかった。奴は二か月前に逃亡したんだ。あいつは四〇年代の北京大卒業生で、英語がものすごくうまかった。四〇年代に学生運動に参加していて、つまり地下党員だ。解放後は省委員会の宣伝部の幹部だった。文大業は省の衛生学校の副校長で、もと蘭州医学院の教授だったが、明水で死んだ。不潔なものを食って死んだんだ。そうだ、董建義《ドンジエンイー》もそのころに死んだ。文大業のすぐ後に死んだんだった。

　文大業の死ははっきり覚えてる。十一月上旬のことだった。あいつは自分の寝床からおれのほうに近寄ってきて、こう言った。老李《ラオリー》*3、わしはあと一週間生きられない、粉湯《フェンタン》を飲んだんだ。おれはその

*1　準軍事組織である生産建設兵団によって開墾された甘粛省の農場。十工農場の上部組織。
*2　山から流れでた水によってできたくぼ地。
*3　姓の前に「老」をつけるのは、年長者に対する親しみを込めた呼び方。

ときびっくりして、本当かと訊いたら、奴は本当だと答えた。

　おれがびっくりしたのは、奴の言う粉湯っていうのが、黄茅草《ホアンマオツァオ》〔アカヒゲガヤ〕の種を煮た汁のことだからだ。黄茅草ってわかるか？　きっと知ってるだろう、湿原ならどこにだって生えてる。ただなんていう名前なのか知らないだけだ。見た目は駱駝草みたいなんだ。ひとかたまりに茂っていて、茎は駱駝草の茎よりも太くて背丈も高い。茎は黄色で、葉も黄色っぽいから、見わけやすい。河西の農民は黄茅草と呼んでるが、黄茅柴《ホアンマオチャイ》っていうこともある。農民たちが取ってきて薪《たきぎ》にするからだ。そいつを引っこ抜いて田んぼのあぜ道に埋めて、防風壁にすることもある、風よけのな。黄茅草の種は食えるんだ。そのことをおれたちはもともと知らなかったが、酒泉県と高台県の右派たちがそう言ってた。連中も老人らがこう話すのを聞いたんだ。飢饉《ききん》が起こると、現地の農民たちはそいつで飢えをしのいだって。それで、右派たちは農民にならって、シーツを持って湿原の上に広げ、黄茅草の枝を打ちつけて、種をたたきだす。それから手で揉んで皮を落とし、もう一度シーツを引っ張って揺すると、風で皮が吹き飛ぶ。口で吹いちゃだめなんだ。黄茅草の種は軽くて小さくて、芥子《けし》粒《つぶ》みたいに小さいんで、吹いたら種ごと吹き飛んでしまう。種を集めたら今度は鍋で煎る。煎る時にも気をつけないと。焦がしてはいけない、ちょっとはぜたらもういいんだ。もちろん、こんなに小さい種だ。はぜる音なんて聞こえやしない。目で見て、種が鍋の中でちょっと動いたら、はぜたってことだ。煎った後は小さな布袋に入れて、服の中に縫いこんで隠す。かならず隠さないとならない、幹部たちが検査するからな。そいつを食って死ぬことがよくあるんで、幹部たちは食わせないように、検査して見つけたら没収するんだ。

　黄茅草の種は、食うなら食うでやっかいだ。ひとつまみ飯盒《はんごう》に入れて炊くと、炊いてるうちに真っ白な粥《かゆ》になる。本当に澱粉《でんぷん》で作った粉湯みたいなんだ。澱粉のとちがうのは、箸でかきまぜると糸を引く。このときはまだ食っちゃいけない。よくかきまぜて、かきまぜながら口で吹いて、すばやく冷ます。冷めた「粉湯」は、生麩《なまふ》のかたまりみたいにふわふわしてる。そいつを棒状に伸ばすんだが、伸ばしてるときの感じはゴムを引っ張ってるみたいなんだ。それからかぶりつくと、そいつは嚙んでも柔らかくならないので、ひとかたまりずつ呑みくだすしかない。この食い物に栄養なんかないが、かといって毒でもない。そいつを食うと空っぽの胃が満たされて、飢えが我慢できるんだ。地方によっちゃ観音土《グアンイントゥー》〔白土の粘土〕を食う人がいるみたいにな。この手のものは腹もちがよくて、一度食えば三日はもつ。消化されないからだ。消化されないから出すこともできず、ほかの山菜やなんかと食い合わせなきゃならない。この食い物は絶対に粥の状態のときにすすっちゃいけない。そいつがかたまりになる前に食っちまうと、腹の中のほかの食い物、木の葉や、干し野菜や、それにべつの雑草の種なんかとくっついて、かちかちのかたまりになって腸の中をふさいじまう。おそらく、夾辺溝と明水で少なくとも数十人がこの「粉湯」を飲んで死んだはずだ。経験がないばっかりに、初めて飲んですぐ死ぬ手合いもいるが、それとはべつに、嚙んで食うと吐き気をもよおすからって連中もいる。少し飲むくらいならたぶん大丈夫だろうと思うのは、実のところ「粉湯」の粘っこさを見くびってるんだ。

　本当にぶったまげて、おれはそのとき奴にこう言った。あれを食っちゃだめだって知らなかったのか？　奴は言った。腹がへって待ちきれず、冷める前にふた口ほどすすった。おれは腹が立って訊いたよ。ふた口？　本当にふた口か？　奴は答えた。椀半分かな。

　どうするんだよ、とおれは言った。

　ヒマシ油がちょっとあればよくなるんだが、と奴は言った。

　そうとも、ヒマシ油は下剤だ。それがあれば腸の中の食い物がびしゃびしゃの汁になって排泄《はいせつ》される。おれはすぐさま飛びだし、走って農場本部の衛生所に行ったが、医者はおれをこう罵った。みんな腹を下して腸までひりだそうってときに、下剤がほしいだって。お前にやる下剤がどこにあるっていうんだ！

医者の言うことももっともだ。農場で病気になる奴はほとんど、不潔なものを食って赤痢《せきり》になる。腹を下して寝床から起きられなくなって、数日で死ぬ奴もいる。

おれはがっかりしてほら穴に戻り、文大業に言った。まだ生きたいか？　生きたいならほじくってやるぞ！

まだ夾辺溝にいたころ、おれたちは互いに糞団子をほじくり合った。常軌を逸した重労働でおれたちの体は萎《しな》びきっていたし、毎日支給される一二両*の穀物では重労働に必要なエネルギーが得られないので、生きるために、おれたちは米ぬかやら木の葉やら草の種やら、およそ栄養のありそうなものならなんでも腹に入れて満たした。この手のものは消化がよくない。そのうえおれたちの胃腸にはとっくに油気がなくなっていたせいで、排泄がものすごく苦痛だった。毎回、便つぼに何時間もしゃがみ、全力を振り絞ってようやくいくつかの糞団子をひりだす。あるとき、お前のげっぷは草のにおいだ！　と悪態をついた奴がいた。つまり、お前は人でなし、草を食う畜生だってことだ。そのときおれたちが出してたのは、ロバの糞と同じような草団子だった。おれたちはしょっちゅう便つぼの上に何時間もしゃがんで、糞団子すら出ないときは、お互いに助け合い、協力しなけりゃならなかった。一人が地面に這いつくばって尻をあげ、もう一人が後ろからほじくる。ほとんどの奴が専用の道具を持ってたんだ。硬い紅柳《ホンリウ》〔ギョリュウ〕の枝を削って木べらにしたもので、耳かきみたいな形だが、耳かきの何倍も大きい。専用の道具を作ってない奴は、飯《めし》用のスプーンの柄でほじくるしかなかった。

文大業がおれに話したとき、事態はかなり苦しいところまできていた。下腹はまるまるとふくらんでいるのに、排泄できない。おれはすぐに奴と一緒にほら穴の外に出ていき、奴が盛り土の上で這いつくばって尻をあげると、おれは後ろにひざまずいて作業をした。だが、長い時間をかけても、なにもほじくりだすことができなかった。文大業の腹の中にはたくさんの菜っ葉や草の種なんかの代用食が呑み込まれていて、「粉湯」はそうした代用食と一緒にくっつき、かちかちのかたまりができあがっていた。かちかちのかたまりの直径は肛門の直径よりはるかに大きく、肛門をふさぎ、どうしてもほじくりだすことができない。おれはこのかちかちのかたまりをつついて崩《くず》し、粉砕しようとしてみたが、うまくいかなかった。専用の道具に力を入れると、そのかちかちのかたまりはすぐに動き、力を込めることができないし、しかも文大業は痛みをこらえきれず、うめきつづける。ついにはおれの専用道具で奴の肛門は血まみれになり、ひどい有様だったが、かちかちのかたまりは、まったくもとのままだった。

　文大業の腹は次第に大きくふくらみ、五、六日後に「ふくれ死に」した。おれたちはその遺体を布団でくるんでほら穴の外に担《かつ》ぎだし、午後に農場の埋葬班の連中が奴を馬車に積み込み、北側の山水溝の出入り口まで運んで埋葬した。

　おれたちのほら穴で、唯一不潔なものを食わないのが董建義だった。董建義は省の人民医院の泌尿器科医で、上海人だ。たしか上海のどこかの医学校を卒業してたはずだ。まだ夾辺溝にいたときに、おれはあいつと知り合ったが、話をしたことはなかった。おれたちはちがう隊だったんだ。一九五九年の国慶節の前夜、農場はおれたちを集めて酒泉労働改造分局の「建国十周年労働改造成果展」を見るため酒泉に行かせた。ある食堂で飯を食ったとき、おれたちは一緒の席に坐った。夾辺溝の右派たちは、だいたいみんないくらかの金と配給切符を身につけていた。それはもともと家から持ってきたものだが、労働矯正農場では食事の増量が許されないせいで、けっきょく使うことができない。外出にありつけたときに、食堂に出くわしさえすれば、かならず食う機会を逃さなかった。残念ながら当時の食堂の飯も配給制で、半斤〔二百五〇グラム〕の粟の飯か饅頭《マントウ》一つしか売ってなかった。ひと口でも多く食うために、時間さえあれば、一軒の食堂で食った後にまたべつの食堂に行く連中もいた。

＊　原注：旧式のはかりで、一斤（五百グラム）は一六両である。

その日、食堂で飯を食ったとき、おれたちはちょうど一緒の席に坐ったので、奴と話をして、あいつが一九五六年の大西北の建設を支援する運動のときに、みずから志願して蘭州に来たことを知った。あいつはもともと上海のある病院で医長をしていて、蘭州に来てからは省の人民医院で泌尿器科の主任医長をしていた。奥さんも上海の病院の医者で、その年ちょうど子どもを産んだので、奴についてこなかった。奴はこう言ってた。奥さんは一人娘で、実家の両親に上海から離れることを大反対された、でなきゃ来てたってね。

董建義は三十四、五歳くらいだった。

食堂で飯を食ったときの、あいつの品があって知的なたたずまいは忘れがたい印象を残した。たしか食堂から出て、右派たちが整列集合して夾辺溝に戻る道すがら、おれはべつの奴にこう言ったんだ。董建義は長生きできないだろう。あいつのよく嚙んでゆっくり呑みこむ食べ方はなにを食ってもうまくなさそうだ、だから長生きできないってな。そばのだれかがこう言った。まったくお前の言う通り、あいつは食い物にひどくこだわる。人が山菜を掘ったり草の種をしごいたりネズミを捕まえたりして、腹を満たせるものならなんでも食うのに、あいつは不潔なものをいやがり、不衛生だといって食わない。あいつは食堂で出されるようなものしか食わないんだ。

それからしばらくのあいだ、あいつを見かけることがなかったので、死んだものと思っていた。ところが明水に来てから、あいつはまた現れ、しかもおれと同じほら穴に住んだ。顔を合わせたとき、おれはこう訊いてしまった。老董《ラオドン》、まだ死んでなかったのかい？　あいつはちょっと笑って言った。なんでそんなこと言うんだ？　あんたは食い物にこだわってただろ。長いこと見なかったから、死んだと思ってた、とおれは言った。奴の話では、肝硬変になって、農場本部の医務室に三か月入院していたそうだ。

明水に来てからも、董建義はやっぱり不潔なものを食べなかった。夾辺溝にいたときは、労働があまりにも過酷だったうえに、腹いっぱい食べられず、みんな毎月二四斤の籾《もみ》つきの穀物を食べていたんだが、そのせいで、いくらか死人も出た。明水に来ると、穀物の配給量はさらに毎日七両にまで減り、ひと月一四斤に満たず、一日に食べるのは菜っ葉団子と菜っ葉粥だけなので、極度の栄養不足になり、大量死が始まった。死人を減らすため、農場の上役は特別措置をとったんだ。右派たちの労働を中止して、作業時間に湿原に行って草の種をしごいて取ったり、ネズミやミミズを捕まえたりして飢えをしのぐか、あるいはほら穴で寝ることが許されるようになった。その時期、おれたちは山水溝のあたりのネズミやトカゲをみな捕まえて食い尽くし、近くのヤナギとニレの木の葉もすべて食い尽くした。でも董建義はその手のものを食わず、毎日食堂で配給される菜っ葉団子と菜っ葉粥を食った後は、寝床で横になってやり過ごしていた。おれはあいつにすすめたんだ。そんなに上品にしてないで、手に入るものはなんでも食えよ、生きるのが大事だ。奴はこう答えたよ。そんなもの人の食べ物なのか?

　実際、奴が餓死しないでいられたのは、まったく嫁さんのおかげだった。奴が右派と決まって夾辺溝に来てからというもの、嫁さんは二、三か月に一度顔を見に来て、しかもたくさんのビスケットや、粉ミルク、粉末ブドウ糖なんかの食い物や栄養品を届けていた。

　だが、明水に来てひと月で、あいつの体はみるみるうちに衰え、干からびて少しの肉もなくなり、目は落ちくぼんで二つの黒い穴みたいになって、恐ろしかった。足も萎《な》えて歩けなくなり、毎日二回食堂に飯を取りに行く道を、ふらふらしながら歩いていて、風が吹けば吹き飛ばされそうだった。ほら穴で水を飲もうとするときは、ひざまずいたまま、這いずって行った。毎日毎日、布団で横になったままなにも言わず、目は長いこと閉じたままだった。

　十一月中旬のある日暮れ時だ、おれはほら穴の入り口のところで野原から掘りだした辣辣根《ラーラーゲン》をゆでていた。多年性の根菜だ。太いのは箸くらいあって、生で食うとからいが、ゆでるとちょっと甘くなる。董建義がだしぬけにおれのそばににじり寄ってきた。おれは奴が食いたいのかと思って、箸で何本かつまんでやった。それを押しのけてあいつはこう言った。老李、一つ頼みがある。なんだと訊くと、奴は言う。あんたは生きて蘭州に帰れると思うんだ、まちがいないだろう。おれは答えた。どうして生きて帰れるってわかるんだ？　見えないのか、おれの顔はむくんで目も開けられないし、足もむくんで靴だってはけやしない。実際のところ、十一月に入り、ほとんどの人間がこれ以上ないくらい衰弱してた。前に話した魏長海をのぞいてな。毎晩眠るとき、日が変わって朝になってもまた目覚めることができるか、だれにもわからないんだ。二、三日おきに死人が出てたし、しかもみんな寝てるうちに死ぬ。うめきもしないし、わめきもしない。少しも苦しんであがいたりせずに、静かに死んでいく。

　なんだって？　みんなどうして逃げないのかって？　逃げる奴もいた。崔毅も逃げたろう。その後、鍾毓良と魏長海も逃げた。民勤《ミンチン》県供銷社《きょうしょうしゃ》〔購買販売共同組合〕の主任、ええと、そいつの名前は出てこないが、奴も逃げた。けど逃げる奴はけっきょく一部の、数少ない人間だ。大多数は逃げない。逃げない理由は、前に言わなかったか。多くの奴らは上役に幻想を抱いてるんだ。自分が右派になったのはまちがいで、組織がすぐに誤りを正して、名誉回復してくれるってな。それに、労働矯正っていうのは組織がおれたちに試練を与えて、党に対して忠誠を誓うかどうか見てるんだ。もし逃げたら党に忠実じゃなくなるだろう？　革命に背《そむ》くことになるじゃないか？　一瞬の過ちが一生の後悔だ。それを恐れていたから、逃げる奴は少なかったんだ。

　おれは、自分の体もだめだ、もちこたえられないかもしれないと言ったが、董建義はこう言った。老李、あんたはきっと生きて出ていけるよ。あんたはなんとかできる人間だ。おれは驚いて言った。なにができるっていうんだ？　奴は言った。だれかに食べ物をもらってるだろう、知ってるよ。二回あった。孔《コン》隊長が夜にあんたを呼びだして、戻ってきてから布団の中で食べてただろう。夜眠れなくて、全部聞こえたんだ。

おれは返す言葉もなかった。奴の言う通りだった。自分の生活でいちばん知られたくないことを、のぞき見られてたんだ。まだ一九五九年だったが、夾辺溝と新添屯で死人が出始め、みんな手紙を書いて家族にビスケットや麦こがしを送ってもらうようになり、おれもどうやったら飢え死にしないかという問題を考え始めた。いろいろ考えて、おれは孔隊長に取り入ることにした。孔隊長は甘谷《ガングー》県の煉瓦工場から移ってきた幹部で、職位はそれほど高くなく、夾辺溝基本建設隊の副隊長だった。だが、しょっちゅう馬車で酒泉に行っては、農場に生産用具や生活用品を運んできていたし、それに酒泉の郵便局から右派たちの郵便物を取ってくるのも奴の仕事だった。おれはそのころ、こいつは役に立つから、絶対にコネを作りたいと思っていた。そこである日、公安庁の友だちが送ってきた小包を受け取りに奴のところへ行ったんだが、小包の中に食い物はなく、木綿糸と青いビロードが入っているだけだったんで、全部やったんだ。おれは奴にこう言った。孔隊長、こんなものは持ってても使い道がないんです、これで奥さんに服でも作ってあげてください。孔隊長は甘谷県の人で、甘谷県の新生《シンション》煉瓦工場が撤収した後、夾辺溝に移ってきたんだが、嫁さんは異動しなかったんだ。嫁さんのほうがちょっと若くて、二十二、三歳くらいだった。嫁さんは農村の女で、甘谷県から夾辺溝まで会いに来てたから、見たことがある。あいつはおれの渡したものを受け取って、ちょっときまり悪そうに、いくらか憐《あわ》れみを見せてこう言った。これは家族が送ってきた小包だろう？　家族はどうして食べ物を送ってこないんだ？　いまいちばん足りないのは食べ物なのに。おれは奴の話につづけてこう言った。孔隊長、その通りです、本当によくわかってらっしゃる。おれはいま本当に食うことに困ってるんですが、独り身で決まった相手もおらず、両親も年寄りで病気がちなもんで、まちがいを犯してここで労働改造をしてるって知らせたくないんです。そんなわけで、だれも食べ物を送ってこないんですよ。どうやらおれの話は効き目があったようで、奴は言った。だれも食べ物を送ってくれないなら大変だ、暮らしに困るだろう。でも金があるならまだましなんじゃないか。おれは光明が見えた気がしてつづけた。金があってもどんな使い道があるっていうんですか。うちの農場じゃなにも買えない、現金でも配給切符でも饅頭を売ってくれないんじゃ、やっぱり腹が減りますよ。奴は言った。おいおい、窮《きゅう》すれば通《つう》ずだ、農場で売ってなきゃ、酒泉に買いに行けばいいだろう？　酒泉の闇市にはなんだってあるのに。おれは言った。闇市にあっても仕方ない、おれたちのような者は出ていけないですから……そこまで言いかけておれは口をつぐみ、奴の態度をうかがってからつづきを切りだそうと思っていたが、とうとう奴は単刀直入にこう言った。ふん、むずかしいことがあるもんか、おれはしょっちゅう酒泉に行ってる。もし買ってほしいものがあれば言ってくれ、おれが運べば済むことだろう！　奴の言葉は思うつぼだったので、おれはすぐにこう言った。もしそうしてもらえるんなら、本当にありがたいことです。ただちょっと困ったことがあって、もしも助けて解決してもらえたら、もっとありがたいんですが。奴は言った。話してみろ、なんでも困ったことがあれば言ってくれ。そこでおれは奴に話した。夾辺溝に来た最初の日、到着の登録をしたときに、身につけていた一千元の現金と三百元の公債券を全部財務科の人間に渡してしまい、保管されてるんで、いまでは取りだせないんです。なんとかして、代わりに取りだしてもらえないでしょうか。奴は答えた。簡単なことだ、明日おれが取ってきてやる。奴は約束を守り、次の日の日暮れ時、おれを副業隊の事務室に呼びだし、金を受け取ったと言った。どうやって取りだしたのか訊くと、奴は財務科の人間にこう言ったそうだ。おれの実家の親が病気になったんで、おれが金を送って病気を治さなきゃならない。すると財務科はおれの代わりに奴に署名させて、金と公債券を渡したらしい。おれは金と公債券を受け取ると、すぐに三百元の公債券を奴に渡して言った。おれがいるのは現金です、公債券は差しあげますよ。満期になったら引きだして家計の足しにしてください。奴は喜んだ。ひと月の給料が四、五〇元なんだ、三百元は奴にとっちゃ大金だっただろう。奴の機嫌がいいのに乗じて、おれはさらに二〇元を引っ張りだして手渡し、酒泉に行ったときに食い物を持ち帰ってくれるように頼んだ。二日後のある晩、おれが寝ていると、孔隊長の呼ぶ声がして、出てこいと言う。出て行って、外の壁のあたりまでついて行くと、奴はおれに紙包みを渡した。奴は焼餅《シャオビン》二つだと言って、だれにも知られるなと釘をさした。それから一週間ごとに、おれは孔隊長に焼餅を持ってこさせて、一年あまりが過ぎた。もちろん、この焼餅二つがあるのとないのとでは大ちがいなんだ。焼餅はそんなに大きくなくて、一つ半斤の重さしかなかったが、おれのひどく弱った体には、欠かすことのできない栄養源で、いままでおれの命を保ってきた。ただ、それから手元の金ももう残り少なくなってきて、しかも健康状態はますます悪化していたので、おれは内心ひどく恐れていた。

おれが無言なのを見て、董建義はまた言った。あんたに一つ頼みがあるんだ、引き受けてくれないか？

おれは言った。話してくれ。

あいつはこう言った。妻が会いに来ようとしてる。だが、わたしはおそらく妻が来るまでもたない……。

おれは驚いて言った。なんでそんなこと思うんだ？　元気じゃないか！

奴は頭を振って言った。聞いてくれ、しまいまで話すから。ここのところ、坐ってると、頭の中が急に真っ白になって、意識がなくなって、目の前のものが消えてしまうんだ。

こいつはよくない現象だ。

おれは言った。ばかなことを考えるな。それは居眠りだよ。

奴はやっぱり頭を振った。老李、やめてくれ、居眠りとめまいの区別はついてる。居眠りはしてないんだ。朝から晩まで寝ても眠れないのに、ちょっと坐っただけでそんなふうに居眠りするか？　めまいだよ。めまいなんだ、もう何度もそうなってる。これは予兆だ……。

おれは言った。居眠りだよ、うたた寝したんだ。

奴は言った。老李、真剣に話してるんだ、聞いてくれ。数日前に妻の手紙を受け取った。妻はもうすぐ会いに来ると言ってる。わたしも返事を書いて、まもなく農場は一部の人間をべつの場所に移そうとしてる、その中にわたしも入ってるから、できるだけ早く来てくれと言った。それから、もし明水に来てもわたしを見つけられなかったら、あんたを探してわたしのことを尋ねるように言ったんだ……。

おれは驚いて大きな声をあげた。老董、なんでそんなことを？

奴はちょっと苦笑した。落ち着け、慌てるな。本当は言わないつもりだったんだ。あと数日待てば、妻に会えると思ってた。今朝起きたら、またためまいがしたんだ。もう待てない、あんたに話すことにした。

おれは言った。ばかなことを考えるな。妄想だよ、嫁さんが恋しくておかしくなってるんだ。

奴はやっぱり苦笑いして言った。口をはさまないでくれ。頼みは簡単なことだ。本当に大したことじゃない、でも、かならずやってほしいんだ。もちろん、妻が来て、わたしがまだ生きていれば、あんたに面倒はかけない。もしわたしがこの数日で死んで、妻がまだ着かなかったら、わたしをくるんでほしいんだ。わたしの布団を使ってくるんで、少し奥のほうに置いてくれ、あそこがいい。

おれたちのほら穴はもともと大きく掘ってあり、そのころ何人か担ぎだされていったこともあって、いちばん奥の暗いところには大きな場所が空いていた。奴はその場所を指さしてつづけた。わたしを何日か置いてくれ。妻が来たら、わたしのことを話して、遺体を上海に運ぶように言ってくれ。

あいつは頼みごとを言い終わると、黒い穴みたいな目でおれを見つめた。引き受けるかどうか問いかけるみたいにな。おれは声が出なかった。そのときは心臓がぎゅっと縮まり、なんて言えばいいかわからなかった。しばらく間があってから、奴はもう一度言った。頼む、助けてくれ。ここに埋められたくないんだ。老李、もとはといえば、妻も、両親も、それに妻の両親も、みんな大西北に行くなと引きとめたんだ。わたしはみんなの言うことを聞かなかった。大西北の建設を支援したい一心で、大西北に来てしまった。本当に後悔してる。みんなの言うことを聞かなかったことを後悔してるよ。その日、董建義はたくさんの話をしたが、最後にこんなことまで言った。ほら穴に置いて三日ほど経っても、もし妻が来ないようなら、わたしを担ぎだして埋めてくれ。さもないと、におって、不潔すぎる。

三日後に董建義は死んだ。おれたちのほら穴で死んだ何人かは、みんな寝てるあいだに死ぬんだ。眠った後、もう二度と目覚めない。董建義はちがった、奴は昼間に死んだ。後のことを頼んでから四日目の午前に、あいつは布団にくるまって寝床の上でおれと話をしてた。嫁さんがもうすぐ来るから、たぶんおれが後始末をする必要はなさそうだと言った。奴がそう話しているときに、頭が膝の上にがくっと垂れて死んだ。そういう死に方を映画で見たことがある。芸術的な誇張なんだと思っていたが、董建義が死んでから確信したよ。芸術は真実だって。死者の頼みにしたがって、おれと晁崇文は奴を羽毛布団と毛布でくるんで、ほら穴のすみに押し込み、嫁さんが引き取りに来るのを待った。

あんなことになるとは思わなかったんだ。いつも、それぞれのほら穴でだれか死んだら、入り口のところに積みあげておくと、農場の埋葬班が運んで行って埋葬する。だが董建義が死んだ翌朝にかぎって、農場の劉《リウ》農場長がみずから人を連れて、死体をかたづけに来ちまった。奴は大声でほら穴の検査を命令して、董建義を見つけだすと引きずりだし、山水溝の崖の根元に運んで埋めてしまった。董建義の嫁さんに説明するために、おれは埋葬班について行き、埋めた場所を見たんだ。

一日経って、おれたちは劉農場長がみずから人を連れて死体をかたづけに来た理由を知った。この日の昼、山水溝には突然、数人の招かれざる客がやって来た。奴らはほとんどが軍のコートを着ていたが、軍人ではなく、その中の二人は女だった。連中は一つずつほら穴と地下の穴に入っていき、右派たちと話をし、どこの所属先から来たのか、来てどれくらいになるのか、どんなまちがいを犯したのか、毎日どのくらいの食糧を食べているのか訊いた。奴らが去った後まもなく、情報が伝わってきた。中央のある作業班がやって来たんだが、それは中央監察部の副部長が連れてきたもので、夾辺溝の状況を調査しに来たという。噂によると、ある右派がその副部長と知り合いで、二人は話までしたらしい。副部長は女だという。

この噂は本当にみんなの心を勇気づけ、みんな中央が夾辺溝の問題を解決してくれて、右派たちは明水を離れて家に帰れるんだと思った。すでにある程度時間が経っていたが、――というのはまだ夾辺溝にいたころにも、すでにこういう噂があったんだ。夾辺溝でたくさんの人間が餓死していることは、中央も知っていて、中央は夾辺溝の問題を解決しようとしているって。何日か過ぎたが、なんの動きも見られないので、みんなの気持ちはまた沈んでいった。

夾辺溝の右派たちが家に帰ったのは、一九六一年一月のことで、その副部長がやって来たことと本当に関係があったんだが、やっぱり董建義の話に戻ろう。おおよそ董建義が死んで五、六日経ったある日の午後、嫁さんが明水に来た。その女は高台駅で列車を降りると、あちこちで道を訊きながら、明水郷の山水溝までやって来たんだ。嫁さんが董建義はどこにいるのか訊いたので、だれかがおれたちのほら穴まで連れてきた。

おれの寝床は入り口の近くで、まずだれかが董建義の名前を呼ぶのを聞いた。その声は聞き慣れず、女のようだった。おれは董建義を呼んでるのはだれだ、と訊いた。

わたしです、董建義を呼んでるのはわたしです。

にわかに驚き、おれはその女がだれだかわかった。おれは慌てて立ちあがり、その瞬間ほら穴の高さを忘れて、頭を穴のてっぺんの硬い土にぶつけた。だが痛みにかまう暇《ひま》もなく、小声でほら穴の右派たちに老董の妻が来たと伝え、それから穴の入り口に向かって言った。おお、あんたは……、入ってください。

　ほら穴の中は、つむじ風が巻き起こったようだった。寝ていた者は慌てて坐り、服を着る者、布団をひっぱりあげる者、あたり一面がさごそと音が入り乱れる中、穴の入り口のむしろがめくりあげられ、女が階段から這いあがってきて、ほら穴の中に入った。その女の頭もてっぺんの壁にちょっと当たり、女は顔をおれに向けて、腰をかがめて言った。上海から来たんです、顧暁雲《グーシアオユン》と申します。董建義に会いに来たんです、あの人はここにいますか？

　ええ、そうです、ここです。ここですが、このたびは……。

　実を言うと、おれはこの数日というもの、嫁さんが来たらどうやって話せばいいか考えていなかった。というのも、董建義が死んで六、七日にもなるので、嫁さんはきっと農場の出した死亡通知書を受け取り、来るのをやめたんだろうと思っていたんだ。いまその女が突然入ってきて、おれは慌てふためいた。女はおれの慌てぶりを見てとった様子で、顔にいぶかしげな表情を浮かべて言った。どうしました？　あの人はいませんか？

　おれは答えず、あいまいにうなずき、すぐに顔を仲間たちのほうに向け、奴らからなにかいい考えを得ようとした。だが奴らは静かに坐っているか寝ているかで、目はおれをじっと見つめたまま話もしない。おれはいっそう慌てて、その女に言った。坐って、坐ってください。あの、董建義の奥さんですか？

　その女は、そうです、董建義の妻です、と答えたが、坐らなかった。女の目は四方を眺め、ただならぬ雰囲気を感じ取ったかのように、問い詰める視線をおれの顔に向けて言った。あなたは李文漢さんでは？　おれは、そうです、李文漢です、と答えた。女はふたたび言った。ああ、李にいさんでしたか、それならよかったです。老董が手紙でこう言ってました。もし明水農場にいないときは、李文漢を探せって。あなただったんですね？　おれがうん、うんと答えていると、女はつづけた。老董の手紙を受け取ったんです。あの人が言うには、おそらくほかの場所に移されるから、来られたら来てほしいって。前に何度か会いに行ったときは夾辺溝でしたけど、明水には来たことがないから、それで来てみたんです。もし新しい場所に移されたら、落ち着いてから行くのでは、時間がかかりすぎますから。李にいさん、老董は移ったんですか?

出かけてます。老董は出かけてるんです……。おれはでたらめに答え、その女の視線を避けて地面に這いつくばり、自分の寝床の端っこをはたいて言った。坐ってください、まず坐って。おれの寝床はとても不潔だったが、おれが布団をはたいたり、掛け布団をかたづけたりしたのはきれいにするためではなく、その時間を使って女にどうやって董建義のことを話すか考えるためだった。

女は腰を下ろした。手には大きくふくらんだ格子柄の鞄を下げており、鞄を置くと、女は頭に巻いていた緑色の絹のスカーフを取って、顔をあげておれを見た。典型的な南方人で、丸く突きでた額、くぼんだ目、あかぬけた面持《おもも》ちに、尖った下あごの顔立ちだった。董建義は、妻は三十歳なんだと言っていたが、おれには二十五、六歳くらいにしか見えなかった。その女に董建義のことを話すのが耐えられず、おれは慌ただしく湯飲みを洗いに行き、それから湯を入れようとした。寝床の前には魔法瓶があり、それはおれのだったが、持ちあげて振ってみると空っぽだった。おれは言った。まず坐ってください、お湯を入れてきますから。おれは湯を汲《く》むのを口実に出て行こうとした。そうすればどうやって話を切りだすか考える時間が十分に稼げるからだ。だが女は言った。結構です、結構です。李にいさん坐ってください、話をしましょう。老董はなにをしに行ってるの、何時に戻ります?　おれはほかの連中に向かって訊くしかなかった。おい、だれか湯を持ってないか、顧さんに入れてくれ。おれはある右派たちの中には自前の魔法瓶を持っている者もおり、自分の寝床の前に置いていた。おれはある右派の魔法瓶から湯を入れ、湯飲みを自分の寝床のそばのトランクの上に置いて言った。顧さん、おれがねえさんと呼ぶべきですよね?　老董はあなたが三十歳だと言ってました、おれよりいくつか年上ですから、おれのことは名前で呼んでください。女は少し笑ってなにも言わなかったが、いささかきまり悪そうな様子を見せ、それから言った。小李《シァオリー》にいさん、＊それで老董はどこに行ったのか、ご存じない？　おれは言った。顧ねえさん、老董のことを詳しく話しましょう。けれども話を聞いてあまり悲しまないでください。老董は逝ってしまった。逝って七、八日経ちます。

　女を前にしたわずかなあいだに、おれは心に決めていた。本当のことを言わなければならない、隠すのはだめだ。ただ、こんなやりとりは女にとってあまりにも残酷なので、おれには耐えられなかった。心の動揺を隠すため、おれはすぐに顔を穴の中のほかの連中に向けて言った。そうだろう、老董が逝って七、八日だろう？　老晁《ラオチャオ》、そうだろう？　だがだれも答えず、奴らは静かに坐り、息をひそめてその嫁さんを見ていた。

　おれは嫁さんが大声で泣きだすのを恐れていた。だが女は少しも動かずに坐ったまま、目はじっとおれを見つめ、顔にはなんの表情も浮かんでいない。おれの話が聞こえなかったのか、それとも「逝った」の意味がわからないのか、そこでおれはもう一度言った。顧ねえさん、言ってることがわかりますか？　……老董は亡くなって七、八日経つんです。

　女はわっと泣きだした。本当はおれの話を理解していたのに、突然降ってわいた悲しみをこらえてたんだ。こらえきれなくなって、ついに声をあげて泣きだした。

　それは腹の底から絞りだすような泣き声だった。最初の泣き声は噴きだすかのようで、おれの心も震えた。それから女は格子柄の鞄の上に突っ伏して、おいおいと泣きつづけ、涙は女の指のあいだから流れ落ちた。その泣き声はあまりに痛ましくて、おれの心はとっくに石のように固くなっていたが、

＊　姓の前に「小」をつけるのは、年少者に対する親しみを込めた呼び方。ここでは同時に「にいさん」と敬意も表しているが、そうした呼称は一般的ではない。

——というのも考えてみてくれ、仲間たちが一人一人死んでいって、おれの心はとっくに麻痺して、なにが悲しいかもわからなくなっていたんだ。だが女の泣き声は心に染《し》みて、おれの目から涙が流れた。たしかに、女の泣き声は心を打った。考えてもみろ。女が一人で、三年ものあいだ、二、三か月に一度、労働矯正にいる夫に会いに来て、食い物や着る物を運んでたんだ。一体なんのためだ？　愛情だろう。夫婦の情だ、奴が出てきて一家団欒《だんらん》するのを待ち望んでたんだ。だが女の希望もだいなしだ。夫が死んだんだ、悲しいに決まってる。しかも、そのころ上海から河西回廊の高台県まで来るのはものすごく大変だったんだ。わかるだろう、いまなら上海からウルムチまでの急行に乗れば、二日二晩で高台に着く。だがそのころは、鉄道がやっとハミまでつながったが、その路線には普通急行すらなく、鈍行しかなかった。「おいぼれ牛がおんぼろ車をひっぱる」みたいなもんだ。女は上海から出てきて、何度も乗り換え、五、六日かけてやっと高台に着いた。女が一人、長旅で疲れ果てて、数千里も越えて夫に会いに来たのに、夫はいない。死んじまったんだ、耐えきれるか？　泣かずにいられるか？　おれは涙を流した。本当に涙を流した。おれたちのほら穴のほかの右派も、ひそかに涙を流しているのをおれは見た。おれたちはたしかに、その嫁さんの泣き声に心打たれてたんだ。

おれは嫁さんがひとしきり泣いて、最初の悲しみや苦しみ、つらさを吐きだすのを待ってから、声をかけた。顧ねえさん、泣かないで。あまり悲しんでは体を壊してしまいますよ、まだ上海に帰らなければいけないんですから。おれがこんなふうになだめてもまったくなんの役にも立たず、女はやはり大声で泣き叫んだ。それからおれは言った。顧ねえさん、老董のことを話したいんです。老董は亡くなる前、おれにあることを頼みました、それをお伝えします。女はこのときようやく大声で泣き叫ぶのをこらえ、坐りなおし、しゃっくりのようにすすり泣きながら、おれを見た。そこで、おれは董建義が亡くなる前後のことをひと通り話した。おれは董建義が死ぬ過程を重点的に話し、董建義が死ぬときには痛みはなく、おれたちと話しているときに突然呼吸が止まったと告げた。おれたちは奴のトランクの中の真新しいラシャの制服を着せてやり、奴の布団と毛布でくるんで、墓地に埋葬した、と。

董建義の言っていた、大西北に埋葬されたくないので、嫁さんに遺体を持ち帰ってもらいたいという話は、黙っておいた。おれはただこう言った。老董の死後、遺品は農場の管理教育科が持って行きました。もし今回持って帰りたいなら、農場本部で管理教育科を訪ねればいいし、もし持って行かないなら、連中はおそらく大事なものを郵便で送り、そのほかのものは廃品として処分するでしょう。

女はまた大声で泣きだし、泣きながら言った。あの人はもういないのに、そんなものもらってなんになるんです?

女は長いあいだ泣きつづけ、それから泣きやむと、格子柄の鞄を開けて、いくつもの紙袋を取りだし、広げて寝床の上に並べた。それから言った。李さん、このシャツ二枚は上海で買いました、老董のために。老董が逝ってしまって、着る人もいないから、記念にお受け取りください。言いながら、女はまたしゃくりあげて泣いた。泣きながらつづけて言った。ここにセーターも一枚あります。自分で編んだんです。ひと針ひと針編んだものですから、自分で持って帰ります。それから女はビスケットやら、干し肉やら、カステラやらの食い物を指して、声を張りあげた。ここにあるものは、みなさんで食べてください。

もし普段なら、だれか右派の家族が会いに来れば、その周りをたくさんの人間が囲み、ひとかけらのビスケットやひと口の麦こがし、あるいはタバコ一本でももらおうと期待するんだが、この日の状況は信じられないものだった。みんな自分の寝床に坐ったまま動かず、つつしみ深い態度を見せたのだ。だれかがもったいぶって上品な口ぶりで言った。結構です、甘いものは苦手ですから。女に再三すすめられ、ようやくだれかがこう言った。上海に戻る道中で食べないんですか? その嫁さんは言った。わたしは大して食べられないから、ビスケットがいくつかあれば十分です。列車でお弁当を買うこともできます。でもあなたたちは買うところがないでしょう。

　ごもっともです、それじゃ遠慮なく。声の主は立ちあがり、腰をかがめて歩いてきて、ふたつのビスケットを取って口に放り込んだ。どうしたことか、そいつは呑み込むやいなや咳《せ》き込んだので、だれかが笑って言った。気をつけないと、喉をつまらせて死ぬぞ。そいつはむせて涙を流しながらも、食い物は呑み込んだ。奴は涙をぬぐって言った。喉をつまらせたって食うぞ、うちの嫁さんに顧ねえさんを訴えさせるさ。みんなは笑い、その女もほんのすこし口元を動かした。笑い声の中、みんなはようやく食い物を取りにやって来た。歩けない者は膝をついて這ってきて、その汚れた手を食品の入った袋に伸ばした。おれは慌てて大声を出した。おい、ちょっとは遠慮しろ、顧ねえさんに道中で食べるビスケットをひと袋残しておけよ。だが最後におれの寝床に残ったのは、粉々になったパン屑だけだった。その嫁さんはおれに言った。どうぞみなさんに食べていただいて。どうぞみなさんに、わたしは列車でお弁当を買えばいいんですから。

　連中が老董の嫁さんの前で我先に飲み食いしようとするのは、品がなく、あまりにも見苦しいと思い、おれは申し訳なくなって言った。顧ねえさん、わるく思わないでください。おれたちは本当に飢えていて、なりふりかまってられないんです。女はため息まじりに言った。みなさんのせいではないわ……。

　みんなは食い物を食い終わると、自分の寝床の上に戻って行って坐ったが、ビタミン入りの粉末ブドウ糖を手に抱えて、ひと口ずつ舐めている奴もいた。そのとき嫁さんがふたたび口を開いた。ここにおられる兄弟のみなさん、あなたがたは老董の友だちです、老董が生きていたあいだ、あなたがたが助けてくださったことに、本当に感謝しています。ただあと一つだけ、みなさんに助けていただきたいことがあるんです……。女はここまで言うと黙り、みんなを見つめた。みんなも静まりかえって女を見つめ、つづきを待っていると、だれかが催促して言った。言ってくれ、なんでも言ってくれ。

女はようやくつづけて言った。今回、老董に会いに来て、あの人がいないなんて、顔も見られないなんて、まったく考えもしませんでした。だから、どうかわたしをお墓に連れて行って会わせてください。あの人のお墓を掘るのを手伝って、あの人にひと目会わせてください。そうしたらわたしはあの人を故郷に帰してあげたいと思います。どうかみなさん、手伝ってください。すぐさまだれかが言った。よし、お安い御用だ。深く埋葬されてるわけでもなし、たいした手間もかからずに掘りだせるだろう。だがおれはびっくりして、慌てて言った。顧ねえさん、それはだめだ、老董の墓は掘っちゃいけない。

女はいぶかしげに言った。どうして?

おれは言った。考えてもみてください、土に埋葬してまだ七、八日です。体は腐敗し始めてるが、でもすっかりそのままだ。それを掘りだしてどうやって運ぶんです、列車は乗せてくれるんですか?

女は固まった。

おれはつづけた。だめですよ、その思いつきはよしたほうがいい。墓を移すのは死んだ犬や豚を運ぶような簡単なことじゃないんです。

女は言った。じゃあどうしたらいいんです?

おれは言った。もし本当に墓を移したいなら、何年か経ってからまた来ればいい。そのときなら骨になったあいつを連れて帰れるでしょう。

女は黙り、考え、しばらくしてから言った。どうしようもない?　本当になにかいい方法はないんですか?　それなら言う通りにしましょう。わたしは二年経ったらまた来ます、三回忌に間に合うようにお墓を移します。

おれは言った。三回忌でもだめです、体が土の中で腐敗するには時間がかかる。三回忌ではおそらく短すぎます。つづけて、親しげに、だが真剣な口調で女に語りかけた。焦ってもどうにもならない。

どうせ今回は連れて帰れないんだから、何年か経ってからまた来ればいいんです。「土に還れば安らかに眠る」って言うでしょう。あいつは土に還ったんだから、もう穏やかに過ごしてる、慌てて墓を移さないほうがいいですよ。

女は言った。わかりました。あなたの言う通り、何年か経ってから来ます。今日はあの人のお墓に連れて行ってもらって、ひと目見られれば、それでわたしは帰ります。

おれの心臓がどくんと鳴った。それこそいちばん恐れていたことなんだ。おれは頭を働かせながら言った。顧ねえさん、老董の墓には……行かないほうがいい。

女の目にたちまちいぶかしげな表情が浮かんで言った。どうして？

おれは女の視線を避けながら言葉を濁した。なんでもない、ただ……ただの盛り土ですよ、なにを見るんです？

女の顔色が変わり、口ぶりもいささか改まったものになった。小李にいさん、わたしが数千里もかけて大西北に来たのは、あの人に会って……。

おれは幾分うろたえて言った。そうですとも、あなたはあいつに会うために来た。でももうあいつはこの世にいないんです。

あの人はいなくても、お墓参りをするのは当たり前でしょう。

もちろんです、当たり前だ、でも……。

でも、なに？

でも……あいつの墓は……たぶん見つから……ない……。

どうして見つからないんです？

おれは本当になんて答えたらよいかわからなかった。というのも女の顔には疑いの表情が一面に広がり、目はおれを射抜きそうだったからだ。おれは言葉を濁しつづけた。

荒れた砂州はどこもかしこも墓で、めちゃくちゃなんです……、たぶん見つからないでしょう。女は言った。小李にいさん、さっきこう言いましたよね、あなたがたが手ずからあの人をお墓に運んで埋葬したって。たった数日で、もう場所がわからないんですか？

おれの心の中は後悔でいっぱいだった。さっき後先も考えずに話をしたために、いま言葉に窮している。苦しい事態を打開するために、おれは面の皮を厚くして、言ったことをひるがえした。顧ねえさん、さっき言ったおれたちっていうのは、埋葬班のことで、おれやこのほら穴の連中のことじゃないんだ。

女はおし黙り、目はまっすぐにおれを見つめ、疑いの視線を向けていた。おれはつづけて言った。もし疑うならみんなに訊いてみてくれ、だれか老董の埋葬に行った奴がいるか？

女は視線をほかの連中に向けたが、みんな声をあげず、そこで女はまたおれに向かって言った。李さん、あなたが本当にお墓に行ってないのか、わたしにはわかりません。でもどうしてもこのお願いを聞いてください。どうしても老董のお墓を見ておきたいんです。あの人のお墓を見ておかなければ、後でお墓を移しに来たとき、どこにお骨を探しに行けばいいんです？

しまった、女は誤解して、おれが自分を墓に連れて行きたくないのだと、こんな些細な労力さえも惜しんでいると思い込んでしまった。それでおれは後味のわるい気持ちになった。おれはつづけた。顧ねえさん、聞いてください。ここではね、人が死んだら入り口の外に担ぎ出して置いておく。すると専門の埋葬班が馬車で来て、遺体を運んで埋葬し、ほかの人はついて行かない。考えてもみてください。みんな飢えて立ちあがれず、道を歩くこともできないんだ。どこに死人を担ぐ力があるっていうんです？　埋葬班の人間以外、ほかの人間は墓地には行かない。これは本当です。

おれの説明を聞いて、女はしばらくおし黙ってから、また言った。小李にいさん、ではこうしましょう。わたしを墓地に連れて行ってくれれば、自分で一つずつお墓を探します。

おれは言った。墓地に行ったって見つかりませんよ。墓はどれも一緒だ、どれが老董のだって見わけられるんです？

女は驚いて言った。墓石はないんですか？

墓石？　はは、それはいい！　烈士の墓だとでも思ってるんですか？

墓石もないなんて、どうしてそんなことができるんです。そんなの道理に背くことでしょう。亡くなった人の遺族がお墓参りに来たら、だれに紙銭《しせん》を焼けばいいんですか？

おれは両手を広げた。それはおれの知ったことじゃないですよ。そうだ、おれの言ったことがすべて正しいわけじゃない。思いださせてくれてよかった。死んだ人間の体には、たしかに紙の札《ふだ》をくくりつけるんです。名前を書いて、番号をつける、毛筆で書いたやつです。

女は言った。体に紙の札をつけてどうするんです？　土に埋葬しているのに、遺族が来たってどのお墓を掘ればいいかわからないでしょう。

おれは言った。あの人たちがそんなこと考えるもんですか！　あの人たちが番号をつけるのは、数字の統計をとって、帳簿をつけ、上役に説明するためですよ。あとから遺族が来るときに不便かどうかなんて知ったこっちゃないんです。

女はふたたび声をあげて泣きだした。そうしたら、わたしは老董に会えないって言うんですか？

おれはなにも言わず、答えに窮していた。ところが晁崇文が大声をあげた。見つからないってことがあるか？　農場本部に行って、管理教育科を訪ねればいい。埋葬は奴らの管轄だ。奴らは帳簿をつけてるから、どこに埋葬したかわかってるはずだ。

ほかの者も言った。老晁の言う通りだ、管理教育科を訪ねればいい。

嫁さんは涙をぬぐっておれを見た。おれは言った。じゃあ農場本部に訊きに行くといいですよ。

おれたちの住処《すみか》は山水溝の中ほどにあった。おれはその嫁さんを連れて、曲がりくねった山水溝に沿って十数分歩き、南のほうから山水溝を這いあがると、東に一キロあまり行った先にある山水溝を指さして言った。農場本部はあそこです。女がその溝に近づくのを見届けてから、おれはようやくほら穴に戻った。

老李、こん畜生め、お前は本当に人でなしだ！　おれがほら穴に這いあがると、だしぬけに晁崇文の罵声が響いてきた。晁崇文は山西の人間で、一九四六年に地下党に参加したが、そのときたったの十七歳で、高校にあがったばかりだった。解放後、奴は甘粛省の運輸会社で政治活動科長を務めた。あいつは気性が荒っぽくて、目ざわりなことがあるとすぐに口を出して罵った。奴の話によれば、政治活動科長をしているときに、書記に文句を言ったせいで、右派にされたらしい。おれはびっくりして言った。老晁、なぜおれの悪口を言う？　あんたになんかしたか？

悪口だって？　悪口ならまだ軽い！　こん畜生め、お前はろくなもんじゃねえ。おれは聞いててむかついた。老董の嫁さんは泣きながら頼んだじゃねえか、墓に連れて行ってひと目見せてほしいって。そんなの人情に決まってるだろう、だんなが死んだんだ。嫁さんが墓参りをして、だんなの墓がどこにあるか覚えておけば、あとで墓参りするにも墓を移すにも便利じゃねえか。こん畜生め、たった数歩の手間なのに、お前は行こうとしねえ！　見つかりっこねえだと？　お前が見つけられねえって？　あの日董建義を埋葬したとき、お前がついて行ったんじゃねえのか？　お前はどこに埋めるか見たいって言ってたよなあ、嫁さんが来たら説明できるようにって。嫁さんが来たのに、お前は知らないだと？　いったいなにを隠してやがる？　お前ってやつは本当に畜生だ！

おれは辛抱づよく晁崇文が罵り終わるのを待ち、それから奴に怒鳴り返した。てめえの臭い口を閉じろ、こん畜生め、その口はなんだってそんなに汚えんだ！　おれがあの女を連れて墓を見に行かなかったのには、もちろんそうしなかったわけがあるんだ、てめえの知ったことか！　本当のことを言うとな、あの嫁さんがここにいるあいだ、おれはてめえが余計な口出しをして厄介ごとを起こすんじゃねえかと思ってたんだ！

余計な口出しだと？　でたらめを言うな！　お前がおれの口出しを恐れてるのがなんでかって？　お前があのセーターをほしがってるのをばらされるのを恐れてるんだろう？　あの嫁さんがあのセーターをお前にやったら、連れて行ってやったんだろう。

ばかを言うな！　おれは本当に頭にきて、奴を罵った。てめえになにがわかる！　二日前、溝の端に辣辣根を掘りに行ったら、老董の遺体が荒れ野に捨てられて、丸裸で砂州にほったらかされてるのを見たんだ。あいつの服は引っ剝《ひば》がされて、布団と毛布も見当たらねえ。

そんなことが？　晁崇文はそう言って、驚きで目を見張った。

西北師範学院歴史学科の章教授が言った。だれかが持っていって食べ物と交換したにちがいない！　あの日わたしは反対しただろう、あのとき言ったじゃないか。ラシャの服を着せないほうがいい、羽毛の布団でくるまないほうがいいって。お前たちが聞かないから！

おれは言った。教えてやろう、もっとくそったれなことになあ！　老董の尻の肉がだれかにえぐり取られてたんだ！

本当か？

信じられないだろう、嘘だと思うなら見に行けよ。お前らを騙《だま》してなんになる？　ふくらはぎもだれかに何箇所か削り取られてた。

だれがやった。こん畜生め、そんな罰当たりなことをしたのはどいつだ？　晁崇文が大声で怒鳴った。魏長海、お前じゃねえのか？

魏長海は数日前、死体の肉をえぐり取ったかどで隊長に縄で縛られて閉じ込められ、この二日ほどで、縄でくくられて壊死《えし》しそうになった腕が治りかけたところだった。晁崇文に怒鳴られ、奴は慌てふためいて言った。老晁、濡れ衣を着せないでくれ！

晁崇文が言った。濡れ衣だって？　くそったれ、お前がやったに決まってる！　王院長はお前がやったんだろう？

魏長海は声を張りあげた。老晁、それは濡れ衣だ。王院長のことはまちがいを認めるよ、だがおれは二度とそんなことはしてない。この数日腕が腫《は》れて外にも出られないほどだったんだ、そんなことできるか？

晁崇文が訊いた。外に出てないって誓って言えるか？

おれは慌てて口をはさんだ。老晁、おれが保証する、そいつは外に出てない。飯すらおれが取りに行ったんだから。

晁崇文は言った。じゃあだれの仕業だ？　くそったれ、みんな畜生になっちまって！　虎だって子を食わないっていうのに、人が人を食う。そんな奴は人って言えるか！

みんなおし黙り、おれはつづけて言った。お前はなにを隠してやがるって訊いたな？　教えてやるよ、このことだ。見に行ってみろ、死体はかちかちに凍りついて、ひからびて、丸裸なんだ、おれはあの嫁さんが見たら耐えられないと思ったんだ！

晁崇文は口をつぐみ、しばらくしてから言った。それならあの女を農場本部に訊きに行かせるんじゃなかった。

おれは冷たく言ってやった。てめえが行かせたんじゃねえか、おれのせいか？

晁崇文はなにも言わず、ただ、にくらしげにため息をついた。

すでに日は落ち、おれたちのほら穴から外を見ると、向かいの崖のへりにわずかに夕日が差し込んでいるほかは、山水溝はぼんやりと暗い影に覆われていた。おれたちは食堂に菜っ葉粥を取りに行き、食い終わるとすぐ横になった。

食ったら寝て、むだな動きを控え、エネルギーの消耗を最小限に抑えるのはみんなの常識だった。

だが、まだ眠らないうちに、むしろの動く音が耳に入った。おれは訊いた。

だれだ？

わたしです、小李にいさん、また来ました。

あの嫁さんの声だった。おれは坐って服を着ると、同時に、おい、老董の嫁さんがまた来た、どうする？　と低くささやいた。晁崇文の声がこう言うのが聞こえた。なら入れてやろうぜ。おれはほら穴の入り口に向かって言った。どうぞ、お入りください。

　空はまだ完全に暗くなっておらず、穴の入り口のむしろがすこし斜めに傾くと、ほら穴の中におぼろげな光が差し込み、人間の影が階段を這いあがって来て、立ち止まった。おれにはわかった。ほら穴の中が暗すぎるので、なにかにぶつかるのではと恐れているのだ。おれは女に待つように言い、石油ランプを灯し、それから訊いた。会えましたか？

　小さな明かりが女の顔を照らすと、その顔が真っ青なのが、ぼんやりと見えた。女は悲しげに言った。李にいさん、やっぱりあなたに頼むしかないんです。どうか助けて……。

　女は言葉をつづけることができず、泣きだしそうになり、涙が目にあふれた。おれは急いでなだめた。泣かないでください、泣かないで。坐って、坐って話しましょう。どうしました、だれもいなかったんですか？

　女は目をこすりながら坐り、さっきと同じくおれの寝床の片隅に腰を下ろした。おれは女の向かいにしゃがんだ。おれたちのほら穴の中で立つのは骨が折れる。天井が低いせいで、ずっと腰を曲げてないといけないからな。

　それから女は言った。農場本部にある、芨芨草《ジージーツァオ》〔ラクダガヤ〕で編んだむしろを立てかけて作った小屋で、管理教育科のある幹部が死亡者の登記簿をめくって調べ、董建義は死んだ、七日経ってる、だがどこに埋葬したかはわからないと答えた。女はその幹部に埋葬班の者に尋ねるよう頼み、幹部は段雲瑞《ドワンユンルイ》という男を呼んだ。だが段雲瑞は氏名と死亡年月日の登録を担当しただけで、墓地には行っていないと言う。そいつにほかの者を呼びに行かせたが、一人は不潔なものを食べて死に、もう一人は病状が重くなって医務室に入院中で、あとの三人は歩けず、ほら穴で寝てると答えた。

新任の埋葬班も、前のことまではわからない。女は事務室で長いあいだ泣きつづけ、董建義の亡骸《なきがら》が見つかるまで上海には帰らないと言った。その管理教育科の幹部はだしぬけに怒りだし、こう言った。おや、帰らないって？　それはいい、あんたが泊まるほら穴を手配させよう。好きなだけ泊まるがいい！　女は黙って、やはり泣くしかない。そいつはつづけて言った。本当に帰りたくないんだな。じゃあ教えろ、お前は上海のどこの所属だ？　女は言った。所属を訊いてどうするんです？　そいつはつづけた。お前の所属先に手紙を書いて、警備科に引き取りに来てもらうんだ。お前らみたいな大都市のお嬢さん奥さんがたは、だんなの思想が反動的で、労働矯正送りでも、一線を引こうともせず、ここまでやって来て大騒ぎだ。これは政治的立場の問題だぞ。政府を威嚇《いかく》し、プロレタリア独裁を威嚇してる。お前の所属機関に通達して、教育してもらわねばならん。そいつがこう話すのを聞いて、女は怖くなって泣きやみ、なにも言えず、それでおれを訪ねに戻ってきた。小李にいさん、どうか助けてください。女は泣いて頼み込んだ。

女の話を聞いて、おれはほっとした。おれは言った。どうしたらいいんです？　女は言った。明日、わたしを墓地に連れて行ってくれたら、老董のお墓を探してみます。おれは言った。どうやって探すんですか、墓は何百も、何千もある。あちこちどこも埋葬されてるうえに、風に吹かれて平らになってる墓もあるんです。盛り土すら見つからないのに、どこを探すんです？　女は言った。一つずつお墓を掘り返せば、老董のお墓が見つかるはず。おれは言った。それでいいんですか？　あんたにそんな腕力なんかあるはずがないし、もしあったとしても、掘り返せないでしょう。一人の人間を探すために、全部の墓を掘り返すなんて、やっていいことなんですか？

女はしくしくと泣き出し、泣きながら言った。小李にいさん、じゃあほかにどんないい方法があるっていうんです？

おれは言った。いい方法だって？　見つからないものは見つからないでしょう。あんたは顔を見に来て、あいつの状況を知って、身内の情を尽くしたんだ。老董も安らかに眠り、安心して旅立てる。それで十分でしょう。いいですか、家族の墓が見つからないのはあんた一人じゃない。今夜はここで一晩我慢して、明日の朝は駅まで急いで列車に乗りましょう、上海に戻るんですよ。

女はしくしくと泣きやまない。泣きつづけるのにかまわず、おれは自分の布団を敷きなおして声をかけた。おれの寝床で寝てください、おれはあっちで寝るから。それからコートを取りだして、べつの右派のところにもぐり込んで一緒に寝た。夾辺溝の農場には面会客を泊めるための客室がいくつかあったが、明水にはそんな設備はなく、農場本部が芨芨草で編んだむしろでいくつかの小屋を作って事務室にしているほかは、すべての労働矯正犯と幹部が地下の穴かほら穴に住んでいた。家族が会いに来ても、労働矯正犯のあいだにもぐり込んで寝るか、坐ったまま朝を待つしかなかった。

おれは眠った。老董の友だちとして、おれは自分の寝床を奴の嫁さんに譲るべきだと思ったんだ。だいぶ経ってから、頭をあげて見ると、女はまだ寝床の上に坐ったままだった。おれは、きっと布団が不潔なのが嫌なんだろうと思った。もう丸三年、布団をほどいて洗っていなかった。掛け布団は見るも無残に汚れており、しらみがいっぱいわいていた。女のすすり泣く声が、まだかすかに聞こえていた。

その夜、女が寝たのかどうかわからない。朝、おれが目覚めたとき、女はやっぱり同じように坐っていたが、掛け布団を一枚、ラシャのレーニン・コートの上から巻きつけていた。寒いに決まってる。まだ真冬の季節ではなかったが、高台の夜の気温はもう零下一七、八度まで下がっていた。ほら穴の中には暖を取るストーブもなく、穴の入り口にある一枚のむしろが風をさえぎっているだけだった。

そうだ、暖かいストーブには、もう三年もお目にかかってない。

おれは起きてから顔も洗わず、――というかもう何か月顔を洗っていないか覚えてもいない。顔を洗う水は東の溝のかまどの脇にある井戸に汲みに行かねばならなかったが、おれたちには水を汲んで担ぐ気力も残っていなかった。すぐに隊長を訪ねて一筆書いてもらい、女のために客用の飯を買い、といっても菜っ葉団子二つだが、持ち帰って女を呼んだ。おれは言った。はやく食べて、食べたら急いで列車に乗らないと。

女は菜っ葉団子を受け取ったが、食べずに、トランクの上に置いた。

おれは言った。きのうは丸一日腹を減らしたのに、今日も食べないなんて、飯がまずいのが嫌なんですか？

食べたくない、少しもお腹が空いてません。女は言い終わるやいなや、また泣きだした。小李にいさん、老董のお墓を探しに連れて行ってください。お墓が見つからないままでは、一口も食べられません。

おれは言った。あのねえ、どうしてそんなに聞き分けがないんです。言ったでしょう、墓がどこにあるかわからないって。はやく食べて上海に帰ったほうがいい。

女は悲しげにすすり泣いた。小李にいさん、老董は手紙で言ってました、農場に着いてなにかあればあなたを訪ねなさいって。あの人が埋葬された場所をご存じなんでしょう。

おれは言った。あいつはこう言ってました、もしあんたが来るまでもたずに、亡くなったら、あんたに状況を伝えるようにって。でも本当にあいつの埋葬には行ってないんだ。

女はだしぬけに大泣きしはじめた。知ってるくせに、知ってるはずでしょう。きのう言ったじゃないですか、あの人を埋葬しに行ったって。後になって否定するなんて。どうして連れて行ってあの人に会わせてくれないんです……。

おれは黙ったままだった。腹の中では悲しく、また葛藤していた。黙っていれば、女はおいおいと悲しげに泣きつづけるばかりで、はらわたがちぎれ、胸が張り裂けそうな気持ちになる。だが、真相を告げれば、おそらく耐えられないだろう。泣かないでとなだめると、女はいよいよ大声をあげて泣く。もう我慢できなくなって、おれは顔をそむけてほら穴から出ていき、もうあんたにかまってられない、あきらめるんだと心で唱えていた。

おれはべつのほら穴で一日中坐りつづけ、女はきっと帰っただろうと思っていた。日が沈むころに自分のほら穴に戻ると、女はまだ寝床の片隅に坐っており、しくしくとすすり泣いていた。だれかがおれに小声でささやいた。女は一日中泣きっぱなしで、大声をあげて泣いたかと思えば、またすすり泣きを始めるといった具合だったらしい。

菜っ葉団子はまだトランクの上に置いてあり、もうひからびて縮んでいた。だれかが女の前に白湯《さゆ》の入った湯飲みを置いていたが、それもなみなみと注がれたままだった。

おれは急いでもう一度客用の飯を取りに行き、茶碗半分の菜っ葉粥だったが、女に渡した。おれはなだめるように言った。本当に食べたほうがいい。まずい飯だろうが、食わないとだめだ、腹が減って体を壊しちまう。体を壊したらどうやって上海に帰るんだ？　女は手をつけず、黙って涙を流した。

一日目の夜と同じように、女はまた一晩中坐っていた。その夜おれは遅くまで眠らず、女から離れたところで掛け布団にくるまって坐りながら、女を見ていた。女がこれほど強情な人間だとは思わなかった。あきらめきれずに、なにかしでかすんじゃないかと思うと、恐ろしかった。これほどまでに董建義のことを思っているなら、どんなことでもやりかねない。夜中に石油ランプが消えると、女の姿は見えなくなったが、暗闇の中でひっきりなしに沈鬱な泣き声が響いていた。

女が明水郷の山水溝に来てから三日目の朝のことだ。おれは眠りから覚めた。朝の太陽はすでにのぼり、日差しはまだおれたちのほら穴に射し込んではいなかったが、むしろの脇の隙間から漏れる光が女の体を照らしていた。女はまだそこに坐っており、微動だにせず、彫像のようだった。だが、女の顔は涙で濡れており、目は腫れて桃みたいになっていた。

　おれはもういたたまれなかった。晁崇文をほら穴の外に呼びだして言った。老晁、どうしたらいいと思う？　もう丸二日なにも飲み食いしてないが、飢え死にさせるわけにはいかない。晁崇文は言った。ばかな、おれたちは二年も飢えてるがまだ死んでねえのに、二日で飢え死にできるかよ？　おれは言った。でも泣いてばっかりじゃだめだ、万一、もしものことがあったら……、つづきをおれは飲み込んだ。晁崇文は言った。じゃあどうするんだ？　おれがお前に訊いてるのに、なんでおれに訊く。奴は黙り、しばらく頭をあげて空を仰いでから言った。なんかいい考えがあるか？　いっそのこと墓地に連れて行ったらどうだ、老董をひと目見せてやれよ。おれは慌てて言った。だめだ、だめだ、きのうもおといも断ったのに、今日連れて行くのもおかしいだろう。それに、老董のあんな姿を見て、本当に泣きすぎて死んだらどうする？　奴は言った。これもだめ、あれもやばいって、一体てめえはどうしたいんだ？　奴がいらつきだしたので、おれは言った。考えたんだが、今日はお前があの女をなだめて、はやく上海に帰らせるようにしてくれよ。おれはもう疑われてて、騙したと思われてる。おれの話は聞く耳持たんだろう。でもお前がなだめれば、気が変わるかもしれん。晁崇文は二つ返事で答えた。よし、おれにやれっていうならやろう。朝飯を食ったら、じっくり言い聞かせてやる。ただうまくいくかどうかは、おれにも自信がない。あの嫁さんはえらく強情だからな。

　晁崇文は朝飯を食ったらあの嫁さんを説得すると言ったが、おれと奴が食堂から飯をほら穴に持ち帰って来ると、騒ぎが起きていた。だれか死んだらしい。死んだのは商業庁の、ある会計の男だった。奴の体はとっくに弱っていて、数日前に便所で用を足した後、便つぼの上にしゃがんだまま立ちあがる力もなくなり、おれが奴をひっぱりあげてやった。立ちあがった後、奴はベルトを締めることすらできなかった。というのも体が弱れば弱るほど寒がりになるので、厚着をしていたのだ。毛糸のズボン下の上に綿入《わた》れのズボンを重ねてはき、綿入れのズボンの上にさらにズボンを一枚重ねてはいていた。奴の手にはもう、ベルトを締める力も残っていなかったので、やっぱりおれが奴のベルトを締めるのを手伝ったんだ。この日の朝の様子はこうだ。起きたとき、奴は横になったまま動かず、隣で寝ていた奴が声をかけた。飯を持ってきてやろうか？　奴が答えないので、そいつは一人で飯を取りに行った。飯を持って帰ってくると、そいつは奴の寝ている姿勢が少しも変わっていないのを見て、様子がおかしいと思った。頭からかぶっていた布団をめくると、奴はもう硬直してたんだ。きっと夜中に息絶えたんだろう。

死んだなら死んだまでだ。この手のことにはみんなとっくに慣れっこになっていたので、だれかが大声でこう言った。触るな、飯を食ってからにしよう。みんな静かに飯を食い、それから体の丈夫な者が何人かで後始末をした。おれと晁崇文は「丈夫な者」に入るので、おれたちは奴のトランクを開け、きれいな服を二枚見つけて奴を着替えさせ、それから奴の布団でくるんだ。おれたちはさらに一本の縄を三つに切って、一本は首のあたり、もう一本は腰のあたり、残る一本で足のあたりをしばり、布団をきつくくくった。それから何人かで担いだり引っ張ったりして奴をほら穴の外に出し、穴の外の空き地に置いた。

一連のことをやり終えると、おれたちは疲れてぜえぜえと息を切らし、ほら穴の外の日なたに坐って休んだ。そのときおれは、あの嫁さんを見た。女はほら穴の中に立ち、むしろをめくりあげて上からおれたちを見下ろしていた。おそらく死人にびっくりしたんだろう、顔は青ざめ、おびえた表情を浮かべていた。女はもう泣きやんでいた。そこでおれは、晁崇文をつついて嫁さんの様子を見に行くように言った。行けよ、話して、はやく上海に戻るように言ってくれ！

晁崇文がほら穴に入って行った後、おれは外に坐って、奴の説得の結果を待った。説得はおそらくむずかしいにちがいない。晁崇文がなだめるや、女はきっと泣きだすだろう。おれは女が身も世もなく嘆き悲しむのを見たくはなかった。

ところが三、四分ほど経っても、泣き声は聞こえず、晁崇文はすぐにほら穴から出てきた。奴は言った。老李、だめだ、おれの話をまったく聞こうともしない。おれたちが一緒に騙して、老董を探しに行かせないようにしてるって言うんだ。今日は自分で老董を見つけに行くってよ。

おれは驚いた。なんだって？　自分で見つけに行く？

そうだ、おれたちが連れて行かなくてもいい、自分で墓地に行くってよ。どうしても老董の墓を見つけたいんだと。まったく、あの嫁さんはとんでもなく意固地だ……、どうしたらいい？

おれが晁崇文と話していると、嫁さんが出てきて、階段を降りてきた。その目はもう太陽の光に耐えられなくなっているのか、冬の朝の日差しはたいして強くもなく、太陽は黄疸《おうだん》の病人の顔のように鈍い黄色だったが、女は片手をかざして光をさえぎり、おれたちのほうを見ると、背を向けて北のほうに歩いて行った。

おれは慌てて大声を出した。ちょっと、なにしに行くんです？

女はおれにかまわず、前に歩いて行く。

どうやら本当におれに腹を立てているらしい。おれは急いで追いつき、女をひきとめて言った。顧ねえさん、探しに行くのはやめたほうがいい、見つかりっこないですから。ここでは何百人も埋葬してるんです。どこもかしこも墓の盛り土で、目印すらない。どこに老董を探しに行くんです？

女は立ち止まり、おれをまっすぐに見つめたまま、なにも言わなかった。その表情はまるでおれを、嘘ばっかり！　と責めているみたいだった。それからおれをよけて、また前に歩きだした。おれは焦りだして言った。あんたはなんでそんなに人の話を聞かないんだ……。

そのとき晁崇文が言った。老李、かまうことない、言うことを聞かないなら行かせてやれよ。見つからなければあきらめるだろう。おれは少しためらってから言った。話を聞かないなら行けばいい、でもそっちに行ったってたどり着けやしません。農場の墓地の大部分はこっちの砂州だ、おといあんたが行った農場の本部の方向です……。

女はおれをちらっと見ると、向きを変えて山水溝の南のほうに歩いて行った。

女が行ってしばらくすると、晁崇文が小さい声で訊いてきた。老董の墓はこのへんなのか？

おれは、ちがう、あっちだと言った。

晁崇文は言う。じゃあこっちに行かせたのは、わざと邪魔したのか？

おれは言う。じゃあどうしたらいいんだ？　老董がいるのは北のそんなに離れてないところだ、女が見つけたらどうする？　泣きすぎて死んだらどうする？

晁崇文は黙った。おれはつづけた。行かせるしかない、見つけるまであきらめないつもりだろう。無駄骨を折ればあきらめもつくはずだ。

おれと晁崇文は、女が墓地に着いたら、すぐに戻ってくるだろうと思っていた。そこには盛り土のほかになんの目印もない。ところが昼になっても女は戻らず、日が沈んでもまだ帰ってこない。それから晩飯を食べ、夕闇が潮のように山水溝を一面に満たしても、やっぱり女の姿は影も形もない。おれはいささか落ち着かなくなってきた。もしや墓地でなにかあったのか？　晁崇文のそばに寄って言った。一緒に女を探しに行かないか、狼に食われちまう前に。

おれたちが明水に移ってきたころには狼を見たことがなかったが、しばらくすると狼が出始め、しかもすぐに野生の狼が群れを成すようになった。空がまだ暗くなりきる前から、狼が山水溝に沿ってうろうろし、まったく人を怖がらないのもいる。奴らは死んだ右派の死体を食い、まるまると肥え太り、体に生えている毛はつやつやと光っていた。

おれと晁崇文がほら穴を出て南のほうに行き、炊事場のそばまでたどり着いたところで、小さな人影が通り過ぎて行った。顧ねえさん、と声を張りあげると、女は立ち止まった。

おれは近づいて言った。何時だと思ってるんだ、まだ戻ってこないなんて。あんたは狼に食われてもいいかもしれないが、おれたちは困る。あんたが狼に食われたら、おれたちが責任をとらなきゃならない！

女は黙っていた。

ほら穴に戻ってから、おれたちは訊いた。老董の墓は見つかりましたか？

女はやっぱり黙っていた。

見つかりっこない。あちこちめちゃくちゃに埋葬してるうえに、墓石もない。どうやって見つけるんです？　さあ、この菜っ葉団子を二つ食べたら早く寝てください。明日の朝には家に帰って、これ以上おれたちを困らせないでくださいよ。

おれは菜っ葉団子を二つ、トランクの上に置いた。それは晩飯を食べるときに女のために取ってきたもので、探しに行っているあいだにだれかに盗られないように、自分のポケットに入れておいたものだ。

女は菜っ葉団子に手をつけず、湯飲みに入った冷えた白湯を飲むと、横になった。見るからにくたくたに疲れきっていた。

四日目の朝になり、おれは相変わらず女のために客用の飯を取ってきて、説得した。食べてください、食べたら帰りましょう、無茶はやめてください。だが女はこう言った。

小李にいさん、鉄の鍬《くわ》を貸してください。

おれはぶったまげた。鉄の鍬でなにをするんです？

女は弱々しくしわがれた声で言った。きのう見たんです、墓地のごくわずかなお墓にはレンガが置いてあって、レンガの上に亡くなった人の名前が書いてありました。ほかのお墓にはレンガすらありません。試しにお墓を二つ、手で掘ってみたら、浅くて、半尺〔一五センチ〕くらいで、もう布団が見えてたのもありました。今日は鍬を持って行って、一つずつ掘ります。大丈夫、掘ったお墓はちゃんと埋め戻しますから。

おれは呆れ果てた。この嫁さん、なにをしでかすんだ！　おれの心臓はどくどくと脈打ち、目頭が熱くなると、もう少しで涙が出そうになった。おれは目をこすって言った。ねえさん、食べて。飯を食べてください、食べたら老董のところに連れて行ってあげます。必ず連れて行きますから……、嘘じゃない、本当です。

涙がはらはらと女の頬を伝った。

女の体はとっくに弱っていた。ほら穴から出て、階段を下りるとき、足に力が入らず、つんのめって転んだ。立ちあがって歩きだすと、女は力を振り絞ったが、その体はふらふらと揺れていた。

この日、おれたちは北のほうに歩いて行った。溝の端に着く前に、もう死体が目に入った。正式な墓地は溝の外側に広がる砂地の中だが、埋葬班が手抜きをして、そのあたりに埋めることもあった。そのあたりの地形はだだっ広く、一面の砂山に、死体が埋まっていた。いい加減に埋葬してあるので、すっかりむきだしになっている死体もあった。青、黄、黒、それにさまざまな服の切れ端とほこりまみれの髪の毛が、早朝の冷たい風にさらされた大地の上で小刻みに震えていた。

おれは晁崇文に目くばせをして、それらの死体を見わけているふりをしながら、嫁さんを近づかせないようにした。おれはまっすぐ董建義の死体に向かって行き、慌てて砂を覆いかぶせた。急いで隠し、嫁さんが見ても傷つかないようにするつもりだった。奴の両足を覆い隠したところで、おれは動きをとめて息を切らせた。体が弱り切っていて、もう砂を掘ることもできない。そのとき嫁さんがおれのほうに歩いてきて、訊いた。見つかった？　おれはすぐさま土を掘っているふりをして言った。見てください、この人、老董だと思うんですけど。

本当のことを言うと、おれは女が見わけられないんじゃないかと思っていた。昔の老董はかっこよくて、年は三十過ぎ、色白で背が高く、灰色の制服を着て、あかぬけていた。だがいまの董建義は、素っ裸で地面に転がり、全身は樹皮の剥がされた木の幹みたいに干からびていた。痩せてすこしの肉もついておらず、皮膚は黒ずみ、煙でいぶされた包み紙を骨の上に貼りつけたようだった。死んでたった八、九日で、奴は古代の墓から掘りだしたミイラのようになった。尻の肉がいくらか切り取られ、血の筋の巻きついた骨が見えていた。おれたちは奴と三年近く一緒に生活し、この目で一人の健康な人間がミイラになるのを見てきたが、さもなければ、それが董建義だとは思えないだろう。

だが、嫁さんは近づくとひと目見ただけで、どすんとひざまずき、短く悲鳴をあげると、その「ミイラ」の上に覆いかぶさった。

おれは暗い気持ちになった。女はその「ミイラ」の上に覆いかぶさると、すこしも動かず、なんの物音も立てなかった。その様子が一分以上もつづいた。おれは急に怖くなった。呼吸ができず、息が詰まって死んだんじゃないか？　晁崇文の動きはおれより早く、奴はおれをこづいて言った。おい、どうしたんだ。息がとまったんじゃないか。はやく、はやく起こさないと。おれたちが同時に前に出て、ひっぱり起こそうとすると、女の体が激しく震えだし、同時にその口からは、がちがちと奇妙な音が聞こえてきた。がちがちという音は、やっとのことですさまじい泣き声に変わった。うわああ……。

うわああという泣き声がやむと、女は力を込めてその「ミイラ」を揺らし、空を仰いで甲高い声で董建義の名前を叫んだ。

董《ドン》―建《ジエン》―義《イー》―

女が董建義の名前を叫びつづけると、山水溝にはつづけざまに一つの音がこだました。義―義―義……義―義―義―……。

それから女は死体の上に突っ伏して、大泣きし始めた。

女はおいおいと泣き、おれと晁崇文はかたわらで立ちつくし、女が泣きやむのをじっと待った。だが半時間ほどが過ぎても、女が泣きやむ気配はない。おれたちは我慢できなくなり、女を連れて戻ることにした。おれは言った。顧ねえさん、もう泣かないで。戻りましょう。

おれと晁崇文は力いっぱい女をひっぱり起こした。だが、女はミイラにすがりついたまま手を離さず、ミイラまで抱き起こし、おいおいと泣きつづけ、まるで結合双生児のように引き離すことができなかった。仕方なく、おれたちは女の手をむりやり「ミイラ」からひきはがし、二人を引き離した。おれは荒々しく女を押しのけて言った。もういいだろう、不潔だ、すがりつくなんて。下がっててくれ、奴を埋めるから。

だが、女が急に大声を出した。埋めないで！

埋めないでどうする？　このまま置いとくか？

連れて帰る。上海に連れて帰る！

おれは苦笑いして言った。どうやって連れて帰るんだ、おぶって列車に乗る気か？

火葬にして、お骨を持って帰る。

おれはびっくりしたが、わるくない考えだ。だが無理だとも思った、薪がないのだ。明水のあたりの荒れた砂州には、枯れた駱駝草と芨芨草しかなく、そんなもので死体を焼いて灰にできるはずもなかった。

女は訊いた。このあたりに農民はいない？

西北に七、八キロ歩くと明水公社がある、とおれは答えた。女は、またもやおれに、明水公社に連れて行ってほしい、農家を訪ねて薪を買いたい、と頼んだ。女はいくらかかってもかまわないと言う。言いだしたら聞かないので、おれはむくんだ両足をひきずって、女を連れて行くしかなかった。

おれたちは丸二時間かけて歩き、ようやく明水公社で農民を探しあて、薪を数束買った。同時に女はその農民に言った。いくら出してもかまわないから、人を一人火葬にしてほしい、と。その農民は断った。そんな縁起の悪いことはいやだと言う。だが二人の年寄りを呼んできて、この連中がやるから、そいつらと値段交渉をするようにと言った。金額が決まると、二人の年寄りはおれたちのために牛車を雇い、薪を乗せて、来た道を戻った。供銷社を通りかかると、年寄りはおれたちに灯油を一缶買うように言った。死体を骨になるまで焼くのはむずかしい、だから十分な燃料を用意しておく必要があるんだと言う。

山水溝に戻ると、二人の年寄りは薪を積みあげ、その上に死体を積み重ね、灯油をかけて火をつけた。火の勢いは強く、すぐに薪が燃え落ち、死体が下に落ちた。炎の中で、死体が急に坐りだしたので、おれたちはおののいた。それから薪が燃えつきると、火の中に灯油を注いだ。とうとう灯油も燃えつき、灰の中にひとかたまりの骨が残った。足の骨は長く、黒こげになった木の棒みたいだった。おれは女に言った。もうどうしようもない、細かい骨だけ拾って持って帰ってください。だが女は言った。いいえ、全部持って帰ります。

女は緑色の絹のスカーフをはずし、骨をすべて包もうとした。だがスカーフはあまりに薄く、透けていて、ひと目で中身が骨だとわかった。おれは言った。小さい骨だけ拾って持って帰ればいい。大きい骨は持ち運びにくいし、そんな必要もないでしょう。火葬場だって、骨の一部を骨壺に入れてくれるだけだ。はるばる遠くまで全部を背負って行く必要ないでしょう？　それに、そんなふうにして列車に乗ったら、車掌に見られますよ。女は言うことを聞かず、こう言った。あのセーターにくるんで行きます。

それから、女は大きな骨の包みを抱えてほら穴に戻り、格子柄の鞄からセーターを取りだして包んだ。だがそれは袖のないチョッキにすぎず、小さすぎて、どんなに工夫しても、骨はやっぱり外にはみだしてしまう。そこでおれは、トランクの中から軍用の毛布を取りだして女に渡した。おれは言った。これはおれが入朝作戦から持ち帰ってきた戦利品で、アメリカ兵の軍用毛布です。おれは毛布を広げて女に見せたが、商標にはUSAの文字があった。おれは言った。この毛布はもう八、九年ほど保管してるが、もったいなくて使えません。農場の労働矯正に来てからというもの、たくさんの服を食糧に換えてきたが、軍用毛布だけはいままでしまってきて、食い物に換えるのが惜しかったんです。これはおれの栄光の歴史のしるしなんです。

　女は毛布を受け取ると、毛布を使ったら、きれいに洗って送り返すと言った。それはおれにとって大事なものだから、と。おれは言った。送らなくていいです。送ってこられても、おそらく受け取れないでしょう。だって、そんなに長く生きられないでしょう？　おれは笑って言った。お宅に置いておいてください、もしおれが生きて明水から出られたら、いつか上海に行って、お宅に取りに行きます。女は言った。わかりました、わかりました。うちの住所をお教えします。みんなの乾いた笑い声の中、女はおれのトランクの上に置かれたノートを手に取り、家の住所を書きつけた。

　すでに夕暮れ時だったので、この夜、女はまたもやおれたちのほら穴で一夜を過ごした。翌日の明け方、おれは女を送って山水溝を出て、ゴビの南にある明水河《ミンシュイホー》という小さな駅を指して言った。あそこに行って列車に乗るといい、高台駅よりだいぶ近いから。

　おれはゴビの大地〔原文は「ゴビ灘《たん》」。砂礫に覆われた平坦な荒地〕に長いこと立ちつくし、女が背嚢《はいのう》を背負って前に進むのを見ていた。その背嚢はおれが女に荷造りしてやったものだ。というのも骨が多く、背嚢が大きすぎたので、おれは荷物を軍人が使う背嚢の形にくくり、背負いやすくしてやった。女の体は痩せて小さいのに、背嚢は大きかったので、背嚢が両肩を覆い隠していた。あの緑色のスカーフを、女はまた頭に巻いていた。十一月下旬の明け方、ゴビの大地には肌を刺すような冷たい風が吹いていた。スカーフの端っこが、女の首の上で小さなしっぽのようにひらひらと舞っていた。

　その嫁さんが軍用毛布をおれに送り返すと言ったとき、おれはこう答えたはずだ。送らなくていい。

もし生きて明水郷を出ることができ、上海に行く機会があれば、女の家に毛布を取りに行くって。女はそのとき本当に住所を書いていった。だがおれに上海に行く機会なんてあるわけない！　いまのおれを見てみろ、羊飼いだ。それに、もしいつか神さまがおれを見てあわれみ、この頭の上の山[*1]を取り払って、あんたらと同じ自由な人間になれて、本当に上海に行けたとしてもだ、――おれはべつにあの毛布を取りに行きたいとは思わない。あんなものいくらになる？　大事なのは、あの嫁さんがものすごく印象に残ったってことだ。おれはもう一度あの女に会ってみたい、だが見つけるすべはない。一九六〇年十二月のことだ。夾辺溝の右派たちが生きるか死ぬかの瀬戸際だったとき、暖を取るために、みんな本やノートを燃料にして燃やしたんだが、おれのあのノートも火の中に投げ込まれて熱量になっちまった。

李文漢と一緒に、三年のあいだ羊を放牧した後、わたしは工農兵学生[*2]として西北師範学院に行き、卒業後は蘭州のとある中学校に残って教鞭をとったので、二度と彼には会わなかった。さらにその後、街に戻った知識青年たちの話によれば、彼はすでに名誉回復され、省の労働改造局に戻ったというが、具体的にどの部門のどの所属機関で働いているのかは、だれにもはっきりわからなかった。

だが、どんなことでも起こるものだ。一九九六年のある日、中学時代の恩師に会いに行き、蘭州二中の校門に着いたところで、だれかがわたしの名前を呼んでいるのが聞こえた。振り返ってあっけにとられた、あの額がややさびしい李文漢じゃないか！　昔とちがうのは、彼の頭頂部はきれいに禿げあがり、後頭部の髪が真っ白になっていたことだった。そのほかは変わりなく、背が高くて、色黒で

＊1　「三座大山《サンズオダーシャン》」と呼ばれる、旧中国を支配した帝国主義・封建主義・官僚資本主義のこと。
＊2　文化大革命期、一九七〇年より、労働者・農民・兵士の中から選抜されて大学に入学した学生。

ほがらかな顔つきをしていた。わたしは力いっぱい握手をして、どうしてここに立っていたのか訊いた。彼は言った。ここに住んでいるんだ。彼が指さしたのは、二中の隣にある省の労働矯正局の家族用宿舎だった。彼はすぐにわたしを家までひっぱって行った。彼の家でわれわれは丸一日しゃべり、白酒《バイジウ》までひと瓶空けてしまった。彼は言った。名誉回復の後、五大坪農場で十数年、生産科長を務め、それから離職休養して、一家で蘭州に移ってきた。話しているうちに、彼は突然あることを言いだした。そうそう、前に話した上海の嫁さんのことをまだ覚えているかい？　わたしは覚えていると答えた。彼は言った。前に話したことを覚えているかい？　一九五七年に、おれは文章を書いたせいで右派にされたんだ。だが名誉回復して何年かするうちに、手がむずむずしてきて、また労働改造に関する文章をいくつか書いて発表した。そのときは右派にならずにすんだうえに、そのうちの一つは司法部の優秀論文に選ばれて、授賞式が上海であったんだ。

上海での最後の一日のことだ。みんな自由行動で、おれは淮海路《ホワイハイルー》に買い物に行った。淮海路の華やかさは、おれの目には南京路《ナンジンルー》に匹敵するように映った。店がびっしりと立ち並び、歩く人は押しあいへしあいしながら、せわしなく行き交う。おれはかみさんに服を買おうと思っていて、というのも、うちのかみさんも苦労人なんだ。五大坪で数十年働いて、二人の子どもを育てあげ、おれに会ってようやく家庭を持った。かみさんはちょっとしゃれた服の一枚も着たことがなかったんでね、だが何軒か服屋を回っても、一枚も買えなかった。しゃれた服はしゃれすぎてるし、しゃれてない服はやっぱり気に入らなかったせいだ。

おれは店を回りつづけ、ある店の入り口の看板に、金文字が書いてあるのが目に入った。老舗・伊麗莎《エリザベス》白洋品店。店の入り口は派手ではなかったが、重厚で上品だった。おれの心臓が急にどきんとした。伊麗莎白って字に見覚えがあるような気がしたんだ。おれは立ち止まって考えるうちに、本当に思いだした。三十年ほど前に、明水の山水溝で、上海の嫁さんがだんなを見舞いに来たときにこう言った。女の家は公私合営＊の前から洋品店をやっていて、店名は伊麗莎白だって。店の裏にある小さい二階建てに住んでいるとも言っていた。その嫁さんはおれの毛布を持っていって、だんなの遺骨を包むのに使ったんだ。

急に興奮してきて、おれは洋品店に入っていった。べつに毛布を返してほしいと思ったわけじゃないが、店先を通りかかったからには、入っていって訊いてみて、もしあの嫁さんに会えたら、茶の一杯も飲みながら昔を語るのもいいかと思ったんだ。

店はそれほど大きくはなかったが、繁盛していて、客で混みあっていた。おれはちょっと考えて、年取った、といっても実際には三十そこそこ、四十手前くらいの年に見えたんだが、その店員に近づき、そいつが何人かの客の相手をし終えるのを待ってから、ようやく話しかけた。ちょっとうかがいますが、この洋品店の最初の店主は顧という人ですか？　店員はいささか怪訝《けげん》そうな様子を見せて言った。店主って？　うちの店は国営企業で、個人経営じゃありませんよ。おれは言った。ちがうんです。そうじゃなくて、訊きたいのは最初の、つまり五〇年代に解放されたばかりのころ、この洋品店の店主は顧って人じゃなかったですか？　そいつの目にはいぶかしげな表情が浮かんだ。どうしてそんなこと訊くんです？　公私合営のことなんて、わかるわけないでしょう。おれは訊いた。この店に年配の方はいないんですか？　この洋品店の歴史を知ってる人は？　そいつはちょっと考えてから言った。二階に行って経理係に訊いてください、その人ならたぶんわかると思います。

＊　一九五四年に条例が定められ、五六年より実施された私営企業の社会主義型改造。国との共同経営化が進められた。

そいつの指示にしたがい、売り場の通路から二階にあがると、小さな部屋の中に、六十近い老人がいた。その老人はおれの来たわけを知ると、はっきりとこう言った。この店の公私合営のころの店主は顧ではなく、朱《ジュー》という名前である、と。おれは言った。そんなことはないはずです、店主の娘が言ってたんです。家は洋品店で伊麗莎白って名前だって。まさか上海にはべつの伊麗莎白洋品店があるって言うんですか？　老人はきっぱりと言った。ありえないよ、上海にはべつの伊麗莎白洋品店などない。わたしは上海の私営と国営の服飾店でずっと勤めてきたんだ、老舗の服飾店がいくつあるかは全部わかってる。老人の口ぶりがたしかなので、おれは言った。じゃあおれの記憶がまちがってるんでしょうか？　もう一つ訊いてもいいですか、この店の裏にかつて小さな洋館はなかったですか？その女の人は言ってました、家の店の裏に二階建ての小さな洋館があって、一家はそこに住んでるって。老人は頭を振って言った。ないね、この店の裏に小さな洋館なんてなかった。おれは言った。前はあったんじゃないですか？　後から壊したとか？　老人はやはり頭を振った。言ったでしょう、そんなものはなかった。ここで二十数年働いているが、裏は大きな集合住宅で、解放前に建てられたものだ、二階建てなどありはしない……。その老人は話しながら、突然頭を振るのをぴたりと止め、口調を変えて言った。ああ、あんたが探しているのは南京路の維多利亜《ビクトリア》洋品店じゃないか？　あそこの最初の店主は顧とか言った。公私合営の後に新しい経営者に変わったんだ。おれは言った。そうですか、その店主は顧っていうんですか。まちがいないですか？　その老人は言った。まちがいない、わたしの記憶にまちがいはないよ。おれは疑わしく思って訊いた。でもおれの印象では伊麗莎白洋品店のはずなんですよ。その老人ははっきりと言った。ちがうよ、維多利亜だ、あんたの覚えまちがいだ。維多利亜の裏には小さな洋館があって、今でも残ってる。おれは迷いながら言った。どういうことなんだろう、その女の人が自分で言ったんですよ。家の店名は伊麗莎白で、イギリスの女王の名前だって。だが老人はつづけて言った。その通りだ、まちがいないよ。あんたが探している顧って人は、維多利亜に行って探せばいい。あんたの覚えまちがいだ、維多利亜も伊麗莎白もイギリスの女王だからな、あんたは維多利亜のことを伊麗莎白とかんちがいしたんだろう。昔のことだ。記憶にまちがいもあるさ。

おれは老人に説得され、記憶にまちがいがあったことを認めた。老人は親切に洋品店の外まで送ってくれて、歩道に立って、どこで何番のバスに乗れば維多利亜洋品店に行くことができるか、指さして教えてくれた。おれは礼を言った。

だが、にぎやかな人ごみの中をしばらく歩いているうちに、おれは急に、あの顧という女を訪ねるのをやめにした。こう思ったんだ。苦労して訪ねて行っても、もし顧の一家がそこに住んでいなければ、むだ足じゃないか？　それに顧一家がまだそこに住んでいたとしても、あの嫁さんがもう引っ越ししていたり、亡くなっていたりしたら、まったく興ざめだからな。

（原題「上海女人：夹边沟记事之二」　初出：『上海文学』二〇〇〇年、第七期）

Ⅳ　そしてまた歴史へ

父祖の名

ワリス・ノカン

濱田麻矢 訳

ワリス・ノカン（瓦歴斯・諾幹　Walis Nokan）

1961年、台中県和平郷ミフ（Mihu）部落（現・自由村双崎社区）で生まれた。ミフ部落は日本統治期にタイヤル族が集団移住させられた村で、1895年に日本が台湾を植民地としてからも頑強に抵抗した歴史を持つ。山林を開墾する父の手伝いをしつつ、しばしば村の長老が語るタイヤルの神話や伝説、村の歴史に聞き入って育った。

中学校進学後、客家《はっか》系漢人生徒が大半を占める集団生活に入ったことで原住民族への差別的感情に触れ、奮起して進学を志す。1975年に台中師範専科学校に進学。卒業後、金門での兵役生活を経て台湾東部の花蓮県で小学校教師となり、柳翺《りゅうこう》という漢人のペンネームで詩作を始めた。次第にタイヤル族というテーマを意識し始め、台中に転勤して故郷の村に頻繁に通うようになる。

87年の戒厳令解除前後から原住民社会に関する評論を盛んに投稿しはじめ、90年には当時の妻リカラッ・アウーと共に雑誌『猟人文化』を創刊。原住民の歴史や文化の調査を続けつつ、散文・ルポルタージュ・詩・小説・学術評論など様々なジャンルで精力的に活動している。

初期の作品は、『台湾原住民文学選3　永遠の山地――ワリス・ノカン集』（下村作次郎ほか編、中村ふじゑ訳、草風館）でまとめて読むことができる。また同シリーズの8巻『原住民文化・文学言説集Ⅰ』（下村作次郎ほか編訳）にも台湾原住民族文学をめぐる三篇の論述が収録されている。2022年には下村作次郎訳『都市残酷』（田畑書店）が刊行された。

私の名がmumugであることをお前たちはみな知っているだろう。祖先の言葉で「樹瘤《じゅりゅう》」を意味する言葉だ。樹瘤は地上の星だ。私の祖父はかつて、震える唇で同族たちが移住したときの歌を歌ってくれた。そのとき、同族たちはピンスブカン——岩が割れて祖先が誕生した土地、野獣が群れて神鳥シリクが吉凶を占った時代から旅立ったばかりだった。移住することになった同族は、みな膨張する星としての任務を与えられるのだ。

お前たちに布の舌、杖の結び目を贈らせてくれ
すべての風といばらのトゲがみなお前たちを避けるように
お前たちの踏み締めるところがなだらかで進みやすいように
どんな渓谷の片隅に散らばることになろうとも
ぼんやりした暮らしを送るな
木から落ちた葉のようになるな
お前たちが星々のように膨らみ
周りに称賛され、恐れ敬われるように

何世紀も前、平原に住む人々[*1]は鹿の敏捷さ、センザンコウのような用心深さ、そして海の波のような力で我々を山の上に追いやったが、それは我々の風の力が不足していたからではなく、風に優しい

暖かさが満ちていたからだ。公平な見地から、我々と平原人とは平和な誓約を結んだ。天災や伝染病が山を襲いでもしない限り、我々は平原まで霊魂を狩りに降りていくことはなかった。しかし海上から来た人々が、粗暴な形で平原人の生活方式を変えたのだ。波のように次々とやってきた海上人[*2]、彼らの頭は日光に晒され、黒、赤、黄色と様々な髪の色をしていた。彼らは海洋の蹂躙を受けたのち憤怒と狡猾さを蓄積させ、羊皮の巻物によって土地を騙し取り、平原人に娘をやって「牽手《けんしゅ》」〔平埔族の言葉で妻のこと。縁組のことも指す〕したがった。嫁にやったままだろうと何かいい加減な理由で離縁しようと、どちらにしても広大な土地を手に入れることができるので、とにかく通婚したがって飽くことがなかった。特に泥色の肌をした人々、彼らは不思議な種——稲という——を持っていた。育つと粟の二倍となるのだ。この稲を植えたが最後、土地は罠をしかけられたも同然で、二度と自由に楽しく生きていくことはできず、毎日苦しげに息を吐いて田畑で働く牛と同じ運命を辿ることになってしまった。そこに留まった平原人はもはや楽しく生きることも死ぬこともなかった。文字を持つ征服者のもとでは、文字は悲しみの病原菌のようにばら撒かれ、一条一条の法律は縄のように平原人の喉を締め上げ、残った人々には征服者のために働く道しか残されていなかった。馬のように北から南まで走り回り、牛のようにくびきをかけられ、空全体の重みをみな受け止めた。海岸近くにあった沙轆《サラク》[*3]社は、慣れぬ稲の世話をするために労役を数日怠っただけで、社まるごとが軍隊に殺戮されたのだ。牛車が通る道には苦しみの血が溢れ、月が一度巡った頃になってようやく赤い血は黒い泥となって草むらの間に紛れた。運良く生き残った二、三人の同族は名を変えるほかなく[*4]、征服者の歴史の下で二度と日の目を見ることはできなかった。かつて我々と大安渓《だいあんけい》で石を埋め、誓いを立てた崩山《ポンシャン》[*5]の各社も、ついには征服者と同じく編んだ髪を背中から尻まで垂らしはじめ、頭の上に粟を食べるネズミを乗せているように見えた。醜い服で岩のような肌を覆い隠し、聞き取りにくい言葉を話すので、鳥や雀さえも耐えきれなくなり、すみかを変えてしまった。これらの征服者は自分たちのことを「漢」と呼び、自分たちの征服した土地のすべてに稲や木、竹を植えては柵で囲った。それは分厚い衣服で体を包み込むようなもので、大自然の四季の変化を恐れ、篝火《かがりび》で夜の身体を温めることから遠ざかってしまった。漢人は土地に対して、彼らに許された以上の欲望を示した。彼らは土地とは休ませねばならないことを知らず、四季を通じて土地を鶏か家鴨のようにみなした。そのために土地の呼吸はますます衰弱した。土地が死んでしまうと、それを囲んで人間の居住地とする。そういうわけで漢人にとって土地は永遠に足りないものであり、彼らは最も貪婪な動物の真似をして生きていくしかなかった——公平性は永遠に糞のようなものとしてみなされた——略奪した土地の周辺に一つ一つ積み上げられた土嚢《どのう》は、悪臭を放つ大便のように見えた。その土嚢が領域を広げ、平原と山とが握手をする場所にまで至って、彼らはようやくそれ以上登ってくるのをやめた。我々が番刀を振り上げ、霊魂を狩ると警告してみせたからだ。

一世紀前、北のほうの日本島嶼《とうしょ》から矮人《わいじん》がやってきて、やはり文字で書かれた条約を使って台湾島嶼を手に入れ、新しく強い征服者となった。漢人の使者は岸から遠く離れた海上で屈辱的な条約を受け入れた。矮人たちはどの部隊の兵士よりもなお背の高いライフルを持って上陸し、雷のような砲弾を二、三発打って漢人を震撼させ、奇妙な儀式によって北部の大都市で統治者の地位についたことを

＊1 平埔《へいほ》族のこと。台湾の平地に住み、早くから漢化して清朝の統治に編入された原住民の総称。山地に住む原住民の高山族とは区別されたが、これは居住地域によるもので、民族系統に基づいた呼称ではない。

＊2 ここでは海を渡ってきた異民族を指している。黒、赤、黄の髪はそれぞれ漢族、オランダ人、スペイン人を表すと思われる。

＊3 台中市沙鹿《さろく》区にあったパポラ族の集落。一六七〇年に武装蜂起したが、鄭氏政権に制圧された。

＊4 石を埋め、神霊に証をたてるのはタイヤル族が盟約を結ぶ時の儀式である。

＊5 崩山八社は今の台中市大甲区境にあり、一七三一年、平埔族による清代最大規模の反乱が起こったが、翌年鎮圧された。

宣言したのだが、彼らの主人とははるか空の果てに太陽の意匠で象徴される天皇だった。征服されたという恐怖を人々に感じさせるため、矮人は掌ほどの大きさの革靴を履き、鶏の羽根のようなかたちの高い帽子をかぶり、白い煙をふきあげる馬の中に座り込み、腰には二本の足よりなお長い刀をつけていた。道を歩く時、刀柄の鉄器はガラスを擦り合わせるような恐ろしい音を立てた。聞くところによると、北部の同族は長刀人の屋敷に招かれたことがあるという。しかしテーブルの上には十分な獣肉がなく、長刀人は高い椅子の上に腰掛けたまま、友人としての態度でもてなさなかった。そのために同族は何箱かどうでもいいような餅を山に持ち帰ったあと、二度とあの屋敷の客になって失礼な接待を受けることはしたくないと言ったそうだ。いずれにせよ、我々の祖先が割れた石から誕生して以来、森や獣、川と幸せな生活をしていたのだから、もったいをつけた矮人のために祖先から受け継いできた生活を変える必要はなかったのだ。やがて、長刀人は雷のような音を轟かせ、道を移動する大砲を持ち、雄大な山に向けて無闇に発砲するようになった。どの山にも嫌な匂いのする火花を散らせたかと思うと、大胆にも山全体を鉄線で囲いこもうとした。腹をすかせた猪が鉄線に触れるとすぐに電光が閃き、猪は焼肉になってしまう。我々はそこで長刀人が恐ろしい魔法を持っていることを知った。この魔法は一寸一寸と山林に迫ってきて、無視することもできなければ呼吸することもできず、最後にはどの部落も高い山地から低いところへ追いやられることになった。長刀人は森林の檜《ひのき》を切り、部落の見晴らしのいいところに駐在所を建てた。毎日何人もの警察が何の仕事もせず、刀と銃を手にして、口先だけで同族にあれやこれやの作業をやらせた。特に森林に生えている木、生き生きした木を長刀人は切り落として手を振ることもできない木材に変え、樟木《しょうぼく》を煮えたぎる湯の中に入れ、太陽と月が一回ずつ入れ替わる間煮て黒い汁を得た。*これを冷ましたあと、漢人に背負わせて人のたくさん住む場所まで届けさせる。この方法で、長刀人は人の顔が印刷された紙幣をたくさん得られるとのことだった。人の顔の紙幣をたくさん持っている人のことを「金持ち」と言うのだそうだが、我々はやはり以前と同じように「文無し」だった。長刀人は我々に「文明」的な生活を与えてやると言ったが、その結果我々一人一人は家禽のようになった。足は長い道を歩くことができず、手は猪を捕まえることができない。もっと悪いことに、長刀人は銃や弾薬を没収してしまったので、我々が狩をするときには、檜の建物の下の階段で彼らを待ち、紙の上に掌印を押さなければならなくなった。長刀人は、我々の銃は簡単に人を殺せるから一括して管理しなければならないと言った。長刀人の銃や大砲のほうが我々よりずっと多くの我々の同族を殺したではないか？　なぜ我々に管理させない？　同族はみなとても怒った。

みなによると、私の生まれたころ、長刀人はたくさんの学問のある人――粟を食べるように本を食べる人――を派遣してきた。一本一本の木の樹相について太いか細いか、高いか低いかを調べ、黒い皮で茶色い中身をくるんだ不思議な紙の本に奇妙な字で記録をとった。彼は私たちに彼を背負うよう言い、すべての山の山頂に連れて行かせ、奇妙な線と数字を三角形の符号の横に書き記した。我々が指し示してやった、白い紗をまとった神秘的な風景には何の興味も示さず、薄くて味のない日本酒を置いて逃げるように平原へ帰っていった。働き蜂が甘い花蜜を好むように、林の中には柔らかい皮膚を好む蚊がいたからだ。最も学問があるのは、鼻の上に眼鏡をかけたやつだということだった。これらの人々は目で本を食べるのだ。不思議な透明ガラスを通して瞳から二本の無形の口を伸ばし、書籍に書かれた字を脳の中に吸い込んで、ごちゃごちゃした脳味噌の中で字の持つ魔力をゆっくり蒸留させる。最後に口から、多くの人には全然理解できない言葉を吐き出すのである。

仔細に観察すれば、最も学問のある人の目は蝿に似ていることがすぐにわかる。蝿の目はぴくりと

＊　日本総督府は台湾の樟脳によって莫大な利益を得ていた。良木は高山に生えていたため居住地を荒らされた原住民との衝突が生じ、日本側は原住民を追い詰めて餓死か降伏かを迫った。

も動かないが、いつも新鮮な山の肉の血液を探し当てることができるのだ。蝿人は部落にくることを好んだ。彼らはすべての古老の言葉を記録し、何度も煩を厭わず質問した。どこからきたのか、父の名前は何か、歯は何というのか、塩がないときはどうするのか、猟の前にはなぜ夢を見ねばならないのか……最後に蝿人は我々の言葉をノートに隠し、大きな建物に持ち帰って「研究」した——我々には「研究」が美味い食べ物なのか人命を狙う火器なのかわからないが——研究した結果、大きな建物からきた長刀人は、我々の祖父の言葉は野獣の言葉であり、文明の言葉はアイウエオを混ぜたものだと言った。我々はあまりに野獣に近い暮らしをしていたので、文明の言葉を覚えるためには山を降りなければならないという。長刀人は線と三角記号が描かれた淡黄色の油紙を取り出し、歩ける大砲を指揮して林に隠れていた竹の小屋を砲撃したので、山全体は刺激臭のために咳が止まらなくなった。小屋は砲弾に焼かれて苦しみ、粟の畑はジジジ、と叫び声をあげたが、最後は灰色の屍しか残らなかった。同族はひたすら森林深くに分け入るしかなく、洞穴の中に隠れている動物を脅かしながら進み、タイワンフシノキの実を動物たちと奪い合うことで、なんとか塩分を摂って喉が青蛙の腹のように膨れるのを防いだ。記憶が始まって以来、私たちは常にびくつき、険しい山壁をさまようキョンのように深く黒い森林に分け入っていた。神話に出てくる偉大なこの土地の狩人とは似ても似つかない。追い回される運命に耐えられなくなり、長刀人の住むところに行って稲作を学ぶ者も現れたが、いったん水田の罠に挟まれてしまうともはや永遠に水田に管理されてしまうことになるのだった。私たちの家族は先祖の残した生活を続け、背負い籠と粟、神鳥という三つの宝物の物語を語り続けた。タイワンフシノキを取り尽くして弾薬と交換できなくなった時、その時に、私は空が本当に暗くなったのを覚えている。

長刀人は我々の新部落に名前をつけた——稍来社《サオライ》*——檜の駐在所の側に看板をたてて部落の名称を書いたのだ。移動させられた他の部落もみな馴染みのない名前をつけられたという。名前をつけるとき、私たちの意見が求められたことはない。こういういい加減な態度は私たちの心を傷つけた。長刀人の、このように適当に名付ける文化は理解できなかった。これらの名前は思考を経ていない。祖先の土地と一緒に生活したことのない名前には力がない。名前とはすべて父と母の名前を記録するものであり、夢の予兆を経たものでなくてはならないからだ。夢は我々を父祖の地へ連れて行き、祖先の許しの微笑を見せてくれる。もしも勇気が足りない家庭ならば、祖先はタイワンツキノワグマの胸にある記号を指差すだろう。もしもきなくさく火のつきやすい性格ならば、夢の中では雲のように草原に広がる鹿の群れを目にするだろう。夢が我々に指示を出してくれたら翌日の朝、山上に通じる小道にゆき、神鳥シリクが同意するかどうかを見るのだ。我々はこのように慎重に一人一人の子どもに名前をつけてきた。子どもの運命を超える重さの名前は絶対につけない。そうしてこそ子どもの一生は鳥のように自在で軽やかなものになるからだ。私の父は、猪が矢竹《やだけ》をむさぼり食うような混乱した時代に生まれたのに華麗な名前を持っていて、山霊に笑われてしまった。だから父は、山道や獣道を歩いているときですら、まるで山の重みに押されているように肩が歪んでしまっていた。よくないこともしばしば起こった。そこで慎ましい Yukan という名前に変えた——臆病で無毒な蛇、風のため息にも草の微笑にも驚いて逃げ出してしまうような——そこでようやく運命が均衡を取り戻したのだ。

　新しい部落の家はできたが、我々はやはり森の中心に帰りたいと思っていた。この世界が恐ろしい場所となってからずいぶん長い時間が経った。我々は大樹の葉陰の保護のもとで成長しなければならない。しかし山の霊魂は大樹が倒れる哀哭の声を聞き始めていた。大樹の身体が鋭い歯の生えた鉄の工具で手足を切り落とされ、大雨が大樹の中に保管させておいた樹液が流れ出た時、我々は山霊の慟

＊　台中の大尖山と大甲渓の間にあった原住民部落。植民地政府は、自由に出入りできないよう、隘勇線《あいゆう》と呼ばれる柵と砦によって居住地を区切った。

哭を聞き届けた。それは誰かが照準を定めて山霊の心にすまう友に熱い弾丸を打ったかのようであり、時には私もそれを聞き、堪えきれずに涙を流した。しかし森の中では私は自由を感じた。父と母は昼に栗を植え、最初の緑の葉は冬の終わりに頭をもたげた。そこで家族は開墾祭の準備をし、夢と神鳥による麗しい予兆の導きのもと、開墾すべき新しい土地に来て、緑滴るクワズイモの葉を折りたたみ、新しく開いた小さな土地に獣肉を並べ、祖先に祈りを捧げてこの土地が肥沃ならんこと、雷雨も大風もこの場所を避けんことを願った。そのあと父は鍬《くわ》を握り、糖蜜のような黒い土壌を最初に掘り起こす。その後はすぐに家に戻って、新しく耕したこの土地に山霊が強壮な種をまいてくれるのを邪魔しないようにするのだ。このような儀式を経ることで、その後の粟祭りも成長に適した場所を選ぶことができるのである。粟は森の動物と同じように感覚を持っている。猪の家はきっと泥沼の近くにあるし、猿の家は多くの腕を持つ大樹が必要だ。こうしてこそ彼らを矢竹の森に連れてくることができるのである。そして粟には日当たりのよい斜面が必要だ。毎朝太陽の微笑を浴びることができれば、その日一日粟は上機嫌ですごせる。粟が育つ時、私と弟妹は粟畑を見張った。雀は食いしん坊だからだ。しかし母は、雀は人間が努力しているかどうかを試しているのだと言った。努力しない人は茅が茂るまま放置するため粟が隠れてしまい、雀は粟と茅の違いがわからなくなって泣いて祖先の霊に訴えるのだと言う。だから雀とは祖先の霊の使いであり、雀がやってくる粟畑は勤労の証明なのだそうだ。雀たちはちゅんちゅんと菓子をねだる子どものように群がる。ただ追い払えばそれでよいので、大地の子どもを傷つけないようにする。しかし雀を追い払う仕事は本当に疲れる。太陽が山から沈むころになると、我々子どもたちも地面の上に倒れそうになってしまい、一日一日と深くおじぎしてゆく粟を眺めた。まるで疲れ切った我々を慰めているかのようだ。収穫祭が終わると、木々の葉は黄色になり、風の息吹は一日また一日と冷たくなる。動物たちは冬眠の準備を始め、一年で一番重要な祖霊祭が始まるのだ。家族はこの日は好きに放屁してはならない。祖先にいやな匂いを嗅がせてはならない。

なぜなら祖先に御馳走する大切な日だからだ。我々は夢の中で祖先の霊に自分たちの手を検分してもらう。男の手は苦しい仕事を経て木の葉のような掌紋がひろがっているかどうか。女は織物に精を出したため、掌に苧麻《からむし》のような模様が入っているかどうか。祖先の霊は満足すると機嫌よくご馳走を食べ、一千の祝福の雨を降らせる。夜になると、各家族の長老が順番に物語を話してくれる。暗い夜でも恐れることはない、祖先も竹の小屋の周囲にあって私たちと一緒に話をしているからだ。一つまた一つと物語が語られた闇夜に、私の喉には落花生のような突起が生まれ、話をすると木の幹を擦るような声が出るようになった。私の男性も育った。黒くなるべき毛は、まだこの時は腐った木の上を這う毛虫のようでしかなかったが、もう私には猪のような力強い肩があり、険しい山壁にいるキョンを弓矢で射ることができた。私は自分が男になろうとしていることを知り、父が刺青師を招いて、私の顔に暗緑色の記号を刻み入れるのを待った。

ある日、長刀人の一団が我々の森に入ってきて、不思議な命令——刺青を禁止する——を発表した。これは遠く海の向こうにいる天皇の命令であり、大きな屋敷の人々の下した決定であるという。今まで と同じように、我々に何の相談もなくことが行われたので、私の父は怒って一人の長刀人を山谷から突き落とした。一方的に、長刀人は火薬と弾丸を一斉にぶっ放した。彼らは照準を合わせることもなく、拙劣な技術のまま、卑怯にも物陰に隠れて射撃してきた。彼らは森を走り抜けるときに銃や背嚢に両足をとられて、何度も転んでいた。私たち風の民族のように自由に樹林や草むらを越え、岩石や山壁を飛び回ることができないのだ。彼らは厚ぼったい服を着ている上にもともと体格が小さいので、ますます行動の鈍い亀のように見えた。話し方もぞんざいだし気質も粗暴なのだが、この時の私は彼らを笑うことはできなかった。流れ弾が父の急所に当たったからだ。我々は草むらから大声で「我々の中に魂を失ってしまった人がいる」と叫んだ。今日の死神は父をとらえ、父の霊魂を連れ去ってしまった。死神ももはや遠くへ行ってしまったのだから戦闘は終わりにし、傷心の家族に別れの眼差しを慰めさせてくれ、という意味だった。しかし長刀人はまだ無闇に弾丸を撃ち、火薬に火をつけて粟畑を攻撃した。私の涙が風の手によって乾くまで、私は木の後ろに隠れ、彼らがたくさんの物語が詰まった竹の小屋に火を放つのを見て、彼らが何事か大声で罵っているのを聞いていた。母は私の手をひき、私たちは幽霊のように森の深いところに消えた。しかし私は消えなかった。私は木の葉について色を変えながら長刀人の後をつけた。彼らは森林のリズムを騒がしく乱しながら歩き、明らかな足跡を残した。周りの環境に自分の匂いを残すことに何の感覚も持っておらず、そのせいで動物たちは鼻を塞いで離れていった。ある時私は木の上で夜を明かし、濃密な枝と葉の保護の下で、父への思念を夜空のように大きく膨らませた。しかし、長刀人の辺りをはばからぬ大声でのお喋りは私の思念をかき乱したので、彼らの霊魂を奪おうという意思はますます強くなった。稍来社駐在所の檜の家に来た時、夜は池の中の水のように静かだったが、多くの同族の様子はいつもと同じではない様子だった。瓶の中の水を飲んで頭がおかしくなっていたのである。聞くところによると、粗製濫造の日本酒が同族の脳を壊してしまい、もともと端正だった顔に邪悪な面がかぶさるようになってしまったらしい。私は窓の下の草むらに伏せ、胸につけた番刀を右手で握りしめた。私の目標は門の外で見張りに立っている長刀人ではなく、彼らの中の大人物と呼ばれる者であった。彼の霊魂には一番力があるに違いない、彼の発する言葉のすべては砲弾のように残酷だから。私は大人物が制服を脱ぎ、オイルランプを吹き消してタタミの上に横たわり、いびきがやがて夢に繋がるのを待った。私は暗い夜の空気に紛れて進んだ。大人物の寝室の様子は一目瞭然だった。彼は食べ過ぎた猪のように布団の中で眠っていた。私は左手で大人物の頭を持ち上げ、鋭い刀で刈りとれる位置までぐいと持ち上げた。大人物ははっと驚愕の面持ちで目を見開いたが、私は何も言わずに大人物の首を提げ、暗闇の森を進んだ。首は背負い籠の中で血を滴らせ、私の心を温めた。谷川に着くと、冷たい谷の水で余分な肉を削ぎ落とし、黙々と心中で唱えた。

親愛なる勇士よ、そなたの精神は我々とともにあり、そなたを辱めることはない。そなたの家人をみな探して連れてくるがいい！
さぁ、狩られし首よ、そなたの兄弟たちも、皆私に首を奪《と》られるであろう。そなたのすべての力を以ても、私に首を狩られるであろう。どんなに強い敵であろうとも、私にかなうものはない！

家人の残した印によって、私は闇夜の祝福のもと篝火を探し当て、出草《しゅっそう》歌〔首狩の歌〕を歌った。母は涙をたたえ、大人物の頭骨に向かって歌い返した。

よくぞこられた、そなたは大切な客人、やがて我々は狩にゆき、そなたにあまたの獣肉をふるまい、またあまたの酒を醸して飲ませましょうぞ。そなたの家人をここに呼びなされ、そなた一人ではさびしすぎよう。

もはや森林の中心に住み続けることはできない。そこで北の雪山の山脈に向かった。どうしても遠方の親族を頼らなければならない。そこで「水際の悪地」（これは謙称だ。自分の住む場所がよくないと謙称しているのである）に我々を受け入れてくれる親族を見つけた。svii 部落である。大人物が首を狩られたという消息は雲のような速度で雪山山脈のすべての部落に伝わっていた。長刀人の怒り方は凄まじく、冬にわずかに残った木の葉が暴風雪に狂った様に吹かれているようでもあり、落とし穴にひっかかった猪が牙を剝いて木の幹に衝突しているようでもあるという。私は、なぜそんなに長刀人が怒るのかわからなかった。私の父は彼らの弾丸によって虹の橋の向こうに連れて行かれた。私は悲しみを洗い流し、祖先の霊の名義で大人物の頭を狩りとり、我々の失われた力の穴埋めとしたのだ。これでみなの魂は平静を取り戻し、大人物の頭はしかるべき場所に置かれて手厚くもてなされた。私は歌をうたってきかせてやり、貴重な粟酒を飲ませ、猪の脂をかさかさの唇に塗ってやった。月が七回上がった時には、悲しみはもはや私の胸を離れ、ただ月光が私の心の一番奥に柔らかく差し込んで心にあった恨みを洗い流し、愛に満ちた歌だけが私の心を動かしていた。なのに、長刀人はなぜ恨みを愛に変えることができないのか。私は家人に別れを告げ、稍来社に来てその答えを探した。駐在所前の広場には、同族全員が集められ、しゃがまされていた。彼らの胸には祖先伝来の番刀はなく、センザンコウのように首を布帛《ふはく》の中に埋め、目には恐れの色を浮かべている。長刀人が同族に何か尋ね、同族が哀れげに頭を振るたび、黒い硬い靴がそれを蹴り飛ばした。罠にかかった鳥をさらに激しく棍棒で殴るように、長刀人は足が疲れるまで蹴り続けるのだ。同族たちは大きな檻の中に入れられており、悲しそうな瞳は見るに耐えなかった。夜になると青蛙がぐぁっぐぁっと鳴き、長刀人は檻の中から一人の娘を連れ出した。長い髪で、額には子どもの時に施す刺青があるが、両頬には刺青がない。彼女は檜の屋敷に連れて行かれたが、その時彼女がビホの家の娘であることに気づいた。彼女は振り向いた時に私を見たに違いない。その冷たく哀しげな眼差しは、何層もの木の葉を突き抜け、私の全身を震えさせたから。屋敷から聞くに耐えない物音がしたので、私は猿のように身軽に木の家に近寄った。何人かの長刀人はズボンを膝までずり提げ、娘はよだれでいっぱいの空気の中で目を閉じていた。彼女は床の上に横たえられた台湾モロコのようで、裂かれた衣服の間から月の光の色を放っていた。私はすべての理性的な判断を捨てざるを得ず、粗末な窓を割り、長刀人すべての腹を蹴ることで娘に謝罪させたこととし、それから熊のように娘を担ぎあげ、ウンピョウのように無音で暗闇の中に駆け出した。娘は私の肩にあったが、私の体の一部のように軽かった。山あいの渓谷で私は彼女を下ろした。彼女の体は見たところ、大人のキョンほどしかなかった。その呼吸はか細い谷川の音にかき消され、柔らかな骨格は獣毛のようだ。ビホ家の女は織物を得意とし、十二回月が巡る間に、思いを込めた布を矢竹のように高く織りあげることができる。彼女たちが門の前に掛けた長い長い布帛は太陽と月に誇り高く照らされ、最も強壮な狩人を引き付けて愛慕の眼差しを投げかけさせるのだ。しかし、祖先の霊に愛された狩人しかビホの家には入れてもらえない。私は彼女の引き裂かれた服を合わせた。露わになった舌のような体に手の甲が触れると、危うく感電しそうになったが、彼女はぴくりとも動かない。私は彼女の胸に耳を当て、霊魂のこだまを聞こうとしたが、彼女の霊魂は駐在所の床で迷子になっているようだった。私は目を閉じている娘に向かって自分の名前を言い、怯えている娘の体を家族の物語で安心させた。私は竹の棒を手に取り、祖先の霊の声音を使って彼女の霊魂を呼んだ。背中に汗が流れる。私は最も誠意のこもった魂でもって彼女の霊魂と対話しなければならなかった。彼女は目を開け、生まれたての嬰児のように私に向かい、知らない世界と知らない人のように見つめると、また目を閉じて安らかに寝入った。水に浮かぶ花のような笑顔を浮かべて。

空が明るくなると、私は自分の体の一部のようになった娘を背負って森にわけいった。長刀人が立てる騒がしい追跡の音が森の中の鳥を驚かせている。私はなんなく岩壁の洞窟を探し当て、朝露を集めて娘の顔を綺麗に拭き、長刀人の残した匂いを消し去った。娘からは暖かな苧麻の香りがし、彼女の霊魂も体の中に戻った。私は銃と弾丸を持って外に出た。一振りの番刀、腰に巻き付けた麻縄。火打ち石と芭蕉のひげはどちらもきちんと乾いたままだ。狩人の我慢強さを持ってハクビシンを捕らえ、木の洞で眠っていたムササビを捕まえてから洞穴に戻って獲物を焼いた。ハクビシンの腿肉を切り取り、こってりとした脂肪を乗せて娘を呼ぼうとしたのだが、私は彼女の名前を知らない。私は同じことを繰り返した。唇を彼女の耳に近づけると、彼女の息が鼻に入ってきた。蜂蜜のような甘味が私の喉と胃に入り込み、血管を流れていく。私は娘の優しさに感謝し、彼女にだけ聞こえる声で私の名前を呟いた。この名前が彼女の秘密となるよう願ったのだ。私の思いを山の霊も聞き届けてくれたのかもしれない、娘はそっと舌を動かし、女王蜂の羽のように震わせて、私の永遠の守護符となる音を発した——ジワス。

私たちはたくさん歩いた。二日目にはジワスは歩けるようになったが私たちは休みながら移動した。ジワスのために獲物を探し、衰弱した体に力を付けねばならない。私はほとんど食べなかった。狩人は自分のとってきた獣肉を食べてはならない、それは家族に食べさせるものだからだ。時々私たちはたちどまり、ジワスは私がもう知っていた家族の歴史を簡単に話した。後になって、ようやく数日前の恥辱について、涙を堪えながらその時感じた恐怖を話した。この時私はさっと口琴を取り出し、恋の只中にいる少年のように木の枝に逆さにぶら下がると、情感のこもった音符を奏でてジワスの苦痛を癒すことにつとめた。とうとう我々は雪山山脈の一番奥の森林についた。野獣の糞便は空の星のように散らばり、巨大な森は外界の騒ぎを遮蔽する。この世界には我々二人しかおらず、我々の身体と霊魂はどんどん接近し、藤と蔓のように絡み合って、最後は区別がつかなくなった。我々は夢の国を共有し、獣の皮で布団を拵えて寒さを防ぎ、小さな声で愛を交わし、動物たちが嫉妬に狂わないよう気を付けた。我々が二人で建てた家は何本かの木で支えただけのもので、上は何層もの Sabin〔原注：シダ植物の葉〕で覆い、永遠に消えることのない篝火が私たち二人の愛を見守った。私の運命は、この不確かな時代では辛いものとなるしかないことはわかっていた。しかし祖先の霊による試練を経て、私は自分が手にしたジワスは祖先が私に渡してくれた星、明るく膨張し続ける星であることをはっきりと悟っていたのだ。何年ものち、私はジワス——お前たちの曾祖母——とお前たちの祖父を連れて「水際の悪地」に戻り、私の母と、散り散りになって苦難を嘗め尽くしてきた家族とに会った。稍来社事件はすでに名も知らぬ山谷まで風に流されており、同族の口伝によって伝えられるだけになっていた。それから家族を連れて Mihu 部落に移ったが、新しい政府がやってきたので今度はまた Srjux、つまり今の三叉坑部落に移ってきたのだ。移住のたびに、同族は祖先の霊が残した歌を歌ってきた。Atayal〔アタヤル。タイヤル族のこと〕の根源を忘れぬように。

aring zniaxan sbayan. Krahu hbunzhibung.
sbayan 大山を越え、hbunzhibung の渓谷に至るところ

muah mtbuci ms'erux ngaus na luhung. Iyat simu nbah mglu.
それぞれ臼のそばに立つ。お前たちはもはや一緒にはいられない

musa simu mtbuci pqara ssbqi na gaung.
お前たちはそれぞれ渓辺の隅にかかりにゆけ（水のあるところに移れ）

hmsuaga hasimu hmkangi psglabang hwinuk rqias laqi mamu.
こうして、お前たちの子どもの腰を広げることができるように（子孫の勢いが発展していくように）

子よ、お前たちが私という老人の話を聞きたいと言ったのをうれしく思う。私はすでに老いて、体は巨大な樹瘤に覆われ、一千歳もの年であるように見える。私は記憶を絞り出し、お前たちのために私の祖父、祖父の祖父がのこしてくれた物語を話した。愛とは何であるかは説明できなかったかもしれないが、私は死とは愛の前では頭を垂れるべきものであると知っている。お前たちはみな心の中の星々を自分で探しあてたのだ。私はお前たち二人の若者を祝福し、私の名前を贈ってやろうと思う。お前は漢字の姓を持つが、私の名前が Mumug Shiad（穆牡・夏徳）であることを忘れてはならない。お前の祖父は Yukan Mumug（猶干・穆牡）、父は Yukeix Nokan（猶給黒・諾幹）、そしてお前の名前

は私の運命を受け継ぎ、Mumug Nokeix（穆牡・諾給黒）というのだ。

（原題：「父祖之名」　初出：瓦歴斯・諾幹『戰爭殘酷』（ＩＮＫ印刻文学、二〇一四年）

旺角《モンコック》の夜と霧

廖偉棠《りょういとう》

及川茜 訳

廖偉棠（りょういとう　Liu Waitong）

1975年広東省生まれ。後に香港に移り、また5年間の北京生活も経験している。香港のランタオ島を拠点とし、各地を遊歴した後、香港の「乱世」に立ち会い、2018年より家族とともに台湾に渡り、「林口の霧を慕って」新北市に暮らす。天地を逆旅《げきりょ》とすることを選んだ杜甫の詩や、南唐の亡国の王、李煜《りいく》の句「夢中に身の客たるを知らず（夢裡不知身是客）」といった古典詩詞の境地に身を委ねつつ、別離と乱世が詩人を作ることを体感した。

その活動は詩、散文、小説、撮影と分野を越えて展開され、文学賞の受賞歴は香港、台湾、マレーシアの各地にまたがり、中国語世界で広く評価されている。

2015年に刊行された『傘トピア――香港雨傘運動の昼と夜（傘托邦：香港雨傘運動的日與夜／*UMTOPIA: Days and Nights of the Umbrella Movement in Hong Kong*）』は、14年の香港の雨傘運動を捉えた写真と詩から構成される一冊で、中英対訳の形式で中国語圏内外の読者に訴えかけた。

評論に〈ヘテロトピア指南〉シリーズがあり、『読解の巻――呪術と脱呪術化（異托邦指南　閲読巻：魅与祛魅）』、『映画の巻――影の告白（電影巻：影的告白）』、『詩と歌の巻――暴雨に抗う（詩与歌巻：暴雨反對）』の三巻が刊行されている。対象は古今東西の文学作品、映像作品に加え、流行歌謡などのポップカルチャーまでを網羅している。

あの夜更けに来てみたのは旺角《モンコック》
彌敦道《ネイザンロード》の黒い塵は俺より甲羅を経て
俺たち二人は座っているうちにかつてのよしみを思い出す、
そいつは俺に耳打ちする——ずいぶんご無沙汰だこんなしじまは。

そいつは俺たちの色つきだったり透明だったりする雨傘が気に入り、
そいつは俺たちの軽やかでときにダンスのような足取りが気に入り、
俺たちが抱き合って互いの肩に触れたとき
そいつは俺に昔やはりこんな風にマッチが道路を照らしたと言った。

亞皆老街《アーガイルストリート》も俺も皆老いた、
蟹どものカノンを聴くのはもうごめんだ、
塵埃も頭をもたげたならうつむくのはもうごめんだ、
自由になった影と雨粒はもう引き戻せない。

夜の再来は常に霧のような忍び足で、[*1]
もう一つの旺角《モンコック》は足さきを舐めるユニコーンのようだ、
どれだけ経ってもお前はまだ竹林でうなりを上げていた自分を思い出せる、[*2]

＊1　警察がデモ隊に催涙スプレーを噴霧する様子が占領初期にビデオに収められ、ネット上で拡散された。
＊2　雨傘運動の中、占領行動が行われた地域では竹製の足場が組まれバリケードとして使用された。

どれだけ経とうが彌敦道《ネイザンロード》をひとたびは怒濤が席巻したのだ。

二〇一四年十月五日

（原題：「旺角夜與霧」　初出：廖偉棠『傘托邦：香港雨傘運動的日與夜』、香港・水煮魚文化製作有限公司、二〇一五年）

南洋にて

陳大為《ちんだいい》

及川茜 訳

陳大為（ちんだいい　Chan Tah Wei）

1969年にマレーシアのペラ州・イポー市に生まれる。台湾師範大学文学博士、現職は台北大学中文系教授。

創作の分野は詩と散文にまたがり、中国の神話と歴史に想を得た詩集『治洪前書《ちこうぜんしょ》』『再び鴻門（再鴻門）』で注目された。本作「南洋にて」は故郷イポーと自身の家族、マラヤ華人の歴史と国家に対する思索を描いた「遅れてきた講釈師」による〈南洋の叙事詩〉十五篇の連作の一篇で、2001年の詩集『ことごとくファントムの国（尽是魅影的城国）』に収められる。木偏の十二画すなわち「樹」を表題にした散文集『木部十二画』の題名からも窺えるように、漢字で書くことへの意識はマレーシア華人の生活経験から発芽したものでもあろう。また、マレーシアの「華」と「夷」の間を吹き抜ける風のように、インド系文化と宗教に着目した詩集『近づく ラーマーヤナ（靠近 羅摩衍那）』がある。2014年には個人選集『巫術掌紋《ふじゅつしょうもん》』を刊行しており、その詩作を一望できる。

論文集に『アジアを読む——都市文学と文化（亜洲閲読：都市文学与文化）』、『風格の錬成——アジア華文文学論集（風格的煉成：亜洲華文文学論集）』、『中国同時代詩史のキャノンの生成と激変（中国当代詩史的典律生成与裂変）』などがある。

アンソロジストとしても知られ、同じくマレーシア出身の鍾怡雯《しょういぶん》との共編によるシリーズ〈華文文学百年選〉（台湾・九歌出版社、全十六冊）では、1918年から2017年の百年間の新詩・散文・小説を「中国大陸」「台湾」「香港」「馬華」の四つの地域ごとに選んでいる。

南洋にて　歴史が餓えて痩せこけた野生の地
天性饒舌な講談の台本は　半ページすら
埋まらない
樹下につくねんと座して十年
目にするは山道を突っ切る象の群れと猿の集団[*1]のみ

空洞は　断じてドリアンに耐え忍べる内容ではない
呪術師はなにやら
漢人を煙に巻く言葉をいい　山中の霧に向かって手まねをする
あたかも豪雨がその手の中でもがいているかのように
恐怖は　猿《ましら》の声やまぬボルネオ
おれは石斧を思い出す
石斧は思い出す　三百年このかた風にさらされてきた首が
まだロングハウスに吊されているのを——[*2]

一かめの酒や　きせる一服のアヘンのような些事ではない
土地を切り拓くには　熊の手ほどの力で
言葉を木に食いこませねば
おそらく　きっと　黄飛鴻《ウォン・フェイフォン》[*3]に
匹敵する腕の立つ先祖がいて
蜥蜴が体色を変えるような邪道の技をひそかに習い

シダ植物が喬木に食らいつくのをまねて
体を脱《ぬ》け出た胞子を借り　酋長の足もとの土に口づけたのだろう

南洋にて　教科書が書き落とした唐山[*4]の英雄たちは
夢を馬とし　月影と風を蹴散らし
土着の言葉の古びた垣根を蹴散らす
こらえきれぬおれの詩篇はチガヤが深夜に一気に伸びるように
深く睡《ねむ》る農園を食いつくす
むしろ狼のような　油彩で抽象化された紫の牙
荷物からおれは急いで取り出す
必携の　それから予備の様々な語彙を
雨林をとろ火に委ねて香り高く炒める……

まさにこの　英雄を悩ます
野生の地にて
おれはあの会館[*5]を　あの茶楼を
あの刃の閃く街道を再建しよう
目覚めよ　英語のうちに睡りこけるポストコロニアルの太陽よ
おれにわずかな光を与えよ　わずかな
等しく逃れ得ぬ歳月の質感
おれは三百年遅れてきた講釈師

前歯はぐらつき
なんとか老いた英雄をまねては　悪罵を犬にぶつける

おい　本気にしてくれるな
よく回る舌をどうして朽ちるままにできよう
南洋にて　叙事詩の臼歯を起動しない限り
筋ばかりのイメージの藪を咀嚼し
詩の矢と矢じりを出動し　マメジカと
一閃して過ぎ去る貴重なひらめきを狩ることはできない
冷や水ならおまえ自身に浴びせるがよい
おれには灯りをくれ　刃にも傷つかぬ拍手をくれ
おれの歴史の知識は
あのうわばみに従って歴史の褐色の腹部に沈み込み
あの鷹に従って　天空の百年の静けさを裁つだろう
聞け　それは英雄の汗
おれの十万の毛穴の虎の哮《たけ》りに応える　山林で――

おれとおれの繊細なペン先を疑うな
押すな　英雄の納骨堂は
すでに書き物机の半分を占拠している
徹夜に備え茶とビスケットを用意しなければ

まあ慌てるな　叙事詩の次章はすぐに明らかになる
歴史が餓えて痩せこけた南洋にて

＊1　サラワク州の現代史を背景にした作品を台湾でいちはやく発表して注目されていたマレーシア出身の作家、張貴興の小説に『象の群れ』（一九九八年）、本書所収の「パトゥ」を収める『猴杯《ウツボカズラ》』（二〇〇〇年）がある。
＊2　東マレーシアのボルネオ島の先住民族にはかつて首狩りの習俗があった。
＊3　中国清末民国初期の武術家。彼を主人公に数多くの映画が作られ、華人世界に広く知られている。
＊4　海外華人による中国の呼称。
＊5　華僑華人の同郷組織。

（原題：「在南洋」　初出：第十屆中央日報文學獎・新詩第一名、一九九九年）

西洋

劉慈欣《りゅうじきん》

小笠原淳 訳

劉慈欣（りゅうじきん　Liu Cixin）

1963年に北京に生まれる。父は北京煤炭設計院の幹部だったが、文革が始まると一家は北京を追われ、劉慈欣は山西省陽泉市で育った。85年に華北水利水電学院を卒業、山西省の娘子関火力発電所でコンピューター技術者として勤務しつつ、90年代からＳＦ雑誌『科幻世界』に投稿を始めた。

1999年、「彼女の目を連れて（帯上她的眼睛）」で中国ＳＦの最高賞「銀河賞」を受賞。2006年、『三体』が『科幻世界』に連載され、08年に単行本が刊行された。常に三つの太陽に生存を脅かされている異星文明の三体人と、人類文明に絶望した地球人のファーストコンタクトをめぐる壮大なストーリーで、続編『三体Ⅱ　黒暗森林』『三体Ⅲ　死神永生』と共に、爆発的な人気を博す。15年、『三体』はケン・リュウの英訳版によりアジア人作家作品として初めてヒューゴー賞を受賞。劉慈欣ブームは全世界に広がり、『三体』シリーズは世界での累計部数2900万部を記録、20以上の言語に翻訳された。劉慈欣の躍進は、中国のＳＦ文壇をも空前の活況に導いた。

歴史ＳＦからＳＦファンタジー、ＳＦ絵本まで創作の幅は多岐にわたる。邦訳は『三体』シリーズ（大森望ほか訳、早川書房）のほか短篇集『円』（大森望ほか訳、早川書房）、絵本『火守』（池澤春菜訳、KADOKAWA）が単行本として出ているほか、アンソロジーにも収録多数。

2008年の短篇「さまよえる地球（流浪地球）」は19年に映画化され、中国ＳＦ初のブロックバスター映画となった。

西暦一四二〇年、アフリカ、ソマリア・モガディシュ沿海

それは明朝の鄭和《ていわ》*1が計画した最も遠い目的地だった。永楽帝*2も船団をこれ以上先に進ませるつもりはなく、二百を超える船と二万人以上の乗組員たちが静かに帰航の命令を待っていた。

鄭和は「清和《せいわ》」号の船首に黙ってたたずんでいた。彼の目の前に広がるインド洋は、熱帯のスコールに覆われている。あたり一面が雨によって霞み、稲光がこの朦朧とした風景を切り裂くときにのみ、その船団は青い雷光のなかで姿を現した。「清遠《せいえん》」号、「恵康《けいこう》」号、「長寧《ちょうねい》」号、「安済《あんさい》」号……それらはまるで、旗艦の周囲を囲い込んで微動だにしない巨大な岩礁のようだった。多くのアフリカの酋長たちは三日間続いた船上での盛宴に参加した後、すでに船を降りていた。感情的で激しいジャンベの音が雨音のなかでとぎれとぎれに響いている。棕櫚《しゅろ》の林のなかでジャンベを叩いて踊り狂う黒人の人影は、スコールのなかに消えてはまた現れる亡霊のようだった。

「総帥、引き返す時がきましたぞ」副帥の王景弘《おうけいこう》*3が小さな声で言った。鄭和の背後には、四品（明朝の官位。一品から九品までの序列がある）の宦官七名と多数の将軍と文官を含む遠征団の最高総帥部隊の全員が整列していた。

「いや、ひきつづき前へ進む」と鄭和は言い放った。

*1　明初、宦官《かんがん》として永楽帝に仕え、大船団を率いて七回にわたり南海遠征をおこなった。

*2　明の太祖朱元璋《しゅげんしょう》（洪武帝）の四男。朱棣《しゅてい》。靖難《せいなん》の変を起こして第二代皇帝建文帝に勝利し、第三代皇帝に即位した。南京から北京へ遷都し、積極的な対外政策をおこなった。

*3　鄭和とともに大航海に参加し、大きな功績を残した。鄭和の死後は単独で艦隊を率いた。

最高総帥部隊の隊員たちは、この瞬間、空気や雨の雫さえも固まったように感じた。「前へ？　いったい、どこにいくというのですか?!」

「前へ進んで、この先になにがあるのか見てみるのだ」

「無意味です。我々はすでに建文帝《けんぶん》*が海外にいないことを証明したのです。彼は間違いなく死んだのです。しかも、我々は聖上《せいじょう》〔永楽帝を指す〕に献上する充分な宝も手に入れています。帰航するべきです」

「いや、もし天円地《てんえんち》方《ほう》〔天は円形で大地は方形であると考えた古代中国の宇宙観〕であれば、海には果てがあるに違いない。大明の艦隊たるものそこまで航行しなければならん」鄭和は渇望するように雨で霞んだ彼方を、海と空の連なる想像上の水平線を眺めた。

「総帥、皇帝の命に背くことになりますぞ！」

「私の意志は固い。私に従わないものは自分で帰るがよい。だが十艘以上引き連れて帰ることは許さぬ」

鄭和は剣を鞘から抜く音を聞いた。王景弘の衛兵の剣だった。続いて、さらに多くの剣が抜かれる音が聞こえた。鄭和の衛兵の剣だった。それからすべてが沈黙に包まれた。鄭和は最後まで振り向かなかった。

降り始めたときと同じように、唐突にスコールが止んだ。太陽の光柱が雲を突き破り、空と海の連なる水平線に黄金の光が降り注いできらきらと輝き始めた。それは抑えがたい神秘的な誘惑だった。

「出航！」鄭和は大声で命令した。

西暦一四二〇年六月十日、明朝の艦隊はインド洋の滔々と押し寄せる荒波を打ち砕きながら、威風堂々と喜望峰へ向けて進んでいった。

西暦一九九七年七月一日、欧州・北アイルランドのベルファスト

中国の国旗が降ろされた後、ユニオンジャックが『ゴッド・セイヴ・ザ・クイーン』の歌声とともに上っていく。旗の上端がポールの先端に触れたとき、ちょうど零時を回ったところだった。この瞬間、私たちはもうこの土地における外国人となっていた。

幸運にも返還式典には列席できたが、私は最後列で立っているにすぎなかったので、真っ先に式典のホールを出ることになった。十五歳になる息子が外で私を待っていた。私たちはひっそりと最後に北アイルランドを目にとどめようとしていた。それは典型的な英国の夏の夜だった。湿気が多く霧がたちこめ、霧が黄金色の街灯の光の中で薄絹のように漂い、こぬか雨のようにそっと顔をかすめていった。薄暗い街灯の光とおぼろげな霧のなかにあって、ベルファストはまるでヨーロッパの静かな農村のようだった。ここは私が前半生を過ごした場所なのだ。一時間後、私たちはすべての荷物を手に、この場所を離れることになるが、少年時代の思い出や青春、この地で抱いた夢まで持ち去ることはできないだろう。それらは永遠にこの静かで霧深い街に留まり続けるのだ。

本来、中英の連絡協議会の業務は次世紀初めまであったのだが、私はすぐにでも新大陸へ配置換えをして欲しいと上司に願いでた。自身の将来を考えた場合、早くいくに越したことがないというのが建前だったが、心の奥には、十六年間一緒に暮らして離婚したばかりの前妻のもとから一刻でも早く遠く離れたいという切迫した思いがあったのだ。彼女は中国人だったが、領事館の高級官僚として、今後も長期にわたって北アイルランドに残ることになっていた。私にはもはや彼女を繋ぎ留めておく力がなかった。中国が北アイルランドを繋ぎ留めておく力を失ったのと同じように。幸いにも、息子は私についていくことを望んだ。

＊　洪武帝の長男朱標《しゅひょう》の次男。明の第二代皇帝となったが、靖難の変によって当時燕王だった朱棣に帝位を簒奪された。南京陥落後は行方不明となる。

「父さんたちのせいで、北アイルランドが失われた！」息子は私にそう息巻いた。息子にとって私は国家元首だった。もっと正確に言えば、息子にとって私は名ばかりの国家元首だった。私はロシアをもっと小さな国家にばらばらに分けるべきだ、と彼は考えていた。私が貧しい西ヨーロッパにあまりに多額の借款供与したくせに、彼らへの要求が少なすぎる、と彼は考えていた。何年も前のことだが私は中東のテロリスト国家やアジアの強権主義の国家を存続させるべきではなかった、と彼は考えていた。とくに北アイルランド問題において、私のように礼を尽くして譲り合うのではなく、主権から統治権に切り替えるべきだった……と彼は考えていた。一言で言うならば、世界における中国のリーダーシップはまさに私の手からこぼれ落ちて失われたと彼は考えていた。私がただの副司レベル[*1]の普通の外交官であるにもかかわらず。全身に居丈高な長槍がびっしりと生えているような彼の性格は、彼の母親そっくりだった。一方で、私の我慢強さと儒家的気風は微塵も引き継いでいなかった。むしろ彼は私のそうした性格に失望しているくらいだった。息子が私と一緒に帰国することを決めた理由は、私とは直接関係がなかった。彼は一人の外国人として北アイルランドで暮らし続けることに、どうしても我慢ならなかったのだ。

一時間後、中国の公務員を輸送する最終引き揚げ専用機が、北アイルランドを地上の濃霧のなかに置き去りにし、夜景のなかを新しい生活へ向かって飛び立った。

西暦一九九七年七月一日・欧州・パリ

新大陸に向かって飛び立つ前に、私たちはヨーロッパ大陸にしばらく滞在した。ロンドン滞在中は返還を祝うイギリス人の祝祭ムードを感じたが、大陸ではほとんどなんの反応もみられなかった。北アイルランドを出たとたん、西ヨーロッパの都市の混乱と貧困が肌で感じられた。自転車の大洪水によって交通は堰き止められ、空気は淀んでいた。パリの出国ゲートを出たとたん、私たちは人民元への両替を我先にとせまるフランス青年の一群に取り囲まれ、やっとのことでその場を逃れた。ほかの同行者たちは依然として「北アイルランド症候群」から抜け出せず、意気消沈して空港のホテルのベッドに横たわったまま外出しなかったが、息子は私を無理やり古戦場見学へと連れ出したのだった。

昇ったばかりの太陽が朝霧を蹴散らして、古戦場には息を呑むほどの一面の緑があらわれていた。私たちはこの場所をいったい何度訪れたことだろう。とくに昨年、ほとんど毎週日曜になると、私たちは英仏海峡トンネルを走る列車に乗ってこの地を訪れ、毎回息子はここで私に恒例の苦行をさせるのだった。それが今、また始まったのだ。例の如く、彼は記念碑の土台に立ち、正義感に満ちた様子で意気揚々と小学校の歴史教科書を暗唱し始めた。

「一四二一年八月、明の艦隊が西ヨーロッパ沿海に到達した。恐怖のあまりヨーロッパ中がパニックに陥った……」

「もうよせったら。父さんは疲れているんだ。今回はやめておこう」私は煙たがって彼の話を遮った。

「やめないよ。春秋時代の夫差《ふさ》[*2]の周りには、父の仇討ちを忘れないよう常に耳打ちする人間がいたんだから。父さんたちみたいな政治家や外交官にもそんな人間が必要なんだ」

「ヨーロッパと北アイルランドに、『殺された父の仇討ち』をする理由なんてないじゃないか。百年協定が期限を迎えたのだから、私たちは北アイルランドをイギリスに返還した。これは道理にかなったことで、間違いとか、失敗といった類のものではないんだよ」

＊1　司は国務院の部に属する職務機関。司長は行政等級で見れば、「地級市」（比較的大きな都市）の市長と同レベル。

＊2　春秋時代の呉王で、父を殺した越王への復讐の志を忘れないよう薪のうえに寝たという。

息子は私のこうした文句には耳を貸さず、自身の演説を続けた。「……恐怖のあまりヨーロッパ中がパニックに陥った。もともと鄭和は南洋の諸国でそうしたように、ヨーロッパ人に友好的にふるまうつもりだった。ところが、彼がヨーロッパ大陸に派遣した五人の使者は全員殺されてしまったので、東方と西方は一戦交えないわけにはいかなかった！　ローマ教皇であるマルティヌス五世は、四分五裂した封建諸侯に、連合して敵に立ち向かうよう呼び掛け、さらに特赦令を発布して入隊を志願するすべての罪人を特赦した。戦争の資金調達のために教会は聖職を売りに出したばかりか、教皇の金冠までもフィレンツェ商人に売り飛ばしたのだ。英仏は大慌てで百年戦争を終結させ、軍事同盟を結んだ。明艦隊の強大さに恐れをなした西ヨーロッパ海軍は打って出ることができず、ヨーロッパ人は勝利の希望を陸戦へと託したのだった。一四二一年十二月、明の軍隊が仏のカレーから上陸し、十日後にはパリに迫った。双方はパリ近郊で決戦となった。ヨーロッパ人がその時十万の大軍を集結させたうち英国王のヘンリー五世は三万の英国軍を率いて出陣した。仏のブルゴーニュ公は四万のフランス軍とドイツ神聖ローマ帝国から来たチュートン騎士団〔中世ヨーロッパの三大宗教騎士団〕三万を率いた。それに対して、明軍の兵力はわずか二万五千にすぎなかった。十二月二十日の明け方、パリ戦役の火ぶたが切られた。西ヨーロッパ連合軍の総司令部は、フランス軍及びチュートン騎士団の重鎧《じゅうがい》歩兵で明軍の正面を攻撃させ、イングランドの軽騎兵を右翼に迂回させる戦略をたてた。日の出とともに、西ヨーロッパの連合軍が先制攻撃をかけた。ヨーロッパの歩兵は、整然とした正方形に整えられた無数の隊列で進撃した。重装備歩兵の鎧兜《プレートアーマー》は、朝日に照らされて金と銀の光を放って輝いていた。明軍の陣地から見ると、それはまるで金属の大地が移動しているようで、無数の長槍はまるで大地に広がる麦田のようだった。ドラムを叩く音、スコットランド・バグパイプの音色、兵士たちが剣の柄で胸の鎧をリズムよく叩く音がしだいにはっきりと聞こえてきた……」

「このままだと飛行機に乗り遅れてしまうよ」

「……鄭和はヨーロッパ軍の攻撃の陣形が密集するあまり融通が利かない弱点を正確に見抜き、砲兵を敵の正面へと布陣した。明軍は遅々として進撃しなかったが、一方で砲兵の一斉砲火を決行した。三度の猛烈な一斉砲火による、ヨーロッパ軍の死傷は甚大なものだった。しかし、進撃の隊列は依然として一糸乱れず、死体を踏みつけながらも前進を続けたのだった。敵の整然とした方陣の進撃隊が目の前まで迫ったとき、鄭和は落ち着き払った様子で、より猛烈に四度目の砲撃を加えるよう命令を下した。明軍の数百基の大砲が雷鳴のように轟き、暴雨のような砲弾がヨーロッパ人の密集した方陣のなかに降り注いだ。榴散弾が鎧兜《プレートアーマー》に命中し、ザアザアと潮が満ちるような音をたてた。ヨーロッパ軍の隊形は乱れ始めた。最前列の方陣から始まり、そのあとまるでドミノのように倒れていき、戦線全体が大混乱に陥った。鄭和はこのときになってようやく明軍へ出撃命令を出した。彼のもつ小規模な騎兵は楔型隊形を組み、ヨーロッパ軍の正面から攻撃して敵陣深くまで鋭く切り込むと、歩兵の隊列を真っ二つに切り裂いて、なお手を緩めることなく敵の右翼を集中攻撃した。このとき、迂回していた英国の騎兵隊がまさに右翼の方向から攻撃を始めたが、総崩れになった連合軍歩兵とかち合って、人馬入り乱れて互いを踏みにじり無数の死傷者をだした……」

「本当に間に合わないぞ。もう行こう！」

「……戦闘は黄昏まで続いた。血の如き残光のなかで、明軍はようやく彼らの甲高いラッパの音を吹き鳴らしたのだ……パリ戦役で、西ヨーロッパ連合軍は大敗を喫した。十万の軍隊の半数は殲滅され、ヘンリー五世は戦地にて命を落とし、百にのぼる公爵伯爵や王室将軍は戦死を逃れたとしても捕虜になった……パリ戦役の後、西ヨーロッパは短時間のうちに明軍に対抗しうる十分な勢力を結集することができなかった。しかも、明艦隊が西ヨーロッパ沿海、特にイギリス海峡を封鎖し、明朝の援軍艦隊がすでにこちらへ向かいつつあるという噂が広がり、西ヨーロッパの脆弱な抗明同盟は瓦解したのである。その後……」

「その後のことは、私もすべて知っているよ。その前のこともだ。おまえがまだ話を続けるつもりなら、父さんは一人でいくよ。おまえはここに残って鄭和のお相手をするといいさ」

私たちはようやく古戦場を後にした。もしここにふたたび戻って来られるとしたら、ずいぶん先の未来のことになるだろう。

西暦一九九七年七月二日、中国新大陸・ニューヨーク

「ようこそ中国新大陸へ！」税関の若い娘が私たちに向かって甘く微笑むと、私は家に帰ったときのような温もりを感じた。しかし息子は帰国したことに、いかなる感情も抱いていないようだった。

「新大陸だって！　明朝の艦隊が初めてアメリカ大陸に到達してからすでに五百年以上が経過しているっていうのにさ」彼は言った。

「ただの習慣さ。ヨーロッパ人がいまだに中国人を洋人《ヤンレン》と呼んでいるようなものだ」

「我々はもっと早くにもう一つ本当の新大陸を手に入れておくべきだったんだ」

「どこのことだ？　南極大陸のことを言っているのか？」

「どうしてだめなの？」

私はひそかに首を振った。息子の居丈高で攻撃的な性格には慣れてきていたが、ストレスは常に感じていた。彼の母親の性格が大洋を越え、息子の性格を通して私に圧力をかけているようで、私は心にわずかな痛みを感じた。

私たちは車を飛ばして国連本部に向かった。車は高速道路に沿って疾走し、間もなくニューヨークのコンクリートジャングルに飛び込んだ。ヨーロッパから来た他の人間と同じように、巨人の国に来たように感じた。すべてがあまりに大きいのだ。三十分後、私たちの車は国連ビルの前に停車した。

「ここが父さんの後半生の仕事場だ」私はビルを指さして息子に言った。

「父さん、すでにパンパンに膨れあがった国連機関に、また一人無駄な人間が増えたということにならないことを願うよ」

「はは、父さんはどんな仕事をすれば、なんの仕事をすれば無駄な人間ではなくなるんだい？」

「少なくとも、あなたという中国人が一人増えたことで、中国の国連における権威《ポスト》がそれに相応してひとつ増えたことになるのさ」

「それで、私はいったいなにをすべきなんだい？」私は上の空で言った。先に到着の報告をすべきだろうか、それとも先ずマンションへ行って新しい部屋を見ておこうか、と私は考えていた。

息子は例によって、私に対して国家元首を相手にしてこそふさわしい類の助言を始めた。「国連は我々が支払っている毎年百億の会費がなくては立ち行かなくなっているんだ。それを考えれば、権威《ポスト》を増やすことなんて実に容易いことさ」

「口を慎まないか！　おまえに警告しておく。これから私たちは国連の環境で生活していくことになるんだ。そんな物言いはすぐに皆の反感を買うぞ！」

国連ビルの前の広場で、数人が街頭演説をしていた。彼らはみな分裂主義者が着る青いシャツを着ていた。各演説者の前には様々な皮膚の色をした人々が群れ、私たちの近くにいた演説者の声が聞こえてきた。

「……五百年前に明朝が滅びた後、新大陸では新文化運動がおこり、それ以後の数世紀にわたり、我々はつねに中華文明を先導してきた。一方で旧大陸はびくびくしながら我々の後塵を拝し、もはやほとんど我々に置き去りにされてしまった。彼らの思考力は我々より半世紀も遅れている！　にもかかわらず、彼らはいまだに自分たちを文明の宗主だとうぬぼれているのだ。事実、新大陸の文明はすでに全く新しい文明へと発展を遂げた。文明の源は旧大陸にあるが、我々の文明は全く新しいもう一つの文明である！　三つ目の理由として、経済において新大陸と旧大陸は……」

演説者は大学生のような身なりの痩せた青年だった。息子はその青年に向かって突進し、彼を台の上から引きずり下ろして、「その臭い口を閉じやがれ、このくそ分裂主義者め！」と叫んだ。息子の手の中であがいているうちに、青年のメガネが地面に落ちて割れてしまった。「北アイルランドを見て、おまえたちのような輩がまた騒ぎ出したんだろう?! しっかり覚えておけ、北アイルランドは租借地だったが、新大陸は紛れもない我々の国土なのだ！」

「旧大陸さん、新大陸はインディアンの国土だ」その青年は息子の手を抜け出すと、冷笑して言った。

「それでもおまえは中国人か?!」息子は怒って睨みつけながら言った。

「そのことは、全国民の合議によって決定されるべきだ」演説者はネクタイを整え、やはり顔色一つ変えずに言った。

「ばか言え、夢でも見ていろ！ お前たち兄弟《なかま》の合議では、両親の見分けもつかないんだな。それでいいと思っているのか?」息子は拳を振り上げて言った。私は慌てて取り巻きのなかを突っ切っていき、息子を引っ張り出した。

「父さん、こんな勝手な奴らをここに放置しておいていいの?!」息子は私の手を振りほどいて言った。

「私はただ普通の外交官だ。ほら見ろ、父さんになにができる?」私は周囲の青シャツたちを指さした。ここにいる青シャツたちはまだおとなしいほうだった。フィラデルフィアやワシントンでは、こいつらはスキンヘッドにして、腕には刺《スパイク》付きのリストバンドをはめている。息子がそこでこんなふうに騒げば、きっと痛い目に合うだろう。

「すみません、先生《ミスター》、あなたに肖像画をお描きしたいのですが、よろしいですか?」不意にやわらかでおずおずした声が、私の背後から聞こえた。それは白人の娘だった。他のヨーロッパからの移民と同じように、彼女の身なりはきわめて質素で、手には画板と絵筆が握られている。その痩せこけた娘をはじめて目にしたとき、とつぜん私の脳裏に一枚のヨーロッパの油絵の名画が浮かんだ。その絵には草原にいる下半身不随の少女の後ろ姿が描かれていた。彼女は遠くの小さな家を渇望のまなざしで見つめているが、その家は彼女にとってどこまでも遠く、どんなに切望しても到達することはできない。奇妙なことに、私はそのとき前妻のことを思い出してもいた。彼女たち二人が似通っていたというわけではなく、むしろあまりにかけ離れていたからだった。この娘が生活のなかで切望するもの一切が、まるで油絵のなかのあの小さな家のように遥か遠くにあって、眺めることができても手にすることはできないのだ。しかし絵のなかの少女と同じように彼女はやはりびくびくしながらも、同時に粘り強くこの冷酷な世界で少しずつ自身を移動させている……あの絵のなかの少女は観衆に背を向けているにもかかわらず、切実で美しい眼光を見るものに感じさせる。それこそが今この移民の娘が、私を見つめている眼光に他ならなかった。その時、私の心の中に長い間眠っていた、普段とは違う特別な感情が沸き上がってきた。

「ごめんなさい。これからまだいくところがあるものですから」私は言った。

「すぐ描き終えます。本当にすぐできますから」娘が言った。

「もういかなくてはならないんです。本当に申し訳ないのですが、お嬢さん」

娘がまたなにか言おうとしたとき、息子が数枚の紙幣を彼女に向かって放り投げた。「金が欲しいんだろう？　俺たちにまとわりつくな。うせろ！」

娘はしゃがみこむと、黙ったまま地面に散らばった紙幣を拾い集め、それから立ち上がってゆっくりと息子に歩み寄ると、紙幣を彼の前に差し出した。

「もし、お二人の邪魔をしてしまったのなら、心から謝ります。ただ、若い方にお聞きしたいのです。もし……」彼女はそこで長い間止まっていたが、ようやく辛そうに言葉を継いだ。「もし私の皮膚が黄色だったら、それでもあなたはやっぱりこんなふうに私に接するのですか？」

「おまえは俺が人種差別をしているとでも言いたいのか？」息子は挑発的な態度で彼女を睨みつけた。

「お嬢さんに謝りなさい！」私は厳しい声で叱った。

「なんの為に？　ここ数年でこいつらはイナゴのように湧いてきて俺たちの仕事を奪っている」

「でも、先生《ミスター》、ヨーロッパ移民は新大陸であなた方が最もやりたがらない仕事をしています。しかも最低の賃金で」

「だがな、おまえのようなやつが風俗街で働いて、我々の社会秩序を堕落させてもいる」

娘は驚いて息子を凝視した。屈辱と怒りのため彼女は言葉を失い、画材と紙幣が手から滑り落ちた。私は息子の頬をひっぱたいていた。はじめて息子に手を上げた瞬間だった。

息子は一瞬だけ驚いた様子を見せたが、すぐに興奮して私に抱き着いてきた。「ははは！　父さん、あなたにはずっと前からこの気迫が必要だったんだ！　これこそがあなたが国連で発揮すべき気迫なんだよ！　父さんにとって実に幸先がいい！」

思いもよらない彼の反応に、私の怒りは頂点に達した。「消え失せろ！　どこか遠くに消え失せろ！」私は彼に向ってそう叫んでいた。

「わかったよ。消えるよ」息子は嬉しそうにその場を離れていった。そこにいるのは古い殻を脱ぎ捨てた新しい父だと、彼はそう思い込んでいるようだった。息子は遠くまでいくと振り返り、私に別れの挨拶をした。「幸先がいいよ、父さん！」

私は茫然とそこに立ち尽くし、自身の失態に少なからぬ戸惑いを感じていた。それは息子の非礼に対する怒りのほかに、この娘が私の心中に掻き立てた特別な感情とも関係があった。私は彼女に対して息子の非礼を詫び、彼女と一緒にしゃがみ込んで地面に散らばった画材や紙幣を拾いはじめた。彼女はヘルマン・エイミーという名のイギリス人で、ニューヨーク州立大学で美術を学ぶために中国新大陸に独りで留学にきたのだと言った。彼女は昨日ここに着いたばかりらしかった。

「私の息子は旧大陸で育って、今年北アイルランドに来たばかりでした。今、旧大陸の若者のなかに、極端な民族主義《ウルトラナショナリズム》の感情が膨れあがっています。この地の分裂主義と同じように、それは一種の公害のようなものです」

地面に散らばった数枚の絵を彼女に手渡したとき、彼女の画板に挟まれた一枚の絵に目が留まった。その絵にはヘッドライト付きのヘルメットをかぶった、顔中が石炭の煤にまみれた皺だらけの男性が描かれていた。彼の背後にはニューヨークの高層ビル群が聳え立っている。

「父です。父はバーミンガムで炭鉱夫をしています」エイミーがその絵を指さして言った。

「あなたは絵のなかで、お父さんに新大陸の地を踏ませたんですね」

「ええ。それは永遠に実現できない父の夢ですもの。それは私が絵描きを志した理由でもあります。絵は夢と同じで、現実では永遠にいくことができない世界に足を踏み入れることができたり、永遠に実現できない願望を形にすることができたりするでしょう」

「あなたの油絵は見事だ」

「でも、私はもっと中国画を学ばないと。そうしないと、ヨーロッパに帰った後、絵筆に頼って生活していくのは難しいのです。東方の芸術がヨーロッパを席巻していて、本土の芸術に興味をもつ人間はもうほんの一握りなのですから」

「中国画は旧大陸にいって学ぶべきでしょう」

「旧大陸のビザは取得が難しいし、費用もかかりすぎます。私が中国画を学ぶのは生活のためで、最終的にはやはり油絵を描いていくつもりです。私たちの芸術はかならず誰かが受け継いでいく必要があるのですから。先生《ミスター》、どうか信じてください。私は他のイギリス人たちのように、金儲けのために中国に来たのではありません」

「信じますとも。そうだ、もう故宮《こきゅう》博物館にはいきましたか？　あそこには中国画の名画がたくさんありますよ」

「いえ、まだ。ニューヨークに着いたばかりですから」

「それじゃあ、私がお連れしましょう。いえ、かならず。どうか先ほどのお詫びとさせてください」

旧大陸と同じように、新大陸の故宮博物館も紫禁城《しきんじょう》のなかにある。新大陸の紫禁城宮殿は明朝中期に建造された。ニューヨークの南東に位置し、旧大陸の紫禁城の二倍の面積があった。極彩色に輝く東方の宮殿だ。明朝の皇帝二人が新大陸を巡遊し、この宮殿に滞在したこともある。エイミーはここが旧大陸の紫禁城とは違うことをすぐに見抜いたようだった。

「二重の城壁に、こんなにたくさんの城門があるなんて。これでは北京の宮殿の厳重さには遠く及びませんね」

「その通りです。新大陸は開放的でね。数百年もの間、異なる文化圏から吹いてくる様々な風を受け入れてきたのです。私たちの封建王朝が先にこの新大陸で滅びたのはそのためです」

「もし新大陸がなければ、あなた方はいまだに王国のままだったと、そうおっしゃるのですか？」

「なあに、そうとも限りませんよ。しかし少なくとも、明朝が最後の王朝ということにはならなかったでしょうね」

「鄭和は大明をさらに大きく発展させるために大航海をしたのに、逆に明を墓場へと推し進めたと？」

「歴史とはいつもこんなふうに不思議なものです」

私とエイミーは古代の宮殿のなかにゆっくりと足を踏み入れた。人はまばらで、私たちの足音が一つまた一つとがらんとしたホールの中にこだました。朦朧とした空間で、巨大な柱が一本また一本と私たちの両側をゆっくりと移動していった。まるで暗闇のなかで私たちを見下ろしている巨人たちが、静謐な空気のなかで神秘的な幻影を揺らめかせているようだった。

　私たちはある陳列ケースの前までやってきた。そのなかには中世ヨーロッパのラテン語で書かれた、古びて黒ずんだ古書が何冊も陳列されていた。ホメロスの叙事詩、ユークリッドの『幾何学原論』、アリストテレスの『自然学』、それからプラトンの『国家』とダンテの『神曲』……その多くが十五世紀におけるヨーロッパの宗教裁判所の禁書だった。これらの書物はすべて、鄭和が西ヨーロッパに到達した後、通訳に読んでもらったものだった。

　私はエイミーに言った。「ごらんなさい。彼はあなた方の本を読んでいたのです。あなたたちのところから、自分にないものをたくさん吸収した。彼は羅針盤をもっていましたが、遠洋航海に不可欠なヨーロッパの精確な時計をもっていませんでした。彼の船は当時のあなたたちの船の三倍の大きさがありましたが、彼は精確に海図を描くヨーロッパの技術を有してはいなかった……特に基礎科学において、当時の明朝はヨーロッパよりも随分遅れていました。たとえば地理学において、中国人は依然として天円地方の世界を信じていました。あなた方の科学がなければ、あるいは東西文化の融合がなければ、鄭和は引き続き西へ向かって航海することができず、私たちがアメリカ大陸を手にすることもなかったでしょう」

「つまり、私たちは自分たちが考えているほど無力な存在ではないということですね。劣等感に悩まされている若い私たちの同胞には、あなたのような先生が必要だわ！」

　私たちの話題はほとんどが芸術のことだった。博物館のなかの貴重な中国画を見ながら、私たちは中国画の最古のルーツについて語らい、狂草派〔草書体を自由奔放にくずした書道〕や空白派〔水墨画のなかの空白を意識的に残すことで絵を際立たせる中国画の美学〕の中国における出現と流行について語らい、ヨーロッパ絵画派の復興の可能性について話し込んだ……私は二人の間にこんなに多くの共通の話題があることに驚いた。

「あなたみたいに偏見なく、まっすぐにヨーロッパの文化を見ている人は本当に少ない。私は永遠にあなたを祝福したい気分です。そしてあなたに私の絵を最初に見る中国人になってほしい」

エイミーのこの言葉におそらく他意はなかったが、それでも私の胸は少しどきどきした。

どれくらい時間がたっただろうか。私たちは今入ったばかりのホールの雰囲気が、それまでと少し違うことに気がついた。そこには照明が煌々と輝いていて、たくさんの人がいた。古びたホールの正面には、背の高い大きな宇宙船が展示されていた。それは月着陸船「孔子号」のレプリカだった。高いホールの天井から照らし出された数本のカラフルなスポットライトが、ビロードが敷かれたガラスケースに集められていた。ビロードの上には大小たくさんの石が置かれていて、どの石にも高値がつけられている。これは中国が一九六五年に初めて月面に着陸したとき、孔子十一号に搭乗した宇宙飛行士が月の「静かの海」から持ち帰った岩石標本だった。

「なんてきれいなの！」エイミーは感嘆した。

「だけど、それはただの石ころにすぎませんよ」私は言った。

「いいえ、この石たちがあんなに遠くの世界からやってきて、どれほどたくさんの物語を背負っているか想像してみてください。まるで父が私にくれたきらきら光る一塊の石炭のよう。それは深い地層の奥で何億年ものあいだ眠っていたのです。なんて長い時間なのでしょう。この時間のなかに一体どれだけの人生がつまっているのでしょうか？　まるでそれは固まってしまった夢のようですわ」

「あなたのように内在的な美を見ることができる娘さんは、今はもうほとんどいませんよ！」私は興奮気味に言った。私は銀色のチェーンが付けられた小さな岩石標本を一つ買った。岩石の切断面には、月に着陸した宇宙飛行士のサインが書かれている。私はそれをエイミーにプレゼントした。彼女はこんな高価なものは受け取れないと拒んだが、私はこれも今日不愉快な思いをさせた心からのお詫びの気持ちだからぜひ受け取ってほしいと言ってゆずらなかった。彼女はついにそれを黙って受け取った。彼女のまなざしに、私はふたたび家に帰ったときのような温もりを感じた。なぜ、移民の娘のまなざしのなかに、それを感じるのだろうか、実に不思議でならなかった。

故宮を出ると、私たちは目的なくニューヨークの街を車で走り回った。別れの時を先延ばししたいという思いがそうさせたのだ。最後に私たちはニューヨーク港にやってきた。海を挟んだ正面には、あの有名な一〇〇メートルもある鄭和像が立っていた。彼は巨大な片手で、前方の新大陸を指さしていた。空がすっかり暗くなり、私たちの背後ではマンハッタンの灯りが、まるで巨大な宝石の切子面《ファセット》のように輝いている。無数のスポットライトが鄭和像を照らし出し、彼の姿を空と海の間に屹立して青い光を放つ巨人のように見せていた。

突然、私たちの背後で「やあ」と言う声が聞こえた。息子だった。「最後はここに来るはずだと思ってね」と彼は言った。彼はエイミーに歩み寄ると、彼女に向かって手を伸ばした。「お嬢さん、あなたに謝りたいのです。さっきはどうかしていた。僕たちが北アイルランドから撤退してきたばかりの中国人だということを分かってもらえれば、あなたにも僕の気持ちが理解できるはずです」

「息子よ、」私は言った。「おまえは自分の力をひけらかそうとする嫌いがある。それは未熟な証拠だよ。もっと大人にならなければ」私は目の前の鄭和の巨像を指さして言った。「彼はおまえが最も崇拝する人物だ。おまえは彼のことを最も偉大で、非の打ち所がない完璧な人間だと考えているだろう。彼のようにすべてを開拓していこうと願うことで、今のおまえの性格が形成されたとも言えるのさ。だが、どうやら今、私はおまえに完全で真実の鄭和を見せておかねばならんようだ」

「僕は鄭和のことを知り尽くしている。彼に関するすべての本を読んできたからね」

「おまえが読んだのは、どれも現代の作家が書いた本だ。彼らは理想的に書いたのさ」

「なにか間違っているとでも言うの？」

「たとえば、明の艦隊が西ヨーロッパまで航海したこと自体が奇跡なのに、なぜ鄭和はあんなに短期間で西ヨーロッパからふたたび遠洋航海を実現し、大西洋を越えてアメリカ新大陸を発見できたのか?」

「それは、鄭和が偉大な開拓者だからだよ。彼のなかのすべての細胞が未知の世界を探索することを渇望し、神秘的な大西洋が彼を強く惹きつけた。父さん、つまりそういうことだよ。現代の中国の舵取り役《リーダー》が、彼の気概の半分でも持ち合わせていれば、すべてはうまくいくのに!」

「今の若者はみんなそんなふうに考えてしまう」

「なにか問題でも?」

「おまえはきっと鄭和の違う一面を知らないだろう。先ず、一人の男性として彼は不完全だった。彼は宦官だったからね」

息子とエイミーは驚きのあまり目を丸くした。「でたらめ言うな!」息子は言った。しかし、彼はすぐに自分が読んだ本のなかの一つの暗示を思い出したようで、こちらに背を向けて巨像を見つめると黙り込んだ。

「パリ戦役が終結した翌日、鄭和は八千の騎兵を率いてパリに入城し、ヨーロッパの各君主とローマ教皇との間にあの画期的な協定を結んだ。パリの大通りに馬を進めたとき、鄭和とその同行者たちは生まれて初めて、あの古代ギリシャ風《ヘレニズム》の彫刻を目にした。彼らはポセイドン、アポロン、アテナ、アプロディテ……を目にした。明朝の土地では絶対に見ることが叶わない男女の逞しく美しい裸体が、あまりにも完璧に彫刻されていた。これは西洋文化が彼らにあたえた最初の衝撃だった。鄭和にとってこの衝撃は、自身の魂が揺さぶられるほど大きなものだった。彼はそれまで一度も自身の欠陥と自身の不完全さを、それほどまでに心底意識したことはなかったんだよ。それから、彼は深い困惑と憂鬱に苛まれていった。この困惑と憂鬱によって、彼はこの世界が日に日に見知らぬものに感じられるようになった。そしてついに、ある強烈な願望が彼と彼のすべての同行者の心に浮かび上がってきた

「……」

「どんな願望が?!」

「家に帰ろう」

「家に帰ろう、だって?!」

「そう、家に帰ろうだ。この願望があまりに強烈だったため、彼らは最も近いルートを選んで帰ろうとした。彼らはヨーロッパの地理学から地球の形を学んだことで、真っすぐ西へ進んでも東へ進むのと同じように家に帰ることができることを知ったんだ。そこで、ヨーロッパを征服した後ほどなくして、明朝艦隊は西へと、大西洋の奥深くに向かって舵を取った。彼らは海原を進みに進んだ。二か月の過酷な航海のなかで、船員たちの目は常に大西洋の水平線の彼方に向けられ、そこに故郷の海岸線が浮かびあがるのを彼らは心から待ち望んだ……そしてついに、陸地が現れたのだ。だがそれは夢にまで見た郷土ではなく、リュウゼツランとサボテンの生えた、赤色の肌の先住民の部落が点在する見知らぬ世界だった。彼らが新大陸に上陸したとき、現在の浅はかな歴史作家たちが描くように欣喜《きんき》雀躍《じゃくやく》することはなく、彼らは逆に互いの頭を寄せ合いながら大声で泣き出した……鄭和はそれが原因で病に伏せ、新大陸でその一生を終えた。艦隊のなかの多くはそのまま海岸沿いに航海を続け、五年後にようやくベーリング海峡に到達し、太平洋へ抜ける航路を発見した。そのさらに五年後、彼らはついに昼夜思い焦がれた祖国へと帰還し、大明という太陽の沈まない帝国の世界が、その時ついに完成されたというわけさ」

息子は巨像に向き合いながら、長い間黙ってなにか考え込んでいた。おそらくそれは、彼のこれまでの人生のなかで一番長い沈思黙考だっただろう。それを見て私は、かつてないほどの深い安堵を覚えた。

「息子よ、歴史や生活というものは、おまえがこれまでずっと信じてきたような単純な征服と開拓だけではすまされない。そのなかには言葉や道理では説明がつかないものや、人として成熟した後にようやく理解されてくるものが沢山含まれているんだ」

「そのとおりだわ」エイミーは言った。「考えてごらんなさい。もし、あのとき鄭和が当初の計画通りに、最終目的地のソマリア海岸に到着後すぐに引き返していたなら、その後の世界はどうなっていたかしら。もしかすると、ヨーロッパ人が率いる船隊が一番に喜望峰を越えていたかもしれない。別のヨーロッパ人の船隊がアメリカ大陸を発見していたかもしれないわ！」

「まったく、歴史というものは、一人の人間の運命とよく似ている」私は感嘆して言った。

「それなら、父さん」息子が長い沈黙を破り、エイミーを指さしながら言った。「彼女が父さんの新大陸なの？」

私とエイミーは互いを見つめ合って微笑み、どちらもそのことを否定しなかった。

私たちの背後でマンハッタンの灯りが輝きを増し、ニューヨーク港には揺れ動く光の海が広がっていた。それもまた、夢多き新大陸の一夜だった。

後記：もし鄭和が引き返すことなく前へ航海を続けていたとしたら、その後の歴史はどうなっていたのか？　これは多くの中国人が夢にまで見る問いである。歴史学者たちの見方はこうである。鄭和の航海の目的は遅れていた。その目的は単に「皇帝の恩恵を天下に行き渡らせる」（建文帝を探し出す？）ためであり、貿易と征服ではなかった。このような指導的な思想の下では、たとえ明朝艦隊が西ヨーロッパさらにはアメリカ大陸にまで到達したとしても、大きな成果をあげることは難しかったであろう。しかし、筆者の見方はこうである。人間の思想は新しい環境において変化するものだ。もし鄭和が本当に西ヨーロッパまでたどり着いていたならば、彼は必然的に西洋の思想や科学に接することになっただろう。この東方文化の西方文化への衝突は、その後他者の文化が我々の文化に衝突したのとはまったく異なり、必然的に予想外の成果を生むことになっただろう。また、真実の歴史において、鄭和は航海中に二度兵を用いている。そのうち、少なくとも一度は現地の国家に対する武力行使であった。

このSF小説で描かれる世界において、中華文明は今よりも大きな影響力をもち、その影響範囲も広大である。しかし、それは理想の社会ではなく、その世界は我々の現実よりもより多くの問題を抱え、より大きな危機や危険に瀕している。今、再読してみたところ、この世界の造型がひどく拙いことに気が付いた。同時に、私自身も作品中の植民地主義と覇権主義的な色彩が好きになれなかった。

一九九九年二月一日、娘子関にて

（原題：「西洋」 初出：『二〇〇一年度中国最佳科幻小说集』二〇〇二年）

解説　内外を攪拌し、吹きぬける華の風

濱田麻矢

とうとうサイノフォン文学からよりすぐりのアンソロジーを日本の読者にお届けできることとなった。「サイノフォン」、中国語で「華語語系文学」と呼ばれるジャンルの定義とその変遷については王徳威教授の巻頭言をご参照いただければと思う。この本が提供するのは王教授が言うところの最新版サイノフォン、「バージョン3・0」であり、台湾の聯経出版から二〇一六年に発行された『華夷風《フォン》』に基づく。この三文字が持つ語感を日本語にうつすのは難しいし、また無理に訳し下す必要もないのだが、どうか「華」と「夷」という二文字が不可避的に抱える褒貶の響きにとらわれないでいただきたい。この本で示したいのは序列関係ではない。華（「中」国）と夷（「外」国）、中国語圏の内と外を軽やかに吹き抜け、既成の価値観を書き換えてゆく「風《フォン》」（phone）である。

各章の解説に入る前に、言語について簡単に解説しておこう。本書に収録された作品の原文テクストは全て「中国語」（中国語でいえば「中文」）で書かれている。本書収録作品の多くにはマレー語やカザフ語、日本語、タイヤル語などの語彙が紛れ込んでいるが、地の文は中国語の中でも規範化された標準語——中国では「普通話《プートンホワ》」、台湾では「国語《グオユー》」、マレーシアでは「華語《ホワユー》」と呼ばれる言語で書かれている（唯一の例外は台湾語で書かれたⅡ章所収の「霧月《ブリュメール》十八日」だが、これについては後述する）。

Ｉ「風土から見えてくるもの」で描かれる舞台はアメリカ、台湾、チベット、「浮かぶ街」、そして京都だ。聞き慣れた場所が、語り手の背後にある歴史や記憶によって唯一無二のものとして語り直されてゆくことになる。

「シカゴの死」は日本でも多くの作品が紹介されている白先勇《はくせんゆう》の初期の短篇である。一九六〇年代、戒厳令下で白色テロが吹き荒れていた台湾では、米国留学は自由と成功のための出路として考えられていた。しかし本篇を初め、白先勇がアメリカ留学を描いた短篇には重苦しいものが多い。主人公呉《ウー》漢魂《ハンフン》はシカゴ大学で英文学の博士号を取得するが、母は死に、恋人は去っていて、学位取得という晴れの日にも何の喜びも感じることができない。彼はその名の通り「漢」の「魂」を無《ウー》（呉と同音）にしてしまうのだ。米国女性と狂騒の一夜を過ごした後、呉漢魂は亡母の声に導かれるようにミシガン湖に身を沈める。この結末は、その四十年あまり前に郁達夫『沈淪《ちんりん》』（一九二一年）が描いたエリート中国人の入水自殺に呼応しているともいえよう。日本にせよアメリカにせよ、「先進国」へ留学した主人公は祖国（中国、台湾）へのコンプレックスを尖鋭化させ、自我を破裂させてしまうのである。

「グッバイ、イーグル」は長篇エッセイ『グッバイ、イーグル――あるパイワン女性によるチベット西部の旅』の抄訳である。台湾の原住民女性作家では、同じくパイワン族のリカラッ・アウーがパイオニア的存在として知られ、邦訳も紹介されているが、原住民女性による創作の認知度は決して高くはない。ダデラヴァン・イバウの作品数は多くないが、飾らない澄んだ筆致で重苦しい出来事をさらりと描き、読み手を深い思考に誘う。彼女のチベット旅行は二〇〇三年の八月のことだった。チベットを移動するうち、幼い頃のパイワン族部落の記憶とともに、都会の知識人として故郷でフィールドワークしたときの体験が蘇ってくる。原住民としてのアイデンティティと現代社会に生きるエリートとしてのプライド、イバウはこの双方から距離をとっているようだ。多くの原住民作家にとっては、華語による執筆自体が翻訳的な行為となる。パイワン語の文化世界を華語に翻訳しながら、漢語に翻訳されたチベット世界にアクセスする――こうして生まれたエッセイをさらに日本語に翻訳するのは、華語越しにパイワンとチベットの文化世界に近づこうとする作業をなぞる試みでもあった。

「浮都ものがたり」の作者西西《せいせい》は、ながらく一時的な避難場所か、目的地に到達するための乗り換え場所としてしか描かれてこなかった香港へのアイデンティティをいち早く文学にした作家である。西西自身も戦後上海から移民した作家だが、一九七九年発表の『ぼくのまち（我城）』は、かけがえのない生活の基盤としての香港をみずみずしい子供の視点で描き出し、新しい香港のイメージを生み出した。ルネ・マグリットの絵画に寄せた空想的な本作が発表されたのは一九八六年、鄧小平とサッチャーによる英中共同声明の二年後にあたる。この声明では、一九九七年の中国返還後も香港は「五十年は変わらない」という宣言がされた。「浮都ものがたり」には政治家が並べた「一国二制度」「五十年不変」という言葉への猜疑と香港の未来への不安が滲んでいるが、疑念を直接的に表明することは避けられている。絵画という間テクストを用いて全体を寓話／童話風に仕立てたところに、カルヴィーノを愛読し、「軽やかな文学」をめざす西西の真骨頂がある。なお、本篇には西野由希子氏の既訳「浮城誌異――浮城の不思議な物語」（『藍・Blue』十七期、二〇〇五年十一月）があるが、今回新たに訳しおろした。

「三十三年京都の夢」の作者朱天心《しゅてんしん》は、川端康成を下敷きにした中篇『古都』で、すでに日本の読者にも紹介済みだ。原著タイトルは『三十三年夢』、日記とも旅行記とも回想録とも言えそうな、またそのどれにも当てはまらなさそうな文体で、三十三年間通い続けた京都を中心とした日本での記憶を綴っている。小説『古都』と同じく、「三十三年夢」もまた本歌を――孫文の熱烈な支援者であった宮崎滔天《とうてん》の自伝『三十三年之夢』を意識しているだろう。一九七七年、まだ高校生だった朱天心は学校生活を描いた『撃壌歌《げきじょうか》』でデビューし、文壇の耳目を集めた。彼女の師であった胡蘭成《こらんせい》は、その天衣無縫な作風を「紅楼夢の前半八十回」と称えている。原作者曹雪芹《そうせっきん》が八十回まで書いたところで途絶えた『紅楼夢』が、別人によって接木され、百二十回本として流布しているのに基づいた評語だ。胡蘭成は朱天心の天賦の才の輝きを認めた上で、「成長したとき、君は残りの四十回をどう描くのか」という課題を与えた。この書は、課題を与えられてからの三十三年を京都という媒介を通して語るものである。京都との往還から見えてくるのは台湾社会そのものであるという仕掛けもまた、小説『古都』と共通していると言えよう。

Ⅱ「はるかな音とイメージ」では、私たちのもつ中国語文学イメージの殻を破るような作品を選んだ。

宋沢莱《そうたくらい》短篇集『蓬莱誌異』（一九八〇年）収録の「傷痕」には天野健太郎氏の既訳がある（『PENプラス台湾カルチャー・クルーズ』CCCメディアハウス、二〇一五年）が、今回新たに訳し下ろした。都会で生まれ育ち、「祖先の土地から切り離された」若者たちが、台湾最南端の屏東《へいとう》からやってきた青年から「傷痕」にまつわる話を聞きだそうとする物語だ。好奇心たっぷりの都会人たちにせがまれて重い口を開いた彼は、日本兵として海軍に従事した父親とその戦友たちの傷について語りはじめる。太平洋戦争末期に、ボルネオ島でオーストラリア軍と戦った台湾兵たち。彼らは敗れた「旧母国」日本に顧みられることもなく、勝利した「新母国」国民党政権から補償されることもなく、身体の欠損を抱えながら貧しい暮らしに耐えていた。残酷な傷痕について知りたい、という刺激を求める都会の友人たちに、青年は「結局のところ、この世界は傷痕が築き上げたものであって、それはごく当たり前の真実だ」と静かに語る。この台湾兵たちの語りも、原住民作家同様に翻訳の性質を帯びていたといえよう。日本語によって身体に刻まれた従軍体験が、中国語によって書き起こされ（語られ）ているわけで、彼らの肉体に残る「傷痕」は、同時に日本語によって台湾史に刻まれたものであるかもしれない。長篇『猴杯《ウツボカズラ》』の一部、「パトゥ」が描くのもボルネオ島である。この島はマレーシア、インドネシア、ブルネイという三つの国を抱えるが、本作の舞台となるのは東マレーシアのサラワク州だ。台北で教師をしていた主人公雉《ジィ》は、故郷のサラワクに戻り、生まれたばかりの赤子と共に失踪した妹、麗妹《リーメイ》を探すために熱帯雨林の旅に出る。その相棒となるのがダヤク族のパトゥだ。ボルネオ島に居住するプロト・マレー系先住民のうち、イスラム教徒でもマレー人でもない人々はダヤク族と総称される。サラワク出身の華人張貴興《ちょうきこう》が書く文章は、ジャングル特有の湿気と猛々しいほどの生命力を漲らせ、性と血の匂いに溢れている。張貴興は「自分の出生にも日本人が関係している」と語っている。日本軍がやってきた時、未婚の女は全て慰安婦にされるというのでみな慌てふためいて娘を結婚させたが、張氏の母もその一人で、結果大変若くして母になったというのだ。「傷痕」とは違う角度で、本作にもボルネオ島に日本が残した爪痕が刻まれている。

次に登場するのは新疆《しんきょう》ウイグル自治区の最北端、イリ・カザフ自治州アルタイ地区である。「突然現れたわたし」は漢族の李娟《りけん》がカザフ族の民家に滞在して得た見聞を等身大で綴った散文だ。張貴興「パトゥ」にはダヤク語と英語、中国語のほかに蟒蛇《うわばみ》語、猿語、鳥語……などが魔術的に登場していたが、ここではカザフ語のモノリンガル世界に漢人が単身で放り込まれ、散文的な、ある意味滑稽な状況が描かれる。ウイグルにおける漢人は覇権的、威圧的な存在として想像されがちだが、カザフ語をうまく操ることのできない李娟が感じるのは、感情をうまく受け取ることも伝えることもできないもどかしさの中で膨れ上がってゆく「惰弱で微小な、決して消えてゆくことはない」孤独にほかならない。孤独を無理に消し去ろうとせず、生活の中で折り合いをつけてゆく作者は「中華思想」から遠く離れたすがすがしさを感じさせる。

駱以軍《らくいぐん》「チュニック、文字を作る」は長篇小説『西夏旅館』の最終章である。この長大で難解な物語は西夏旅館という名のホテルの部屋に滞在している客の物語から構成されるものだ。主な語り手のチュニックは十一世紀に姿を消した王朝、西夏の遺民であり、時空を移動して現代の台湾にやってきた。彼はホテルでさまざまな人に出会い、それぞれと虚実入り混じった物語を繰り広げる。ルームナンバーに沿って組み立てられた物語にはっきりとした時間や空間の脈略はなく、各章は独立した短篇としても読みうる。漢字及び漢族を強く意識しつつ、なお「漢」との決別をはかって西夏文字を制定した西夏王国の物語は、国共内戦後に台湾にやってきた外省人たちの歴史を否応なく思わせる仕掛けになっている。

「霧月《ブリュメール》十八日」は、林俊頴《りんしゅんえい》の長篇『人に言えない郷愁』の第二章にあたる。この小説は現代の台北で建設会社に勤める「私」が語る奇数章と、日本統治時代に台湾中西部の斗《と》鎮《ちん》に生まれたモダーンおばをヒロインとする偶数章からなっている。本作品は地の文が「台湾語」（多くの台湾移民の故郷、福建省南部で話されている閩南《びんなん》語から派生したことば）になっているので、標準語（北京語）話者にとっては読むのに骨が折れるテクストだ。本書収録の章では、深い霧の中で「モダーンおば」が自分の生まれる前に死んだ父に導かれ、出生時に亡くなった双子の妹に寄り添われて川を渡る。モダーンおばと幽霊との夢幻の会話から、十八世紀末に泉州《せんしゅう》から移民してきた祖先のこと、彼らと原住民との取引、繰り返し襲う洪水、日本人の登場などが生き生きと語られ、漢民族が大陸から移民して台湾に根を下ろし、日清戦争後の台湾割譲を目睹するまでが再現される。いささか唐突に思われる章題「霧月《ブリュメール》十八日」は後半部、日本に留学したモダーンおばに、恋人がマルクスを解説する場面と結びついている。ナポレオンがクーデターを起こしたブリュメール（霧月）のイメージと、故郷斗鎮をすっぽりと包む霧は重なり合って、現実を覆い、過去との境を曖昧にしてゆく。マルクスの言う通り、「一度目は悲劇として、二度目はファルスとして」繰り返される歴史的事件を暗示しているかのようだ。

Ⅲ「根ざすものと漂うもの」には人々のルーツ（根）と、ルーツから新たな旅に出るためのルート（道）を意識したテクストを収めた。

「ダヤクの妻」の作者李永平《りえいへい》は張貴興と同じくサラワク出身。日本語では、架空の街を舞台にした連作『吉陵鎮《きつりょうちん》ものがたり』が出版されているほか、本シリーズ第三巻『朱鴒《しゅれい》ものがたり』でこの特異な作家の魅力を堪能していただく予定である。「ダヤクの妻」、ラジおばさんは張貴興「パトゥ」に登場するパトゥやアニニの母世代にあたる。もちろん華人もマレーシア社会のマイノリティなのだが、サラワクを舞台としたこの小説では周縁化された華人の姿は描かれず、「高貴な中国人」がダヤク人と婚姻することがどれほど大きな恥とされたかが強調されている。中国人男性と結婚したダヤクの妻の悲劇を語るのは男性の甥「ぼく」だが、悪意がなくても「ラジおばさん」としか彼女を呼べないのは、差別が構造化し、定着していたことをうかがわせる。おばさんに同情していた彼も、おばさんへの敬愛と思慕の念を結局直接伝えられず、妹には「おばさんはラジなんだから仕方ないだろう?」と言わずにいられない。

「子どもの本性」は一九八九年の天安門事件発生の一か月後に書かれた。ハ・ジンは同事件をきっかけに米国に永住することを決意し、英語を創作言語としてきた作家で、『狂気』など多数の作品が日本語に翻訳されているが、この詩は母語である中国語で綴られたものだ。事件前に渡米していた「私」と二年ぶりに再会した六歳の息子歓歓《ホアンホアン》は、なんとか父母を祖国中国へ連れて帰ろうと考えている。彼はまた、「ごろつきが解放軍を殺した」という中国政府が作り上げた物語を堅く信じてもいた。市民に殺害された解放軍兵士について、父はアメリカのメディアを使って根気よく説明を続ける。自分が信じていたものを崩された歓歓が、それでも「兵士は殺されるべきではなかった」と告げるのがこの詩のクライマックスである。なぜなら「人は殺されるべきではない」からだ。子どもの「本性」に愕然とした「私」は、「すっかり中国人としてできあがっている」自己を意識する——それは市民を虐殺した兵士は「殺されてもしかたがない」という二項対立の思考に他ならない。「善良すぎる」子供の成長のために、中国ではないどこか(アメリカ)に希望が託される。

『シュウシュウの季節』や『妻への家路』などのヒット映画の原作者として知られる厳歌苓《げんかれい》の「大《ダー》陸妹《ルーメイ》」は「子どもの本性」とは正反対の角度から在米中国人を描く。富裕層の華人一家に住み込みで働くニューカマーの娘は、大陸から来たというだけで物笑いの種にされ、ことあるごとに不衛生ではないかと疑われる。さらには日常の語彙すら中国から香港・台湾風に変えることを強要されてしまう。大国アメリカで生き残るためにアイデンティティを押し殺さねばならない彼女にとって、自分を根っこから支える「中国らしさ」とは自分の血肉となっている古典詩文の名句であり、「一番新鮮な土にしかない、独特の匂い」を放つ同時代作家のテクストだった。故郷から心身ともに遠く離れてしまった彼女に癒しを与えてくれるのが雇い主の孫娘、娜拉《ノラ》だ。まだ幼い娜拉は大陸妹から古典詩を学び、王維の詩を誦じてみせる。「子どもの本性」の歓歓や「大陸妹」の娜拉など、中国のルーツを持ちながら米国で育つ子供たちは、親の世代からどのような中国像を受け継ぎ、どのような視線で中国を眺めるようになるのだろうか。

「上海から来た女」は、サイノフォンアンソロジーとしては異色のテクストかもしれない。一九五六年、中国共産党は「百花斉放、百家争鳴」運動を開始し、政府への批判を含む多様な発言を歓迎すると公言した。しかしたった一年で方向が転換され、翌年には大々的な反体制狩りである反右派闘争が始まる。こうして「右派」と認定された大量の知識人が強制労働に従事させられることになった。甘粛省の夾辺溝《ジアビエンゴウ》に送られた「右派」三千人近くのうち、六〇年末まで生き残ったのは全体の半数にも満たなかったという。ノンフィクション作家の楊顕恵《ようけんけい》が百名近い生存者へのインタビューを経て執筆したのが『夾辺溝記事』である。中国版『収容所列島』とも評されるこの作品は、凄惨な状況を淡々と叙述することに徹している。「上海から来た女」は『夾辺溝記事』の最初の一篇だが、想像を絶する飢餓状態においてなお語り手が手放さなかったユーモアを感じとることができるだろう。中国の王《ワン》兵《ビン》監督はこのテクストを二〇一〇年に『無言歌』として劇映画にしたのち、さらに独自のインタビューを重ねて二〇一八年には『死霊魂』という八時間半に及ぶドキュメンタリー映画を完成させた。こちらはホロコーストを描いたクロード・ランズマンの大作『ショアー』にしばしば比されている。

Ⅳ「そしてまた歴史へ」では、過去を語り直すもの、歴史として刻まれるべき現在をうたうものなど、時間の感覚に注目した。

「父祖の名」で語られるのは台湾原住民、タイヤル族の歴史だ。台湾の原住民と日本人との対立は、「霧月《ブリュメール》十八日」では漢人の視点で点描されていたが、「父祖の名」では誇り高い「われわれ」原住民が歴史を語る主体性を取り戻している。「われわれ」は平埔《へいほ》族を「平原人」、海を越えて入植してきた漢族を「海上人」、日本からやってきた新たな支配者を「長刀人」と呼び、「われわれ」の他者として描写する。先祖と自然の声に従いながら生きてきた「われわれ」の暮らしに外来者が侵入してくるものがたりは、占領者主体の叙事に慣れ切っていた読者の感覚を覆すものだ。なかでも「長刀人」から自分の生き方を奪い返すための語り手の戦いは神話的な色彩に満ちている。

廖偉棠《りょういとう》の「モンコックの夜と霧」は二〇一四年十月に書かれたもので、本書所収の中でも比較的新しいテクストだと言える。しかしながら、初期雨傘運動の息吹きを伝えるこの詩を二〇二二年現在再読すると、この「傘トピア」がとてつもなく昔のことだったように思えてしまう。黄色い傘のダンスは今は見ることができない。そして「蟹ども」――原文の「螃蟹《パンシエ》」は河蟹《ホーシエ》という言葉を連想させる。胡錦濤《こきんとう》政権の標語「和諧《ホーシエ》」の同音語「河蟹」は、しばしば検閲によって抹消されることの隠語として使われてきた。蟹たちのカノン、同調への圧力によって運動に参加した人々は次々に逮捕され、二〇二一年には当局によって老舗の新聞『アップル・デイリー』が「和諧」された。香港の明日に何が待っているのか、ネイザン・ロードをかつて埋め尽くした黄色いうねりを知る私たちは目を逸らしてはならないだろう。

陳大為《ちんだいい》の「南洋にて」は、オリジナル版の『華夷風』では表紙の裏の見返し部分に刷られており、序文としての役割を果たしている。マレーシア華人の華語創作がサイノフォンにとって極めて重大な意義を持っていることは巻頭言にある通りだ。一九九八年、王徳威教授の巻頭言によればバージョン1・0のサイノフォンがようやく認知され始めた段階で書かれたこの詩は、南洋における華語創作の隆盛と歴史の補完を予祝し、「歴史に飢えた痩せこけた南洋」を「繊細なペン先」で埋めることを力強く誓っている。

掉尾を飾るのは本書唯一のSF作品「西洋」である。『三体』以来、中国のSFブームを牽引してきた劉慈欣《りゅうじきん》の活躍についてはもはや説明は不要だろう。この短篇でも、作者の持ち味である大胆な反実仮想が展開されている。鄭和《ていわ》が明代にアメリカ大陸に上陸していたら……、華人が「新大陸」を征服していたら……。この「もしも」の世界では白人ではなく華人が覇権を握っており、その結果一九九七年（言うまでもなく、現実の歴史では香港が中国に返還された年である）に北アイルランドが中国から英国に返還されることになる。しかし本作は「強い華人」を謳いあげるものではない。短くわかりやすいストーリーから感じられるのは、「強大なる中華文明」とその信奉者に対する強い懸念である。

以上、四章十七篇のテクストを紹介してきた。執筆年代は一九六四年（「シカゴの死」）から二〇一四年（「三十三年京都の夢」、「父祖の名」、「モンコックの夜と霧」）の半世紀にわたり、書かれた舞台も中国（チベットのマーナサローワル湖、甘粛の夾辺溝、上海、イリ・カザフ自治州など）・台湾（彰化、屏東および台中の原住民居住地、台北など）・日本（京都など）・ボルネオ島（東マレーシアサラワクなど）、アメリカ（シカゴ、ボストンなど）・香港（モンコックなど）と多岐に及ぶ。

十七篇のうち、「三十三年京都の夢」、「傷痕」、「西洋」以外の収録作は全て王徳威、高嘉謙、胡金倫編『華夷風　華語語系文学読本』（台北・聯経出版、二〇一六年）所収であり、同書を翻訳底本とした

（例外である三作品の翻訳底本については本篇を参照）。オリジナルの『華夷風』は三十三篇を収める大部なもので、その全ての方向をカバーすることはできなかったが、中（華）と外とを攪拌し、主流と傍流という価値判断を覆そうとするエネルギーは伝えられたのではないだろうか。

たとえば、従来の華語文学では自明のものとされてきた「わたしたち＝漢族」という前提は揺らぎはじめた。イバウやワリス・ノカンは華語を使って漢族に対峙する「わたしたち」を描き、李娟はカザフ族という「わたしたち」に相対する「他者」としての漢族を記した。また林俊頴は「わたしたちのことば」として標準的中国語ではない台湾語を選んで創作し、台湾文学における「国語」の絶対性に罅《ひび》をいれている。

さらに、「わたしたち」が盤石な一枚岩でないことについては、「チュニック、文字を作る」冒頭のモノローグが示唆に富む。「我々は、（中略）訳もわからずに『君たち』などに変えられたくはない。もう一度強調しておこう、我々は自分こそが『我々』だと考えているのだ」

もちろん、「わたしたち」のものがたりを語ることに、民族や政治的立場の単一性が求められる謂れなどないはずだ。しかし駱以軍のテクストは、「わたしたち」が語りの主体となるという自明のことがどんなに困難だったかを示している。そしてサイノフォンにおける「わたしたち」の成立に、日本語および日本語話者が関わってきたことは、本書収録作品のいくつかに見え隠れしている通りだ。

では、日本人はサイノフォン世界をどう眺めていたのだろうか。ここでは、二十世紀前半のテクストを一つだけ紹介しておきたい。

一九二〇年夏、二十代後半だった佐藤春夫は台湾に約三か月滞在し、そこで得た着想から少なからぬ作品を書いた。それは原住民による最大の抗日蜂起、霧社事件が起こる十年前のことだったが、佐藤が霧社を訪れた直前にも原住民による日本人の襲撃が起きており、行く先々で警戒するよう促されていたようだ。以下は紀行文「霧社」（一九二五年）より、霧社の宿泊所に働く「蕃人」の女中の描写である。

幾つだという予の問いに対する彼女の答えは、甚だ好かった。

「蕃人年ナイヨ」

予は自分の顔面を自分の指でさして、彼女の面上にある刺青の形を模して見た。彼女は笑って、顔のその部分を平手で隠した。この動作と表情とは予に親愛の情を感じさせた。しかし包まずにいうが、その種類は予が予の愛犬に対して抱くものに類似していた。

（『佐藤春夫台湾小説集　女誡扇綺譚』中公文庫、二〇二〇年所収）

約百年前に書かれたこの紀行文に、ワリス・ノカン「父祖の名」の一節を重ねてみよう。

最も学問があるのは、鼻の上に眼鏡をかけたやつだということだった。これらの人々は目で本を食べるのだ。不思議な透明ガラスを通して瞳から二本の無形の口を伸ばし、書籍に書かれた字を脳の中に吸い込んで、ごちゃごちゃした脳味噌の中で字の持つ魔力をゆっくり蒸留させる。最後に口から、多くの人には全然理解できない言葉を吐き出すのである。仔細に観察すれば、最も学問のある人の目は蠅に似ていることがすぐにわかる。蠅の目はぴくりとも動かないが、いつも新鮮な山の肉の血液を探し当てることができるのだ。蠅人は部落にくることを好んだ。

佐藤春夫が書く「予」にとって原住民の女中は「愛犬」であり、ワリス・ノカンの書いた「私」にとって日本の知識人は「蠅」である。前者が後者を「蕃人」と呼び、後者が前者を「長刀人」と名付けていることに注目してみたい。もちろん、佐藤春夫が綴ったのは同時代の霧社のスケッチであり、一九六一年生まれのワリス・ノカンが過去を書いたフィクションと同日に談じることはできない。しかしそれでもなお、日本語で他者を発見し、観察し、何かにたとえ、描写し、分析することに慣れきってきたわたしたち日本語文学の読者は、サイノフォンテクストに現れる日本及び日本人（的なもの）の像に虚を衝かれはしないだろうか。日本人は、台湾原住民に対して「生蕃《せいばん》」「高砂族」「高山族」等々の名付けをしてきた。「父祖の名」はこう続ける。「長刀人は我々の新部落に名前をつけた——稍《サオ》来《ライ》社——檜の駐在所の側に看板をたてて部落の名称を書いたのだ。移動させられた他の部落もみな馴染みのない名前をつけられたという。名前をつけるとき、私たちの意見が求められたことはない」

戦争期、一貫してアジアの名付けの主体だった日本人は、自分たちが名付けた人々の間でどう呼ばれ、どう眺められてきたのだろうか。サイノフォンテクストに現れる日本人イメージ（たとえば長刀人であり、たとえば蠅人である）は、カメラを意識していない時に撮られてしまったスナップ写真のようにわたしたちをたじろがせる。

多くの言葉、多くの場所、多くの時代、そして多くのエスニシティが交錯し、複数の主体が時には暴力的に、時には神経質に他者を名付けあうサイノフォンテクストの世界から感じ取れることは数多い。「中華」と「外華」が入り乱れる万華鏡のようなテクストの中で、日本、日本語、日本人がどのように他者を映し出し、他者に映し出されてきたのか、目を凝らしていただきたい。

従来の「中国文学」「台湾文学」「華人文学」といった枠組みを超えたアンソロジーとして、台湾で出版された『華夷風　華語語系文學讀本』を日本に翻訳・紹介しようという企画が立ち上がったのは二〇一七年の夏のことである。オリジナル版の編者である王徳威教授と高嘉謙教授、そしてサイノフォン研究の第一人者である張錦忠教授が日本語版のためのテクスト選定を担ってくださった。さらに日本国内外の作者と翻訳者を繋ぎ、予想外の問題が起こった時に八面六臂で対応してくださったのが黄英哲教授である。以上、上質のテクストをそろえてくださった編集陣の先生方に心より感謝したい。また、編集作業終盤ではSF研究者の宋明煒教授（ウェルズリー大学）が力を貸してくださった。記してお礼を申し上げる。

翻訳作業の進行に携わったのは翻訳と編集を兼ねた及川と濱田である。及川は訳文と原文を照合して全体にわたってチェックを入れ、濱田は本書の章立てと解説を担当した。編集の都合で翻訳者には無理をお願いしたこともあったが、多忙ななか、すばらしい訳文に仕上げてくださったことにお礼申し上げる。

本書の刊行にあたっては、編者及び翻訳者以外にも多くの方のご助力をいただいた。以下、お名前を記して謝意を表したい。ネイティブチェックをしてくださったのは張文菁《ちょうぶんせい》さん（愛知県立大学外国語学部准教授）、唐顥芸《とうこううん》さん（同志社大学グローバル・コミュニケーション学部グローバル・コミュニケーション学科准教授）、鄭洲《ていしゅう》さん（神戸大学人文学研究科博士後期課程）、李詩琪《りしき》さん（神戸大学人文学研究科博士後期課程）である。

また、「グッバイ・イーグル」のチベット語表記およびチベット文化については西田愛さん（京都大学・人文科学研究所／白眉センター特定准教授）、同パイワン語表記およびパイワン文化については米田太華志／ラパイ・ルピリヤン（lapai lja lupiliyan）さん（東パイワン族・大鳥〔pacavalj〕集落）、「突然現れたわたし」のカザフ語表記については海野《うんの》典子さん（早稲田大学高等研究所講師）に協力を仰いだ。さらに、「霧月《ブリュメール》十八日」に現れる古典詩文の訓読の一部については、早川太基さん（神戸大学人文学研究科講師）、緒方賢一さん（愛知大学文学部准教授）、藤野真子さん（関西学院大学商学部教授）に、台湾語の微妙な発音の表現については呂美親さん（国立台湾師範大学台湾語文学系助理教授）にご教示いただいた。翻訳から編集に至るまで、このように多くの方から知恵を拝借したが、翻訳についての最終的な責任が訳者と編者にあることは言うまでもない。

なお、吹き抜ける風を感じさせる美しい装画は、マレーシア・ジョホール州ムアール生まれの華人アーティスト、馬尼尼為《マニニウェイ》による。台湾で美術を学び、長年台北を拠点としている彼女は、散文集『不純なまま輝く』（帯著雑質發亮、二〇〇三年）を皮切りに文筆活動も精力的に行なっている。近年はマレー民話に取材した絵本製作にも取り組み、二〇二〇年には本シリーズの編者のひとり、張錦忠氏との共著による詩画集『山刀《パラン》は最早くず鉄に』（以前巴冷刀，現在廢鐵爛：馬來班頓）で、マレー語の伝統的な四行詩〈パントゥン〉の翻訳も手がけた。「華夷風」を体現する作家のひとりでもあり、独特の文体で痛みを抉り出す詩や散文も魅力的だが、本巻を含む今シリーズでは、陰影に富みつつも飄逸な風格の装画を提供していただくことになった。

最後になったが、企画の段階から発行にいたるまで、怠惰な編者を牽引してくださった白水社の杉本貴美代さんに感謝申し上げる。何度も暗礁に乗り上げた企画だったが、杉本さんの粘り強い交渉によってここまでくることができた。

サイノフォンとはまだ耳慣れない言葉だが、このシリーズを通じて少しでも多くの読者に華語文学の魅力を届けられるよう祈っている。

【訳者紹介】

小笠原淳（おがさわら・じゅん）

熊本学園大学外国語学部准教授。専門は中国語圏の同時代文学、主要論文「詩に浄化される身体——余秀華という現象とその詩」（『中国21』、2015年）、「楊牧と洛夫——記憶の風景、流木の美学」（『現代詩手帖』11月号、2020年）、短篇小説の翻訳に陳楸帆「巴鱗」（『灯火』、2017年）。

津守陽（つもり・あき）

京都大学大学院人間・環境学研究科准教授。専門は近代中国文学。主要論文「『におい』の追跡者から「音楽」の信者へ——沈従文『七色魘』集の彷徨と葛藤」（『中国研究月報』第67巻第12号、2013年12月）、共訳『中国現代文学傑作セレクション——1910-40年代のモダン・通俗・戦争』（大東和重ほか編、勉誠出版、2018年）。

松浦恆雄（まつうら・つねお）

大阪公立大学文学研究科教授。専門は19世紀以降の中華圏文化。編著『濱文庫戯単目録　中国芝居番付コレクション』（花書房、2021年）、主要論文「古風な台湾モダニスト——楊雲萍」（『日本中国学会報』第70号、2018年）。

三須祐介（みす・ゆうすけ）

立命館大学文学部教授。専門は近現代中国語圏の演劇、文学。共著『旅する日本語：方法としての外地巡礼』（松籟社、2022年）、訳書『台湾文学ブックカフェ3　短篇小説集　プールサイド』（作品社、2022年）。

白井重範（しらい・しげのり）

國學院大學文学部教授。専門は中国近現代文学。著書『「作家」茅盾論——二十世紀中国小説の世界認識』（汲古書院、2013年）、共編著『左翼文学的時代——日本“中国三十年代文学研究会”論文選』（北京大学出版社、2011年）。

田村容子（たむら・ようこ）

北海道大学大学院文学研究院准教授。専門は中国文学・演劇。著書『男旦（おんながた）とモダンガール　二〇世紀中国における京劇の現代化』（中国文庫、2019年）、共編著『中国文学をつまみ食い　『詩経』から『三体』まで』（ミネルヴァ書房、2022年）。

図版クレジット

p.67：MAGRITTE RENE
Le Regard mental, 1946 Private collection

p.72：MAGRITTE RENE
Le Faux Miroir, 1929 MoMA

p.76：MAGRITTE RENE
La Durée Poignardée, 1938 Art Institute of Chicago

p.77：MAGRITTE RENE
La reproduction interdite, 1937 Museum Boijmans Van Beuningen

p.78：MAGRITTE RENE
Le Thérapeute, 1937 Private collection

p.79：MAGRITTE RENE
Les Graces Naturelles, 1942 Private collection

p.81：MAGRITTE RENE
L'Esprit de géométrie, 1937 TATE

本シリーズは、「蔣経国国際学術交流基金会」の助成を受け、出版されました。
本書の翻訳の一部は、科学研究費補助金基盤研究費（B）19H01236
「方法としてのサイノフォン――華語語系文学史構築のための基礎的研究」による成果です。

＊本文中、今日の人権意識に照らして不適切と思われる語句や表現もありますが、原文のままとしました。執筆当時の社会背景に対する作家の省察と限界を示すことで、今日の読者にとって、異なる立場に身を置いて深く思考するよすがとなることを望むものです。

【編者紹介】

王徳威（おう・とくい　David Der-wei Wang）

ハーバード大学東アジア言語・文明学科、比較文学科 Edward C. Henderson 講座教授。台湾・中央研究院院士、アメリカ芸文＆科学院（American Academy Arts & Sciences）院士。専門は中国語圏文学、比較文学理論・批評。著書『叙事詩の時代の抒情——江文也の音楽と詩作』（三好章訳、研文出版、2011年）、『抑圧されたモダニティ』（神谷まり子・上原かおり訳、東方書店、2017年）、英文・中文著書多数。

高嘉謙（こう・かけん　Ko Chia Cian）

台湾大学中国文学系副教授。専門は中国近現代文学、マレーシア華語文学。中文著書『遺民、疆界與現代性：漢詩的南方離散與抒情（1895-1945）』（台北・聯経出版、2016年）など。

黄英哲（こう・えいてつ　Huang Yingche）

愛知大学現代中国学部教授。専門は台湾近現代史、台湾文学、中国現代文学。共編著『越境するテクスト——東アジア文化・文学の新しい試み』（研文出版、2008年）、『民主化に挑んだ台湾——台湾性・日本性・中国性の競合と共生』（風媒社、2021年）など。

張錦忠（ちょう・きんちゅう　Tee Kim Tong）

台湾・中山大学外国語文学系教授。専門は現代当代英米文学、マレーシア華語文学。中文著書『南洋論述——馬華文學與文化屬性』（台北・麥田出版、2003年）など。

及川茜（おいかわ・あかね）

専門は中国語圏文学、日中比較文学。訳書に李永平『吉陵鎮ものがたり』（共訳、人文書院、2010年）、郝景芳『郝景芳短篇集』（白水社、2019年）など。

濱田麻矢（はまだ・まや）

神戸大学大学院人文学研究科教授。専門は中国語圏文学。著書『少女中国——書かれた女学生と書く女学生の百年』（岩波書店、2021年）、訳書『中国が愛を知ったころ——張愛玲短篇選』（岩波書店、2017年）。

サイノフォン——1
華語文学の新しい風

2022年11月5日　第1刷発行
2022年12月30日　第2刷発行

著者　©劉慈欣、ワリス・ノカン、李娟 他
編者　©王徳威、高嘉謙、黄英哲、張錦忠、及川茜、濱田麻矢
訳者　©小笠原淳、津守陽 他
発行者　岩堀雅己
発行所　株式会社白水社
〒101-0052
東京都千代田区神田小川町3-24
電話　営業部　03-3291-7811
編集部　03-3291-7821
振替　00190-5-33228
www.hakusuisha.co.jp
印刷所　株式会社三陽社
製本所　誠製本株式会社

乱丁・落丁本は、送料小社負担にてお取り替えいたします。
ISBN978-4-560-09875-2　Printed in Japan